Sandra Hughes

LEE GUSTAVO

Roman

Limmat Verlag
Zürich

Im Internet
Informationen zu Autorinnen und Autoren
Materialien zu Büchern
Hinweise auf Veranstaltungen
Schreiben Sie uns Ihre Meinung zu diesem Buch
www.limmatverlag.ch

Umschlagbild von Jürg Kreienbühl: *Die Nomaden,* 1959
(Öl auf Leinwand, 100 x 70 cm)

Das *wandelbare Verlagslogo* auf Seite 1 zeigt ein Hauszeichen, gezeichnet von Arne Sjursen (1876–1955). Aus: *Hauszeichensammlung aus verschiedenen Walsergemeinden mit Schwerpunkt Davos und Umgebung.* Mit freundlicher Genehmigung des Heimatmuseums Davos (www.heimatmuseum-davos.ch).

Typographie und Umschlaggestaltung von Trix Krebs

ISBN 3 85791 516 1
ISBN 978 3 85791 516 1

Ich sah ihn nicht kommen. Ich holte Luft, um Mani zu sagen, er solle endlich den verdammten Ball nach links außen abgeben, Torrington stand frei. Der Aufprall war so stark, dass mein Kopf weggekickt wurde wie ein Apfel vom Fußtritt eines kräftigen Vierzehnjährigen. Mein Hals folgte und riss Schultern, Brust und Hüfte mit. Das Hirn muss sofort ausgesetzt haben, die Arme schlenkerten, unfähig, sich nach vorne zu reißen und die Hände auszustrecken. Der Fall war ungebremst. Ich kam zwischen die beiden Bankreihen zu liegen, mein Kopf auf den rechten Fuß des Nachbarn gebettet. Das verschüttete Bier roch ich nicht mehr.

Was ich jetzt rieche, ist Gummi. Dentalhygiene, denke ich, ich bin beim netten Mundschutz mit den braunen Augen und der Brille, in deren funkelnden Gläsern ich meinen blutüberströmten Rachen sehen kann. Denken schmerzt höllisch, in pochenden Wellen schießen mir Bilder durch das Hirn. Ich würge. Der Gummigeruch verschwindet, ich spüre kaltes Metall am Kinn. In meine Ohren dringt so etwas wie eine Stimme, sie wird jedoch vom Brausen in meinem Hirn übertönt. Ich lasse das Denken sein. Zumal die Dentalhygienikerin es nicht wert ist.

Ich sah ihn nicht kommen. Vielleicht ahnte ich einen Hauch von einem Schatten, so wie mich manchmal ein Gedanke an etwas Unangenehmes streift, das ich noch zu erledigen habe. Vielleicht erfinde ich den Schatten auch im Nachhinein, das ist schwierig zu sagen. Ich war derart ins Spiel vertieft. Linsbury geriet bereits in der dreizehnten Minute in Rückstand, Gombana hatte den Ball durchgehen lassen, Mani und Tompson in der Abwehr standen wie angeklebt. Keine Beinarbeit, miese Pässe. «Pass doch auf, Mani-Tou!», schrie ich ein ums andere Mal. Rund um mich brodelte es im Stadion, gelb-weiß Talton, grün-orange Linsbury. Mein übergewichtiger Nachbar hatte Bier über sich gegossen und stützte sich auf mich, wenn er sich erhob, um «Lauf, du Bananenfresser!» oder «Nach links, Idiot, dort ist keiner!» zu brüllen. Es war kühl, ich hatte meine Jacke angezogen. Dem Himmel sei Dank, sage ich nun im Nachhinein, denn die Sanitäter hätten sie sicher liegen gelassen. Mein gutes Stück, das ich vor zwei, nein drei Jahren in der Oxton Road gekauft hatte, an einem regnerischen Samstagnachmittag, bei Beagles. Hausschuhe aus Krokodilleder lagen im Schaufenster und feine Schuhe aus kleinen Wildschweinen, weiß der Teufel, wie vielen dafür das Fell über die Ohren gezogen wurde. Die Schuhe ließen mich kalt. Aber als ich die Jacke sah, blieb ich stehen. Sie war von der Farbe eines Fuchses, aus zartem Leder gearbeitet und an Ärmeln und Taille mit Strickbündchen versehen. Eher klassische Linie, aber das war von jeher mein Ding. Ich ging also in den Laden und kaufte die Jacke. Die Verkäuferin tat so, als würde ich nicht in dieses feine Etablissement gehören. Womit sie Recht hatte. Ich brachte meinen Kontostand auf minus dreihundertachtundneunzig Pfund. Weitere dreizehn fünfzig ließ ich für einen Schirm liegen. Ich musste die Jacke vor dem Regen schützen, selbst wenn ich der Meinung war, dass ausschließlich mutlose Pinkel ein stoffbespanntes Metallgerüst über ihr Haupt hielten, um nicht von ein paar Wassertropfen getroffen zu werden.

Es war keinesfalls so, dass ich täglich an den Schaufenstern der Oxton Road vorbeiging. Meine Wege führten mich eher in den Norden Sumptowns, genauer gesagt zu St. Martin. Dort stand mein Wohnwagen. Voyager Sky Place hieß das Modell. Ich hatte ihn nach zähen Verhandlungen von einem schmierigen Autohändler an der Heavy Lane erworben. Voyager Sky Place's Platz im Himmel war eine Schutthalde, die dem strengen Blick der Stadtverwaltung entging. Ich entdeckte sie auf einem meiner Streifzüge durch die Stadt. Sicherlich sahen umsichtige Planer die Schutthalde für verdichtetes Wohnen vor, längst hatte ein Bauzeichner

Pläne für zwei Häuschenreihen entworfen, die später in der Ablage des Chefplaners vergessen gingen. Nun hockten da tagsüber ein paar Obdachlose auf alten Kesseln und ließen die Flasche kreisen. Auf der Halde des Heiligen Martin wuchsen sogar Gräser und einige Büsche, die im Mai violette Blüten trugen. Der Haufen erwies sich bei näherem Hinsehen als Fundgrube. Aus Schrott bestand nämlich nur die oberste Schicht, Bauschutt abgerissener Häuser aus dem St. Martin-Viertel, wie ich annahm. Darunter verbarg sich alles, was mittelständische Familien wegwerfen, wenn sie in eine bessere Gegend ziehen und sich die Entsorgungsgebühren sparen wollen. Der Wohnortwechsel war beträchtlich, gemessen an den Bergen von gebrauchten Dingen. Ich schloss daraus, dass die Behauptungen, der Mittelstand werde ausgeblutet, etwas übertrieben waren. Ausgezehrt schienen mir diese Leute nicht zu sein. Beinahe jede Nacht näherte sich irgendein Lieferwagen, aus dem Männer in Freizeitkleidung Dinge ausräumten, die ihr bisheriges Leben und das ihrer Lieben bestückt hatten. Kühlschränke, Pfannen, Sofas, Büchergestelle, Kinderwagen, Bügeleisen, Rennräder, Matratzen, Bettgestelle, Nachttische, Besen, Klubtische, Teppiche, Kindervelos, Puppenstuben, Stehlampen. Ich konnte von beinahe allem etwas gebrauchen, und einige Teile waren in ganz annehmbarem Zustand. Mein Wohnwagen war gut ausgestattet, mit allem, was man zum Leben braucht. Sogar die elektrische Kochplatte, die ich unter einem Stapel Autopneus hervorgezogen hatte, funktionierte. Ebenso das farbbekleckerte Radio, das in seinem früheren Leben wohl einem Maler gehört hatte. Es steuerte dazu bei, den Lärm der Lastwagen, die auf der anderen Seite der Halde vorbeidonnerten, besser zu ertragen. Tagsüber hatte ich nicht viel Gelegenheit, Radio zu hören. Da ging ich einer geregelten Arbeit nach, soweit man das Verscherbeln von alten Kühlschränken, Pfannen, Büchergestellen, Kinderwagen, Bettgestellen, Harassen, Klubtischen und Kindervelos geregelte Arbeit nennen will. Aber abends, nachdem ich mir auf der Kochplatte eine Büchse Bohnen und Beef gewärmt hatte, setzte ich mich an meinen Tisch mit den gedrechselten Beinen und bunten Kacheleinlagen, rückte das Radio näher zum Teller und hörte Teddy Hamptons «Ted's Talk».

Im Voyager Sky Place saß ich, weil ich nicht mehr bei Mary arbeiten konnte. Mary war der beste Boss, den ich je hatte. Ich fand sie durch ein Inserat im Sumptown Mirror. «Haushalthilfe gesucht, für alle Fälle. Bewerbungen mit Bild an Chiffre 23478.»

«Mit Bild», sagte ich zu meiner Freundin Cathleen, «die haben sie ja nicht mehr alle. Womöglich stellen die sich eine Putze auf Stöckelschuhen im Minirock vor, unter den der Hausherr einen Blick werfen kann, wenn sie sich beim Staubsaugen bückt. Oder der braungebrannte Mann für alles repariert und kocht und besorgts der Frau des Hauses.»

«Nein», sagte Cathleen, «die wollen dein Gesicht sehen. Die Hausherrin möchte eine sympathische, aber nicht allzu hübsche Putze, und der Hausherr hat dieser Ausschreibung zugestimmt, damit die Hausherrin endlich Ruhe gibt und er sich wieder dem Fußballmatch zuwenden kann.»

Sympathisch wirkte ich sicherlich mit meinen Sommersprossen, und für alle Fälle war ich auch zu haben. Also setzte ich mich an Cathleens Computer und hackte meine Bewerbung in die Tasten. Es dauerte zwei Stunden, bis ich ein paar Sätze zustande gebracht hatte, die sprachlich einwandfrei waren, meinen hohen inhaltlichen Ansprüchen genügten und Cathleens Gnade fanden.

Ich schrieb:

«Sehr geehrte Damen und Herren
Ich kann kochen, putzen, gärtnern und beinahe alles reparieren,

was kaputtgeht. Es mag Ihnen als Bluff erscheinen, aber es ist wirklich so. Aufgewachsen auf einem Bauernhof, habe ich bereits als Kind zupacken müssen. Später hat mich dann das Leben hart angefasst. Ich musste einiges einstecken, lernte aber auch auszuteilen.»

An dieser Stelle begann ich neu, denn das «lernte aber auch auszuteilen» schien mir nicht angebracht für eine Bewerbung als Haushalthilfe.

«Sehr geehrte Damen und Herren
Gerne möchte ich mich für die Stelle ‹Haushalthilfe für alle Fälle› bewerben. Ich heiße Lee Gustavo, bin zweiundzwanzig Jahre alt und komme aus Mullowhill. Für die ausgeschriebene Aufgabe bin ich voll qualifiziert, weil ...»

Weil ich im Knast gelernt habe, Schuhe zu putzen und Stanzmaschinen zu reparieren und Kartoffeln zu schälen. Ideal. Eine Begründung, die immer gut ankommt.

«... weil ich offenbar eine Begabung habe, die mir von meiner sehr praktisch veranlagten Mutter und einem Vater, der diese Fähigkeit ebenfalls mitbrachte, aber selten die Gelegenheit fand, mir davon etwas zu zeigen, in die Wiege gelegt wurde. Mein Vater war von früh bis spät auf den Feldern unterwegs, und meine Mutter nahm meinen Bruder und mich unter ihre Fittiche. Mich etwas mehr. John durfte manchmal mit Vaters zweitem Traktor mitfahren. Ich putzte und bügelte, rüstete und wusch. John durfte im Stall die Melkmaschine ansetzen. Ich jätete und tat Kartoffeln aus. John reparierte Zäune. Ich flickte Socken. Mein Vater lobte Johns Kraft. Meine Mutter lobte meinen Fleiß. John liebte den Hof. Ich hasste ihn. In meinen Träumen zündete ich das Stroh in der Scheune an, und es brannte schon bald lichterloh bis zum Dach, vom Dach sprang das Feuer auf den Stall über, die Kühe schrien und verbrannten, es stank fürchterlich, das Feuer griff auf das Wohnhaus über und steckte es in Flammen.

Mama, schrie ich, Papa, kommt heraus!

Und die beiden sprangen aus dem Fenster im ersten Stock und schwebten zu Boden, rannten lachend durch den Rauch auf mich zu und riefen: Lee, wie tapfer und stark du bist, welch mutige Tat du vollbringst. Ein herrliches Feuer hast du entfacht, schau, wie gut das alte Holz brennt. Endlich können wir in die Stadt aufbrechen!

Sie trugen mich auf den Schultern durchs Tor hinaus, singend und tanzend. Ich wandte mich noch einmal um und schickte eine Kusshand zum Hof zurück. Und zu John.»

Hier schien mir, ich sei etwas vom Thema abgekommen. Zudem ging es die Damen und Herren einen Dreck an, was mir in die Wiege gelegt wurde. Ein Silberlöffel war es jedenfalls nicht. Ich löschte das Dokument.

«Sehr geehrte Damen und Herren
Ich bin nicht hübsch und kann auch nicht überdurchschnittlich große Muskeln vorweisen, bin aber schlank und groß und braun und eigne mich mit meinem servilen Wesen bestens für Haushaltsarbeit für alle Fälle …»

Cathleen, die mir den Nacken massierte, um mich und meine Schreibe etwas zu entspannen, las mit und beurteilte diesen Anfang als anbiedernd und zweideutig. Also begann ich neu.

«Sehr geehrte Damen und Herren
Ich werde Sie mit dem besten Kartoffelpüree aus ganz Skillercounty und Hunkyhill zusammen verwöhnen, dem Staub in Ihrem Haus den Garaus machen, Ihre Maschinen auf Vordermann bringen und bügeln, bis die Falten krachen. Überzeugen Sie sich selbst und stellen Sie mich einen Tag lang auf die Probe. Ein Bild lege ich Ihnen bei.

Mit freundlichen Grüßen

Lee Gustavo»

Auf dem Bild sah ich etwas ernst aus, meine vollen Lippen, die mir eigentlich sehr gefielen, wirkten leicht verkniffen, die kurzen Haare standen widerspenstig vom Kopf ab, die Sommersprossen rückten zu stark in den Vordergrund. Aber von den wenigen Bildern, die ich von mir fand, war es das einzige, das taugte, und der Brief musste weg, bevor ich am Kartoffelpüreetrick zu zweifeln begann. Cathleen zweifelte bereits. Das war so, weil sie den Trick kannte. Der Trick beruhte auf meiner Beobachtung, dass achtzig Prozent der erwachsenen Menschen schönen Erinnerungen verfielen, sobald sie das Wort Kartoffelpüree hörten. Sie fühlten sich wieder als Kinder und sahen sich am Sonntagmittagfamilientisch mit einem Teller vor sich sitzen. Auf dem Teller türmte sich ein Berg aus Kartoffelpüree, darin sanft eingebettet lag ein großer See aus dunkelbrauner Soße mit Fettaugen. Die schönen Erinnerungen präparierten diese achtzig Prozent der Erwachsenen für meine Zwecke. Sie ließen sie sanft und zugänglich werden für alles, was ich ihnen nach dem Kartoffelpüreetrick auftischte.

Dass am Sonntagmittagfamilientisch viel geschwiegen, lang gesessen und artig gegessen werden musste, daran erinnerten sich nur etwa zwanzig Prozent. Das waren diejenigen, die mit dem Kartoffelpüreetrick nicht zu ködern waren. Im Falle meiner

Bewerbung hoffte ich, dass der Hausherr und die Hausdame die Fähigkeit hatten, sich nur an das Gute im Leben zu erinnern.

Es kam ganz anders. Es war keine Hausherrin und kein Hausherr, sondern Mary, die mich auf der Schwelle ihres Hauses am Bethlehem's Cross Nummer neunundsiebzig erwartete. Mary fiel nicht auf den Kartoffelpüreetrick herein. Sie hasste Brei jeglicher Art und wollte die Kartoffeln vorzugsweise zu dicken Pommes frites verarbeitet haben. Aber ihr gefiel die Stelle im Bewerbungsbrief, in der ich «Ihre Maschinen auf Vordermann» bringe und bügle, «bis die Falten krachen».

«Und Ihre Sommersprossen sind auch ganz süß», sagte Mary und kicherte, während sie vergleichend vom Foto auf mein Gesicht schaute. «Was stellen Sie sich denn so pro Monat vor?»

«Tausend Pfund», antwortete ich prompt, worauf sie die Augen zusammenkniff, aufhörte zu kichern, mich von oben bis unten musterte und sagte:

«Das kleine Zimmer ist für Sie. Montag bis Samstag. Morgen ist Ihr erster Arbeitstag.»

Ich war glücklich. Cathleen schäumte.

«Niemand hat heutzutage Hausangestellte, die gleich dort wohnen müssen. Die will dich mit Haut und Haaren.»

«Sie will einfach Service rund um die Uhr, falls sie mal krank ist. Und wenn sie auswärts ist, soll ich die Wohnung hüten.»

«Krank? Und darauf fällst du rein? Du sollst ihr wohl den Kamillentee kalt blasen und die Fieberzäpfchen vorlutschen?»

Da Cathleen sich äußerst selten zu unanständigen Formulierungen hinreißen ließ, musste ich annehmen, dass sie wirklich eifersüchtig war. Ich versuchte es mit materiellen Argumenten. Die kamen bei Cathleen immer gut an.

«Stell dir vor, tausend im Monat, und das für etwas Hausarbeit.»

«Ja sicher. Aber dass du gleich bei der Frau einziehst, ist wohl doch etwas speziell.»

«Aber Cathleen, ich brauche doch einen Job, und jetzt habe ich einen.»

«Das kann man sagen. Einen Volljob!»

«Ich denke kaum, dass ich in meiner Situation wählerisch sein kann. Oder findest du eine andere Arbeit für mich, die dermaßen gut bezahlt ist und keine Zeugnisse und Lebensläufe verlangt?»

«Und so angenehm ist, bei der schönen Hausherrin?»

«Ich stehe nicht auf Mary», sagte ich lächelnd, und das stimmte damals noch.

«Sie sucht jemanden ‹für alle Fälle›!»

«Na ja, das bin ich doch, Schätzchen, das merkst du doch von Fall zu Fall, oder nicht?»

Cathleen schlug nach mir und musste wider Willen lachen.

«Zudem brauche ich kein Geld, wenn ich bei ihr wohne. Und sie wird mich durchs Haus hetzen, dass ich am Abend todmüde ins Bett falle. Ich werde außerstande sein, auf dumme Gedanken zu kommen.»

«Dumme Gedanken? Wie meinst du das?»

«Na eben, dumme Gedanken, du weißt schon, ihr das Fieber ausblasen und das Zäpfchen lutschen.»

«Du bist ein Aas …», sagte Cathleen. «Ein fieses Aas. Geh und brat in der Vorhölle von Bethlehem's Cross Nummer neunundsiebzig.»

«Ich stehe nicht auf Mary», sagte ich damals, und das stimmte. Cathleen war für mich die schönste, beste, geduldigste, liebste Frau auf Erden, oder, sagen wir, von Skillercounty und Hunkyhill zusammen. Das konnte ich beurteilen. Ich war zwar bereits über die Grenzen von Skillercounty und Hunkyhill hinausgekommen. Aber damals hatte ich anderes zu tun, als auf Frauen zu schauen.

Cathleen war blond, hatte feinste Härchen auf ihren Armen und trug vorzugsweise einen breiten Gürtel über ihren engen Jeans, um die schlanke Taille zu betonen. Als ich sie zum ersten Mal traf, fuhr sie mir mit ihrem Einkaufswagen in die Achillessehne. Ich schrie vor Schmerz auf und ließ das Glas mit der Tomatensoße fallen. Als ich mich umdrehte, sah ich ihren breiten Gürtel mit Pailletten, und ich dachte: Welch blödes Chick läuft an einem gewöhnlichen Dienstagmorgen mit einem silbern glänzenden Gürtel im Supermarkt herum?

Ich sagte: «Scheiße, können Sie nicht aufpassen?»

«Entschuldigen Sie», sagte Cathleen und wurde rot, «habe ich Sie verletzt?»

«An meiner empfindlichsten Stelle», antwortete ich, worauf auch ihre Arme mit den feinen Härchen rot wurden, «wären Sie so nett, einen Putzlappen aufzutreiben?»

Sie trieb zwei auf, und wir putzten zusammen die Tomatensoße vom Boden. Nach der Kasse trafen wir uns wieder. Cathleen erkundigte sich nach meiner Ferse. Ich trug ihr das Klopapier zum Auto, und es stellte sich heraus, dass Cathleen ganz in meiner Nähe wohnte, an der Lorny Street. Sie fuhr mich nach Hause. Am nächsten Tag stand sie vor der Tür und fragte, ob meine Verletzung verheilt sei und ob sie mir ein paar Dinge aus dem Supermarkt bringen solle. Das tat sie dann, und anschließend tranken wir Tee.

Eine Stimme dringt an mein Ohr, ich verstehe nichts, meine Gehörgänge scheinen mit einer Packung Ohropax zugekittet zu sein. Ich öffne den Mund, schließe ihn wieder, schlucke schwer.

«Wir wechseln Ihnen das Hemd, Sie sind vollständig nassgeschwitzt», höre ich nun die Stimme sagen, eine weibliche, tiefe, angenehme Stimme. Ich versuche gar nicht erst zu reagieren. Es wird kalt, dann warm, wohlig warm, und ich sinke in die Dämmerung zurück.

Das Haus an der Hilbury Street, in dem ich damals wohnte, hatte seine guten Zeiten schon lange hinter sich. Selbst die Concierge, eine massige Frau mit fettigen Haaren, schien einen besseren Job gefunden zu haben. Kurze Zeit nachdem ich einzog, war sie weg. Eine Nachfolge wurde nie gefunden. Ich wohnte in der Parterrewohnung. Als solche war sie jedenfalls ausgeschrieben im Sumptown Mirror, dessen Rubrik «Einzimmerwohnungen» ich damals widerwillig studierte, angetrieben von Willy. In Sumptown eine Wohnung für weniger als dreihundertfünfzig Pfund zu finden, war unmöglich. Als dann diese Parterrewohnung für hundertsiebzig Pfund ausgeschrieben war und ich die Vermieterin (sie hörte schlecht, und ich traf offenbar die richtige Tonlage) überzeugen konnte, dass dies meine neue Wohnung sei, war Willy glücklich. Er wollte mich unbedingt aus seiner Wohnung raushaben, weiß der Teufel, weshalb. Wohl wegen einer Tusse.

Die Wohnung im Erdgeschoss für hundertsiebzig Pfund stellte sich als Untergeschosswohnung heraus. Wenn ich stand und den Kopf in den Nacken legte, sah ich durch das vergitterte Fenster Beine vorbeigehen. Erstaunlich fand ich immer wieder, wie schnell alle gingen, so, als ob sie viel zu erledigen hätten, und das innert möglichst kurzer Zeit. Die Anzugshosenbeine gingen am schnellsten, begleitet von einer Mappe, die rhythmisch neben ihnen her baumelte. Unter sie mischten sich ein paar Jeansbeine und schwarz bestrumpfte Waden. Später am Tag folgten die fleischfarben bestrumpften Waden, kräftig und krumm, dünn und geädert, mit Einkaufstasche oder Rollwägelchen, mit Gehstock oder Krücken. Ich sah Jeans in allen Farben, Turnschuhe, biedere Flachtreter, Lackleder, hochhackig, abgewetzt. Vielen rollte ein Kinderwagen voran, kleine Beine trippelten hinterher, manchmal hielten sie inne, ein freundliches kleines Gesicht neigte sich zu mir herunter, bevor es ruckartig verschwand, durch den Alltag dirigiert von einer

Mutter, deren Pflichtenheft umfangreich war und deren Geduld begrenzt. Lange blickte ich nie hinaus. Es war schmerzhaft, den Kopf in den Nacken zu legen. Zudem machten mich all die Menschen, die eilig auf ihren Bestimmungsort zugingen, traurig. Ich war ziellos. Gut, der Kiosk vorne beim Wally Square war ein Ziel, jeden Morgen, für den Sumptown Mirror und ein Päckchen Marlboro Light. Den Supermarkt zwei Blocks weiter besuchte ich ebenfalls täglich. Die dicke Blonde an der Kasse grüßte mich nach der ersten Woche so vertraulich, als wäre ich bereits als Kind auf ihrem Schoß gesessen. Mir war das unangenehm. Egal, was ich tat, um mich in Deckung an ihr vorbeizudrücken, sie blickte kurz vom Rollband auf und rief: «Hi Honey, wie geht's uns heute?» «Uns», was sie wohl vor Augen hatte, wenn sie «uns» sagte? Dachte sie an sich und ihren dicken Bauch, den sie mit Mühe hinter die Kasse zwängte? Oder meinte sie sich und ihren Foxterrier, der zu Hause das Sofa zerbiss, während sie sich durch einen langen Tag tippte? Mit «wir» konnten nicht sie und ich gemeint sein. Zu Foxterriern und ihren Allüren im Allgemeinen und Besonderen wusste ich nichts beizutragen, ihr Boss gab mir keinen Anlass zur Klage, Nackenstarre war mir unbekannt und Prinzessin Mildreds neuste Affäre berührte mich nicht.

Ich benötigte ein paar Wochen, um zu realisieren, warum es mich so beunruhigte, dass sie mich ansprach. Die Erkenntnis war unangenehm, um nicht zu sagen traurig. Die Kassierin war der einzige Mensch, mit dem ich sprach, seit ich in die Parterrewohnung, die eigentlich eine Untergeschosswohnung war, eingezogen war.

Dann kam Cathleen. Gemeinsam saßen wir in meiner Untergeschosswohnung und beobachteten die Beine, die vorüberhasteten. Cathleen hatte ebenfalls nicht viel gesprochen in letzter Zeit, genauer gesagt seit ihrer Scheidung ein Jahr zuvor. Allerdings schien das Schweigen bereits in ihrer Ehe praktiziert worden zu sein, jedenfalls schloss ich das aus dem wenigen, was sie mir über das Leben mit ihrem Mann erzählte. Er hatte sie nach vierzehn «freudlosen» Ehejahren, wie sie sagte, verlassen, um mit einer Somalierin nach Frankreich zu ziehen. Die Frau hatte er im Bordell kennen gelernt und war, so Cathleen, «von ihrer Haut so betört gewesen, dass er fortan meine milchige Blässe, die so rein daherkomme und nichts als fade sei, nicht mehr sehen noch berühren noch lieben könne. Das sagte er und packte seine Koffer.»

«Und was hast du geantwortet?»

«Nichts. Was hätte ich sagen sollen?»

«Dass es dich verletzt, dass er dich nicht einfach so verlassen kann, wieso er ins Bordell geht, warum er vierzehn Jahre blasse Haut liebt und dann plötzlich nicht mehr ...?»

«Die Verletzungen in den letzten Jahren waren viel größer. Er verletzte mich unendlich, indem er tagelang nicht mit mir redete. Er hatte mich schon lange verlassen, nur gestand ich mir das nicht ein, Gott weiß, weshalb, aus Angst vor dem Alleinsein, aus Angst, eine geschiedene Frau zu sein, aus Angst, ihm gegenüberzutreten und zu sagen: ‹Ich lebe lieber allein einsam als mit dir zusammen einsam.› Aus Angst, aus der Wohnung geworfen zu werden. Aus Angst, zu hören: ‹Gut, dass du gehen willst, ich will es nämlich auch.›»

«Und wo lebt er jetzt?»

«Das weiß ich nicht, er hat keine Adresse hinterlassen. Wenn ich wollte, könnte ich sie über seinen Anwalt in Erfahrung bringen. Aber wozu sollte das gut sein? Ich habe ihm nichts zu sagen, Kinder, deren Betreuung wir uns teilen müssten, haben wir keine, den Hund hat er mitgenommen, und über den brauche ich nichts zu wissen.»

«Hast du seine Frau je gesehen?»

«Nein. Er hat mir die Vorzüge ihrer Haut gepriesen. Als er mit weiteren Beschreibungen fortfahren wollte, habe ich ihn gebeten, zu schweigen. Ich sah ihn noch nie so begeistert, so innig, mit diesem seltsam leuchtenden Blick über etwas sprechen. Es war erschreckend, und in diesem Moment war nicht einmal Eifersucht das Gefühl, das mich beherrschte. Eine lähmende Traurigkeit überfiel mich angesichts der Erkenntnis, dass wir vierzehn Jahre zusammengelebt hatten, ohne dass ich diese Begeisterung erlebt habe. Dass ich nicht der Auslöser für diese Begeisterung war, stellt nur den einen traurigen Teil dar. In der langen Zeit unseres Zusammenlebens war ich es nicht ein Mal wert, dass sich seine Begeisterung an mich richtete. War er in den Jahren, in denen ich ihn kannte, gar nie so freudig, so glühend, so enthusiastisch? Oder war es erstmals und einzig diese Frau, die ihn derart lebensfroh stimmen konnte? Ich weiß es nicht, und ich werde es auch nie wissen. Beide Möglichkeiten stimmen mich traurig. Möge er in seinem neuen Leben glücklich werden. Ich für meinen Teil, ich schweige ein bisschen und betrachte die Menschen, ich sinniere über Vergangenes und gebe mir Mühe, in der Gegenwart zu bleiben, und ich werde zu den Augenblicken Sorge tragen, in denen ich eine Spur Glück für mich finde.»

Cathleen war Balsam für meine einsame Seele, und ich glaube, ich tat ihr auch ganz gut. Wir alberten herum und guckten aus meinem Parterrefenster unter Frauenröcke, parodierten zackige Männerschritte und begannen, Tee durch Wein zu ersetzen. Zuerst tranken wir ein Glas, dann zwei, und nach einer Woche brachten wir es auf eine Flasche. Wir trafen uns regelmäßig in meinem Untergrundzimmer, rauchten, tranken und redeten. Cathleen sagte, sie habe noch nie in ihrem Leben so viel gelacht, und ich fragte:

«Cathleen, schläfst du heute Nacht bei mir?»

Sie wurde rot, tiefrot bis in ihren Ausschnitt, und sagte:

«Ja, gerne.»

Ich schloss die Vorhänge, ließ die Vorübergehenden ihrem Leben nacheilen und trug Cathleen auf mein schmales Bett.

Eine sanfte Stimme weckt mich. «Ich messe Ihren Blutdruck, Lee», sagt sie. Ich öffne die Augen. Das heißt, ich versuche es. Das linke Lid lässt sich ein wenig heben, beim rechten geht gar nichts. Eine starke Helligkeit schneidet mir in die Pupille, so dass ich sofort wieder vollständige Dunkelheit herstelle. Um meine Beine herum wird es unangenehm kalt. Offenbar hat die Stimme meine Bettdecke zurückgeschlagen. Weiß der Teufel, wird der Blutdruck jetzt da unten gemessen? Ich will fragen, was da los ist, was überhaupt los ist, aber ich finde meinen Mund nicht. Existierten da einmal so etwas wie Lippen, die sich bewegen ließen? Nein, da sind keine Lippen. Auch keine Zunge, kein Gaumen, an den sie schlagen kann, kein Kehlkopf, der gepresste Luft beisteuert zu einer Sprache, die verstanden wird. Ich spüre nichts dergleichen. Schlagartig wird mir klar, wie gedankenlos ich in letzter Zeit meine Lippen bewegte, wie nachlässig ich Laute aneinanderreihte, ohne zu spüren, welch wundervolles Erzeugnis sie hervorbringen. Tränen steigen mir in die Augen, zumindest spüre ich, wie sie den Kanal hochklettern. Immerhin. Mindestens Augen sind vorhanden. Irgendwo müssen die Tränen rauskullern. Sehen tue ich nichts. Am besten sehe ich, wenn die Augen geschlossen sind.

Mein Vater hatte Recht. Er sagte: «Mit dir wird es schlimm enden, wenn du nicht besser auf deinen Kopf aufpasst.» Das war, als ich im Schwimmunterricht von der Sprungturmleiter fiel und mir Doktor Schwarz zum zweiten Mal die Kopfhaut zusammennähte. Das erste Mal tat er es wegen Knut und wegen des Fußballs. Mein bester Freund Knut hatte damals einen kräftigen Schuss, aber mein Kopf verhinderte, dass er den Ball zwischen die beiden Apfelbäume, die im Obstgarten das Tor markierten, platzierte.

Ich sackte sofort zusammen. Ein Sechseck neben dem anderen hatte sich fein säuberlich in meine Stirn eingedrückt. Mein Freund Knut wurde des vielen Blutes wegen ohnmächtig. So lagen wir eine Weile, bis mein Vater mit dem Traktor auf den Hof ratterte und Doktor Schwarz anrief.

Mein Vater würde sagen: «Hättest du doch besser aufgepasst. Sahst du ihn nicht kommen? Wärst du ausgewichen, dann hätte er dich nicht getroffen.» Ich sah ihn nicht kommen. Wer richtet schon den Blick zum Himmel, wenn Linsbury gegen Talton spielt und null zu eins im Rückstand ist. Er kam aus heiterem Himmel. Seine Wucht war umwerfend, er hatte bestimmt ein gutes Stück Weg hinter sich.

Die nette Stimme und eine weitere, die etwas tiefer klingt, beginnen mich wieder zu quälen. Glühende Stiche fügen sie mir zu. Mein Kopf ist ein brennender Ball, und wenn ich ihn berühren will, finde ich weder Arme noch Hände, um das zu tun. Will ich reden, suche ich den Mund. Und will ich sehen, wo ich bin, zischen mir Pfeile ins Hirn, so dass ich besser vergesse, was ich will. Vom brennenden Ball an abwärts scheine ich nicht zu existieren. Ich empfinde mich einzig, wenn eine der netten Stimmen die Decke wegnimmt. Dann wird es kalt. Also muss da unten etwas sein. Allenfalls sind meine Beine doch noch vorhanden.

Mein Leben auf der Schutthalde St. Martin begann jeweils um sechs Uhr in der Früh. Dann klingelte mein Wecker, den ich unter einem halbvollen Sack Zement gefunden hatte. Er funktionierte jeden Morgen tadellos, zu meinem Bedauern, denn liebend gerne hätte ich ab und zu verschlafen. Noch im Liegen schaltete ich das Radio an. Es war jeden Tag dieselbe Leier. Der Beschuss geht weiter wie wir soeben erfahren erliegen hunderte weitere werden vermisst. Das Parlament hat beschlossen Brandherd in alter Scheune Unterhaus beschließt neues Gesetz trink Pepsi Winterreifen inklusive bunter Liederabend Bombenstimmung definitiv. Dann war ich wach und konnte den Pulverkaffee trinken, ohne ihn versehentlich über meine Hände zu gießen. An regnerischen Morgen trommelte es gemütlich aufs Wohnwagendach, und ich hätte stundenlang sitzen und zuhören können. An sonnigen Sommermorgen hätte ich mich sofort wieder hinlegen mögen. Die Hitze staute sich bereits im Wohnwagen. Sommers wie winters erhob ich mich jedoch nach der zweiten Tasse, schlüpfte in die lehmbepackten Gummistiefel und buckelte mich zur Tür hinaus. Der Morgengeruch erwartete mich. Vergammelte Matratzen und Sofas moderten vor sich hin. Wenn es regnete, war es besonders ätzend, vom Highway her wehte ein Abgaslüftchen. Ab und zu setzte sich ein Veilchen durch. Ich packte die Schubkarre vor dem Wohnwagen und ging über den Vorplatz, den ich mit hellblauen Kacheln ausgelegt hatte, zum Schutthaufen hinüber, immer mit der Hoffnung, dass in der vergangenen Nacht ein aufstrebender Familienvater seinen abgelegten Plunder hier deponiert hatte. Meist erfüllte sich meine Hoffnung. Bereits aus der Ferne konnte ich erkennen, ob neue Tische, Stühle, Besen, Pfannen und Kühlschränke hinzugekommen waren. Mein Puls stieg leicht an, während ich mich näherte und mit einem ersten Blick deren Zustand prüfte. Denn es gab eine ganze Bandbreite vom Rosthaufen, der ehemals ein Leben als Küchenausguss führte, bis zum funktionstüchtigen Staubsauger, der wohl einzig seiner braunen Farbe wegen entsorgt worden war. Ab und zu steckten die Dinge noch in ihrer Originalverpackung wie der elektrische Rasierapparat, den ich an einem schönen Sommermorgen fand. Wohl ein Missgriff einer Geliebten, den ich gegen gutes Geld tauschte. Oder die Ehefrau hatte sich nicht durchgesetzt, und ihr Mann blieb trotz ihrer hartnäckigen Überredungsversuche der guten alten Nassrasur treu. Nachdem ich die besten Stücke mit der Schubkarre zum Wohnwagen geschafft hatte, gönnte ich mir eine dritte Tasse Kaffee. Ich hatte einen Verschlag aus alten Brettern gezimmert, um die Waren einzuschließen. Ich baute ihn an meinem vierten Tag auf St. Martin. An jenem Morgen bestätigte sich mein Vorurteil, dass weder Bonzen noch Habenichtsen zu trauen war. Beide Berufsgruppen zocken dich ab, wenn du nicht wachsam bist. Nachdem ich während dreier Tage so einiges an brauchbaren Dingen zusammengesucht und bei meinem Wohnwagen gestapelt hatte, machte ich am vierten Morgen die Entdeckung, dass es mit der Berufsehre auch bei den Schrottsammlern nicht weit her war. Meine Güter waren verschwunden.

St. Martin war ein Selbstbedienungsladen, in dem man im Unterschied zum Selbstbedienungsladen nicht bezahlen musste, und ich tat gut daran, beim ersten Alarm des Weckers aufzustehen. Die Konkurrenz schlief nicht. Da war zum Beispiel Marty, der regelmäßig vorbeikam. Er war ein zäher alter Bursche, der ein paar Straßen weiter im Männerheim Holy Spirit wohnte. Die Schutthalde gab ihm seit Jahren einiges an Schnäppchen her, und Marty betrachtete mich als Eindringling, wenn auch offenbar als nicht allzu bedrohlichen. Ich hatte ihm den Wohnwagen voraus, er mir seine Geschwindigkeit. Immer war er der Erste. Während ich träumte, räumte er ab. Wenn wir aufeinandertrafen, war er immer freundlich, und ich bemühte mich um ein paar Worte.

«Guten Tag, Marty, schöner Tag heute.»

«Hmm, zu schade zum Arbeiten. Gut geschlafen, Louie?»

«Lee, Lee ist mein Name, Marty. Was hast du denn Schönes hier?»

«Hmm, 'n Ölschinken, ganz nett, der Rahmen ist noch gut beisammen. 'n paar Tropfen Leim, dann werd ich ihn am Mocket Street Market los.»

«Na dann viel Glück, Marty.»

Der Mocket Street Market fand jeden Samstag statt. Es gab da einige Händler, die uns Waren abnahmen. Man musste bloß am Samstagmorgen in aller Herrgottsfrühe dort sein und bestimmte Stände abklappern. Dann bestand die Chance, edlen Schrott gegen ein paar Pfund einzutauschen. Außer Marty und mir versuchten das auch noch Joe und Kathy, ein Paar aus einem Kaff im County Milroy, das den Weg in die Großstadt gefunden, den Aufstieg jedoch verpasst hatte. Ihre Waren bezogen sie ebenfalls aus St. Martin. Da sie jedoch länger schliefen als ich, war das kein Problem.

Der Mocket Street Market warf jede Woche das Nötigste zum Überleben ab. Die Einnahmen reichten für ein paar Büchsen Beef, Bohnen und Bier, Bananen, Zigaretten und eine Tafel Schokolade. Für die Extras musste ich in die Hosen, in meine einzig guten, die ich noch hatte. Dazu trug ich ein Jackett, das Mary mir hinterlassen hatte, es gehörte wohl früher Jack oder Ben oder Luke oder weiß der Teufel wem. Es schlotterte um meinen Körper, kleidete mich aber wenigstens einigermaßen anständig. Dann packte ich sorgfältig meine präparierten Stücke in Seidenpapier und stapelte sie im roten Kunstlederkoffer mit den großen Silberschnallen, der einer zweiwöchigen Kölnischwasserkur bedurfte, damit er nicht mehr zum Himmel stank. Es ließ sich eine große Menge darin verstauen, meist schaffte ich nicht, den Koffer zu füllen. Präpariert hatte ich die Stücke in langen Abendstunden, während denen ich Teddy Hamptons «Ted's Talk» hörte und meinen Wohnwagen in ein Atelier verwandelte. Da standen Büchsen und Spraydosen mit Farben in zwölf Tönen, Spachtelmasse und Leim, Salmiak und Terpentin, Linol, Lack und Lauge. Schwämme lagen herum, Lupen und Lappen und Pinsel, Schleifpapier, Goldfolie, Werkzeuge, Schrauben und Nägel in allen Größen. Das reichte, um aus schäbigen Bilderrahmen zweihundertjährige Goldrahmen zu machen, blinde Kronleuchter auf Hochglanz zu bringen und müden Puttenengeln neues Leben einzuhauchen. Leuchten aus den Fünfzigern gaben mit ein wenig Farbe viel her, Nierentischen schraubte ich die Beine fest und polierte sie, Handtaschen färbte und fettete ich. Ich ließ Blechlöffel zu Silber werden, versah neue Zinnkrüge mit Patina, malte Tassen von Cheapest zum Teeset mit Rosen um und baute aus zersplitterten Holzkästchen antike Schmuckschatullen. Zeitaufwändig war diese Arbeit sicherlich. Aber es lohnte sich. Dem Antiquitätenhändler Haloway an der Orpheus Street gab ich vor, ich würde Haushaltsräumungen von Verstorbenen übernehmen, deren Angehörige sich damit nicht die Finger schmutzig machen wollten. Dabei falle mir immer wieder das eine oder andere Stück in die Hände, das ich, kaum hatte mein Kennerblick den wahren Wert erkannt, den zerstreuten Verwandten für wenig Geld abknöpfte. Haloway sah keinen Grund, an meiner Darstellung zu zweifeln. Er versuchte einzig, mich im Preis zu drücken. Aber ich wusste, was meine Ware wert war. Letztendlich bezahlte er nach längerem Feilschen annähernd den Preis, den ich mir vorstellte. Ob er das wahre Leben hinter meinen Sachen und Sächelchen erkannte, durchschaute ich nicht. Jedenfalls fragte er nie genauer nach, auf welch edlem Dachboden ich das kostbare Ding aufgestöbert hatte. Mir sollte das recht sein. Es ersparte mir die Mühe, für jedes meiner Objekte eine glaubwürdige Geschichte zu erfinden.

Mein Leben auf der Schutthalde St. Martin verlief friedlich und ruhig. Wenn ich redete, geschah das mit mir selbst.

«Vergiss nicht wieder, morgen den Müll rauszustellen.»

Das war mein Donnerstagabendspruch. In Erinnerung an Mary, die in ihrem Stuckdeckenhaus auf dem Sofa saß und Nägel feilte, während ich in der Küche den Chromstahl auf Hochglanz brachte. Zwei Mal im Jahr, während dessen ich für sie arbeitete, hatte ich vergessen, am Freitagmorgen den Mülleimer rauszustellen. Das hielt sie mir danach jeden Donnerstag vor, meist während sie ihre Maniküre erledigte oder ihre langen, rotbraunen Haare ausbürstete. Ihre Haare waren eine Pracht, die sie mit Argusaugen bewachte. Jedes neue graue Haar, das sie im Spiegel entdeckte, wurde erbarmungslos ausgerissen. Nebenher schaute sie ihre Lieblingssendung im Fernsehen, die News des Tages. Sie war süchtig nach den News. Keine Soap vermochte ihr das Vergnügen zu bereiten, das sie empfand, wenn ihr der graue Kasten Meldungen über patente Konsumentenschützerinnen, fanatische Krieger und schwule Flamingos ins Haus brachte. Nicht einmal Joe. Und Joe war, wie sie sagte, «der erste Mann in meinem Leben. Der erste richtige Mann. Die davor waren Peanuts.»

«All die Jahre keine richtige Liebe? Aber wieso bliebst du dann mit den Männern zusammen?», fragte ich ungläubig.

«Männer», schnaubte sie, «diese Bezeichnung verdienen sie nicht. Jungspunde, Episoden. Außer Ralf. Ralf liebte ich. Aber als es richtig ernst wurde, war er weg.»

Ernst werden hieß bei zirka neunzig Prozent der Frauen heiraten und Kinder kriegen. Jedenfalls nach meiner Erfahrung. Bei Mary bedeutete es etwas ganz anderes. Sie würde freiwillig darauf verzichten, sich mit mehreren Männern zu treffen. Mary wollte keine Kinder gebären.

«Das sollen andere übernehmen, die dazu besser taugen als ich», sagte sie. «Die biologische Uhr, von der die Wissenschaft behauptet, sie ticke in jeder Frau. Da kann ich nur lachen. Als ob in jeder Gebärmutter eine Bombe installiert wäre. Bekommt die Gebärmutter etwas zu tun, wird die Bombe entschärft. Wird sie das nicht, tickt sie weiter. Und explodiert irgendwann. Das Risiko nehme ich gerne auf mich. Ich will nicht entschärft werden.»

Bei Mary explodierte die Bombe täglich. Meist traf es mich.

«Dieses Putzmittel macht den Boden rutschig, wie oft muss

ich dir das noch sagen. Wenn ich mir den Hals breche, hast du nichts davon. Außer dass du dir eine neue Arbeit suchen musst.»

Oder: «Der Tisch ist hin. Wie schaffst du es nur, immer neue Kratzer zu machen. Das ist ein Stück von Mummy. Mummy dreht sich jetzt im Grab um.»

Auch Marys Job war Zündstoff. Mary arbeitete auf der Redaktion der Sunday News, wo sie das Ressort Trend betreute. Sie liebte ihre Arbeit über alles und stellte auch noch mit ihren sechsunddreißig Jahren jeden jungen Trendscout in den Schatten. Das erzählte sie mir jedenfalls, und ich glaubte es ihr gerne. Sie kam allem auf die Spur und probierte es auch immer gleich aus. Flipflops trug sie, als ihre Kolleginnen noch mit geschwollenen Füßen auf Stilettos stöckelten, ihre Krawatte sorgte für schiefe Blicke und ihre Löwenmähne für Kopfschütteln, lange bevor ihre Geschlechtsgenossinnen sich aufmachten, der Welt ihre wilde Kehrseite zu zeigen.

Von den schlechten Tagen hörte ich nach Feierabend, dann, wenn bei der Sunday News die Tasten ruhten.

«Das machen sie nicht mit mir. Heute winkt der Gronsky mich zu sich an den Schreibtisch und eröffnet mir seelenruhig, dass Barbara meinen Arbeitsplatz übernimmt und ich ins hinterste Büro verlegt werde. ‹Walter›, habe ich gesagt, ‹so nicht. Seit fünf Jahren hetze ich mir die Seele aus dem Leib für die lausigsten Trends, einzig damit du am Montag lesen kannst, wer uns alles abschreibt.›»

Wie sie es dann geschafft hatte, dass Barbara ins hinterste Büro zog, verriet sie mir nicht. Um Erpressung handelte es sich wahrscheinlich diesmal nicht, dafür war der Streitpunkt zu wenig brisant. Erpressung wandte sie nur an, wenn es um wichtigere Themen ging. Darüber tauschten wir uns ein paarmal aus, nach Feierabend, wenn sie ihre schönen Beine hochlagerte und sich von mir einen Drink bringen ließ. Sie hatte einen sicheren Instinkt für Dinge, die andere Menschen gerne versteckt hätten. Und eine

Begabung, sie ans Licht zu holen. Eine Pein für die Betroffenen. Der Redaktionskollege Fielding jedenfalls bemühte sich damals sehr, ihr die Hauptverantwortung für den Trend zu verschaffen.

«Das ist nicht recht, Mary», hielt ich ihr vor, als sie mir die Geschichte erzählte. «Das ist Erpressung.»

«Das musst ausgerechnet du mir sagen», fauchte sie, und ich bereute, ihr mein Herz geöffnet zu haben, ein paar Wochen zuvor, beim zweiten Whisky, nachdem ich den Lauchgratin in den Ofen geschoben hatte, «wenn Fielding keine kleine Geliebte Toni zu verbergen hätte, wäre ich nie auf die Idee gekommen, ihn zu erpressen.»

«Es drängte sich auf, das muss ich zugeben. Aber hin und wieder muss ich an den Satz denken, den der Priester damals zu mir gesagt hatte.»

«Welcher Priester?»

«Der vom Gefängnis. Er sagte zu mir: ‹Er allein kann Sie von der Schuld befreien, die Sie auf sich geladen haben.› Er sagte es so seltsam, nicht streng, wie man das von Priestern annehmen könnte, sondern beinahe … beinahe …»

«Traurig?», fragte Mary.

«Genau, traurig ist der richtige Ausdruck.»

«Das war seine Masche, um dich vor dem Jüngsten Gericht zittern zu lassen.»

«Mary, habe ich Schuld auf mich geladen?»

«Was ist Schuld?», fragte Mary.

«Schuld ist, wenn du jemandem etwas antust.»

«Du hast niemandem etwas getan.»

«Doch», widersprach ich, «ich habe meinen Onkel erpresst.»

«Ja, aber du wurdest dazu angestiftet.»

«Einverstanden. Anderseits hätte ich das Angebot ablehnen können.»

«Da wärest du schön blöd gewesen. Das Angebot war zu lukrativ, um es abzulehnen. Zudem hast du deinem Onkel nichts angetan.»

«Das stimmt. Ich habe nur sein Geld genommen.»

«Davon hat er genug. Und übrigens war es ein lächerlicher Betrag.»

«Immerhin waren es zweitausendfünfhundert Pfund. Ich habe ein paar Runden damit gespielt.»

«Es hätte mehr sein können. Zu dumm, dass das Ganze aufflog. Noch dümmer, dass es deinetwegen aufflog.»

Dieser Meinung war ich auch, obwohl ich das ungern zugab. Ich beschloss, das Gespräch zu beenden.

«Also habe ich keine Schuld auf mich geladen?»

«Du hast recht daran getan, den fetten Sack auszunehmen.»

«Er hat es schließlich nicht anders verdient», pflichtete ich bei.

«Ich trauere jedem Tausender nach, den du ihm nicht abknöpfen konntest.» Marys Augen funkelten wild.

«Ein Leben in Saus und Braus ist mir entgangen», jammerte ich.

Mary schüttelte den Kopf. «Nun übertreib mal nicht. Aber ein rechter Zustupf wärs schon gewesen. Vor allem mit deinem aufwändigen Hobby. Selbst schuld. Wärest du doch nicht …»

«… ins Casino gegangen! Ich weiß, Mary.»

Und ich verfluchte einmal mehr den Moment, an dem sich Onkel Moses zu mir an den Roulettetisch gesetzt hatte.

Zuerst ging alles ganz einfach. An einem schönen Morgen im Februar 1998 schnitt ich Rosen im Garten meines Onkels Moses. Park wäre die angemessenere Bezeichnung für die Anlage, die zu seiner Villa, errichtet im Kolonialstil, gehörte. Moses lebte mit seiner Frau Klara und Tochter Gwen im Hinterland von Middlefield, zirka eine Autostunde von unserem Hof entfernt. Ich hatte mir bei meinen verschiedenen Gelegenheitsjobs eine beträchtliche Fingerfertigkeit im Rosenschneiden angeeignet, und es hieß in der Gegend bereits, falls es mit den Rosen nicht klappe, wisse Lee Rat. So hatte mich auch Moses' Frau Klara angefragt, ob ich ihr die Rosen stutzen und neu binden könne. Es war das erste Mal seit der Beerdigung meines Vaters, dass wir miteinander redeten. Unsere beiden Familien hatten wenig bis gar nichts miteinander zu tun. Bereits zu Lebzeiten meines Vaters brachten wir höchstens einen Besuch pro Jahr mit gezwungen höflicher Konversation hinter uns. In meiner Erinnerung war es vorwiegend Mutter, die das Gespräch in Gang hielt. Offenbar war weder meinem Vater, der in Gegenwart seines Bruders noch verhaltener war als üblich, besonders viel an Blutsbanden gelegen, noch war dies bei meinem Onkel der Fall. Rückblickend scheint mir, dass ich darob hätte stutzen müssen, vor allem auch angesichts der Tatsache, dass die beiden Zwillingsbrüder waren. Damals jedoch schienen mir die ausgesprochen seltenen und kalten Begegnungen nicht der Rede wert. Ich zählte sieben Jahre, als Onkel Moses in mein Leben trat, und er war mir mit seiner lauten Stimme, dem schweren Schritt und dem harten Händedruck eher unheimlich. Sein Auftreten trug jedenfalls nicht dazu bei, Sehnsucht nach familiärem Austausch zu wecken. Onkel Moses tat immer sehr geschäftig und erhob sich mehrmals während eines Essens, um im Arbeitszimmer zu verschwinden. Was er tat, um sein aufwändiges Leben zu finanzieren, hatte ich mir nie genau überlegt, und als ich im Gespräch mit Vater einmal darauf kam, murmelte mein Vater etwas von «Importexport». Das tönte in meinen Ohren nicht besser als Vaters Standardantwort auf die Frage, womit er denn sein Geld verdiene: «Wir bewirtschaften einen Hof.» Also erstarb meine Neugier schnell.

Zu Onkel Moses gehörte seine Frau Klara. Sie war blass und blauäugig und verschwand gänzlich hinter ihrem Gatten. Wie sie den lieben langen Tag verbrachte, blieb mir rätselhaft. Jedenfalls tat sie nicht minder beschäftigt und zählte meiner Mutter bei einem der seltenen Besuche ihre Verpflichtungen auf. Haushalt, Kinderbetreuung und Kochen gehörten jedenfalls nicht dazu, denn das oblag dem Dienstpersonal.

Tochter Gwen kam zur Welt, als ich acht war. Mit dem sabbernden Bündel wusste ich nichts anzufangen. Sie war unbrauchbar zum Spielen.

In Anbetracht dieser Familienverhältnisse war ich etwas erstaunt, als Tante Klara anrief und fragte, ob ich ihre Rosen schneiden würde, sagte aber in freudiger Erwartung des nicht zu knapp bemessenen Lohnes sofort zu. Ich schnitt also an jenem schönen Morgen Ende Februar die Rosen im Garten meines Onkels, als ich ein Geräusch hörte, das wie ein Grunzen tönte. Es schien aus der Höhe zu kommen. Ich verschob die Leiter ein wenig und stieg ein paar Stufen hinauf, bis ich knapp über die Balustrade des Fensters im ersten Stock sehen konnte. Onkel Moses war schwer am Arbeiten. Er stand mit dem Rücken zum Fenster am Arbeitstisch, sein nackter Hintern bewegte sich vor und zurück, die Hosen hingen ihm um die Waden. Das Grunzen stammte von ihm, das Fenster war einen kleinen Spalt breit geöffnet. Mit heftigen Stößen bohrte er sich in eine Frau, die auf dem Schreibtisch vor ihm lag und von der ich nur die Beine und ein wenig Rocksaum sah, die über die Tischkante hingen. Die Frau war nicht Tante Klara. Ich war ein wenig irritiert und ratlos, fand dann aber, es sei nicht der richtige Zeitpunkt, Fragen zu stellen, und stieg vorsichtig von der Leiter. Tante Klara stand lächelnd unter der Haustür und drückte mir einen Umschlag in die Hand, als ich nach getaner Arbeit zum Haus zurückging.

Der Umschlag von Tante Klara enthielt dicke Post. Ein Bündel Noten und eine ausführliche Anleitung dazu, ihren Mann zu erpressen. Mit ermunternden Worten forderte sie mich auf, zuzugreifen. Es schien ganz einfach. Klara handelte alle wichtigen Punkte ab. Nur ganz kurz hielt ich mich in Gedanken darüber auf, weshalb Tante Klara mich zur Erpressung ihres Mannes anstiften wollte. Aber mir wurde schnell klar: In solchen Kreisen erledigt man die Drecksarbeit nicht selbst. Zudem sprachen die fünfhundert Pfund Vorschuss, die Tante Klara mir in den Umschlag gelegt hatte, für die Annahme des Angebots.

Von jeder weiteren Zahlung, die ich Onkel Moses abringen konnte, war mir die ganze Summe versprochen, denn, wie Klara in ihren Anweisungen schrieb, «es geht mir nicht ums Geld, das soll dein Verdienst sein. Ich möchte ihn zittern sehen.»

Klara musste ihre Gründe haben, das zu wollen. Allenfalls wollte sie auf dem Schreibtisch bearbeitet werden anstelle der anderen, aber Onkel Moses' Lüste gingen in eine andere Richtung, und nun musste er büßen. Falls das so war, hatte ich es zu respektieren. Gerne hätte ich sie darauf hingewiesen, dass sie nach dem, was ich beim kurzen Blick durchs Fenster an Liebesvermögen ihres Gatten gesehen hatte, nicht allzu viel verpasste, dass sie sogar froh sein konnte, wenn eine andere bereit war, für die Triebabfuhr einer Dampfwalze ihre Beine über die Kanten eines Schreibtisches hängen zu lassen. Aber das sagte ich nie zu Tante Klara. Erfahrungsgemäß sind eifersüchtige Gattinnen unberechenbar, und ich wollte das Projekt «Liebesdienst», wie Tante Klara es in der Betreffzeile ihres Briefes an mich nannte, nicht gefährden. Sie ließ mir zusammen mit der Anleitung und dem Geld den ersten Umschlag zukommen, den ich Onkel Moses eine Woche später zu überbringen hatte. Ich musste vorgeben, ich hätte ihn vor unserem Hoftor gefunden, adressiert an Moses Gustavo. Allenfalls habe der Absender die beiden Brüder verwechselt, würde ich als Argument vorbringen.

Fünf Abende lang konnte ich es mir verkneifen, den Umschlag zu öffnen. Ich ließ es dabei bewenden, ihn jeden Abend aus seinem Versteck in meinem Lieblingsbuch «Robinson Crusoe» zu holen, ihn zu betasten und mir auszumalen, was darin geschrieben sein könnte. Hatte Tante Klara Buchstaben ausgeschnitten und eine anonyme Botschaft zusammengeklebt, wie ich es aus der Sendung «Crimes among us – helfen Sie bei der Auflösung!» kannte? War das Briefpapier mit Gift durchtränkt, das Onkel Moses vom vitalen Mann in einen tattrigen Greis verwandeln sollte? Am sechsten Tag war die Neugier zu groß. Ich löste den Klebverschluss so, dass er ohne Spuren wieder geleimt werden konnte. Im Umschlag steckte ein Blatt Papier. Als ich es auseinander faltete, starrte mich ein Skelett an. Es trug einen schwarzen Umhang und holte zum Schlag mit einer Sense aus, die bedrohlich über seinem Kopf schwebte. Darunter stand in Computerschrift geschrieben:

«Ich habe schwere Arbeit zu leisten die nächsten Tage, du hast noch etwas Aufschub. Aber glaub mir, Spaß wird's machen, dich armes Schwein winseln zu sehen. Kitzliges Kichern trage ich in der Kehle, wenn du dumm deinen Kiefer fallen lässt, Erregung packt mich, wenn du deine Gebete zum Himmel stößt, und schadenfreudig sehe ich, wie dir deine Pisse das Bein herunterläuft. Kerle wie dich lasse ich eine Runde extra fahren und lese ihnen dazu die Kontostände. Damit du weißt, was du verlierst.»

Ich war verblüfft. Da zeigte sich eine verborgene Seite von Tante Klara. War sie unter die Dichter gegangen? Gab es Nachschlagewerke: «Wie räche ich mich an meinem untreuen Mann?» Ich musste zugeben, dass der feixende Tod seine Wirkung nicht verfehlte. Sogar ich schreckte zurück, als ich das Bild sah. Was meines Erachtens fehlte, war die Zahlungsaufforderung.

Die kam mit dem nächsten Brief, den ich Onkel Moses zu überbringen hatte. Leider sah ich sein Gesicht dabei nicht, denn auch dieses Mal war er nicht im Haus, und ich händigte den Brief zusammen mit meiner Erklärung wiederum dem Dienstmädchen aus, das mir versprach, beides seinem Herrn zu überbringen. Auch bei diesem Brief konnte ich es mir nicht verkneifen, den Inhalt zuerst zu prüfen, bevor ich ihn weiterleitete. Obwohl ich diesmal auf eine derbe Botschaft gefasst war, jagte mir der grinsende Sensemann einen Schauer über den Rücken. Er griff mit seiner knochigen Hand einer Frau mit langen Haaren, der er den Rock bis zur Hüfte hinaufgeschoben hatte, zwischen die Beine. Darunter war zu lesen:

«Wie satt ich die ewig winselnden Weiber hatte. Bis du kamst, mit deiner Brünetten hier, ist sie nicht schön? Ich nehme sie mir und walze und wienere sie und quäle sie mit meinen wilden Tänzen, bis sie schön mürbe ist für einen sanften Schnitt mit meinem scharfen Instrument.»

Oha, dachte ich, jetzt gibt sie aber Gas, die Tante. Ich las weiter:

«Willst du ein Kavalier sein und dich deine Brünette etwas kosten lassen, so werde ich nochmals ein Nachsehen haben und mir eine andere nehmen. Zahle bis am 15. März tausend Pfund auf die Savingsbank ein, Kontonummer 23-89-6394, Clearing 3592. Sollten dir ein paar Hunderter mehr wert sein als deine fesche Gespielin, kannst du dich bald an ihren blanken Knochen laben. Ein Rippenstück oder Fingerknöchelchen kann ich dir gerne als Erinnerung an saftigere Zeiten zukommen lassen.»

Wow, man könnte meinen, der Kerl hocke wartend an der nächsten Ecke, staunte ich und schob den Brief sorgfältig in den Umschlag zurück. Ob Onkel Moses das auch so sieht?

Onkel Moses sah es offenbar auch so. Jedenfalls ging die Zahlung pünktlich ein. Das bestätigte mir Tante Klara mit einem knappen «Alles läuft bestens, beiliegend dritter Brief», dazu fand ich ein Bündel Hunderter. Im dritten Brief hatte der Tod seine Sense einem Mann um den Nacken gelegt. Er schien den Widerstrebenden näher zu sich zu ziehen. Der Mann hatte die breite Postur von Onkel Moses. Sein Gesicht war schmerzverzerrt. Unter dem Bild war zu lesen:

«Großmäulig bist du in den täglichen Geschäften, spuckst Kurse und Kacke und sprichst in falschen Tönen vor Frau und Kind. Tippe ich jetzt sanft auf deine Schultern, blickst du entsetzt mit Kulleraugen und kannst es nicht fassen.

‹Mir armem Kerl soll die Stunde schlagen? Karriere, Konjunktur, Kind, Konkubine, und Klara, kommt sie ohne mich klar?›

Du wimmerst: ‹Lassen Sie mich aus dem Vollen schöpfen, eine Kommission springt garantiert für Sie raus, sagen wir mal fünfunddreißig Prozent?›

Unter hundert Prozent geht in diesem Spiel nichts, sag ich dir und halte dich an deiner Krawatte fest, es bläst ein kalter Wind. Die Berg- und Talfahrt wird dir das Fleisch von den Knochen reißen, deine Haussen und Baissen sind sanfte Kurven dagegen. Schweig. Kalt und bleich wirst du werden.»

Tante Klara begann sich selbst zu übertreffen, fand ich. Wiederum forderte sie Onkel Moses auf, tausend Pfund wie gehabt zu überweisen. Und er tat es.

«Erstaunlich», fand Mary, «dass es so reibungslos funktionierte.»

«Es lebe das Bankgeheimnis», sagte ich.

«Und die Angst», lachte Mary.

Tante Klara ließ mir einen letzten Umschlag für Onkel Moses zukommen. Das Projekt «Liebesdienst» sei ein voller Erfolg gewesen, schrieb sie, nun sei es nach dieser letzten Drohung an der Zeit, aufzuhören, bevor er Lunte rieche. Ich nahm an, dass ihrem Mann die Brünette ein zu teurer Spaß wurde und Tante Klara ihre Vormachtstellung, sei es auf dem Schreibtisch oder anderswo, wieder zurückerobert hatte.

Mir sollte es recht sein. Ich war glücklich, mit wenig Arbeit zu Geld gekommen zu sein, und hütete mich, etwas davon in meinem Alltag zu offenbaren. Ich verrichtete meine Arbeit auf dem Hof und ging weiterhin zusätzlichen Gelegenheitsarbeiten nach, Gestelle einräumen beim Bellomarket, die Kasse bedienen an der Tankstelle bei Joe vorne, Rasen mähen, Rosen schneiden. Das Geld hatte ich auf die Sparkasse von Sumptown einbezahlt, auf ein Extrakonto. Ab und zu leistete ich mir eine Runde Spielen im Casino im Ricket County drüben. Das war ein Fehler, jedenfalls in der Nacht vom 24. auf den 25. August. Aber wie konnte ich ahnen, dass es Onkel Moses an diesem Abend ebenfalls in die schönste aller Höllen zog? Ich saß am Roulettetisch und hatte soeben einen Stapel neue Fünfziger gekauft, als er mir auf die Schulter tippte.

«Hi Lee, ganz schön im Geschäft, was? Hast du neuerdings einen Goldesel im Stall?»

Ich fiel beinahe vom Stuhl.

«Ähh, ja, es läuft nicht schlecht ... eher gut ... geradezu sensationell. Und du, was machst du hier?»

Onkel Moses lachte schallend. «Was ich hier tue, Lee? Ich schaue den Damen in den Ausschnitt und zwitschere dazu den einen oder anderen Drink. Und dann schaue ich dir auf die Finger, haha!»

Die leise gemurmelten Gespräche am Tisch verstummten, alle schauten zu uns hinüber. Ich fühlte, wie mir das Blut ins Gesicht stieg und ich tat so, als würde ich mich auf die kleine weiße Kugel konzentrieren.

«Darf ich mich zu dir setzen, Lee? Ich würde gerne lernen, wie das Absahnen funktioniert. Bei mir klappt das nie. Aber eben: Glück in der Liebe, Pech im Spiel!»

Er verschluckte sich und hustete feine Sprühnebel über den Tisch, während er sich zwischen meine Nachbarin und mich zwängte.

«So, Lee, nun zeig mal, wo setzt du? Auf Rot? Wäre nicht Schwarz besser? Und weshalb nur fünfzig? Hast du hier nicht noch einen ganzen Stapel, Lee? Riskiere ein bisschen was, ohne Risiko kein Gewinn, schau mich an, vom Farmersjungen zum Millionär hab ich es gebracht, und das nicht beim Spielen, aber mit viel Einsatz!»

Und an die Dame neben ihm gewandt: «Verwandtschaft, wissen Sie, da muss man sich doch gegenseitig unterstützen, Lee scheint zwar dem Teufel vom Wagen gekippt zu sein, ist aber ganz in Ordnung. Herr Ober, bringen Sie noch zwei Whiskys, und für die Dame eine Bloody Mary. Lee, du setzt andauernd falsch, das ist ja nicht zum Zusehen, hat dich dein Glück verlassen?»

Ja, mein Glück hatte mich verlassen. Von dem Moment an, als sich der schwatzende, stinkende, aufgeblasene Onkel Moses im Casino neben mich setzte.

Wegen Onkel Moses verlor ich an diesem Abend meinen ganzen Einsatz.

Wegen Onkel Moses trank ich zu viel und wurde auf dem Heimweg von einer Streife angehalten, welche behauptete, ich fahre Kurven und müsse in ein Röhrchen blasen.

Wegen Onkel Moses wurde mein Moped konfisziert.

Wegen Onkel Moses kam ein Inspektor, der sich in meinem Zimmer umsah.

Wegen Onkel Moses fanden sie den Umschlag, den ich folgende Woche überbringen wollte, in meinem Lieblingsbuch «Robinson Crusoe».

Wegen Onkel Moses musste ich vor Gericht.

Wegen Onkel Moses beschlossen die Geschworenen, dass es für mein Vergehen keine mildernden Umstände gebe und ich die Höchststrafe abzusitzen habe.

«Dein ‹Vergehen›, das ist doch lächerlich!», rief Mary.

«Erpressung unter Androhung von Tod, vorsätzliche Perfidität, falsches Zeugnis wider Unschuldige», sagte ich.

«Vorsätzliche Perfidität?», fragte Mary.

«Der Anwalt meines Onkels setzte auf die Karte, dass die Erpressung eines nahen Verwandten von extremer Durchtriebenheit und Verkommenheit zeuge, insbesondere da ich den Brief selbst überbrachte. Er kam damit durch.»

«Und was war das andere? Falsches Zeugnis?» Mary beugte sich gespannt vor.

«Ich legte natürlich die ganze Geschichte von A bis Z dar, von Tante Klara, die mich gezielt zum Rosenschneiden bestellt hatte, damit ich ‹zufällig› einen Einblick in das Arbeitsleben ihres Mannes erhielt. Ich erzählte von ihrem Plan, den genauen Anweisungen, die ich auf ihr Geheiß ausführte, vom Geld, mit dem sie mich köderte.»

«Ja und? Wo ist da das falsche Zeugnis?»

«Sie bestritt alles und behauptete, das seien Erfindungen eines kranken Hirns, man müsse mich nur ansehen, dann sehe man, woher der Wind wehe.»

«Aber du hattest doch Beweise, ihre Briefe mit den Anweisungen?»

«Die hatte ich alle vernichtet, auf ihre Anordnung hin. Gleich nach dem Lesen hatte ich sie jeweils auf dem Feld draußen verbrannt und die Asche verscharrt.»

Mary verdrehte die Augen. «Gott, Lee, was bist du blöd. Schon mal was von Absicherung gehört?»

«Ja. Von Tante Klara. Das sagte sie auch. Deshalb verbrannte ich die Anweisungen, damit niemand etwas bei mir findet.»

Mary seufzte und sah mich mitleidig an. «Und Fingerabdrücke? Und die Schrift auf den Erpresserbriefen? Und die Zeichnungen? Klara musste doch Spuren hinterlassen haben.»

«Auf den Briefen fanden sich einzig meine und Moses' Fingerabdrücke, dazu diejenigen vom Dienstmädchen, dem ich die Briefe jeweils ausgehändigt hatte. Den Drucker, aus dem die Texte zum Bild kamen, identifizierten sie als einen Rathers. Davon gibt es tausende in unserer Stadt. Bei Klara gab es keinen.»

«Und bei dir?»

«Weder bei mir noch sonstwo im Hause. Aber sie unterstellten mir, ich hätte die Briefe auswärts schreiben können, in der Stadtbibliothek, bei Freunden.»

«Und die Zeichnungen?»

«Ein Nullachtfünfzehn-Filzstift. Solche führt das Haus Moses Gustavo nicht. Die Qualität der Zeichnungen wurde übrigens als ‹überdurchschnittlich› bezeichnet. Die Person, die das gemacht habe, müsse also eine Begabung dafür haben.»

«Und die schrieben sie dir zu?», fragte Mary kichernd.

«Ja.» Ich war beleidigt. «Nachdem Klara glaubwürdig dargelegt hatte, dass sie seit Kindsbeinen keinen Stift richtig in die Hand nehmen könne, geschweige denn so etwas wie eine Zeichnung schaffen würde, blieb nur noch ich übrig.»

«Dann bleiben noch die starken Worte des Todes aus Klaras Mund.»

«Klaras Begabung auf diesem Gebiet wurde jedenfalls nicht erkannt. Die Experten bezeichneten die Texte als pathetisch, salbungsvoll und spätpubertär. Die Geschworenen schrieben sie ohne Gegenstimme mir zu.»

Mary unterdrückte mühsam ein Lachen. «Und dann?»

«Und dann? Nach fünf Stunden Verhandlungen glaubten Richter und Geschworene der liebenden Ehefrau und ihrem armen Mann, der sich an Leib und Leben bedroht fühlte und seine besten Anwälte auf mich hetzte. Der Verteidiger, den sie mir gaben, tat seine Pflicht.»

«Und die brünette Geliebte deines Onkels saß mit verweinten Augen in der hintersten Reihe?»

«Ich bitte um mehr Respekt, Mary, vor meinem Schicksal, das mich ungerecht behandelte, und vor der armen Frau, die die Sense am Hals hatte. Nein, sie saß nicht da, soweit ich das beurteilen konnte, denn viel mehr außer Haaren und Beinen hatte ich nie von ihr gesehen.»

«Was sagte denn Onkel Moses zu seiner Tätigkeit im Arbeitszimmer?»

«Er beteuerte, das sei ein einmaliger Ausrutscher gewesen und schwor, an Klara gewandt, sie nie mehr mit einer anderen Frau zu betrügen, er sagte es so: ‹Meine geliebte Klara, es tut mir unendlich leid, dir diese Schmach hier antun zu müssen, und ich versichere dir, bis an mein Lebensende ein treuer und fürsorgender Ehemann zu sein und zu bleiben.› Die Frauen auf der Geschworenenbank hatten Tränen in den Augen. Ich musste sehr tief durchatmen, damit ich mich nicht auf ihn stürzte.»

«Und dann?»

«Dann schickten sie mich für dreizehn Monate hinter Gitter. Onkel Moses und Tante Klara fielen sich nach der Urteilsverkündung in die Arme.»

Mary beugte sich vor, nahm meine Hand und streichelte sie sanft. «Du wirst es ihnen heimzahlen, Lee.»

Mary war nicht nur schön. Sie war auch gescheit. In Mary hatte ich eine ebenbürtige Gesprächspartnerin gefunden. Ihre Gedanken waren kristallklar, ihre Argumente scharf geschliffen und äußerst praxisbezogen. Sie leuchteten mir immer ein.

«Wenn er ein gutes Leben führte», sagte sie über Fielding, den schmierigen Gecken aus der Wirtschaftsredaktion, «hätte ich ihn nicht erpressen müssen. Zu blöde, dass er seine Frau verarscht mit seiner kleinen Geliebten. Zu blöde auch, dass er es so offensichtlich tut, dass ich es bemerkt habe.»

Ein wenig irritierte mich, den Begriff «gutes Leben» aus Marys Mund zu hören, aber meine Bedenken verflogen schnell, wenn ich ihren Mund noch ein wenig länger ansah. Jedenfalls war es für Mary einträglich, dass Fielding kein gutes Leben führte. Bloomingtons oder Listers Lebenswandel ließen ebenfalls Fragen aufkommen. Auch sie lernten Marys unerbittliche Spürnase für Skandale kennen. Sie selbst fand es eher langweilig, ein gutes Leben zu führen. Das sei etwas für Feiglinge, die nichts wagen im Leben. Eher etwas für Kinder, fand ich. Vor vielen Jahren wusste ich, was ein gutes Leben führen hieß. Beim Erwachen Mama hören, die mit dem Nachbarshund spricht. In der Küche am Tisch sitzen und Apfelschnitze essen. Mit Daddy Fußball spielen. Mama beim Teigkneten zusehen. Beim Kartoffelschälen helfen. Mit meinem Bruder Haselnüsse vergraben. Daddy beim Rasieren zuschauen. Daddy kitzeln. Am Brunnen im Hof spritzen. Mit dem Finger Schlagsahne probieren. Ameisen töten. Scherenschnitte schneiden. Ananassaft trinken.

Es dauerte einige Jahre, mein gutes Leben. Es veränderte sich, ich trank später lieber Apfelsaft und mit dreizehn mein erstes Bier mit meinem besten Freund Knut. Dad sah ich nicht mehr beim Rasieren zu. Hingegen spielte ich noch Fußball mit ihm, und abends, wenn die Kühe versorgt waren, lieferten wir uns Wettkämpfe im Auskitzeln, im weichen Gras bei der Scheune drüben. Ameisen tötete ich keine mehr, dafür verbarg ich mit John die «unanständigen Romane», wie Mama sagte, «My House Is Your House» von Woddock oder «Loving Me», die wir nachts mit der

Taschenlampe unter der Bettdecke lasen. Und einmal versteckten wir Pet, ein Heft, das John mitgebracht hatte und das ich atemlos und mit wachsendem Ekel durchgeblättert hatte. Ich half Mama wenig in der Küche und aß keine Apfelschnitze mehr.

Das gute Leben dauerte bis am 23. Juli 1996, kurz vor Mittag. Es war ein Dienstag. Ich lag auf meinem Bett, als ich Dads Jeep auf den Hof rasen hörte. Die Bremsen quietschten, die Autotür knallte. Stille. Dann Dads Schrei: «Sie töten mich!»

Ich rannte zum Fenster. Im Hof unten stand mein Vater mit erhobenen Armen, das Gesicht zum Himmel gewandt, und sagte: «Sie töten mich.»

Dann brach er zusammen. Meine Mutter kam aus dem Hühnerstall gerannt und stürzte sich auf ihn. Versuchte, ihn auf die Beine zu bringen. Tätschelte seine Wangen, redete auf ihn ein, zuerst leise, dann mit immer schrillerer Stimme.

«Milton, nein, Milton, wach auf, Milton, schau mich an, Milton, Himmel, Jesus, Milton, nein!!!»

Ich stand und starrte. Erst als mein Bruder John vom Rinderstall her gestolpert kam, löste sich meine Erstarrung. So schnell war ich nie eine Treppe hinuntergerannt. John und ich waren gleichzeitig bei Vater. Gerade recht, um zu sehen, wie er die Augen aufschlug und verwundert um sich sah.

«Milton, es ist alles gut, du lebst, Milton, sag etwas, Milton.»

Mutters Stimme war nur noch ein Flüstern, die Tränen liefen ihr in Strömen über die Wangen. Sie hatte Vaters Kopf auf ihren Schal gebettet und streichelte unaufhörlich seine Wangen. Vater öffnete seine Lippen, bewegte sie. Außer einem Krächzen war nichts zu hören.

«Hol Wasser, Lee, schnell», befahl John, der Vaters Schnürsenkel zu lösen versuchte. Ich gehorchte. Ausnahmsweise. Johns Befehle lösten sonst immer erbitterte Wortgefechte zwischen uns aus.

«Fauler Sack, hol doch selbst.»

«Werd nicht frech.»

«Selbst.»

«Mach jetzt, was ich sage, sonst …»

«Nazischerge.»

Dieses Wort hatte ich mal bei unseren Nachbarn aufgeschnappt, den Lincolns. Bette Lincoln hatte es ihrem Mann an den Kopf geschmissen, als er sie zwang, ihre neuen Ohrringe wieder abzulegen.

«Weibertand im Hühnerstall, das wäre ja noch schöner», hatte er gebrüllt. Ich hatte keine Ahnung, was Nazischerge hieß, aber John wurde immer sehr wütend, wenn ich es zu ihm sagte. Ich brachte mich jeweils außer Reichweite von Johns Faust, sobald ich es aussprach.

Aber an diesem Tag war nichts wie sonst, und ich holte Wasser. Ich flößte es Vater ein, während Mutter seinen Kopf stützte. John sah zu. Sein Gesicht war besorgt und traurig. So hatte ich ihn noch nie gesehen. Dad trank einen Schluck und versuchte wieder zu sprechen. Es war erbärmlich. So sehr er sich auch abmühte, er brachte keinen Ton mehr heraus. Nicht einmal ein Krächzen.

«Ganz ruhig, Milton, mach eine Pause», sagte meine Mutter immer wieder. Dad fügte sich und atmete ein paarmal tief durch, bevor er wieder einen Versuch machte. Auch der schlug fehl.

«Du hast einen Schock, Milton, das kommt wieder. Deine Stimme ist noch zu erschrocken. Sie wird sich erholen. Und dann erzählst du uns alles später», sagte Mutter sanft und kniff ihn in die Wange. Sie wirkte gefasst, aber ich kannte meine Mutter. In ihr brodelte es, und die steile Falte über ihrer Nase war noch tiefer geworden. Dad lächelte ein wenig, vor allem mit den Augen.

«Er hört uns wenigstens noch», sagte ich und erhielt einen bösen Blick von John und meiner Mutter.

Eine Stimme dringt von weit her zu mir.

«Mary», denke ich, und mein Herz jubelt, «Mary ist zurück, sie kommt, um mich aus der Dunkelheit hier zu retten.»

«Ich bin Schwester Nina, ich wechsle Ihnen die Infusionsnadel aus», sagt die Stimme. Natürlich ist es nicht Mary. Mein Seelenschmerz übertüncht den Stich, den mir Schwester Nina mit unsensibler Hand zufügt. Natürlich ist es nicht Mary. Mary jagt zur Zeit Wallabies oder sitzt einem Eingeborenen auf dem Schoß und zupft ihn zärtlich am Nasenamulett, um die neusten Trends aus Australiens Ureinwohnerküche zu erfahren.

Mary ging mir oft durch den Kopf, wenn ich im Wohnwagen saß, Bohnen und Beef aß, «Ted's Talk» im Radio hörte und meinen Donnerstagabendspruch vor mich hin sagte: «Vergiss nicht wieder, morgen den Müll rauszustellen.»

Mary war wunderschön. Ich liebte sie. Während sie auf der Redaktion mit ihren langen roten, wunderschön geformten Fingernägeln die neusten Kochrezepte in die Tasten hämmerte, polierte ich zu Hause die Lederpolster, in die sie am Abend zuvor noch ihren knackigen Hintern geschmiegt hatte. Ich saugte die Erdkrümchen im Flur, die ihre derben Stiefel hinterlassen hatten. Schrieb M. + L. in den Staub auf dem Kaminsims und durchbohrte zwei Herzen mit Pfeilen. Wischte Staub von Marys Büchern und Porzellankatzen und schmiss ihre Wattebäuschchen in den Abfall. Flickte ihr Fahrrad. Bündelte die Zeitungen und schaffte sie aus Marys Augen. Kaufte ihr Slipeinlagen, Batterien und Carameljoghurts und kochte ihr Chili con Carne. Montierte ihre neue Leselampe. Wusch ihre Höschen. Bügelte ihre Blusen. Und roch an ihrer Bettdecke. Jeden Morgen, nachdem Mary aus dem Haus war, folgte ich dem herbsüßen Geruch ihres Parfüms (sie benutzte Daisy O.) ins Schlafzimmer, setzte mich einen Moment auf den Bettrand und stellte mir die schlafende Mary vor, ihre rotbraune

Mähne auf dem Kissen ausgebreitet, eine nackte Schulter mit verrutschtem Träger unter der Decke hervorschauend. Ich stellte mir noch mehr vor. Dann ging ich zum Fenster, ließ die frische Morgenluft ins Zimmer strömen und schüttelte Deckbett und Kissen, bevor ich sie glatt strich.

Wieder nehme ich den Geschmack von Gummi auf der Zunge wahr. Ich kriege den Schluckauf, worauf ich kaltes Metall ans Kinn gepresst erhalte. Der Gummigeschmack ist jetzt weg, dafür hämmmert mir einer auf den Kopf. Ich will die Hand heben. Da ist aber keine. Ich versuche mich zu konzentrieren, das Klopfen auf meinem Schädel jedoch verunmöglicht jedes Denken. Kalter Schweiß rinnt mir übers Gesicht, ich lecke salzige Tropfen. Wasser. Das wäre genau das Richtige. Liest denn hier niemand die Wünsche von den Lippen?

Ich litt. Ich litt wie ein Schwein während des Jahres, das ich bei Mary war. Nicht wegen der Arbeit. Mary bezahlte mir den anständigen Lohn von tausend Pfund dafür, dass ich ihr den Haushalt führte, dazu hatte ich im Erdgeschoss ein winziges Zimmer für mich, in dem ein Bett und ein kleiner Schrank Platz hatten. Auch ein Lavabo war vorhanden. Ich litt an meiner Liebe. Nicht von Anfang an. In den ersten Monaten war Mary eine arrogante Kuh, die mich herumdirigierte und nach Feierabend vollquasselte mit ihren intriganten Bürogeschichten. Ihre Schönheit war abstoßend. Mit der Zeit aber wurden für mich auch Marys weiche Seiten ersichtlich.

«Lee», sagte sie eines Abends, nachdem ich etwa drei Monate bei ihr an der Bethlehem's Cross neunundsiebzig wohnte, «hol dir etwas von der Bar, mir einen Baileys bitte, und setz dich zu mir.»

Nachdem ich ihr den Baileys und mir einen Whisky eingeschenkt und mich etwas unsicher im Polster ihr gegenüber niedergelassen hatte, sagte sie:

«Lee, ich bin am Ende mit meinem Wissen über die Männer. Ralf hat mich verlassen wegen einer jungen blonden Frau mit kleinen Brüsten. Was mache ich falsch?»

«Hast du ihm Spiegeleier gekocht?»

«Sicher!»

«Falsch. Du hättest ihm sein Lieblingsgericht kochen sollen. Hast du ihn gelutscht?»

Mary rutschte auf dem Sofa hin und her. «Weniger.»

«Falsch. Wer hatte beim Fernsehen die Fernbedienung in der Hand?»

«Das war nicht geregelt, mal er, mal ich. Wir waren da nicht so stur.»

«Falsch. Zu anstrengend für ihn.»

Mary schaute mich mit großen Augen an. «Zu anstrengend?»

«Immer so tun zu müssen, als würden ihn deine Newssendungen interessieren.»

Marys Stirn legte sich in Falten.

«Hast du ihm die Hemden gebügelt?»

«Ich hasse bügeln. Aber Ralf brachte sie sowieso lieber in die Wäscherei.»

«Er hat dich angelogen.»

Marys Blick sank nach innen.

«Stand Ralf immer schon eher auf kleine Brüste?»

Mary nickte.

«Falsch. Er stand immer schon auf alle Brüste, große, kleine, Kugeln, Birnen, Ballone. Form, Größe, Gewicht: egal. Hauptsache Brüste.»

In Marys Augen schimmerten Tränen. «Ist das so, Lee?»

«Eine Frage der Reihenfolge, Mary. Zuerst du mit den großen, dann die Blonde mit den kleinen. Zufall. An deinen Brüsten lag's nicht.»

«Und wenn ich für ihn kochen gelernt hätte?»

«Schön für ihn. Falsch für dich.»

Mary schneuzte sich lange und laut. «Dann wäre er nicht gegangen.»

«Allenfalls. Dann würdest du jetzt Kartoffeln schälen.»

«Später Hemden bügeln.» Mary setzte sich gerade hin.

«Wegen dem Fußballmatch die News nicht sehen.»

«Und ihn danach lutschen!» Mary kicherte, neue Tränen rannen ihr über die Wangen.

Ich nickte.

«Danke, Lee. Woher weißt du das alles?»

Eine Antwort war nicht mehr notwendig. Mary warf sich in meine Arme und schluchzte lange, während ich ihr übers Haar strich. Später trank ich meinen Whisky, Mary trank ihren Baileys. Dann gingen wir ins Bett. Mary ins Obergeschoss, ich in mein kleines Zimmer. Ich träumte von Marys großen Brüsten und erwachte, weil ich erregt war und kalte Füße hatte.

An einem warmen Märztag, es war einer der ersten Frühlingstage und ein Jahr her, seit ich für Mary arbeitete, plante ich Spargeln zum Nachtessen. Nachdem ich die zarte Haut von den Stengeln geschabt hatte, in stiller Vorfreude auf Marys erfreuten Schrei: «Spargeln, wie herrlich», schlug ich eine frische Mayonnaise. Anschließend blätterte ich zerstreut in der Zeitung vom Vortag. Die aktuelle stopfte Mary jeweils in ihre große Tasche und las sie im Bus auf dem Weg ins Büro. Nachdem ich die Spargeln zum fünften Mal geprüft und unmutig festgestellt hatte, dass sie ihre Garzeit zu überschreiten begannen, holte ich mir einen Whisky und zwang mich, ihn langsam zu trinken. Unterdessen hätte Mary längst zu Hause sein müssen. Ich sorgte mich. Mary war immer sehr korrekt und rief an, wenn sie länger arbeiten musste. Das kam immer wieder vor, und ich nutzte die Zeit, um mich etwas länger auf Marys Rückkehr zu freuen. Manchmal fläzte ich mich auf ihrem weißen Sofa, trank einen Whisky und schaute «sos – mein Herz brennt». Das war damals ein Renner, täglich um achtzehn Uhr fünfundzwanzig auf Channel Four. Hank liebte Silvie, Silvie liebte Hank, Hank liebte auch noch Astrid, Astrid liebte Michael, Michael liebte sie nicht, Roger wollte Kirsten, Kirsten wollte George und hatte Tom. An diesem warmen Märztag wollte mir die Sendung nicht gefallen. Ich holte einen zweiten Whisky. Die Spargeln hingen schlapp in der Pfanne. Ich holte einen dritten Whisky und die Spargeln aus der Pfanne. Dann hing ich über dem Fensterbrett, bis Mary auftauchte. Sie kam die Straße heruntergewankt, in jeder Hand einen Schuh. Dazu fluchte sie. Das tat sie sonst nur zu Hause.

«Mary, was ist passiert? Ich habe mir Sorgen gemacht», empfing ich sie unter der Türe.

«Ich bin am Ende. Am Scheiß-Ende. Hilf mir die Schuhe ausziehen, sie sind so eng.»

«Du hast sie bereits ausgezogen.»

Mary sah zweifelnd auf ihre bloßen Füße hinunter. Die Strümpfe waren aufgerissen, Laufmaschen krochen Marys Beine hoch.

«Ach ja? Schschschtimmt. Scheißdrauf.»

«Mary, was ist passiert?»

«Sollen die doch ihren Scheiß selbst schschschschreiben.»

Mir rutschte das Herz in die Hosen. «Haben sie dich entlassen?»

Mary nickte so heftig, dass sie beinahe vornüber kippte. «Scheißgronsky. Kann ich reinkommen?»

«Natürlich.»

Ich gab den Türrahmen frei, an den ich mich geklammert hatte. Mary wankte zum Sofa. Ich schenkte uns nach und ließ mich in den Sessel sinken. Es dauerte eine ganze Weile, bis Mary ihre Geschichte erzählt hatte. Nach jedem dritten Satz musste sie sich etwas hinlegen, weil sich alles drehte, und ich legte ihr einen kalten Waschlappen auf die Stirn. Die Geschichte ging so: Mary hatte an diesem Morgen kaum die Finger auf den Tasten, als sie zu Walter Gronsky gerufen wurde. Gronsky eröffnete ihr, dass er plane, den Kochtipp Lucy abzugeben, da Mary mit dem Ressort Trend genug zu tun habe.

«Der Schlampe mit den blondierten Haaren», schnaubte Mary, «Scheißschlampe, die kann gar nicht essen, nur kotzen, so wie die aussieht, und so eine soll den Leserinnen den Speck durch den Mund ziehen. Der Kochtipp ist das Beste an der Sunday News, er lässt den Geifer am Sonntagmorgen für einen guten Zweck fließen, beim Lesen wird wenigstens nicht gestritten, und später, wenn das Rezept ausgerissen in Schränken rumliegt, hat es die Chance, in Fetaspinat mit Selleriewurz oder Knödel an Majoransoße verwandelt auf dem Tisch zu landen und ein paar Gaumen zu beglücken. Der Rest der Sunday News landet im Abfall oder wird, wenn's gut geht, für neue Newsscheiße zusammengestampft.»

Mary musste sich hinlegen.

«Das hast du Gronsky gesagt?», fragte ich, wobei mir, kaum dass ich den Mund öffnete, klar wurde, dass das eine müßige Frage war.

Mary fand es denn auch nicht der Rede wert, darauf einzugehen. Sie warf mir nur einen entnervten Blick zu und stemmte sich langsam vom Sofa hoch.

«Diesen Kochtipp wollte er mir wegnehmen und einer magersüchtigen Schnepfe geben, bei deren Rubrik ‹Der letzte Schrei› man nur wimmern kann, derart altbacken und verkrampft kommen ihre Girls daher.»

Mary warf den Kopf in den Nacken.

«Ich überlegte nur kurz, sehr kurz. ‹Scheiße, Gronsky›, sagte ich dann, ‹lass die Finger von meinem Kochtipp. Wenn du der Scheißschlampe mit den blondierten Haaren meine Soßen und Braten rüberschiebst, dann mach ich Kartoffelpüree aus dir und werfe ihn den Sonntagsleserinnen zum Fraß vor. Ich werde Big Harry auf seinem fetten Sessel oben besuchen und ihm ins Ohr flüstern, in wessen Rohr du deine Rübe schiebst.›»

Mary hielt kurz inne und kicherte, als sie mein Gesicht sah.

«Du hättest ihn sehen sollen, dem kullerten seine Scheißglubschaugen beinahe aus dem Kopf. So wie dir jetzt.»

Im Büro von Walter Gronsky aber hatte Mary keinen Grund zum Lachen.

«Er schaute mich so seltsam an, dass ich dachte: ‹Scheiße, Mary, jetzt hat deine gute Nase versagt.› Gronsky ging zur Tür, öffnete sie und sagte: ‹Ich wünsche dir für deinen weiteren Arbeits- und Lebensweg viel Erfolg. Ich gebe dem Personalbüro Bescheid.› Ich ging auch zur Tür und stolperte über den Teppichrand und brach mir den Absatz und musste mit einem absatzlosen Schuh am Fuß zum letzten Mal über Walters Schwelle humpeln.»

Mary brach in Tränen aus und schneuzte in den Waschlappen. «Scheißmonomo … monogamist, keine Abenteuer im Kopf, nur seine Drecksarbeit. Bei dem sind Rüben ein Gemüse und Eier etwas, das man weichgekocht zum Frühstück isst», Mary kicherte mit tränenüberströmten Wangen, «scheißverdammt, und ich war mir so sicher, dass er Big Harrys Lil bumst.»

Auch wenn er es tat, Mary hatte dazu nichts zu sagen. Dass sie sich derart überschätzt hatte, erschütterte mich beinahe ebenso wie ihr schmachvoller Abgang. Aber es war nicht der Zeitpunkt, zu jammern. Das tat bereits Mary. Ich legte ihr einen neuen Lappen auf die Stirn und nahm mir noch einen Whisky.

Ohne Sunday News war Mary nur noch ein halber Mensch, ein Mensch ohne Eigenschaften. Das, was Menschen so tun, um sich durch Tage und Nächte zu bringen, tat sie zwar auch, aber auf verwirrende Weise. Sie lag den ganzen Tag im Bett und döste vor sich hin, nachts stand sie auf und ging im Haus herum, manchmal rastlos und schnell, manchmal schlafwandlerisch und wie im Traum. Dazwischen legte sie sich wieder ins Bett, las Zeitungen, Zeitschriften und Bücher, die sich neben ihrem Bett stapelten. Dabei kritzelte sie winzige Notizen an den Rand. Ab und zu strich sie energisch ein Wort und ersetzte es durch ein anderes. Oder sie übermalte ganze Textpassagen und versah den Rand mit reihenweise Ausrufezeichen.

Dies nahm ich jeweils aus den Augenwinkeln wahr, wenn ich ihr ein Tablett mit Essbarem und Getränken brachte in der Hoffnung, sie nehme ein wenig davon zu sich. Sie magerte zusehends ab, ihr herrlicher Hintern war auf «Kotzgröße» geschrumpft, wie sie es vor einiger Zeit noch genannt hätte. Was nicht erstaunlich war bei dem, was sie jeweils vom Tablett pickte. Zwei Trauben, ein Stückchen Camembert, eine Konfitüreschnitte, ein halbes Glas Mayonnaise und ein Ei waren die Tagesration, oder besser gesagt die Nachtration. Sie aß nur nachts und wusch sich nicht mehr, jedenfalls blieben Wasch- und Duschbecken trocken. Ihren Schlaf verteilte sie tagsüber auf verschiedene Stationen, so dass ich herumschlich mit der Befürchtung, jederzeit auf eine schlafende Mary zu treten, vor dem Sofa auf dem Boden, unter dem Tisch, neben dem Bett, beim Kamin. Ab und zu lag sie auch auf dem Sofa oder im Bett. Das Schlimmste war aber, dass sie nicht mehr mit mir redete. Ich umrundete sie in der Hoffnung auf ein Wort, ein Lächeln, einen Blick nur. Mary schenkte mir nichts davon. Das ging so während drei Wochen. Bereits nach vierzehn Tagen war ich ein Wrack. Ich ernährte mich in dieser Zeit vorwiegend von Whisky, ab und zu aß ich von dem, was Mary übrig gelassen hatte. Mary redete mit niemandem, sie ging nicht aus dem Haus, nahm keine Telefongespräche entgegen.

Erstaunlich dabei war, dass ihr Lebenswandel sie keineswegs zu irritieren schien. Nicht dass sie besonders glücklich wirkte, nein, das konnte ich nicht behaupten, aber sie schien sich nicht halb so irr zu fühlen, wie es ihr neues Leben war. Es war, als ob sie auf etwas wartete, und sie tat es mit einer Geduld, die man beinahe schon Ergebenheit nennen konnte, ein Wesenszug, der Mary in ihrem bisherigen Leben mit hoher Wahrscheinlichkeit abging.

Cathleen sah ich kaum noch. Sie nahm meine Abwesenheit hin und litt still. Nicht erst in dieser Zeit, in der ich Tag und Nacht und auch sonntags für Mary da war. Cathleen litt vom ersten Tag an, an dem ich mich in Marys kleinem Zimmer im Erdgeschoss an der Bethlehem's Cross Nummer neunundsiebzig eingerichtet hatte. Es war, als gäbe sie mich bereits auf, verloren an Mary. Cathleen zog sich in ihren schmalen kleinen Körper zurück, so, als wäre es ihr vorbestimmt, ihren breiten Gürtel enger zu schnallen. Dafür wurden ihre Einkäufe für mich um so üppiger. Seit sie meine Achillessehne gerammt hatte, stand sie nämlich regelmäßig mit vollgepackten Tüten vor meiner Haustür. Sie stopfte den kleinen, röchelnden Kühlschrank bis an seine Grenzen und füllte den türlosen Schrank über dem Herd mit Nudeln, Thunfischdosen, Knäckebrot, Bohnen, Apfelmus, Tomatensuppen, Gulasch, Reis und Erdnüssen. Ich ging nur noch selten in den Supermarkt, manchmal wegen frischer Milch oder Bananen, ansonsten reichte der Gang an den Kiosk für Zeitung und Zigaretten. Ich kam kaum dazu, den Vorrat auf eine annehmbare Menge herunterzufressen, und seit ich bei Mary arbeitete und nur noch sonntags daheim aß, stapelten sich Büchsen und Beutel. Cathleen half mir nicht beim Abbauen der Vorräte. Sie war mit ein paar Erdnüssen zufrieden.

«Cathleen», sagte ich, «du solltest mal meine Thunfischspaghetti probieren. Oder meine Pizza ai tre colori.»

«Ai was?», fragte Cathleen, die sich mit dem Öffnen der zweiten Flasche Wein abmühte.

«Ai tre colori, kennst du das nicht?»

«Mit drei Farben, sagt mir mein Freifachitalienisch. Lass mich raten: rot wie Tomatensoße, grün wie Basilikum und weiß wie Mozzarella?»

«Drei Punkte für die Kandidatin: Die drei Farben sind absolut korrekt. Beim Geschmack können Sie noch etwas dazulernen: rot wie Blut, grün wie Kotze und weiß wie Koks – eine dufte Mischung, was, Signorina?»

Cathleen wurde blass. «Was soll das?»

«Das ist die Knastmischung, das tägliche Brot, das du haben kannst, wenn du willst und genügend zu Diensten bist.»

Cathleen starrte auf die Flasche vor sich.

«Und, wolltest du?»

«Und wie ich's wollte. Vor allem den weißen Mozzarella liebte ich – und für den aß ich auch rot und grün mit.»

Cathleen stellte die Flasche mit abgebrochenem Zapfen beiseite und blickte mir in die Augen. «Ich weiß, dass es eine schwierige Zeit für dich war, aber kannst du nicht etwas genauer werden?»

«Und ob ich das kann, liebe Cathleen. Sie stecken alles Mögliche rein, tief rein, und sagen: ‹Lee, wie fühlt sich das an? Tut es wenigstens weh? Hättest du es dir früher überlegt. Wärst du ein guter Mensch geblieben. Dann würden wir dir jetzt nichts reinstecken. Dann hättest du keine Schmerzen. Du wirst es nicht mehr tun, nicht wahr, Lee?› Sie nehmen dir alles, beim Eintritt den Gürtel, die Uhr und den Schlüssel, den Ring und die Kette, drin nehmen sie dir die Würde und das Menschsein. Sie wollen nur das eine: dich ficken bis zur Auflösung, ein Ficken um Macht ohne Ende, sie ficken dich alle, die Aufsicht, die Mitgefangenen, der Therapeut, der Anwalt, die Putzfrau, der Priester. Du zählst nichts und machst Striche an die Wand bis zum Tag, an dem du wieder rauskommst. Vom weißen Pulver nahm ich erst wenig, dann wenig mehr, dann mehr, sie bringen es überall rein, die neuen Gefangenen, die Aufsicht, die Partner, es geht von Hand zu Hand und nimmt seinen Weg in die Gehirnwindungen, macht das Dunkel erträglich und das Herz irre. Ich wurde zum Arschloch, das wieder und wieder einsteckt für ein wenig Pulver. Wenn du rauskommst, geben sie dir deine Sachen. Die Würde und das Menschsein gaben sie mir nicht zurück, die hatte ich in Kotzbrocken die Toilette runtergespült. Die Striche an der Wand zählten nicht mehr, ich legte keinen Wert mehr auf Freiheit, ich wollte nur noch das eine: ein Flash und nochmals ein Flash, ein rasendes Herz und keine Gedanken im Hirn. Als ich rauskam, gaben sie mir den Gürtel, die Uhr und den Schlüssel, den Ring und die Kette, und sie sagten: ‹Alles Gute, Lee, denk dran, du bist auf Bewährung draußen.› Draußen legte ich den Gürtel an, die Uhr und den Schlüssel, den Ring und die Kette, atmete die frische Luft ein, schulterte meine Tasche und suchte die nächste Bushaltestelle. Und etwas weißes Pulver.»

Ich hielt inne, atemlos, verblüfft über meinen Ausbruch. Cathleen hatte mir regungslos zugehört. Als ich ihr blasses Gesicht sah, hätte ich meine letzte Zigarette dafür gegeben, meine Worte ungesprochen zu machen.

«Und?», fragte Cathleen und bewegte ein wenig ihre Schultern, als ob sie verkrampft wären.

«Ich fand beides.»

«Nein, ich meine: und dann, wie weiter?»

«Wie weiter? Ich rette deinen verkorksten Zapfen aus der Flasche und spiele Pizzaiolo für dich.»

Die Warterei hatte nach vier Wochen ein Ende. An einem frühen Aprilmorgen im Jahr 2003 legte Mary die Zeitschrift, in der sie gerade einen Satz unterstrichen hatte, auf die Seite, stieg aus dem Bett, streckte sich, dass sich die Rippen unter ihrem Seidenhemd abzeichneten, und sagte:

«Ich haue ab. Lee, es tut mir leid. Mit deinen Allrounderfähigkeiten findest du bestimmt wieder eine Stelle.»

Und sie haute ab nach Australien. Das Haus verscherbelte sie einem Immobilienmakler, mir drückte sie drei Monatslöhne in die Hand und einen Kuss auf die Wange. Ich sah und hörte sie nie wieder.

Mary war weg, und Cathleen wollte mich nicht mehr. Mir gehörten drei Monatslöhne, ein voller Kühlschrank, ein üppig bestückter Vorratsschrank und eine Miete, die ich im Voraus bezahlt hatte.

«Mit deinen Allrounderfähigkeiten findest du bestimmt wieder eine Stelle», hatte Mary gesagt. Aber das war so eine Sache. Es gab zwar viele Inserate, in denen Hilfen gesucht wurden. «Nette junge Frau zur Betreuung der Kinder (acht und elf) gesucht, geduldig, bereit, auch in der Küche mitzuhelfen.»

«Älteres, gut situiertes Paar sucht diskreten Chauffeur mit Bodyguardfähigkeiten.»

«Vielseitig begabte Person gesucht für Haushalt und Garten, zuverlässig, zuvorkommend, ledig, mit ausgezeichnetem Leumund (bitte Zeugnis mitschicken).»

Für Kinder war ich nicht geeignet, mit Kindern wurde ich immer sehr schüchtern und konnte mich nicht durchsetzen, und Geduld gehörte nicht zu meinen Stärken. In einer Küche zu helfen war mir fremd, in einer Küche hatte ich zu bestimmen, wo es lang ging und was in die Töpfe kam.

Blieb das gut situierte Paar, das einen diskreten Chauffeur mit Bodyguardfähigkeiten suchte. Die alten Leute wären wohl in Lachen ausgebrochen, wenn sie meinen schmächtigen Brustkorb gesehen hätten. Bodyguardfähigkeiten, ich ging davon aus, dass damit Muskelmasse und die Fähigkeit, einen Knopf im Ohr zu tragen, gemeint waren, konnte ich nicht vorweisen. Zu meinem Bedauern, denn die Ausschreibung tönte verlockend.

Das Inserat, in dem eine vielseitig begabte Person für Haushalt und Garten gesucht wurde, traf ins Schwarze. Ich erfüllte alles, war zuverlässig, zuvorkommend, ledig. Einzig der ausgezeichnete Leumund fehlte.

«Das ist ja eine Weile her», argumentierte mein Herz.

«Du würdest also jemanden anstellen, der im Gefängnis war?», gab ich zurück. Darauf wusste es nichts mehr zu sagen.

Ich blätterte unschlüssig und stieß auf das Wort «Gärtner», das mir in die Augen sprang.

«Suche sorgfältigen Gärtner für großen Garten von Einpersonenhaushalt.» Klang nach einsamer Seele, die ihre zarten Pflanzen aufwändig betreut wissen wollte. Ich hörte nochmals in mich hinein.

«Bist du bereit, dich darauf einzulassen?»

«Nein», antwortete mein Herz, «denk an Mary.»

An Mary dachte ich viel. Während ich die Anzeige nochmals drehte und wendete, kam ich zum Schluss, dass eine Mary reichte. Und falls der Einpersonenhaushalt aus einem Mann bestanden hätte? In diesem Fall setzte ich mich der Gefahr aus, für einen Gärtnerlohn zusätzlich kleinere Hausarbeiten wie Putzen, Waschen, Bügeln, Einkaufen und Kochen erledigen zu müssen.

Ich wartete den nächsten Sumptown Mirror ab.

Der übernächste Sumptown Mirror druckte die Lösung. Sie fand sich unter der Rubrik «Kaufen und Verkaufen».

«Wohnwagen zu verkaufen, Modell Voyager Sky Place, Baujahr 1975, sehr gut erhalten, Tel. 0546 343 56 90.»

Entzückender Name, fand ich und dachte: Lee, du hast drei Monatslöhne in der Tasche, wieso nicht ein wenig mit einem Wohnwagen in der Welt umherziehen? Die letzte Reise war keine pure Erholung, also gönn dir was.

Unter der Nummer meldete sich Mister Mercolani. Er entpuppte sich als schmieriger Autohändler an der Heavy Lane. Der Wohnwagen hielt, was sein Name versprach. Er war wunderschön, hellblau und hatte glänzende Metallbeschläge. Bloß zum Fahren taugte er nicht. Der Boden war durchgerostet und stark bruchgefährdet.

Mister Mercolani pries mir die Vorzüge von Voyager Sky Place in einem langatmigen Vortrag, in dem jeder Satz mit dem Ausruf: «Und das alles für hundertzwanzig Pfund!» endete. Ich fand keine Gelegenheit, meinen Einwand zu platzieren, dass ich mir einen Wohnwagen vorgestellt hatte, mit dem man reisen konnte, aber der Verkäufer in Mister Mercolani schien es zu ahnen.

«Sie können ihn fix auf einem Campingplatz installieren. Schauen Sie, solch ein schönes Ferienhaus für hundertzwanzig Pfund kriegen Sie nicht alle Tage. Eine Fahrt wird er problemlos machen können, da gebe ich Ihnen die Hand drauf.»

Auf seine Hand verzichtete ich gerne, kaufte aber den Wohnwagen für hundert Pfund. Nach einer schlaflosen Nacht begann ich, die Stadt kreuz und quer nach einem geeigneten Standort für meinen Voyager Sky Place zu durchstreifen. Als ich bei der Schutthalde von St. Martin vorbeikam, wusste ich, dass ich meinen Ferienort gefunden hatte.

Der alte Schrott und meine Gabe, ihn zu veredeln, verhalfen mir zu einem bescheidenen, jedoch ausreichenden Einkommen. Sogar für ein paar Extras reichte es, ab und zu eine Schokolade oder Gingernuts. Wöchentlich fuhr ich mit dem Bus zum Antiquitätengeschäft von Mister Haloway.

«Guten Tag, Mister Haloway, ich habe heute wieder ein paar kostbare Raritäten dabei», rief ich bereits von der Türe her ins Dunkel hinter der Ladentheke, und Mister Haloways undurchdringliches Gesicht wandte sich mir und meinem Koffer zu. Dann breitete ich den Rosenkranz aus Horn, den ich zu Elfenbein poliert, den Spiegel von Macy's, den ich blind geschrubbt und golden beklebt hatte, Putten und Kästchen, Karaffen und ein Spinnrad aus, dessen Patina noch frisch glänzte. Mister Haloway besah sich meine Ware wortlos, wog einen Türklopfer in der Hand und roch am silbernen Armreif, dann holte er seine Rechenmaschine, tippte Zahlen ein und hielt mir die Endsumme unter die Nase. Sie betrug meist einige Ziffern unter meiner Vorstellung, so dass ich erst mal eine zähe Runde verhandeln musste. Wir einigten uns immer in der Mitte, und ich hütete mich, Mister Haloways Vorstellungen nicht entgegenzukommen. Wie heißt es doch so schön: Man beißt nicht die Hand, die einen füttert. Mister Haloway fütterte mich mit Zigaretten und Schokolade, und das war ein beträchtlicher Beitrag an einen einigermassen angenehmen Lebenswandel. Allerdings überfällt mich auch heute noch ab und zu der Verdacht, dass Mister Haloway, hatte er einmal meine barocken Engel und Nippes aus dem neunzehnten Jahrhundert verkauft, sich längst nicht nur Zigaretten und Schokolade besorgte. Ein paar Schuhe von Beagles in der Oxton Road und ein paar fette Steaks lagen garantiert drin. Aber Mister Haloway war am längeren Hebel.

An einem Dienstag im August 2004 sagte er: «Ich hätte einen Job für Sie.»

Ich sagte: «Ach ja?»

Er: «Der Job ist etwas außergewöhnlich.»

Ich zog die Augenbrauen hoch. «Außergewöhnlich?»

Der Mann war wirklich gut. Besah sich noch vor zwei Minuten meine neuste Kollektion und dachte, ich würde mich von außergewöhnlichen Jobs beeindrucken lassen.

«Ja. Es ist nicht gerade ein Alltagsjob, etwas extravagant, aber kreativ, und ich dachte ...»

«Kreativ?» In diesem Fall kam ich nicht in Frage. Kreativ sind Künstler und Musen, Werber und Regisseure, Köche und Workshopleiter, aber nicht ich.

«Der Tattoostecher bei John's Place hinten hat einen Hautausschlag und muss sein Atelier aufgeben. Er sucht eine geeignete Nachfolge.»

«Und da denken Sie ...?»

«Ja, ich dachte an Sie, als er mir das erzählte. Sie sind jung und begabt und brauchen eine geregelte Arbeit.»

«Na ja, geregelte Arbeit. Sie kennen ihn persönlich?»

Haloway grinste. «Seit zweieinhalb Jahren und dreiundvierzig Sitzungen.»

«Sie lassen sich tätowieren?»

«Ich ließ mich tätowieren. Meine Schöne ist jetzt zu Ende gestochen.»

Er grinste vor sich hin und polierte den gläsernen Verkaufstresen, in dem er soeben die Auslage neu geordnet hatte. Ich verzichtete darauf zu fragen, wie seine Schöne aussah.

Eine Woche später hatte ich eine geregelte Arbeit in einem Tätowieratelier bei John's Place. Mein Meister hieß Tinks und kam aus Chikauwee, einer Insel bei Neuseeland. Wenn er sprach, musste ich mich zu ihm hinunterbeugen, um ihn zu verstehen, und wenn er saß, war er einen Kopf kleiner als ich. Als ich ihn das erste Mal sah, zwang ich mich, ihm in die Augen zu sehen. Nicht dass die besonders unangenehm gewesen wären, im Gegenteil, braun und sanft schauten sie mich an. Aber ich war magisch angezogen von den blauschwarzen Zeichen auf seinen Wangen, seiner Stirn und dem Kinn. Sie breiteten sich in Kringeln, Kreisen, Spiralen und Labyrinthen über die braune Haut aus, nicht zu entziffern und mir in einem Maße fremd, dass es mich zugleich faszinierte und schauderte. Tinks reichte mir seine Hand, die, wie ich später sah, ebenfalls von diesen geheimnisvollen Zeichen überzogen war, und sagte leise:

«Willkommen. Bist du bereit zu lernen?»

Ich war etwas verwirrt von der Frage, nickte aber schnell und wandte den Blick von seinen Wangen, um mich im Atelier umzusehen. Der Raum war klein, etwa drei auf vier Meter. In der Mitte stand eine schmale Liege, bedeckt mit Reismatten, daneben ein Stuhl auf Rollen. Um die Liege herum reihten sich verschiedenste kleine Tische. Der eine war übersät mit Töpfen voller Farbpulver. Daneben lag eine Unmenge Stempel, nach Größe geordnet. Sie erwiesen sich bei näherem Hinsehen als Kämme mit Zacken so fein wie Pinselhaar. Auf einem niedrigen Tisch lagen runde Hämmer aus Holz, ebenfalls in diversen Größen. Ein Buch lag aufgeschlagen daneben, das Bild darin nahm mich sofort gefangen, eine höllisch skurrile Szenerie. Ich wollte gerade den Mund öffnen, um zu fragen, da sagte Tinks:

«Bosch, Hieronymus Bosch.»

«Bosch was?»

«Der Name des Künstlers ist Hieronymus Bosch. Er hat vor fünfhundert Jahren in den Niederlanden gelebt.»

«Die schienen damals nicht zimperlich gewesen zu sein.»

Ich deutete auf einen riesigen Vogel, dessen Schnabel den nackten Hintern eines Mannes durchbohrte. «Etwas masochistisch allenfalls.»

Tinks lachte. «Das Bild heißt ‹Garten der Lüste›.»

«Iiii», sagte ich entsetzt, «dieser Hero Bosch hat schlechte Erfahrungen gemacht. Oder war es vor fünfhundert Jahren Mode, so zu malen?»

Tinks lachte wieder, so dass seine Tätowierungen auf Wangen und Nase etwas aus der Form gerieten.

«Nein, Hieronymus Bosch war einzigartig. Die Forschung sagt, dass er das Böse im Menschen sichtbar machen wollte.»

«Na ja», sagte ich, während ich den Mann betrachtete, der mit vornübergebeugtem Oberkörper einbeinig auf einem Pferderücken stand. Das andere Bein hielt er abgespreizt in die Luft. Er sah dabei seinem wippenden Schwanz zu. So böse sah der nicht aus. Ich versuchte die Haltung nachzuahmen, verlor aber dabei den Überblick und kippte auf den Tisch, auf dem Tinks seine Pigmente und Schälchen ausgebreitet hatte. Tinks fasste mich im letzten Moment unter und stellte mich auf beide Beine.

«Unmöglich zu kopieren, was?», sagte er, zwinkerte mir zu und rückte die verrutschten Schälchen zurecht.

«Na ja», sagte ich und stopfte das T-Shirt wieder in die Hose, «mit ein wenig Übung ...»

Mister Haloway, der sich bis dahin still im Hintergrund gehalten hatte, klatschte in die Hände.

«Meine Lieben, das ist ein Wort. Darauf stoßen wir an.»

Er kramte eine Flasche Sekt und drei Plastikbecher aus seiner Ledermappe.

«Auf unsere erfolgreiche Zusammenarbeit.»

Was Mister Haloway mit «unserer Zusammenarbeit» meinte, verstand ich erst zwei Wochen später, als ich bei Tinks in die Lehre ging, täglich von neun bis sechs, und Haloway jeden zweiten Mittag ins Atelier platzte. Er sah es als sein Verdienst, dass er Tinks und mich zusammengebracht hatte, und das war es auch. Bloß dass wir das nicht jeden zweiten Mittag feiern wollten. Ich sage «wir», weil Tinks und ich uns von der ersten Minute an verstanden. Tinks weihte mich in seine Kunst des Stechens ein, so gut es seine Hautallergie zuließ. Da sein Leiden von Tag zu Tag schlimmer wurde, war er zur Eile gezwungen. Es war ein Wettlauf gegen den schrundigen juckenden Fleck, der vor vier Monaten an seiner linken Hand erschienen war, sich auf den Arm ausdehnte, über die Schulter zum Hals wanderte und nun den rechten Arm eroberte. Tinks klagte nicht, aber manchmal sah ich ihn kurz die Augen schließen und tief durchatmen. Wenn ein Tröpfchen der angerührten Farbe seinen Finger traf, biss er die Zähne zusammen. Trotzdem weigerte er sich, mit Handschuhen zu arbeiten.

«Handschuhe? Mumpitz. Wir sind hier nicht auf dem Bau, wir machen mikroskopisch genaue Feinstarbeit.»

Er wählte ein Hämmerchen und einen der kleinsten Kämme aus seinem Sortiment und drückte mir beides in je eine Hand.

«Fühlst du den Kamm in deiner Hand, den Hammer? Schau, ich setze den Kamm an, hole aus, schlag die Zähne sachte, sachte unter die Haut, ein Hauch von einem Schlag nur, sonst treffe ich die falsche Hautschicht.»

Mir brach der Schweiß bereits beim Zuschauen aus. Tinks arbeitete nach der uralten Methode der Mauti, einer Technik, die er in Maotlun bei einem alten Meister gelernt hatte.

«Es dauert etwas länger, aber wenn du es richtig machst, werden die Bilder schöner und die Heilung kürzer.»

«Etwas länger» stellte eine der Untertreibungen dar, die für Tinks so typisch waren. Als ich in der zweiten Woche den Vergleich mit der Tätowiermaschine im Uptown Tattooshop wagte, die mit tausend Stichen pro Minute sicher monatlich mehr Kohle brachte als seine Kämme in einem halben Jahr, sagte er:

«Tinks kann nur mit Kämmen stechen. Aber das gut.»

Auch das war untertrieben. Er stach geniale, umwerfend schöne, akribisch genaue Bilder. Ich sah leuchtende Rosen, scharfe Tribals, sanfte Nixen, Namen in exotischer Zierschrift und starke Herzen. Ich sah sie auf welkem Fleisch, zarten Schultern, prallen Backen und sehnigen Unterarmen, zwischen dichten Haaren und auf großen Poren, Warzen umgehend und flächendeckend. Immer waren die Bilder einzigartig, sorgfältig und fehlerfrei.

Dann sah ich Marlene. Tinks erzählte mir ein paar Tage zuvor von ihr. Marlene kam vor fünf Jahren zum ersten Mal zu Tinks. Sie hatte seine Nummer im Telefonbuch ausfindig gemacht. Sie betrat sein Atelier, sah sich kurz um und fragte nach seinen Preisen.

«Das kommt auf das Motiv an», sagte Tinks.

Sie holte ein Buch aus dem Plastiksack, blätterte kurz und hielt es ihm offen hin.

«Bosch. Hieronymus Bosch. Auf Brust, Bauch und Rücken den Himmel, auf die Beine die Hölle.»

Tinks kannte Bosch nicht. Er hatte noch nie solche Bilder gesehen. Verblüfft starrte er auf das abstruse Geschehen, blätterte, zeigte auf den Pfeil im Arsch und kicherte, fuhr mit dem Finger der Blütenblase nach, in der Mann und Frau saßen.

«Ist so etwas möglich?», murmelte er vor sich hin.

«Vor fünfhundert Jahren», sagte Marlene und nahm ihm das Buch aus den Händen. «Der Preis? Meine Mittel sind beschränkt, ich studiere noch zwei Jahre.»

«Wie groß?», fragte er sie, und sie sagte: «Groß. Wie gesagt: über Brüste, Bauch, Rücken, Beine.»

«Das dauert Jahre. Ich kann nur kleine Stücke pro Sitzung stechen. Dazwischen muss die Haut heilen.»

«Ich weiß», sagte sie, «und der Preis?»

Tinks lächelte in Gedanken.

«Eine hartnäckige junge Frau. Auf den ersten Blick habe ich ihr das nicht zugetraut. Sie wirkte blass und unscheinbar, nicht hässlich, aber durchschnittlich. Dunkelblonde, halblange Haare, graue Augen, feines Gesicht, beiger Regenmantel, eher schlank, soviel ich sah, mittelgroß.»

«Offenbar seid ihr ins Geschäft gekommen.»

Tinks lachte. «Ja. Die Bilder verwirrten mich. Ich wollte sie. Ich habe ihr ein Sonderangebot gemacht.»

Marlene war in meinen Augen nicht sonderlich attraktiv. Aber sobald sie ihren Oberkörper entblößt hatte, veränderte sich dieser Eindruck schlagartig. Eine skurrile Szenerie breitete sich über Marlenes Bauch und Brust aus. Mein Blick bleibt beim Arschloch eines Mannes hängen, in dem ein Blumenstrauß steckte. Daneben stand ein nacktes Paar im Wasser, wobei der Mann ihr zwischen die Beine griff. Die beiden befanden sich in einer dunklen Höhle, die Marlenes Bauchnabel umgab. Über dem Paar wölbte sich eine blaue, brüchige Kugel. Auf deren Sims balancierten zwei Nackte auf dem Kopf und pressten die Bäuche aneinander.

«Wie geht es dir, Marlene?», fragte Tinks, während er ein paar Tropfen Kum-Öl ins Schälchen goss.

«Job okay, Liebe schlecht», sagte Marlene, die sich mit geschlossenen Augen auf Tinks Liege ausgestreckt hatte, «erzähl lieber von dir, Tinks.»

Über ihre linke Brust quoll fleischfarben ein Haus. Ein Stachel schien die Brustwarze zu durchbohren. Auf ihm balancierte ein Reh. Aus dem Haustor traten nackte Menschen und wateten den Fluss hinunter. Dieser wurde breiter und breiter und bedeckte den ganzen Bauch. Ein Afrikaner schaukelte in einem Boot zusammen mit einer blassen Frau mit langen, leuchtend roten Haaren.

«Marlene, liebe Marlene, du weißt doch, dass ich während der Arbeit nicht reden kann, bloß zuhören. Sonst piks ich dich.»

Das schien Tinks Standardwitz zu sein. Sonst piks ich dich.

«Aber ich habe vergessen, dir Lee vorzustellen. Lee macht eine Lehre bei mir und wird die Bude hier übernehmen. Lee?»

Ich war in den Anblick des Gartens der Lüste versunken. Tinks stupste mich sanft mit dem Ellenbogen.

«Was? Ja, guten Tag, Marlene, freut mich sehr.»

Marlenes zweite Brust wurde von einem weiteren Haus, diesmal aus blauen Wülsten und Blättern, bedeckt. Rosarote Rollen mit Farnspitzen ragten in die Höhe, von Riesendornen durchstochen. Nackte Menschen kletterten und rutschten. Zwei schwarze Stengel klemmten sich zum Rund zusammen. Darauf hockte ein weißer Rabe. Auch aus diesem Haus ergoss sich ein Strom von Wasser und Menschen den Bauch hinunter. Eine Gruppe drängte in ein offenes Ei, ein Delfin schnappte nach einer Kirsche. Die blonde Nixe turnte kokett, der Stahlharte daneben schwänzelte.

Ich war schwer beeindruckt. Erstens von Tinks und seiner Kunst des Tätowierens. Zweitens von Hieronymus Bosch und seinem Universum. Drittens von Marlene und ihrem Mut. Sie trug die eigenartigen Bilder von Bosch mit einem Gleichmut zur Schau, die mich erstaunte. Und sie ertrug die Schmerzen des Stechens seit Jahren, an diesem Tag ertrug sie sie einmal mehr mit geschlossenen Augen. Nur ihr tiefes Durchatmen verriet, dass sie Schmerzen erlitt, und ihr rechter großer Zeh zuckte dann, wenn Tinks einen seiner größeren Kämme in ihre Haut trieb. Diese nutzte er für Flächen, die zarten kleinen für Details, wenn es darum ging, einen Farbpunkt neben den andern zu setzen. Heute war der Vogel dran. Auf der Vorlage hockte er auf einem Hochstuhl. Der Schnabel, das, womit ein normaler Vogel ansonsten sein «kiwikiwi» in die Luft trällert oder mit dem er triumphierend einen Wurm eingeklemmt hält, umschloss einen weißen Menschenhintern. Kopf und Rumpf des Mannes, ich nahm an, dass es sich um einen Mann handelte, waren bereits im Rachen des Vogels verschwunden. Und wie wenn das nicht genug der Qual wäre, flatterten aus dem Arschspalt des Unglücklichen Schwalben.

«Tinks, was hast du eben dem Braun beigemischt?», fragte ich.

«Das ist Lim-Öl, es hält die Pigmente geschmeidig und verhindert, dass sie sich mit den Jahren in der Hautschicht verhärten.»

Tinks mischte mit behenden Bewegungen ein paar Tropfen Öl unter den Pigmentstaub. Dann wählte er einen mittelgroßen Kamm, tauchte ihn in die Farbe, tupfte damit leicht auf einen Schwamm, damit an jedem Kammzahn gleich viel Farbe haftete, setzte den Kamm auf Marlenes Oberschenkel, der bereits die Umrisse des Vogels zeigte, und bohrte den Kamm mit einem präzisen, kleinen Schlag des Hämmerchens in seiner Rechten in die Haut.

«Lee, schau her», er wandte sich halb zu mir, «ein sanfter Schlag, den Kamm hältst du leicht schräg, damit die Farbe in die Hautkammern fließt. Nicht zu stark, sonst blutet es, und dann fließen dir die Pigmente irgendwohin, und das Bild wird nie scharf.»

«Ja, Tinks, das leuchtet ein. Sieht ganz locker aus, wie du den Hammer schwingst», sagte ich und dachte: Sieht verdammt schwierig aus. Welch ein Grauen, je einen solchen Hammer in die Hand nehmen zu müssen.

«Genau», sagte Tinks, «du musst den Hammer locker führen, aus dem Handgelenk, mit einem entschiedenen, aber ruhig geführten Zwack, schau, so.»

Und er bohrte der ruhig daliegenden Marlene eine zweite Fläche Farbe unter die Haut, exakt der Umrisslinie des Vogels entlang.

Ich betrachtete meine rechte Hand. Sie ballte sich zur Faust und schrie:

«Da werde ich nicht Hand anlegen. Keinen Finger werde ich rühren. Nie werde ich es schaffen, den armen Menschen einen Zackenkamm unter die Haut zu schlagen. Ich werde mit Sicherheit zu tief schlagen, die arme Marlene wird blutüberströmt daliegen. Sie wird massakriert sein von Kämmen und verunstaltet von Farbe, die überall ist, nur nicht da, wo sie sein soll. Ich warne dich!»

«Morgen bist du dran», lächelte Tinks, «bereite dir einen ruhigen Abend, kein Bier, du brauchst eine ruhige Hand.»

«Aber Tinks, ich meide doch die Pubs wie der Teufel das Weihwasser», zwinkerte ich ihm zu, während ich dachte: Scheiße, ausgerechnet heute könnte ich ein paar Bier vertragen.

Und zu meiner Hand sagte ich: «Du blöde Hand, behalt dir das Dreinhauen für ein andermal auf und mach mal einen auf die sanfte Tour.»

Wieder reißen sie mich aus meinem Dämmerschlaf.

«Lee», vernehme ich die sanfte Stimme, «es kann sein, dass es Ihnen Mühe bereitet, zu reden. Lassen Sie sich davon nicht ins Bockshorn jagen.»

Wie beruhigend. Ich dachte bereits, ich könne nur noch denken und schlafen.

«Doktor Pitchet rechnet mit ein bis zwei Tagen Beschwerden beim Reden», fährt die sanfte Stimme fort, «bis dahin haben sich Ihre Nerven beruhigt. Jedenfalls hat der Einschlag Ihr Sprachzentrum nicht beeinträchtigt.»

Da bin ich aber froh. Hast du gehört, Dad, Schwein gehabt.

Am 23. Juli 1996 verlor mein Vater seine Stimme. Was auch immer er in den folgenden Stunden, Tagen und Wochen tat, um sie wiederzufinden, war vergeblich. Meine Mutter wollte es nicht glauben.

«Deine Stimme ist noch zu erschrocken, sie wird sich erholen», wiederholte sie in den ersten Stunden unermüdlich. «Lass dir Zeit.»

Das ließ er sich nicht, jedenfalls nicht in den ersten Tagen. Er rollte die Zunge, grimassierte mit Lippen und Wangen, verrenkte den Kiefer, hustete und spuckte und gurgelte mit Salbei und Arnika. Er trank literweise Honigmilch und Kräutertee. Meine Mutter massierte ihm mehrmals täglich sanft den Kehlkopf mit Calendulaöl, mein Bruder John las ihm vor, das beruhigte ihn, und ich hielt ihm währenddessen die Hand. Das beruhigte ihn noch ein wenig mehr. Später übernahm ich das Vorlesen. Mit der einen Hand blätterte ich die Seiten um, während ich Dads Hand mit der anderen fest umschlossen hielt. Ich holte ein Buch nach dem anderen aus dem Bücherregal neben seinem Bett und las ihm täglich vor. Die Geschichten drehten sich immer um starke Männer, denen übel mitgespielt wurde. Dad schien sie alle bereits zu kennen, und trotzdem ermunterte er mich mit einem kurzen Händedruck, meine Lesung nicht zu unterbrechen. Ich fand die Geschichten mit der Zeit etwas eintönig, vor allem weil die starken Männer am Schluss die Bösen immer besiegten. Trotzdem hielt ich durch. Weil Vater seine Freude daran hatte. Und weil ich stundenlang seine Hand halten konnte.

Meine Mutter setzte ihre Hoffnung auf die Zeit. Sie massierte und redete gut zu, sie braute Tee und beschwichtigte, sie mahnte und wartete. Sie hoffte vergeblich. Die Stimme meines Vaters blieb verloren. Sie war, solange sie noch vorhanden war, eher selten zu hören. Die Sprache war nie Vaters Hauptinstrument gewesen, um sich mitzuteilen. Das waren seine Hände und seine Augen. Eine knappe Geste mit seiner Rechten, ein Blick, wenige Worte, und wir wussten, worum es ging.

«Schweigt und esst, Kinder», «Rauf ins Zimmer, Zeit fürs Bett», «Komm her zu mir, ich zeig dir etwas.» Oder die Mitteilung, die wunderbar in meinen Ohren klang: «Komm, Lee, wir spielen Fußball.»

Einzig wenn es um den Hof und dessen Betreuung ging, wurde er gesprächiger. Allerdings vor allem mit John, selten mit mir. Ich war in Mutters Obhut. Ob er überhaupt mit Mutter redete, hätte sich mir nie als Frage gestellt, wenn ich nicht an einem stürmischen Abend wieder ins Wohnzimmer runtergegangen wäre, weil ich nicht schlafen konnte. Bereits auf der Treppe hörte ich eine männliche Stimme hinter der geschlossenen Türe, eifrig, ich verstand keine Worte, es war ein stetes, lebhaftes Gemurmel. Ich brauchte einen Moment, bis ich realisierte, dass das Vater war, der meiner Mutter etwas zu erzählen schien. Ihre Stimme vernahm ich kurz zwischendurch, offenbar stellte sie eine Frage, dann begann die ungewohnt lebhafte andere Stimme wieder endlos, wie mir schien, zu reden. Ich ging in mein Zimmer zurück, eifersüchtig auf meine Mutter, die in den Genuss von Dads Ausführungen kam, und etwas erstaunt ob der Entdeckung, die ich gemacht hatte. Mein Vater konnte reden.

Als er es nicht mehr konnte, schien er innerlich einzubrechen. Er mühte sich zwar täglich ab, seine Sprache wiederzufinden. Mehr als ein jammervolles Krächzen war jedoch seiner Kehle nicht zu entringen, trotz Tee und Salbe und den Anstrengungen meiner Mutter. Die Verzweiflung war ihm in den Augen abzulesen, auch wenn er ein leichtes Lächeln aufsetzte, sobald einer von uns sich ihm näherte. Wir taten so, als wäre die Stimme meines Vaters im Erholungsurlaub. Urlaube gehen bekanntlich zu Ende.

«Du hast einen Schock, Milton», war die Litanei meiner Mutter, und nach ein paar Tagen wagte sie zu fragen, was mich seit dem Schrei meines Vaters auf dem Hof beschäftigte:

«Wer will dich töten, Milton?»

Darauf bekam sie keine Antwort. Natürlich nicht. Vaters Augen wurden bei dieser Frage dunkel. Mutter holte ihm einen Block mit Stift. Vater wies ihn zurück. Mutter redete mal eindringlich, mal sanft auf meinen Vater ein, beschwor ihn, versuchte, ihm den Stift in die Hand zu drücken. Vaters Augen wurden noch dunkler, und einmal schlug er ihr mit einer heftigen Bewegung den Block aus der Hand. Nach zwei Monaten gab sie auf. Sie versuchte nicht mehr, ihre Tränen zu verbergen, und tat ihre Arbeit auf dem Hof unter Schniefen und geräuschvollem Naseputzen. Mein Vater ging uns allen aus dem Weg. Er fuhr mit seinem Traktor frühmorgens auf die Felder und kehrte erst zum Nachtessen zurück. Das nahmen wir schweigend ein. Weder mein Bruder noch ich wagten, wie früher unsere Späße zu machen. Stumm stierten wir auf unsere Teller. Mutter hantierte mit Pfannen und Tellern und tat so, als sei sie zu beschäftigt, um mit uns zu reden. Vater aß wenig und zog sich anschließend in den Stall zurück, aus dem er noch nicht zurückgekehrt war, wenn John und ich zu Bett gingen. Eines Abends schlich ich mich nochmals hinaus in den Stall, von Neugier und Sorge getrieben. Zuerst konnte ich ihn im Dämmerlicht nirgendwo erkennen. Dann fiel mir Betty auf, die unruhig an ihrem Strick zerrte. Als ich genauer hinschaute, sah ich an der Wand neben ihr meinen Vater auf dem Boden sitzen. Er saß regungslos, den Kopf an die Wand gelehnt, während ihm Betty mit ihrer großen Zunge die Tränen von den Wangen leckte.

Ich spüre, wie mir die Lippen etwas auseinander gezogen werden, eine scharfe Kante ritzt mich, während eine barsche Stimme sagt:

«Trinken Sie.»

Das tue ich. Kühl rinnt das Wasser aus dem Halm über meine Zunge. Meine Kehle jubiliert. Wasser. Welche Wohltat. Meine Zunge, die schwer wie ein unförmiges Stück Blei an meinem Gaumen klebt, beginnt zu schrumpfen. Langsam ist sie bereit für das erste Bier.

Tinks behauptete steif und fest, Alkohol würde das Nervensystem negativ beeinflussen. Aber Tinks hatte, zumindest in meinem Fall, Unrecht. Mein Nervensystem reagierte ganz anders auf einen Pubbesuch. Er machte mich zu einem ausgeglichenen, mitfühlenden Menschen mit zwei rechten Händen, für mein zukünftiges Metier nicht ganz unwichtig. Ich trank zwei, drei Bier an jenem Abend vor dem Tag, an dem ich den Tätowierkamm das erste Mal alleine führen würde, und ging früh zu Bett. Am nächsten Morgen klappte es ganz gut. Tinks hielt meine Rechte, in welcher der Hammer an meinem Schweiß klebte, und führte den Schlag sanft und bestimmt mit, während er mir mit leiser Stimme zusprach. Wir bohrten den Kamm nicht in Marlene, auch nicht in George oder Lucas oder Dean oder Joshua, sondern in eine Schweineblase, die Tinks über einen mit Tüchern gepolsterten Knebel gestülpt hatte. Das war der erste Unterarm, den ich tätowierte. Ich war selbst erstaunt, mit welcher Sicherheit ich den Hammer nach den ersten paar gemeinsamen Versuchen führte, und Tinks war begeistert.

«Du bist begabt, ich ahnte es von der ersten Stunde an, welch eine Erleichterung, welch würdige Nachfolge, die paar restlichen Handgriffe zeige ich dir noch, bevor ich mir die Haut vom Leib kratze. Mein Geschäft ist gerettet, ... sei Dank (hier nannte er einen Gott, den ich nicht kannte und dessen Name unaussprechbar war). Das müssen wir Mister Haloway mitteilen!»

Ich hatte Tinks noch nie so viel aufs Mal reden gehört, geschweige denn so ausgelassen erlebt. Das freute mich sehr. Den Schweineblasentätowiertest hatte ich offensichtlich bestanden, und das taten die früheren Bewerber keineswegs, wie Tinks mir später erzählte. Einer hatte dermaßen zugehauen, dass die Blase platzte, ein anderer führte den Kamm so zaghaft, dass er bei jedem Schlag über die Haut raspelte, ohne sich in sie hineinzubohren. Dass ich eine Schweineblase einigermaßen tätowieren konnte, freute mich ja durchaus. Ob es dann auch automatisch mit Männern und Frauen klappte, darüber hatte ich noch Zweifel. Tinks teilte diese nicht im geringsten, wie es schien. Zudem beschäftigten mich ein paar weitere Fragen.

1. War ich bereit, mein freies Unternehmen für einen Laden aufzugeben, den ich morgens um neun Uhr öffnen musste? Oder allenfalls um zehn?

2. Tauschte ich gerne den frischen Morgenwind auf St. Martin und meine freudige Unruhe beim Anblick von neu gestapelten Waschbecken, Bettgestellen, Kerzenleuchtern und Nähkistchen gegen die Stille hier im Atelier, in der Hämmer und Kämme darauf warteten, in die Hand genommen zu werden?

3. Lockte es mich, warme Haut unter meinen Fingern zu spüren anstelle von kalten alten Dingen?

4. Sollte ich Kerzenständer, Kistchen und Spiegel dem Zerfall überlassen, dort auf der Schutthalde von St. Martin, und damit aufhören, ihnen ein Leben in Glanz und Gloria in den besseren Häusern der Exford Street und vom Connor Park zu verschaffen?

5. War es abwegig, nach Jahren des Herumstreunens sesshaft zu werden in einem kleinen Tätowieratelier bei John's Place, da, wo Herzenswünsche und Teufelsbilder auf Menschenfleisch lebendig wurden?

Ich hielt Zwiesprache mit meinem Herzen und bekam einiges zu hören.

1. Nein. Aber mit zehn Uhr kann ich leben.

2. Hämmer und Kämme sind auch ganz aufregend, vor allem, wenn man damit Bilder machen kann, die unter die Haut gehen.

3. Ja. Allerdings reden die kalten alten Dinge nicht, und das ist bedeutend bequemer. (Wie wahr mein Herz bezüglich diesem Punkt fühlte, realisierte ich erst Wochen später.)

4. Unbedingt. Mein Beitrag zur Weltverschönerung wurde von den Bonzen, deren Kamine die Kleinode zierten, sowieso nie erkannt. (Allerdings wäre es mir geschäftlich gesehen zum Nachteil geraten, wenn sie es getan hätten.) Mein bisheriges Handwerk erhielt keinerlei Wertschätzung.

5. Nein.

So kam es, dass ich Tinks Nachfolge in seinem kleinen Tätowieratelier bei John's Place übernahm, da, wo Rosen blühten und sich Engel tummelten, von meiner Rechten von Tag zu Tag sicherer geschlagen, von der Linken sanft unter die Haut getrieben. Jeden Morgen machte ich einen Spaziergang von St. Martin entlang dem Crickriver zur Multonbridge, dann den Hang hinauf, vorbei an den kleinen Läden, deren Besitzer mich nach ein paar Tagen bereits freundlich grüßten, wenn ich, meist in Eile, an ihnen vorbeiging. Normalerweise war ich vor zehn im Atelier, um Pigmente nachzufüllen, Instrumente zu desinfizieren und Musterbücher zu studieren. Denn an den Abenden war ich in den ersten Wochen nur noch dazu fähig, mit klammen Fingern und Handgelenken die Instrumente in Desaldehyd einzulegen und das Licht zu löschen. Punkt zehn Uhr bat ich meinen ersten Kunden herein, und dieser eröffnete den bunten Reigen von Menschen, die in den kleinen Raum traten, hinter dem Vorhang verschwanden, sich dann auf der Liege platzierten und mir erwartungsvoll ihren entblößten Körperteil entgegenstreckten, der Dinge harrend, die da kommen sollten. Oft waren es langjährige Kunden von Tinks, die an ihren Körperbildern über Rücken und Arme, über Bauch und Schenkel arbeiten ließen. Sie kamen mit genauen Vorstellungen und manchmal mit einer Skizze oder Bildern aus Zeitschriften, die ihre Ideen dokumentierten. Andere kamen «blank», wie Tinks sagte, ohne Tattoo und überrascht vom eigenen Mut, der sie zum Tätowieratelier bei John's Place geführt hatte. Diese nahmen einige Zeit in Anspruch, studierten Musterbücher, fragten dies und das. Einige wenige Kenner suchten mich auf, weil sie von Tinks spezieller Tätowiertechnik gehört hatten und begierig waren, die Kämme im eigenen Fleisch zu spüren. Sie wussten genau, was sie wollten. Diese Gruppe flößte mir den größten Respekt ein. Auch die Langjährigen schüchterten mich anfangs ein. Die Vorgabe von Tinks war so hoch, dass ich sie niemals erreichen konnte. Am lockersten konnte ich mit den «Blanks» umgehen. Ich ließ sie die Musterbücher durchgehen und beantwortete geduldig ihre Fragen. Tinks war mir keine Hilfe mehr, und vielleicht war das gut so. Er hatte sich mit der ersten Miete, die ich ihm ablieferte, ein Ticket nach Chikauwee gekauft, um, wie er sagte, «das Paradies zu erleben, bevor mir die Haut in Fetzen vom Leibe fällt». Seine geheimnisvolle Krankheit schien ihn täglich ein bisschen mehr zu fressen, und er hatte begonnen, Morphium gegen die Schmerzen zu nehmen.

«Vom Arzt verschrieben», zwinkerte er bei unserem Abschied und klopfte mir auf die Schultern, «willst du auch probieren?»

Der Wohnwagen auf der Schutthalde St. Martin blieb weiterhin meine Bleibe, obwohl Tinks mir nahegelegt hatte, ein Zimmer in der Nähe des Ateliers zu beziehen. Ich war dagegen, alles im Leben gleichzeitig zu ändern, sofern man nicht dazu gezwungen wurde, und der Schritt vom ungebundenen Schutthaldendasein zum Atelier mit Präsenzzeit und der Verpflichtung zur regelmäßigen Zahlung einer Miete reichte mir vorerst. Die neuen Schuttberge sah ich nur noch von weitem, wenn ich morgens meinen Wohnwagen verließ. Dem Schrott weinte ich keine Träne nach. Marty, der zähe alte Bursche vom Männerheim, lächelte glücklich, als ich ihm von meinem neuen Geschäft erzählte. Am Abend danach stand er mit einem Paket unter dem Arm vor meinem Wohnwagen. Als ich das Zeitungspapier entfernte, kam ein Ölgemälde zum Vorschein. Es zeigte einen Sonnenuntergang am Meer.

«Hab's 'n bisschen aufgemotzt. Zur Geschäftseröffnung, Louie, für die kahlen Wände.»

Ich war gerührt und versorgte es im Wohnwagen in einer Schublade. Auch Joe und Kathy, das Paar aus einem Kaff im County Milroy, das den Weg in die Großstadt gefunden, den Aufstieg jedoch verpasst hatte, schienen meine neue Beschäftigung ganz okay zu finden. Sie grüßten immer äußerst freundlich und erkundigten sich artig nach dem Gang der Geschäfte.

Der Job war ganz einträglich. Jedenfalls so, dass ich mein Bankkonto bei der City Bank erstmals seit Jahren wieder in Gebrauch nahm, und zwar mit Bewegungen, die das Konto nicht unter, sondern über Null brachten. Abends fiel ich todmüde ins Bett, erschlagen vom Hämmern und überrollt von der Pixelflut, die im Laufe eines Tages an meinen Augen vorübergezogen war.

Die barsche Stimme reißt mich aus dem Dämmerschlaf. Sie redet zu einer zweiten Stimme, ich verstehe kein Wort. Wieder wird es kalt um meine Beine. Was fummeln die dauernd herum? Die Nase juckt, ich will die Hand heben, um zu kratzen. Das klappt teilweise. Mein Arm fühlt sich kraftlos an. Langsam lasse ich ihn über die Decke gleiten, auf dem Weg zur Nase lege ich zwei Pausen ein, bis das Pochen im Kopf etwas nachlässt. Dann kratze ich mich. Die Nase scheint unversehrt zu sein.

In meinem Tätowieratelier bei John's Place besuchten mich allerlei Kunden. Am meisten Mühe bereitete mir in der Anfangszeit, abgesehen vom Handwerk, bei dem ich noch eine Menge zu lernen hatte, die Geschwätzigkeit der Leute. Das Unvermögen mancher Menschen, mal einem Gedanken nachzuhängen, ohne ihn auch gleich zu äußern, war mir unverständlich. Beim Tätowieren schätzte ich Stille umso mehr, da ich mich konzentrieren musste, und zwar heftig. Immerhin beförderte ich mit jedem Schlag Farbe unter die Haut, die sich nicht mit ein wenig Spucke wieder entfernen ließ. Sie blieb dort für den Rest des Lebens. Auch wenn sie falsch platziert war. Sobald also einer Luft holte, um mir sein Herz auszuschütten, während ich nebenbei ein hochgradig schwieriges Bild mit extrem sensibel reagierenden Instrumenten unter die Haut treiben musste, begann ich zu schwitzen. Wer bringt die notwendige Konzentration zur Maßarbeit auf, wenn einer schnieft und schneuzt, unterbrochen von gestammelten Sätzen, in denen er detailgetreu schildert, wie ein Mercedes seinen Rudi überfuhr? Kann jemand Präzisionsarbeit leisten, wenn er sich den Bericht über Nicole anhören muss, die Schlampe, die es wahllos mit jedem treibt, bloß nicht mit ihrem Ehemann? Und der Ehemann, der bebend vor Zorn unter dem Hammer liegt, erwartet mitfühlende Worte, während ich mich abmühe, den Kamm in seinen zitternden Leib zu stoßen, und zwar an der Stelle, wo er hingehört. Nicht einmal der Schmerz hielt die Herren und Damen davon ab, ihre Geschichten zum Besten zu geben.

Es gab auch ideale Kunden. Adam war ein solcher. Er war um die zwanzig, hatte süße blonde Locken und zartgeformte Muskeln. Ideal an Adam war seine innere Ruhe. Sie verhinderte, dass er die Erfolge im täglichen Duell mit seinem Boss, dem exzentrischen Besitzer eines Grafikateliers, darlegte. Sie ließ ihn schweigen über die Eroberungen, die er nächtens in dunklen Bars von Uptown machte. Die innere Ruhe machte ihn schweigsam. Und das war gut so. Die ideale Sitzung gestaltete sich wie folgt.

«Hallo Adam.»

«Hallo Lee.»

«Kannst dich gleich freimachen und hinlegen.»

«Gut.»

Geräusche von Reißverschluss, Rascheln von Jeans, Schritte von nackten Füßen, Ächzen der Liege.

«Ich steche heute das Torekmuster fertig. Es wird bis hier reichen. Dann beginne ich mit der Venitu-Figur ... hier ... bis zu diesem Punkt da.»

«Das ist gut so.»

Geräusche von Schlägen auf Holz, leises Klirren von Glas, Geräusche von Schlägen auf Holz, und so weiter, knapp eine Stunde lang, dann Reißen von Klebstreifen.

«So, das wärs für heute. Du weißt schon, Adam, kein Wasser die nächsten drei Tage, Verband morgen sorgfältig entfernen, mit einem Pflaster ersetzen, Schorf nicht abkratzen. Wir sehen uns in zwei Wochen um dieselbe Zeit, okay?»

«Alles klar, danke, auf Wiedersehen, schöne Woche.»

Adam war Labsal im täglichen Leben. Tiziana verkörperte das Gegenteil. Sie war groß, schlank, hatte kleine Brüste und rot gefärbte Haare, deren dunkler Haaransatz nach einer Folgebehandlung schrie. Sie war eine «Blank» und vor vier Wochen zum ersten Mal bei mir im Atelier. Tiziana ging gegen Vierzig, schätzte ich, und wurde vom Leben gebeutelt. Dies las ich an ihren Krähenfüßen um die Augen, die nicht bloß vom Lachen stammten. Tiziana zog sich bis aufs Höschen aus.

«Fürs nächste Mal: Es reicht, wenn du die Schulter freimachst, ich steche ja nur dort.»

«Das hättest du früher sagen können. Kannst du mir verraten, was du jetzt gerade tust? Ich habe als Klientin das Recht darauf, über jeden Schritt informiert zu werden.»

«Ich steche an der Blume weiter, sehr wahrscheinlich wird sie heute fertig.»

«Das ist das Problem. Ich habe in einem Heft ein Motiv gesehen, das mir viel besser gefällt, schau, dieses Muster hätte ich gerne.»

«Schwierig. Die Blume ist bereits zur Hälfte fertig, da kann ich die feinen Linien kaum integrieren. Außer ich würde eine neue Komposition aus den zweien machen.»

«Eine neue Komposition? Nein, ich will es so wie auf diesem Bild. Dann mach die Blume doch weg, sie ist ja noch ganz frisch.»

«Tiziana, die kann ich nicht mehr entfernen, darüber haben wir doch mehrmals gesprochen. Die Farbe ist unter der Haut, und dort soll sie halten ein Leben lang.»

«Dann stichst du mir das Bild auf die andere Schulter. Die ist ja noch frei.»

«Ich möchte dich nochmals darauf hinweisen, dass das Bild dich unwiderruflich begleiten wird für den Rest deines Lebens. Zudem braucht es dafür nochmals zwei Sitzungen. Das heißt zusätzliche Kosten von siebzig Pfund.»

«Behandle mich nicht wie eine Minderbemittelte. Ich weiß, was ich tue. Und von den zusätzlichen Kosten bin ich bereit, die Hälfte zu bezahlen. Deine Beratung war unvollständig, du hast mir zu wenig Motive gezeigt, die zu meinem Typ passen, wenn», meinen Tonfall nachäffend, «‹das Bild mich unwiderruflich begleiten wird für den Rest meines Lebens›.»

Darauf folgte langatmiges Feilschen ihrerseits und starrköpfiges Verharren meinerseits. Ich ließ mich nicht von einer Tusse um meinen Lohn bringen. Der Disput endete damit, dass ich von Tiziana dreißig Pfund erhielt, die Rose kostenlos fertig stach, drei Sitzungen lang durchhielt und froh war, diese Frau nie mehr zu sehen.

Zu den regelmäßigen Besuchern meines Tätowierateliers gehörte Gerry. Er war ein langjähriger Kunde von Tinks und zog sein linkes Bein beim Gehen nach. Um davon abzulenken, färbte er sich die Haare pink und orange. Das wiederum machte die Narbe vergessen, die er auf der Stirn trug. Er hatte sie, wie er sagte, einem heftigen Liebhaber zu verdanken, der im Rausch ein Messer nach ihm geworfen hatte. Gerrys magerer Körper bildete einen «Exkurs in die Kunst der Renaissance», wie er mir einmal stolz darlegte. Tinks hatte alle seine Register gezogen. Da tanzten goldhaarige Engelchen auf Gerrys Armen, paradiesische Landschaften wanden sich um seine schmalen Schultern, kokette Damen blickten aus seinem Bauch. Offenbar gönnte Gerry das Kunstwerk keinen fremden Blicken, denn er trug auch im Sommer züchtig bedeckende

Kleider, welche die Farbenpracht auch nicht im Ansatz verrieten. An mir war es, die Lady zu vollenden, die kokett die Brustwarze ihrer Kollegin umfasste und mich aus dem Bildband heraus, den Gerry mitgebracht hatte, neckisch anlächelte. Sie erstreckte sich über Gerrys Rücken und befand sich in der Nachbarschaft eines lüsternen Ziegenbockes, der menschliche Züge trug.

Ich tupfte Gerry trocken, bevor ich zu arbeiten begann. Er schwitzte stark.

«Herrlich, Lee, das tut gut. Heute plagt mich wieder der Ischias, da kommt mir eine Stunde unter dem Hammer gerade gelegen. Bei dir kann ich ein wenig die Schmerzen vergessen.»

«Das ist gut.»

«Gestern stieß mir etwas Eigenartiges zu. Ich nahm ein Taxi zum Supermarkt, du weißt schon, die große Mall unten bei der Conz Street, und wie ich reingehe, weiß ich nicht mehr, weshalb ich dort bin. Mir ist vollkommen entfallen, was ich vorhatte, als ich das Taxi bestellte. Ich stehe da wie ein Trottel, mir wird schwindlig, und erst als mich ein Mann anrempelt, ich stehe beim Drehkreuz, komme ich wieder zu mir. Ich fühle mich wie der letzte Idiot und fahre unverrichteter Dinge nach Hause. Lee, was meinst du, habe ich einen Hirntumor?»

«Das glaube ich nicht. Allenfalls eine kurze Schwäche, das kennen wir doch alle.»

«Schwächen hatte ich immer schon, an allen Ecken und Enden, aber das ist neu. Allenfalls der Beginn einer Epilepsie?»

«So dramatisch wird es nicht sein, Gerry.»

«Ich hoffe doch sehr, dass es nichts Dramatisches ist, ich will meine schöne Lady noch erleben. Und jetzt noch der Ischias dazu. Aua. Quäle mich nicht zu stark, mein Tag war bereits die Hölle. Der Toaster funktionierte nicht, dann verlegte ich die Schlüssel, worauf mich Angelo anschnauzte wie einen dummen Jungen. Aua.»

Ich genoss die Stille. Sie dauerte kurz.

«Weißt du eigentlich, was tätowieren heißt, ich meine, wirklich heißt?»

«Nein.»

«Tatau heißt in tahitianisch verwundet, und tatauieren bedeutet Wunden schlagen.»

«Hmm.»

«Welch treffendes Wort, *tat* wie ein Schlag, *tat* so hart wie der Schmerz, der einfährt, das A und U weich und schön wie die Zeichnung, die der Schlag mir unter die Haut treibt.»

«Hmm.»

«Du bist so still, Lee, ist etwas nicht in Ordnung?»

«Ich arbeite, Gerry, und ich konzentriere mich, die Lady ist nicht ganz einfach zu stechen.»

«Nur zu, Lee, du machst das bestens. Aua. Tinks setzte sein volles Vertrauen in dich, und Tinks hat ein gutes Gespür für sein Handwerk und die Menschen. Das sagt auch Angelo, obwohl er ja anfangs dagegen war, dass ich mich stechen lasse. ‹Gerry, mein lieber Junge›, sagte er, ‹nicht, dass du mir deine schöne Haut zerstören lässt. Was willst du denn deine edle Elfenbeinblässe mit vulgären Bildern verunzieren?› ‹Angelo›, sagte ich, ‹meine Haut gehört mir.›» Gerry kicherte. «Zudem ist Tinks ein Meister, der ein altes Handwerk von Grund auf gelernt hat. Tattoos sind keine Modeerscheinung des zwanzigsten Jahrhunderts, wie all die Fashion Freaks in ihren Hochglanzmagazinen behaupten. Seit Jahrhunderten ist Tatu die Wunde, um sich unauslöschlich zu markieren, Kennzeichen für Rang, Würde, Mut. Geschlagen als Verschönerung, um zu gefallen, um Lebensabschnitte und Auszeichnung mitzuteilen. Tatus sind Amulette, sind Zunftzeichen, Erinnerung, Abwehrzauber. Schau dich doch mal um. Es gibt Tatus, die schreien: ‹Ich liebe dich› und ‹Ich hasse dich›.»

Gerry zuckte zusammen.

«Entschuldige bitte.»

«Nicht so heftig, Lee. Mir reicht der Ischias, mit diesem Schmerz im Rücken ist es eine Qual, hier zu liegen. Ist es nicht unglaublich, was Tatus alles zu sagen vermögen?»

«Sicher.»

«Tatus als Abgrenzung, Ausgrenzung, Stigmatisierung. Denk an die Nummern der KZ-Häftlinge.»

«Stimmt.»

«In Pariser Armenspitälern haben Hebammen vor zweihundertfünfzig Jahren Neugeborene und Mütter mit einem identischen kleinen Zeichen markiert. Vorsorglich. Falls die Mütter nämlich ihre Kinder ermordeten oder aussetzten, konnten die Behörden die richtige Mutter zum Kind schneller finden. Ist das nicht entsetzlich?»

«Grausam.»

«Nach den Entdeckungsfahrten des achtzehnten Jahrhunderts kam es zur Wiederbelebung des europäischen Hautstichs. ‹Ich war im irdischen Paradies›, zeigten die Hautzeichnungen der Seeleute, die nach Europa zurückkehrten. Wer sich nicht stechen ließ, dem blieb als Mitbringsel die Erzählung von den paradiesischen Inseln, die er gesehen hatte, oder die Aufzeichnung. Die Menschen zu Hause waren verrückt nach den Hautbildern. Manche Reisende brachten gleich einen lebenden Einheimischen mit, den sie in Salons und auf Jahrmärkten zeigten.»

«Beeindruckend.»

«Es war mehr als beeindruckend. Es war eine Riesenattraktion. Einträgliches Geschäft für die Seeleute. Jeoly aus Sumatra starb dabei elendiglich, Omai aus Polynesien schaffte es zurück. Und dann war da Great Omi.»

«Mmm.»

«Aua. Lee, du scheinst mir heute wirklich etwas heftig zu schlagen. Denk an meinen Ischias, ich bin ein alter Mann.»

Gerry seufzte tief.

«Great Omi. Der Zebramensch. Great Omi war einer der berühmtesten Tätowierten. Er wurde auch auf Jahrmärkten herumgereicht, er lebte zu Beginn des zwanzigsten Jahrhunderts. Von Kopf bis Fuß mit Streifen tätowiert. Sieben Jahre lang dauerte die Bemalung, dreimal pro Woche. Fünfzehn Millionen Einstiche an Kopf und Gesicht, fünfhundert Millionen am restlichen Körper.»

«Wirklich beeindruckend.»

Gerry versank kurz in Gedanken.

«Meinst du, es ist wirklich kein Hirntumor?»

Ich spüre ein Prickeln auf der Kopfhaut. Mein Haupt ist also immerhin zu Empfindungen fähig. Auch der Magen scheint in Ordnung zu sein. Er knurrt. Gebt mir etwas Anständiges zu essen. Ein Steak, blutig, mit Frites, goldgelb und fett, heiß und salzig, gut im Biss. Mir läuft das Wasser im Mund zusammen. Ich hänge ein wenig meinen Vorstellungen von gutem Fleisch nach. Dann gleite ich wieder in einen Dämmerschlaf hinüber, der mir gute und böse Geister bringt, von nah und von fern.

Ich fand ihn auf dem Dachstock. Ich wollte meine alten Briefmarkenbücher holen, als ich im Halbdunkel plötzlich seine Beine in der Luft baumeln sah. Ich schrie. Meine Mutter war nirgends, John bei den Kühen. Ich war alleine mit meinem Vater, der am Dachbalken hing, und kotzte.

Tiziana und Gerry waren nicht die einzigen Kunden, die etwas mehr Aufmerksamkeit als andere benötigten. Es gab weitere. Meine Weltläufigkeit gebot es mir, allen Kunden und ihren Wünschen gegenüber offen und tolerant zu sein. Wünsche, die eine spezielle Offenheit verlangten, hatten ihren Preis. Solche gab es durchaus. Zum Beispiel diejenigen des Priesters.

Der Priester betrat eines Nachmittags mein Atelier, bei brütender Hitze und ohne Voranmeldung. Ich hatte den Laden bereits vor ein paar Monaten übernommen und fühlte mich sicher und zu Hause im neuen Metier. Ja, das Stechen war zu meinem Handwerk geworden. Ich gab soeben etwas Zinnober zum Braun, um die Farbe von Hieronymus Boschs Höllenerde präziser zu mischen. Vor mir lag Marlene, geschunden und gestochen in Blau und Rosa, soeben vollendet der Zug durch himmlische Sphären, Marlene harrte der Hölle in Dunkelbraun und Feuerrot. Ich zuckte zusammen, als an die Tür geklopft wurde, und bevor ich antworten konnte, wurde sie geöffnet. Der Priester stand vor mir. Tinks hatte mich auf ihn vorbereitet. Der Gottesmann erhielt eine maßgeschneiderte Sonderbehandlung. Tinks schilderte sie mir detailliert.

«Du bist ein kreativer Mensch», sagte ich, nachdem er seine Ausführungen beendet hatte.

«Ich?», fragte Tinks entsetzt. «Das sind die Wünsche des Priesters. Ich habe damit nichts zu tun.»

«Dann ist der Priester ein kreativer Mensch. Bezahlt er einen Sondertarif?»

Tinks wand sich leicht. «Das Doppelte. Ich nahm ihn damals, weil ich in Geldnot war. Er ist kein schlechter Mensch.»

«Das will ich doch hoffen, als Gottesmann», entgegnete ich und notierte mir das Prozedere in mein Lernbuch.

Wie er jetzt so in der Türe stand, gab er eine jämmerliche Figur ab. Er war blass und bleich, seine Soutane bauschte sich um eine schmächtige und kleine Gestalt. Ohne Marlene eines Blickes zu würdigen, sagte er mit einer seltsam feinen, hohen Stimme:

«Ich möchte einen Termin in der nächsten oder übernächsten Woche. Können Sie das einrichten?»

Natürlich konnte ich das, eine seltsame Frage. Welches Dienstleistungsunternehmen richtete sich nicht nach den Wünschen seines Kunden? Nachdem wir einen Termin vereinbart hatten, senkte der Priester seinen Kopf vertraulich zu mir herunter und flüsterte:

«Sie wissen schon, das mit dem Pinsel?»

Verblüfft, wie ich war, antwortete ich: «Nein, mein Metier sind Kämme und Hämmer.»

Dann dämmerte es mir sofort. «Natürlich, der Pinsel. Sicher, das lässt sich machen, selbstverständlich.»

Der Priester lächelte mich an und verschwand so plötzlich, wie er aufgetaucht war. Zwei Wochen später stellte ich Pinsel mit weichsten Marderhaaren und solche mit derben Borsten bereit, um den speziellen Kunden zu empfangen. Ich begrüßte ihn und verwies ihn auf die Musterbücher. Die schienen ihn jedoch nicht zu interessieren. Nach einem flüchtigen Durchblättern wandte er sich mir zu.

«Ich möchte eher weich behandelt werden, weich, aber hart, verstehen Sie? Ein Geben und Nehmen, ganz im Einklang mit Form und Farbe.» Dabei fixierte er mich mit einem lüsternen Blick, der mir nicht gefiel. Ich atmete tief durch und wartete höflich schweigend auf weiterführende Erläuterungen. Für den Priester schienen allerdings keine weiteren Fragen offen zu sein. Er steuerte auf den Vorhang zu.

«Lee, schmeiß ihn raus», flehte mein Herz.

«Und wer bringt das Geld heim, und von ihm erst noch die doppelte Summe?», herrschte ich zurück.

Das wirkte. Ich verpasste die Chance, ihn rauszuwerfen. Der Priester hatte den Vorhang nicht ganz zugezogen, und ich konnte seinen Talar sehen, schlaff am Bügel hängend. Über den Schemel gelegt die schwarzen Hosen, darauf ein zerknülltes Bündel weißer Wäsche. Den Priester sah ich nicht, aber ich hörte ihn. Ich verstand nicht genau, was er während des Ausziehens murmelte. Ab und zu hörte ich ein Geräusch, ähnlich dem, wenn die Zunge am Gaumen kleben bleibt und sich schmatzend löst.

«Wenn du fertig bist, kommst du bitte heraus und machst es dir auf der Liege bequem», sagte ich und wandte mich ab. «Es ist doch in Ordnung für dich, wenn ich dich duze?»

Ich erhielt keine Antwort und nahm das als Zustimmung. Der Vorhang wurde zur Seite geschoben, dann vernahm ich leise Schritte, das Ächzen der Liege, als der Priester sich hinlegte. Ich drehte mich zur Liege. Der Priester lag auf dem Bauch, die Arme seitlich an den Körper gepresst. Die Haut war weiß und trocken, kleine Poren, keine Haare. Er war sehr dünn, der Rücken wölbte sich leicht. Die Füße ragten über den Rand der Liege hinaus. Er hatte die Schuhe anbehalten.

«Entspanne dich», sagte ich und griff nach der Flasche mit dem Öl. Ich tropfte ein wenig davon auf meine Handfläche. Wieder hörte ich das Schmatzen. Der Priester hatte den Kopf abgewandt. Gänsehaut überzog seinen Rücken. Ich rieb meine Hände kurz aneinander und legte sie dem Mann auf den Rücken. Dieser zuckte zusammen. Langsam begann ich, das Öl zu verteilen.

«So wie immer?», fragte ich und zog mit der einen Hand den kleinen Tisch näher.

«Ja», sagte der Priester und drehte mir den Kopf zu. Ein Speichelfaden klebte am Kinn. Ich streifte mir Plastikhandschuhe über, dann griff ich zum Pinsel. Einen Moment lang hielt ich ihn in der Luft, dann senkte ich die Hand. Die feinen Haare glitten über die Haut. Im Nacken hob ich den Pinsel und hielt inne, bevor ich ihn wieder über den Rücken gleiten ließ. Der Priester stöhnte. Ich wiederholte die Bewegung des Pinsels. Zuerst in der Luft, dann auf dem Rücken des Mannes.

«Sagen Sie's», ächzte der Priester.

«Lieblieblieblieblieblieb», murmelte ich und führte den Pinsel wieder in die Höhe.

«Lauter», fuhr er mich an.

«Lieblieblieblieb.»

«Das andere», bat der Priester, nun in einem sanften Ton. Ich wählte einen Kamm.

«Bös, du Böser du, was tust du, Böser.» Ich ließ die erhobene Hand fallen, der Kamm senkte sich in die Haut des Liegenden, schleifte über den Rücken und hinterließ vier rote Striemen. «Liebliebliebliebliebl.» Zart führte meine andere Hand den Pinsel an den Striemen vorbei.

«Böser, Böser, Böser, Elender, Verrotteter.» Vier rote Linien quer. Der Kamm verharrte in der Höhe, während der Pinsel sanfte Kurven zog.

«Lieblieblieblieb». Das Becken des Priesters rotierte, aus seinem Mund floss Speichel. Der Kamm fuhr nieder.

«Verrottet, verhundet, verloren.» Bei jedem Wort bohrte er sich tiefer in die Haut, während der Priester sich stöhnend aufbäumte. Ich löste den Kamm aus den Löchern und fasste den Pinsel. Der Priester knurrte und wand sich unter den feinen Haaren, die seine Striemen bepinselten.

«Weiter», japste er. Ich ließ den Pinsel auf seinem Rücken auf- und abgleiten, heftig, sanft, hüpfend, kitzelnd, vom Wirbel zum Steißbein, strich hinauf zum Schulterblatt, zeichnete die Striemen nach, presste ihn gegen die Haut oder streichelte darüber hinweg. Der Priester bebte und kicherte. Als der Pinsel seine rechte Arschbacke berührte, erstarrte er. Seine linke Hand tastete sich unter seiner Hüfte hervor.

«Den Gummi, schnell.» Seine Stimme war heiser.

Ich nahm die bereitgelegte Packung vom Tisch, öffnete sie und legte dem Priester den Gummi in die Hand. Dann wandte ich mich ab. Die Liege ächzte, leises Stöhnen.

«Sagen Sie's.»

Ich drehte mich zurück. Der Priester starrte mich mit weit aufgerissenen Augen an, der Mund sabbernd, der Kopf verdreht. Er lag auf dem Bauch, sein Arsch fuhr ruckartig in die Höhe, auf, ab, auf, die Arme angewinkelt, die Hände unter der Hüfte versteckt. Ich griff mir einen Kamm, setzte auf der linken Arschbacke an.

«Komm, Lieber, komm, sei lieblieb», und zog den Kamm zum Hals hinauf.

«Aaaa», schrie der Priester, ich riss den Kamm zum Arsch zurück, «Komm, komm, du Lieber, du». Ich schlug mit dem Hammer leicht auf den Kamm. Der Priester schrie und richtete seinen Oberkörper auf. Dann sank er zusammen.

Ich wartete. Der Priester lag regungslos. Ich hoffte, dass mir die nächste Nummer erspart bliebe, und wartete noch ein bisschen. Der Priester lag immer noch regungslos. Ich fürchtete, er sei eingeschlafen, und begann, die blutenden Löcher und Striemen mit einer desinfizierenden Lösung abzutupfen. Der Priester stöhnte. Er hob langsam sein Becken, nestelte, dann hielt er mir seine Linke hin. Zwischen zwei Fingern baumelte das Präservativ. Ich fasste es mit spitzen Fingern und kippte es über dem Rücken des Priesters. Zäh troff der milchige Saft in die Vertiefung über dem Arschspalt.

«Wie riecht er?», fragte der Priester. Ich presste den Gummi aus, bis kein Tropfen mehr kam.

«Wer?» Das kam bei Tinks' Vorbereitung nicht vor.

«Na was wohl, mein Saft.»

«Wie er riechen sollte, herbmännlich, würzig, zudem rieche ich», ich machte eine Pause, «eine Spur Pfefferminz, was ihm eine ganz spezielle Note gibt.»

«Hmm.»

Ich streifte meine Plastikhandschuhe ab und warf sie mit dem Gummi zusammen in den Abfalleimer. Dann nahm ich einen Pinsel, öffnete einen der kleinen Farbtöpfe und holte eine Spatelspitze voll Pulver heraus. Ich mischte es unter den Samen. Die Pigmente lösten sich sofort auf. Der Samen färbte sich braun.

Ich tauchte den Pinsel ein und begann, die Farbe mit schnellen Strichen zu verteilen. Der Priester zuckte zusammen, sobald der Pinsel die offenen Wunden streifte.

«Er hatte mehr ausgehalten», sagte ich. Der Priester deutete mit verzerrtem Gesicht ein Nicken an und versuchte, einen Blick auf seinen Rücken zu werfen. Trockener Speichel hatte auf seinem Kinn Spuren hinterlassen.

«Sie machen es braun», sagte er. Auf seinem Rücken zeichneten sich die Umrisse eines Kreuzes ab. Saft und Pigmente mischten sich mit dem Blut. Ich bohrte die Pinselhaare in einen Striemen.

«So willst du es doch, oder?»

In den Augen des Priesters glänzten Tränen. «Ja. Dasselbe Kreuz wie Er will ich tragen.»

Er drehte den Kopf auf die andere Seite und schluchzte.

«Priester, halte still, aus dem Kreuz wird sonst nichts», sagte ich und hielt mit dem Malen inne, «es fehlen nur wenige Striche.»

Der Rücken verkrampfte sich. Ich besserte die Konturen aus. Die Farbe war beinahe eingetrocknet und hatte sich mit den kleinen Poren verbunden.

«Dein Eiweiß taugt, Priester. Du bist bereit», sagte ich aufmunternd und legte den Pinsel auf den Tisch. Der Priester sagte nichts, seine Schultern begannen wieder zu beben. Als er laut weinte und den Kopf in seinen Händen verbarg, verließ ich das Atelier und ging eine rauchen.

Ich ging nie mehr auf den Dachstock. Meinen Vater begruben wir an einem kalten Oktobertag. Meine Mutter redete ohne Unterbruch. Onkel Moses nahm ihren Arm.

Als ich ins Atelier zurückkam, weinte der Priester nicht mehr. Sein zerschundener Rücken hob und senkte sich langsam beim Atmen. Der letzte Rest Farbe war eingetrocknet. Ich hatte ihm das

Kreuz über die ganze Länge der Wirbelsäule gemalt. Der Querbalken wölbte sich leicht und endete unter den Achseln. Ich wischte ihm mit dem Pinsel über den Arsch.

«Kannst aufstehen, Priester, genug gelitten für heute.»

Der Mann zuckte zusammen und richtete sich langsam auf. Ich zog ein Musterbuch aus dem Regal und begann zu blättern. Dabei vernahm ich, wie der Priester mit einem Klacken seine Füße auf den Boden setzte und mit kleinen Schritten in die Kabine schlurfte. Vorhangziehen. Raschelnde Kleider. Ein unterdrückter Schmerzensschrei, der Priester beim Versuch, sich das Unterhemd überzustreifen. Dann ächzte er, als er die Schuhe durch die Beinlöcher seiner Unterhose zwängte. Leichtes Knallen des Gummibandes. Rascheln von schwerem Stoff, dann Stille. Der Talar wurde zugeknöpft. Die Hosen packte er in eine raschelnde Tüte ein, ich entnahm es dem Klappern des Gürtels.

«Wie wäre es damit?», fragte ich, als der Priester aus der Kabine trat, und hielt ihm das Buch entgegen. Ich zeigte auf die Kröte. Sie war dem Mann mit einem Pfeil auf die Brust genagelt. Der Mann blickte mit unbewegtem Gesicht auf sie hinunter. Er war nackt und stand mit dem Rücken zur Wand auf einem fetten Reptil mit Fischkopf. Seine Knie waren gebeugt, so, als würden ihm im nächsten Augenblick die Beine wegknicken. Die Schlange wand sich dem Mann zwischen den Beinen hindurch, umspielte die hinter dem Rücken verschränkten Arme und erhob sich über dem Kopf des Mannes.

«Ich könnte die Schlange abändern», bot ich an und wandte mich dem Priester zu. Dieser starrte gebannt auf die Abbildung.

«Er leidet», flüsterte er und strich mit den Fingern dem Mann über das Gesicht.

«Wie viel verlangen Sie?»

«Dreihundert für das ganze Motiv, hundertfünfzig nur für Kröte und Schlange. Kein Stich, ausschließlich Pinsel.»

Der Priester fuhr mit dem Zeigefinger den Beinen des Mannes nach. «Gut. Ich hätte gerne die Kröte und die Schlange.»

Er holte eine Agenda aus seiner Tasche. «Wann haben Sie Zeit?»

«Mit dem Kreuz hast du ja jetzt eine Weile zu tun», sagte ich, «wie wäre es in zwei Monaten?»

Nachdem er gegangen war, ging ich nochmals eine rauchen.

Der Priester erinnerte mich ans Gefängnis. In dieser Nacht schlief ich schlecht. Ich träumte, ich sei auf der Flucht, ich kletterte die Gefängnismauer hoch, einfach so, wie ein Insekt auf allen Vieren. Als ich jedoch meinte, oben angelangt zu sein, wuchs die Mauer höher hinauf, und ich dachte, na ja, dieses Stück schaffe ich auch noch, und kletterte weiter, bis das Ende in Sicht kam, aber es war kein Ende, es war die Mauer, die sich endlos unter meinen Händen und Füßen erstreckte. Da hielt ich inne und schaute hinunter und sah die Gefangenen im Hof so klein wie Getier, die Wärter waren Punkte, die stramm auf ihren Posten saßen. Ich war plötzlich kraftlos und ohne Halt, die Fähigkeit, wie ein Insekt zu laufen, war wie weggeblasen, einen Moment noch hing ich dort oben in luftiger Höhe, dann fiel ich. Ich fiel weit und erwachte vom Schrei, der sich aus meiner Kehle presste.

Den Pfarrer hatten sie mir an einem sonnigen Morgen geschickt. Die Sonne warf ihre Strahlen in die Zelle, ich studierte dieses Muster, das ich kennen würde bis an mein Lebensende, so wie es aussah frühmorgens und jede weitere Stunde danach. Es war vielleicht ein Monat vergangen, seit sie mich eingesperrt hatten. Der Pfarrer war ein schmächtiges Männlein mit einer Soutane und der Bibel unter dem Arm. Ich saß auf dem Bett und war so überrascht, Besuch zu erhalten, dass ich vergaß, dass man einen Priester, der ungefragt erschien, nicht eigentlich als Besuch bezeichnen konnte. Es war ein Überfall. Er nahm auf dem einzigen Stuhl mir gegenüber Platz.

«Guten Tag, Lee, wie geht es uns heute?»

«Mir geht es gut, und Ihnen?»

«Gut gut, danke der Nachfrage.»

Erst jetzt sah ich, dass auf der Bibel ein Dossier lag, in das er nun einen Blick warf.

«Lee Gustavo. Gustavo, das ist kein englischer Familienname, wie bist du dazu gekommen?»

«Mein Vater wurde in Brasilien geboren, lebte aber in England, seit er vierundzwanzig war.»

«Lebte?»

«Er wurde vor drei Jahren ermordet.»

«Ermordet?»

«Ja.»

Er blätterte im Dossier. «Hier steht aber, dein Vater habe sich erhängt.»

«Er starb, weil er nicht mehr sprechen konnte.»

Der Pfarrer zog die Augenbrauen hoch. «Nicht mehr sprechen?»

«Erstaunlich, nicht?»

Sein Blick war immer noch zweifelnd. «Ja, in der Tat, sehr ungewöhnlich, sehr ungewöhnlich. Wann verlor er sein Sprechvermögen?»

«Am 23. Juli 1996.»

«Ich meine vielmehr: nach welchem Ereignis?»

«Nach der zweiten Heuernte.»

Der Pfarrer blickte mich säuerlich an. «Gab es einen Grund dafür, war dein Vater über etwas schockiert?»

«Die hohen Benzinpreise haben ihm immer wieder Sorgen gemacht. Als Farmer ist man davon stark betroffen, mit all den Traktoren.»

Der Pfarrer warf mir einen bösen Blick zu. «Hüte deine Zunge, Lee Gustavo.»

Er blätterte wieder in seinem Dossier. «Wie ging es nach dem Tod deines Vaters, Gott hab ihn selig, mit dem Hof weiter?»

«Meine Mutter schmiss den Laden, bis sie ins Irrenhaus eingeliefert wurde. Dann wurde der Hof versteigert.»

Der Priester studierte wieder seine Unterlagen. «Weshalb wurde sie in die Psychiatrie eingeliefert?»

«Sie sprach zu viel. Sagte der Arzt.»

«Wie geht es ihr jetzt?»

«Der Nachrichtenkurier vom Irrenhaus ins Gefängnis funktioniert nicht optimal. Ich habe heute noch keinen Bericht erhalten.»

Der Pfarrer schüttelte den Kopf. «Aus dir spricht Bitternis. Hadere nicht mit dem Schicksal, Lee, Gottes Pläne für uns sind unergründlich und weise, auch wenn wir ihnen nicht immer freudig folgen mögen.»

«Bei mir kann er sich die Zeit sparen.»

«Wie meinst du das?»

«Routenplanung war schon immer mein Ding. Keiner außer mir konnte die Karte lesen.»

«Gott ist mit dir, Lee, vergiss das nie, auch wenn sein Handeln für uns oft unverständlich ist.»

Der Pfaffe war hartnäckig. Ich war gezwungen, gröberes Geschütz aufzufahren.

«Gott ist ein Saukerl, der da oben die Stränge zieht und sich köstlich amüsiert dabei. Sehr wahrscheinlich holt er sich soeben angesichts unseres Strampelns und Leidens einen runter.»

Der Pfarrer zuckte zusammen.

«Versündige dich nicht, Lee. Gott hat dich erschaffen, und er allein kann dich von der Schuld befreien, die du auf dich geladen hast.»

«Mich erschaffen», kicherte ich, «Sie meinen, so wie er die Erde erschaffen hat? Da waren wohl eher Dad und Mum zugange, das schafften sie ohne den Herrn im Himmel.»

Ich beugte mich vor, und der Pfarrer lehnte unwillkürlich ein wenig zurück.

«Wissen Sie, wie es mit der Erde wirklich war?»

Ich beugte mich noch ein wenig vor.

«Da war ein wabernder Klumpen Schleim und Feuer und Zauberwasser, und der wurde zu Kontinenten und Meeren, faltete sich zu Gebirgen, machte sich flach für Wüsten.»

«Ach ja?», meinte der Pfarrer. Er hatte sich wieder gefangen und lächelte spöttisch. «Du bist streitbar, Lee, das gefällt mir. Verrate mir doch auch: Wie steht es mit den Menschen?»

«Die Menschen? Mühsam und längerfristig evolutioniert aus dem Affen. Der Affe? Ein Zellklumpen. Eine zufällige Verdichtung von Materie, aus der etwas wird. Ein Zellklumpen wird zum Affen. Ein anderer zum Anchillosaurus. Einer zur Schnecke. Einer zur Rhabarber.»

Ich hielt inne. Das war nicht vorgesehen.

«Und was ist mit der Seele, was ist mit dem Gewissen, dem Herzen?», fragte der Pfarrer, derweil sein Grinsen zusehends süffisanter wurde.

«Die Seele habt ihr Abzocker erfunden, damit ihr sie in der Hölle schmoren lassen könnt und erst noch einen guten Batzen daran verdient. Das Gewissen plagt mich nicht, also habe ich keins. Und das Herz findet seinen Platz auf dem rechten Fleck ohne Zutun von Gott, dem Herrscher. Es findet seinen Platz ein wenig früher beim einen, mit Umwegen beim andern. Nehmen Sie doch mal», ich beugte mich wieder vor, «die Geschichten vom lieben Gott. Der große Gestalter wirkt sechs Tage lang, dann ist alles pronto. Beinahe, denn Adam, der Mann von Welt, ist einsam und klagt zu Gott. Da schneidet Gott den Adam auf und entnimmt ihm eine Rippe. Daraus formt er Eva. Aus einer knöchernen, spröden Stange formt er Eva. Abgesehen von der unpassenden Materialwahl ziemlich konzeptlos.»

«Konzeptlos?»

«Da schafft einer die schönsten Landschaften mit den dazu passenden Tieren. Erschafft Früchte und Gemüse. Er erfindet gar einen Mann, formt ihn aus Lehm und bringt ihn zum Leben. Eine Frau passt ihm nicht ins Konzept. Die erfindet er gar nicht erst. Adam aber will eine Frau, und der liebe Gott entspricht seinem Wunsch. Naheliegend scheint es nun, dass Gott einen zweiten Klumpen Lehm zur Hand nimmt und eine weibliche Figur daraus formt. Weit gefehlt. Er schneidet Adam auf und entnimmt ihm eine Rippe. Ein Stümper. Muss zudem für Adam schmerzhaft sein, oder nicht? Was kümmert's Gott. Ein weiterer, sehr früher Beweis für seine Eigenschaft.»

«Und die wäre?», fragte der Priester. Das spöttische Lächeln war verschwunden, er fixierte mich lauernd.

«Sadismus.»

Das nette Gespräch mit dem Pfarrer in meiner sonnigen Zelle kostete mich drei Monate, wie ich später vom Gefängnisdirektor erfuhr. Als es darum ging, mich wegen guter Führung früher zu entlassen, sträubte sich der Pfarrer vehement dagegen. Er argumentierte, ich zeige nicht die geringsten Anzeichen dafür, dass ich vom Weg der moralischen Verworfenheit abgekommen sei.

«Da hast du dir was eingebrockt, Lee», grinste Mister Splend hinter seinem riesigen Schreibtisch hervor und strich sich über die pomadisierten Haare, «Diplomatie ist wohl nicht deine Stärke, was? Aber etwas anderes Starkes sehe ich an dir», er wuchtete umständlich seinen fetten Leib aus dem Stuhl und kam auf mich zu, die mit dicken Goldringen geschmückte Hand ausstreckend, «hübsche Muskeln hast du gekriegt bei uns.»

Er umspannte meinen Oberarm mit seinen dicken Fingern, quetschte ihn zusammen und schüttelte ihn leicht.

«Schön schön», murmelte er, während er sich eine Cohiba anzündete, «du bleibst uns also noch etwas erhalten. Hast eine gute Hand für Maschinen, ließ ich mir sagen. Man wird dich zum Stanzen einteilen. Ab sofort. Viel Vergnügen.»

Ich war vom Kartoffelschäl- und Rübenputzdienst befreit und zum Stanzmaschinenbedienautomaten aufgestiegen. Zur Feier des Tages rauchte ich die Zigarette, die ich ein paar Stunden zuvor gegen ein Stück Schokolade getauscht hatte. Sollte doch die Aufsicht toben, wenn sie später die Zellentüre aufschloss und ihr kalter Rauch entgegenschlug. Die Chancen standen gut, dass ich im Stanzmaschinenbedientrakt einfacher zum Kokain kommen würde. Das war tatsächlich so, wie ich gleich am nächsten Tag feststellte. Ein paar Blickwechsel genügten, und die Briefchen mit dem Koks wechselten flugs die Hände, für die Aufsichten unsichtbar, beim Schichtwechsel, und per Zettelpost kamen die Anweisungen, unter welcher Tischplatte ein Gramm zu finden war und in welcher Klopapierrolle eines klebte. Es blieben mir kaum Gesichter in Erinnerung aus dieser Zeit, die waren austauschbar, kaputt und verschlagen, müde und bleich. Die fordernden Hände blendete ich aus, die sich ihren Lohn holten, das Kneifen und Quälen auf der Toilette. Die zerknüllten Geldscheine jedoch spüre ich jetzt noch in meiner Hand. Ich spüre die Beschaffenheit des Holzes, an dem ich tastend entlangfuhr, die Zartheit des Briefchens, auf das ich dabei stieß, die Feuchte einer Hand, die meine streifte, den warnenden Blick aus einem Augenpaar, wenn eine Aufsicht um die Ecke kam. Und ich speicherte den sanften Druck des Briefchens gegen meinen Fuß, wenn ich nach getaner Arbeit in meine Zelle zurückhastete, in freudiger Erwartung der Dosis, die mit einem Atemzug die nächsten paar Stunden erträglich machte.

Nach dreizehn Monaten, im Januar 2000, entließen sie mich. Der Weg über den Hof schien mir endlos lang. Beim Tor salutierte der Wächter und grinste:

«Alles Gute für das Irrenhaus da draußen. Und lass dich beim nächsten Mal nicht erwischen!»

«Ich werde Ihnen nun den Verband lösen, Lee», sagt die angenehme Frauenstimme, «bleiben Sie ganz ruhig liegen. Können Sie mich hören, Lee?»

Natürlich kann ich sie hören. Ich krieg einfach den verdammten Mund nicht auf. Mein Versuch, zu nicken, beschert mir tausend Stiche ins Hirn. Die Augendeckel versagen mir immer noch ihren Dienst, ich kann sie kaum heben. Meiner Kehle entringt sich ein Grunzen, was die Frau als Zustimmung deutet.

«Sehr schön. Sobald der Verband entfernt ist, werden Sie auch wieder etwas sehen. Das wird Sie erleichtern», sagt die Stimme. Und ob mich das erleichtert. Mir fallen zwei Tonnen vom Herzen. Die Augen sind nicht weg. Warum warten die aber auch so lange mit den guten Neuigkeiten. Vor meinem inneren Auge trottete bereits ein edler, schwarz glänzender Labrador zum Kiosk an der Ecke Wistin–Eldrige. Am weißen Gestänge zieht er mich im Schlepptau hinterher. Ich bin bereits recht gut in Übung und gehe flotten Schrittes, den weißen Stab vor mir herschiebend, wobei ich ihn flink links und rechts nach möglichen Gehsteigfallen und Werbesäulen tasten lasse. Und jetzt fallen mir plötzlich ganz andere Perspektiven zu. Ich beschließe, die Sehkraft gleich nach meiner Genesung mit einem Glas Champagner zu begießen und die moderne Medizin zu lobpreisen. Vielleicht hat die nette Frau, die mir am Kopf rumzupft, Lust, mein Augenlicht mit mir zu feiern.

Nach der Beerdigung meines Vaters weinte meine Mutter nicht mehr. Sie arbeitete. Sie rackerte sich von morgens früh bis in den späten Abend ab. Sie versorgte die Kühe und den Gemüsegarten, fuhr auf dem Acker tiefe Furchen, versenkte die Kartoffeln und kochte Obst zu süßem Mus. Meinen Bruder John und mich beachtete sie kaum. Sie grüßte uns am Frühstückstisch wie Fremde, erstaunt, jemanden in ihrer Küche zu treffen, beinahe erschrocken hob sie kurz ihren Blick, während sie fortfuhr, mit hektischen Bewegungen ihr Butterbrot zu streichen, das sie später alleine auf dem Feld verzehrte. Es schien, als würden wir ihre Gespräche stören. Sie sprach seit der Beerdigung meines Vaters ohne Unterbruch. Es war anzunehmen, dass sie ihre Monologe auch nachts fortsetzte. Endlos schien der Redefluss meiner Mutter. Es war kaum vorstellbar, dass sie für mehr als eine Minute innehalten und ihr Mundwerk zum Schweigen bringen konnte. Auf der Bettkante saßen gewiss ihr Mann und jene zwei imaginären Unbekannten, an die sie ihre Worte richtete, in der Küche, im Garten, während des Ausmistens. Der eine Unbekannte lockerte ihre Zunge auf eine Art und Weise, die John und mir das Blut in den Adern gerinnen ließ.

«Du Widerling, du, lass deine gierigen Dreckfinger von mir, du geiler Sack, sonst piss ich dich voll, denkst, du hättest eine hilflose Witwe vor dir, aber da täuschst du dich, ich schneid dir die Hoden weg, du Mistvieh.»

Dazu riss sie das Messer, mit dem sie Rhabarberstängel klein hackte, zischend durch die Luft, so dass John und ich schützend die Arme vor unser Gesicht legten, jeden Muskel gespannt, um uns auf unsere Mutter zu stürzen, auf unsere ehemals ruhige und gescheite Mum, die uns immer zu besänftigen wusste. Wir hoben die Hand, um notfalls unsere Mutter zu bändigen, die außer sich geraten war.

Der andere Unbekannte schien friedfertiger zu sein. Mit ihm unterhielt sie sich stundenlang ohne einen heftigen Ausdruck, sie gestikulierte und reihte Wort an Wort, meist unverständlich, aber engagiert und innig. «Immer schon» war zu hören und «du glaubst es nicht», «meine Sicht» und «die Sonne, das Hindernis, du weißt schon». Unser alter blinder Hund Joshua war oft Gesprächsthema, meine Mutter legte seine Vorzüge dar, so verstand ich es wenigstens, sie lobte den vorzüglichen Geruchssinn, den er trotz seines hohen Alters noch besaß, pries seine Fähigkeit als Wachhund, obwohl Joshua noch kurz vor dem Tod meines Vaters einem Eindringling freundlich wedelnd Zugang in die Scheune verschafft hatte. John hatte den Dieb ertappt und mit der Heugabel vertrieben.

Der dritte Adressat war Vater. Vater bekam einiges zu hören. «Milton», tönte es laut und herrisch über den Hof, «Milton», flüsterte meine Mutter, wenn sie sich am Kochwasser verbrüht hatte und John ihr einen Verband anlegte, «Milton», schrie sie auf dem Feld, wenn John sie darauf hinwies, dass sie soeben die keimenden Kartoffeln niedergewalzt hatte. «Milton», sagte sie leise zu ihrem Mann auf der Bettkante, tätschelte seine Hand und berichtete ihm heiser und hektisch von ihrem Tag auf dem Hof.

Nach der Beerdigung meines Vaters entging es meiner Mutter, dass John und ich noch lebten. Sie ignorierte uns. Wenn ein paar Bratkartoffeln für uns abfielen, war es, weil meiner Mutter jedes Gespür für Mengen abhanden gekommen war. Sie kochte, wann immer ihr danach war, und das konnte zu jeder Tages- oder Nachtzeit sein. Als ich eines Nachts vom Geruch heißen Fettes erwachte, stürzte ich schweißgebadet die Treppe hinunter, in der Annahme, ein Feuer sei ausgebrochen. Meine Mutter stand parlierend am Herd, in der Pfanne brutzelten sieben Koteletts, auf dem Tisch stand eine dampfende Schüssel Nudeln. Ich war gerührt, als ich auf der Anrichte drei Teller ausmachte, bis ich realisierte, dass diese keineswegs für sie, John und mich bereit standen, sondern für ihre drei Gesprächspartner, denen sie je zwei Koteletts vorsetzte, knusprig braun gebraten, so wie Vater das Fleisch liebte. Sie nickte mir zerstreut zu, nahm sich einen vierten Teller, setzte sich an den Tisch zu ihren Genossen und nahm den Faden des Gesprächs wieder auf. In dieser Nacht dämmerte es mir, dass die Tage meiner Mutter auf der Farm gezählt sein könnten.

Während unsere Mutter ihr neues Leben einrichtete, redeten John und ich wenig und arbeiteten viel. Wir setzten die niedergewalzten Kartoffeln neu. Wir melkten die Kühe. Wir verkauften die Milch, das Heu, das Korn, die Küken. Wir räumten die Pfannen weg. Wir pflückten Äpfel und Bohnen. Wir reparierten den Traktor. Wir wuschen. Bügeln taten wir nicht. So verging mehr als ein Jahr. John tat sein Bestes, den Hof nicht pleite gehen zu lassen, und ich tat es ihm gleich. Neben der Arbeit auf dem Hof übernahm ich zusätzlich Gelegenheitsarbeiten. Die paar hundert Pfund Zubrot reichten allerdings nicht aus, um die Defizite auszugleichen, die John und ich erwirtschafteten, und so kam die Steuerbehörde. John und ich waren pleite und meine Mutter reif fürs Irrenhaus. Ein weißes Auto ohne Aufschrift kam, um sie abzuholen.

Die Steuerbehörde fand, wir könnten angesichts der «widrigen Umstände», wie sie in ihrem Bericht festhielt, den Hof weiter bewirtschaften bis «zu einem noch zu bestimmenden Zeitpunkt im Frühjahr 1998, an dem der Hof versteigert wird». Diese großzügige Geste nahm ich gerne an. Nicht, dass mir am Hof gelegen gewesen wäre. Diesen Part übernahm mein Bruder John. Ich wusste einfach keinen besseren Ort, an dem Lee Gustavo, achtzehn Jahre alt, zu gebrauchen war. Obwohl ich mir das Hirn zermarterte nach einer Idee, die mir Geld einbrachte, um meine kleinen Vergnügungen zu finanzieren. Und wenn dabei erst noch was für

John und seinen Hof rausgesprungen wäre. Die Idee allerdings ließ trotz aller Bemühungen auf sich warten. Ich schuftete weiter, um, wie John mir jeden zweiten Abend vortrug, einen perfekten Hof der Versteigerung zu übergeben. Er hoffte, damit einen Preis zu erzielen, der es uns ermöglichte, zumindest die Schulden zu decken. An einem dieser Abende, an denen John keine Vorträge hielt, fand ich den Briefumschlag. John und ich hatten den ganzen Tag auf den Feldern gearbeitet. Die Kühe waren versorgt, und nun stritten wir uns darüber, wer anfeuern musste.

«Ich habe gestern bereits gekocht, du bist dran», maulte ich.

«Kochen nennst du das?», giftete John zurück, «du hast die Resten der Kürbissuppe aufgewärmt, die ich vorgestern frisch eingekocht und püriert habe.»

«Und wer kontrollierte heute Mittag die Zäune, während du geschlafen hast?»

John schaute mich böse an. «Das war ja wohl verdient. Diese Portion Schlaf hast du heute früh eingezogen. Ich hatte bereits sieben Kühe gemolken, bis du aufgetaucht bist.»

«Ich ging gestern Abend auch später zu Bett, weil ich noch den Abwasch besorgt habe.»

«Wie dem auch sei. Du bist mit dem Einfeuern an der Reihe.» John spazierte zur Küche hinaus.

«Das hättest du wohl gerne», keifte ich, griff nach dem erstbesten Gegenstand, den ich erreichte, und warf ihn John hinterher. Es war Mutters Kochbuch. Es prallte an Johns Rücken ab und landete auf dem Boden. Als ich es aufhob, fiel mir ein Umschlag in die Hände. «Meiner geliebten Frau Iris» stand darauf geschrieben, groß und schön wie gemalt. Vaters Schrift. Mein Herz begann zu rasen. Es gelang mir nicht, den Umschlag aufzureißen, derart zitterten meine Finger. Es war auch nicht notwendig. Der Umschlag war offen, glatt und mit intakter Klebefläche, wie neu. Und leer.

«John», schrie ich, «John, komm her.»

Die folgenden Stunden verbrachte ich fluchend. Ich verfluchte meinen geheimniskrämerischen, dummen, feigen, lebensmüden, schwachen Vater, der aus dem Grab heraus seine Scherze mit uns trieb. Was trieb ihn dazu, meiner Mutter einen leeren Umschlag zu hinterlassen? Wie konnte er uns im Ungewissen darüber lassen, was ihm die Sprache verschlagen hatte? Oder hatte meine Mutter den Umschlag gefunden, unverschlossen, und den Inhalt an sich genommen? Wieso hätte sie den Umschlag im Kochbuch deponieren sollen? Es machte alles wenig Sinn. Mein Vater war zu feige, einen Brief zu hinterlegen. Zu bescheuert, um seine Frau vor dem Irrsinn zu bewahren. Zu lebensmüde, um stark zu sein. Zu sehr auf sich bezogen, um an uns zu denken. Und ich verfluchte meine Mutter, die sich in den Wahn flüchtete, ich verfluchte die Phantome, welche ihr Hirn und ihre Seele fraßen, ich verfluchte John, meinen Bruder, der schluchzend am Küchentisch saß, den unbenutzten Umschlag in den Händen, und nichts tat außer ihn sanft zu streicheln, immer wieder, so dass sich Vaters Anschrift «Meiner geliebten Frau Iris» in Tränen auflöste. Ich verfluchte die Schweine und Küken und Kartoffeln und verfluchte Betty, die blöde Kuh.

Danach weinte ich ausgiebig. Ich weinte um mich und meine Briefmarkensammlung, die auf dem Dachboden vergammelte, weil ich niemals mehr im Leben einen Dachboden betreten würde. Ich weinte um Vater, der weiterhin schwieg, ich weinte um meine Mutter und die Trüffeltorte, die sie mir nie mehr auftischen würde. Und ich weinte, weil John weinte.

Dabei war das nur das Vorspiel. Damals wusste ich noch nicht, dass ich ein paar Monate später in Tante Klaras Garten Rosen schneiden, Onkel Moses erpressen, wegen «Erpressung unter Androhung von Tod, vorsätzlicher Perfidität und falschem Zeugnis wider Unschuldige» zu dreizehn Monaten unbedingter Haft verurteilt würde.

«Sofern man so bescheuert ist wie du», wie Mary gerne an dieser Stelle unseres Gesprächs einfügte, «nicht clever genug für das schnelle Geld.» Sie lachte und tätschelte mir die Wange. «Aber stark genug, die Strafe durchzustehen.»

Nach dreizehn Monaten entließen sie mich aus der Haft. Ich schulterte meine Tasche und suchte die nächste Bushaltestelle. Und etwas weißes Pulver. Das fand ich im Angel's Pub, das heißt, ich fand Willy, einen Kumpel aus der Schulzeit. Wir sprachen ein wenig über die Vergangenheit, und ich erinnerte ihn daran, wie ich ihm jeweils die Lösungen in Mathe rüberschob. Willy war ein guter Kerl und stolz darauf, dass er seine Lehre als Maschinenmechaniker abgeschlossen hatte. Er verschaffte mir den nötigen Kontakt. Er kannte zudem eine Wohngemeinschaft, in der ein Zimmer zu vermieten war. So verbrachte ich ein paar Wochen einen Alltag, dessen Freiheit darin bestand, bis mittags zu schlafen und nachts in den Bars der Kingston Road herumzuhängen. Meine Kumpels aus der Wohngemeinschaft taten das auch. Dazwischen rannte ich herum, um mir Koks zu beschaffen, und gab dabei mächtig Acht, dass die Patrouille, die ständig im Dreieck unterwegs war, mich nicht erwischte.

Das Geld von Onkel Moses, das ich am Gericht vorbeischmuggeln konnte, war nach sieben Wochen weg. Zudem fand ich, dass das weiße Zeug mich verdammt viel Geld, Schweiß und Angst kostete. Eine Neuorientierung war angesagt. Auf den Hof zurück konnte ich nicht. Der gehörte einem Treuhänder, der auf Pferdezucht umgestellt hatte. Für den Bau taugte ich nicht. In die Fabrik wollte ich nicht. Und der Service schien mir zu anstrengend, gemessen an dem, was man dabei verdiente.

«Dann bleibt noch der Strich», lachte Willy, «oder meinst du, sie hätten auf Lee Gustavo, einundzwanzig, frisch aus dem Knast, kokssüchtig, gewartet?»

Nein, das hatten sie nicht. Das musste ich feststellen, als ich täglich sämtliche Stellenanzeiger der Region durchblätterte. Das erfuhr ich auf allen Stellenvermittlungsbüros, die mir freundlich beschieden, für Leute mit meinem Profil hätten sie momentan keinen Bedarf. Ich hatte es geschafft, meinen Kokainkonsum auf einmal pro Woche zu reduzieren. Dafür trank ich mehr. Willy, der zu einem echt guten Kumpel geworden war, nannte mich «meine kleine Schnapsdrossel». Wenn er am Freitag blitzblank herausgeputzt vor meiner Tür stand, um mich für «tits and hits», wie er sagte, abzuholen, war ich oft bereits dermaßen betrunken, dass er mich sanft unterfasste, ins Zimmer geleitete und einbettete, das Kotzbecken griffbereit am Boden.

«Was du wieder verpasst hast, Lee», schwatzte er am nächsten Abend fröhlich los, sobald ich die Tür öffnete, und es folgte eine ausführliche Darstellung meines gestrigen Zustandes und eine sehr detailgetreue Beschreibung der Frauen, die er zu einem Drink eingeladen, auf den Knien geschaukelt, im Bett hatte.

Es kam auch vor, dass ich zu Beginn des Freitagabends in einem Zustand war, der es zuließ, dass ich mich Willy anschloss. An jenem Freitagabend zum Beispiel, an dem er mich drängte, ihn ins Roots zu begleiten. Das Roots war eine heruntergekommene Kneipe, in die ein geschäftstüchtiger Enddreißiger eine gute Anlage samt DJ 2wish stellte, dessen Name Programm war. DJ 2wish ließ die Gäste nicht nach seiner Pfeife tanzen. Er war dazu da, ihre Musikwünsche zu erfüllen. Alle Enddreißiger von Sumptown, die sich ab und zu gerne auf eine Tanzfläche begaben, dankten dem geschäftstüchtigen Erfinder des Konzepts mit regelmäßigen Besuchen. Die gehobene Altersklasse hatte zur Folge, dass dort Hits liefen, die ich nur vom Hörensagen kannte.

«‹Let Me Love You› und ‹It Will never Rain Again›?», fragte ich Willy, der mich dazu überreden wollte, den Abend mit ihm zu verbringen.

«Ja, die stammen zwar aus der Eiszeit der Musikindustrie, sind aber überraschend gut», sagte Willy und stopfte sich die Reste eines Eier-Mayonnaise-Sandwiches in den Mund, «du mufft ef einfach mal verfuchen.»

Ich wischte mir einen Krümel Eigelb vom Handrücken. «Und wie sind die Leute?»

Willy schluckte und fuchtelte mit den Händen. «Das ist es ja, was ich dir die ganze Zeit beibringen will: Die sind Spitze. Ältere Ladies, so um die fünfunddreißig, vierzig, aber mordsmäßig gut erhalten, sexy herausgeputzt, kein Gramm zu viel, nicht wie unsere Altersgenossinnen, die oft den Bauch raushängen lassen.»

Willy beugte sich vor und flüsterte verschwörerisch: «Und tatendurstig sind die, das sag ich dir. Gelangweilt vom Büroalltag und ihren Männern, deren Lenden lahm sind.»

Willy stand auf, um sich ein zweites Stück Brot zu schneiden, und machte ein paar anzügliche Bewegungen. «Zu viel Stress, sag ich dir, fordert Opfer, und da unten», er wippte mit seinem Becken vor und zurück, «beginnt's zuerst.»

Ich stellte mir die gut erhaltenen Ladies vor und sagte: «Wie kommst du darauf?»

Willy blickte fragend von seinem Ei hoch. «Worauf?»

«Wie kommst du darauf, dass die Frauen tatendurstig sind und die Männer lendenlahm?» Ich ging zu Willy hinüber, um mir ebenfalls ein Eier-Mayonnaise-Brot zu streichen.

«Ach das», sagte Willy und machte eine wegwerfende Handbewegung, «das sehe ich diesen Typen an. Muskeln aus dem Kraftraum, Bräune von der Maschine. Teures von Inamy am Arsch, Geld im Sack, aber sonst nix», wieder eine anzügliche Geste im Schritt, «Lebendiges. Weißt du, was ich meine?»

Ich nickte. Natürlich. Seine Demonstration war eindrücklich.

«Und die Frauen», Willy biss herzhaft in sein Brot, aber meine Befürchtung, er würde mit vollem Mund weitersprechen, bewahrheitete sich nicht, er kaute und schluckte, während ich den Mayonnaisetopf auskratzte, «die Frauen im Roots sind tatendurstig, weil die Männer ihrer Generation lendenlahm sind, ist doch klar. Diese Frauen gieren nach einem Jungbrunnen wie mir.» Er ließ seinen linken Bizeps spielen. Dann fiel sein Blick auf mich. Er boxte mich sanft in die Rippen und sagte, breit grinsend: «Du wirst es natürlich schwer haben.»

Ich warf ihm einen vernichtenden Blick zu und biss in mein Brot.

Willy lachte bloß. «Da ist zum Beispiel diese Pierrette, die ich letzte Woche im Roots getroffen hatte. Ich habe dir kurz davon erzählt.»

Das hatte er. Seiner Darstellung nach musste es sich um eine gut erhaltene Enddreißigerin handeln, die gezielt Bodyforming betrieb und sich in teures, ausschließlich weißes Tuch hüllte. Klang irgendwie nach Esoterik in Edelform, fand ich, aber das teilte ich Willy bereits vor einer Woche mit. Er hatte abgewunken und gesagt, dass ich eines Tages an meinen Vorurteilen ersticken würde. Das würde ich sicherlich nicht tun. Allenfalls an einer Überdosis großkotzigem Gefasel aus Willys Mund. Ich war ein toleranter Mensch. Wieder wurde ich geboxt, diesmal weniger sanft.

«Hey, Lee, ich rede mit dir. Träumen kannst du nachts. Dir raubt ja niemand den Schlaf.»

Willy fand sich lustig. Ich ließ ihm die Freude und hörte wieder auf seinen Redefluss.

«Pierrette stand allein und schön an der Bar und gab mir sofort Feuer, als ich sie darum bat. Dann haben wir geredet, dieses und jenes, das Übliche halt, keine großen Worte.»

Daran hatte ich, jedenfalls was Willy anbelangte, meine Zweifel, die ich jedoch nicht äußerte.

«Der Hammer war, dass Pierrette nicht allein dort war. Das bemerkte ich erst, als der Typ neben ihr, der zuvor mit einem Nachbarn an der Theke geschwatzt hatte, sich ihr zuwandte und sie aufs Ohr küsste. Aufs Ohr, stell dir das mal vor! Da schmatzt dir einer auf dein empfindlichstes Teil. Wahrscheinlich war das so gemeint: ‹Meine liebe Pierrette, ich mach dich taub für fremde Männer, die dir mit ihrem Gesäusel die Fotze netzen.› Er erkannte die Gefahr sofort, die von meinem Charme ausging.»

Willy blickte stolz und tippte die Krümel, die wir hinterlassen hatten, mit befeuchtetem Zeigefinger vom Tisch.

«Sie hat sich natürlich nicht davon abhalten lassen, weiterhin mit dir zu reden», sagte ich.

«Du machst dich über mich lustig», grollte Willy, «aber du hast recht: Sie hat weiterhin mit mir geredet. Und heute Abend gehen wir zu zweit hin, du und ich. Das macht sich besser, als wenn ich wieder alleine dort rumhänge. Willy ist ja schließlich nicht der einsame Typ, der dringend eine Frau braucht. Das schreckt die Frauen ab.»

Wie Recht er hatte. «Ich übernehme die Frauen, die sich von dir abschrecken lassen. Vielleicht ist eine darunter, die sich für mich interessiert.»

Willy lachte meckernd. «Wer weiß. Vielleicht bringt Pierrette heute eine Freundin mit?»

Plötzlich schien ihm etwas Ernstes durch den Kopf zu gehen, denn er stellte sein Lachen abrupt ein.

«Aber, meine kleine Schnapsdrossel», er packte mich bei den Schultern und schüttelte mich, «dass du mir deine Finger von Pierrette lässt.»

Willy lag goldrichtig mit seiner Ahnung. Ich ließ die Finger nicht von Pierrette. Pierrette war so schön, dass es mich blendete, und das lag nicht an ihrer weißen Kleidung. Ihre Augen blitzten vergnügt, während sie mit Willy redete, jedoch mich anschaute. Wenigstens zwischendurch. Ihren Typen hatte sie nicht mitgebracht. Der Tanzschuppen schloss um vier, und bis dann hatte ich heiße Ohren und ein glühendes Herz. Pierrette erging es ebenso, wenn mich nicht alle bisherigen Erfahrungen täuschten, und das taten sie äußerst selten. Ihr glühendes Herz schlug nicht für Willy, jedenfalls nicht ausschließlich. Unser Austausch ging nicht spurlos an ihm vorüber, denn im Laufe des Abends drehte er sich ein paarmal zu mir um und schaute mich missbilligend an. Als Pierrette Willy und mich um vier Uhr zu einer Flasche Wein bei sich zu Hause einlud, wusste ich, was Willy meinte, als er mir die Frauen im Roots als «tatendurstig» beschrieb. In dem Moment, als sie uns in ihr wunderschönes, ganz in weiß eingerichtetes Appartement eintreten ließ, fühlte ich mich wie im Sexfilm, den ich mit meinem Bruder John am Tag nach meinem achtzehnten Geburtstag gesehen hatte. Die Wirklichkeit übertraf jedoch den Film bei weitem. Sie war schöner. Und lustiger. Wir zogen einander kichernd aus und rannten frierend unter die Dusche. Pierrettes Bett war groß wie eine Spielwiese und bot genügend Platz für die Erkundigungen, die nun folgten. Ich vergrub mich zwischen Pierrettes Brüsten, die sich, vom stützenden Büstenhalter befreit, weich und einladend ausbreiteten. Willy tat etwas anderes, das mich nicht sonderlich interessierte, Pierrette jedoch Freude bereitete, was mir wiederum recht war, denn davon kriegte ich auch ab. Es war ein Kosen und Lieben, ein Schmecken und Beißen, Lutschen, Streicheln und Küssen, dass es eine Lust war. Wir lagen den ganzen Morgen auf unserer Spielwiese und besiegelten unsere Freude aneinander mit einem kurzen Schlaf. Dann standen Willy und ich auf, duschten und küssten Pierrette zum Abschied.

«Lee», sagte Willy, als wir uns vor seiner Tür trennten, «ich habe doch gesagt, du sollst die Finger von ihr lassen.» Er knuffte mich in die Seite. «Und jetzt brauche ich eine gute Portion Schlaf. Tschüss, Lee, einen schönen Tag noch.»

Das war ein Freitagabend voller Glück. Er wiederholte sich nicht. Pierrette zeigte sich nie mehr im Roots, sie schien wie vom Erdboden verschluckt. Willy und ich standen ein paar Mal sehnsuchtsvoll zu Liedern herum, die aus der Eiszeit der Musikindustrie stammten, und kamen uns jung vor. Dann verlegten wir unsere Ausgehtätigkeit auf Bars. Es war billiger. Das mit dem Geld war eine ernste Sache, für mich jedenfalls. Ich brauchte dringend einen Job. Täglich blätterte ich im Stellenanzeiger des Sumptown Mirror und wartete auf den Tag, an dem das Inserat erschien, das auf mich zugeschnitten war.

Der Tag kam am 19. März 2000. Ich las wie üblich den Stellenanzeiger, dann den Gratisanzeiger Quickly. Unter der Rubrik «Verschiedenes» blieb mein Blick an einer kleinen Anzeige hängen:

«Forscher sucht Assistenten für Forschungsprojekt, Dauer zirka ein Jahr, diverse Orte. Interessenten melden sich unter Chiffre AC 547898.»

Mein Herz begann wie wild zu klopfen, während ich mir die Augen rieb und das Inserat nochmals las. Kein Zweifel. Das war mein Job. In heller Aufregung setzte ich mich an den Computer von Bud, meinem Zimmernachbarn, und begann mit dem Entwerfen meiner Bewerbung. Eine Stunde später traf ich Willy im Bermudas und las ihm mein Schreiben vor:

«Sehr geehrter Herr Forscher
Mit Interesse und wachsendem Herzklopfen habe ich ihre Anzeige gelesen, in der sie einen Assistenten suchen.

Ich frage mich, was Sie erforschen. Sind es die unergründlichen Meere mit ihren tausend Getieren, bunt und gefährlich? Klettern Sie auf hohe Berge und riskieren den Kältetod von ein paar tausend Hirnzellen, um die neuesten Werte der menschlichen Lungenbläschen zu erfahren? Durchqueren Sie Steppen und Wüsten auf den Spuren von wilden Tieren, die Nase am Boden und den Kot von Tigern, Gnus und Zebras vor Augen? Kriechen Sie in Himauis Wäldern den Riesenameisen nach? Studieren Sie die Sozialisierung der Monias, indem Sie ein Leben in luftigen Baumwipfeln führen? Entwickeln Sie Biochemikalien in den Labors von Giants & Lectan und achten darauf, dass die Proben sich nicht auf- und davonmachen?

Was immer Sie tun: Ich bin dabei.

Welches werden meine Aufgaben sein? Führe ich Protokoll über die neusten Daten und Beobachtungen? Buche ich Flugtickets und bringe Ihre Kleider in die Wäscherei? Kann ich Ihnen langweilige Reise- und einsame Abendstunden aufhellen? Wollen Sie einfach Ihre Ruhe und eine Person, die Ihr Gepäck trägt?

Was immer Sie wollen: Ich erledige es. Und ich erledige es zu Ihrer vollsten Zufriedenheit.

Zu meiner Person: 20 Jahre alt, vorbestraft, Arbeitserfahrung auf diversen Gebieten, neugierig.

Hochachtungsvoll

Lee Gustavo»

«Du spinnst wohl», sagte Willy.

«Wieso?»

«Der Brief tönt so, na ja, etwas seltsam. Ein bisschen wie von einem Spinner.»

«Aber ich spinne nicht.»

«Ja sicher, aber das kann der Forscher nicht wissen. Wieso schreibst du nicht ganz normal?»

«Wie normal?»

«So wie man halt eine Bewerbung schreibt. Zähl doch einfach auf, was du so gemacht hast bisher im Leben. ‹Ich bin auf einem Bauernhof aufgewachsen … habe … äh …›» Willy stockte.

«‹… habe auf Tankstellen gearbeitet›», fiel ich ihm ins Wort, «‹Rosen geschnitten, Heu gewendet, Kartoffeln ausgezogen.›»

«Ähm, ja, vielleicht doch eher nicht. Aber wieso schreibst du ‹vorbestraft›? So hast du keine Chance. Mit so viel Ehrlichkeit schaufelst du dir das eigene Grab.»

«Willy», sagte ich, «wenn er sich auch nur ein wenig anstrengt, bringt er sowieso in Erfahrung, dass ich im Knast war. Nein, das bleibt drin. Es macht mich sogar eine Spur interessant. Was meinst du, wie viele Bewerbungen, eine korrekter als die andere, der Mann auf dem Tisch haben wird? Solche, wie du sie schreiben würdest, ‹nach der Schreinerlehre habe ich mich auf der Abendschule weitergebildet und gleichzeitig eine Familie gegründet, was nur unter größter Belastung möglich war, insofern bin ich sehr stressresistent, was ich auch bei meiner nächsten Anstellung als leitender Angestellter einer Großbank unter Beweis stellen konnte, und jetzt sehe ich die große Herausforderung in einer Neuorientierung als …›»

«Hör auf!», rief Willy so laut, dass sich die Leute im Pub nach uns umsahen.

«Eben», sagte ich.

«Mach doch, was du willst», sagte Willy beleidigt.

«Genau. Weißt du was? Du bringst mich auf eine Idee: Ich schreibe nicht ‹vorbestraft›.»

«Wie meinst du das?», fragte Willy.

«Ich schreibe ‹zu Unrecht vorbestraft›.»

So schrieb ich es. Zehn Tage wartete ich auf eine Antwort. Zehn Tage lang stand ich um neun Uhr auf und raste zum Briefkasten. Am elften kam Post für mich.

«Guten Tag Lee
Entschuldigen Sie bitte, dass ich Sie einfach Lee nenne, aber Ihr Brief kam mir so vor, als würden wir uns bereits seit langem kennen.»

Oops, Scheiße, dachte ich, also so einer.

«Ihre Direktheit beim Fragen und Ihre Offenheit in Bezug auf die sicherlich nicht einfache Vergangenheit haben mich sehr berührt.»

Aber, dachte ich, jetzt kommt das Aber, mach schon, Junge, rück heraus mit der Sprache.

«Gerade weil ich mich oft in Unklarheiten verzettle, suche ich ein präzises Gegenüber, das mich nicht schont und zuweilen zwingt, etwas auf den Punkt zu bringen. In Ihrem Brief meinte ich, eine solche Fähigkeit entdeckt zu haben.»

Jaaaa, und ...?

«Sie wirken, als wären Sie eines der seltenen Wesen, die mit Draufgängertum und Neugier beschenkt sind, ohne arrogant zu wirken. Der Nachteil könnte sein, dass sich Ungeduld dazu gesellt, denn Langsamkeit verträgt sich oft schlecht mit Abenteuerlust.»

Der Kerl machts ja spannend, dachte ich, ist ja alles gut und recht, aber wir sind hier nicht bei Daryl Shepherds «sos-Ratgeberstunde».

«Was immer Sie dazu gebracht hat, die Regeln, die unsere Gesellschaft sich auferlegt hat, zu brechen, oder vermeintlich zu brechen, wie Sie schreiben – Sie werden Ihre Gründe gehabt haben. Ich schätze Ihre Ehrlichkeit und glaube zu wissen, wie viel Mut es braucht, nicht der Verlockung nachzugeben, eine Haftstrafe vertuschen zu wollen.»

«Wann kommt das große Aber?», rief ich verzweifelt.

Ich verlor die Geduld und überflog die nächsten zwei Abschnitte, die mich mit weiterer Wertschätzung überhäuften, bis ich zum letzten Satz kam.

«Deshalb kann ich mir eine Zusammenarbeit mit Ihnen gut vorstellen und schlage vor, dass wir uns am kommenden Montag um siebzehn Uhr im Café Cherryhouse an der Ecke Mainstreet–Redsquare treffen. Falls der Termin nicht passen sollte, erreichen sie mich unter der Nummer 0893 38 98 89.

Mit besten Grüßen

(es folgte eine unlesbare Unterschrift, die gütigerweise untertitelt war)

Doktor Gary Lumer»

Und ob mir der Termin passte. Ich schrie und hüpfte eine Runde in meinem bescheidenen Wohngemeinschaftszimmer, dass die Dielen zitterten. Dann ging ich mit Willy feiern.

Nur einer im Café konnte Doktor Gary Lumer sein. Er hatte einen wirren grauen Haarschopf, trug eine Brille mit runden kleinen

Gläsern und einen Veston aus Manchester, der sich aus der Nähe als reichlich abgewetzt erwies. Er rauchte Pfeife. Als er mich erblickte, blinzelte er irritiert, legte dann die Pfeife weg und erhob sich. Er mochte vielleicht sechzig Jahre alt sein, sein Gesicht war von Falten durchzogen und sehr braun. Hinter der Brille blitzten graue Augen, voller Sympathie und etwas scheu. Er hatte sich schnell wieder gefasst, und wenn ihn bei meinem Anblick zuvor etwas gestört hatte, verbarg er es jetzt gekonnt.

«Guten Tag, Lee, schön, dass Sie gekommen sind. Setzen Sie sich doch. Was wollen Sie trinken?» Er winkte die Kellnerin herbei. Bis mein Getränk kam, schwieg er, sog an seiner Pfeife und betrachtete mich, was mich etwas nervös machte. Ich wagte allerdings nicht, das Schweigen zu brechen, und war erleichtert, als mein Milchkaffee endlich vor mir stand.

«Nun zu Ihren Fragen, Lee. Ich erforsche keine Meere und klettere weder auf Bäume noch Berge. Steppen und Wüsten sind nicht mein Ding und Riesenameisen schon gar nicht. Nach biochemischen Erfindungen haben Sie gefragt. Nein, die Chemie habe ich bereits in der Schule nicht verstanden, und ich halte es für sehr gefährlich, wenn Leute am Werk sind, die zwar etwas verstehen, jedoch nicht die Fähigkeit besitzen, ihren Trieb auf Erfindungen zu lenken, die dem Rest der Menschheit etwas anderes als Angst und Tod bringen. Es gäbe doch einiges zu erfinden, das uns das Leben erleichtert, oder nicht? Ein Mittel, das Haarausfall wirklich verhindert, ein Trampolin, das in jedem Kinderrucksack Platz findet, eine Tinktur, die unser Selbstwertgefühl natürlich steigert?»

Doktor Gary Lumer blickte mich fragend an, und ich sagte:

«Ein Mittel, das Schwimmbadpisser rot anlaufen lässt, sobald sie den ersten Tropfen Wasser lassen?»

Doktor Lumer blickte verblüfft, dann lachte er. Dabei zeigte er eine Reihe nicht ganz makelloser Zähne.

«Sie verstehen mich! Wo bin ich stehen geblieben?»

«Ihr Forschungsgebiet, Doktor Lumer.»

«Stimmt. Lassen Sie den Doktor weg, die Zeiten sind vorbei, als ich darauf noch stolz war, sagen Sie bitte Lumer zu mir, einfach Lumer. Ich mag den Namen lieber als Gary. Gary scheint mir ein Name für einen hübschen jungen Mann zu sein, einer, der das Haupt hoch trägt und die Zunge locker.»

Ganz sympathisch, der alte Mann. Bloß den Namen Lumer würde ich nicht über die Lippen bringen. Welch idiotischer Name. Er verlangte danach, mit einem Doktor vorneweg erträglicher gemacht zu werden. Ich teilte Doktor Lumer meine Gedanken mit. Er lachte.

«Wie Sie meinen, Lee, wie Sie meinen. Wo sind wir stehen geblieben?»

«Ihr Forschungsgebiet, Doktor Lumer.»

«Stimmt», Doktor Lumer schaute mich hinter seinen Brillengläsern hervor listig an, «ich erforsche die menschlichen Exkremente.»

«Bitte?» Ich stellte die Tasse wieder hin.

«Kot, Urin. Genauer gesagt erforsche ich den Umgang der Menschen damit, und zwar in verschiedenen Kulturen. Die menschliche Kacke beinhaltet ein Universum. Alle tun es und keiner redet darüber, jedenfalls in unseren Breitengraden. In dem Moment, in dem wir unseren sich windenden Därmen ausgesetzt sind, sind wir alle in der gleichen Lage, ob reich, ob arm, ob jung, ob alt. Egal ob schwarz oder weiß, mit runden oder geschlitzten Augen, als Direktor, Dirne oder Straßenkind: Wir müssen durch den schmerzhaften Moment hindurch, in dem sich unser After weitet und einem mehr oder weniger großen, Sie merken schon, hier beginnen die Unterschiede, Endprodukt unseres Darmes den Weg frei macht. Verbunden mit dem eher unangenehmen, weil schmerzhaften Moment ist aber immer schon die Erleichterung, welche die Entleerung von Darm, und auch Blase, für uns Menschen bedeutet – heißt doch eine der zahllosen Umschreibungen in unserer Gesellschaft für den Vorgang des Stuhlgangs und der Blasenentleerung: ‹Ich habe mich erleichtert›. Ich sage bewusst ‹uns Menschen›, weil auch dieses kurze Wonnegefühl von allen erlebt wird, ob stolz oder bescheiden, ob Nonne oder Taglöhner, Queen oder Metzger. Das», dabei lehnte sich Doktor Lumer vor, und seine Augen funkelten vergnügt hinter den Brillengläsern, «ist das Weltumspannende der Kacke, sie verbindet Völker in Pein und Erlösung, sie zwingt Mächtige und Mittellose gleichermaßen in die Knie, und sie lässt selbst die Wortgewandtesten verstummen, wenn von ihr die Rede ist.»

Ich folgte verblüfft Doktor Lumers Rede. Was er sagte, schien mir alles sehr plausibel, wenn auch etwas ungewöhnlich. Auf die Gefahr hin, dass es stark nach Plagiat riecht: Mir waren bereits ähnliche Gedanken durch den Kopf gegangen, insbesondere in dem Moment, als ich zusammengekrümmt auf der Kloschüssel saß. Natürlich nicht im selben ausgegorenen Zustand wie Doktor Lumers Darlegungen, aber er war der Doktor von uns beiden. Ich sagte ihm das, und er lächelte wiederum erfreut und nickte.

«Das, Lee, ist, wie Sie sicher auch festgestellt haben, der Teil der Kacke, der alle gleich macht. Nun interessiert mich als Forscher allerdings vor allem, was an der Kacke unterschiedlich ist.»

«Na ja, da gibt es eine breite Palette: dick, dünn, schleimig, hart, eher schwärzlich, grün, gelblich, braun, mittelbraun, zapfig, knollig ...»

Doktor Lumer unterbrach mich lachend: «Sie werden Ihre Beobachtungsgabe noch gut gebrauchen können. Nein, das Erscheinungsbild der Exkremente interessiert mich nicht sonderlich. Diese Erforschung überlasse ich den Medizinern, damit sie ihre Diagnosen aufbessern, sie könnten noch einiges dazulernen. Nein, was mich interessiert, ist Folgendes: Wie scheißen die Menschen? Wo tun sie es? Ist der Ort vorgegeben? Tun sie es irgendwo?»

«Sie meinen,» fiel ich ihm ins Wort, «es ist nicht einerlei, ob einer in ein feines Porzellanbecken scheißt oder in den Straßengraben?»

Doktor Lumer lächelte vergnügt. «Nein, das ist nicht einerlei. Die einen verstecken sich, die andern tun es offen. Was bringt sie dazu?»

Ich dachte kurz nach. «Armut.»

«Sie sind gut, Lee, ich las es aus Ihrem Schreiben. Armut, ja, aber nicht nur. Die Scham trägt ebenfalls einen großen Teil dazu bei. Die Scham ist immer wieder anders, je nach Ort und Gesellschaft. Im Weiteren frage ich mich: Wie ist der Ort ausgestattet? Wie säubern die Menschen sich? Was tun sie mit dem, was aus ihrem Darm kommt? Welche Bedeutung hat es für sie?»

Als ich mir das so anhörte, dachte ich: Der gute Doktor Lumer ist echt eine Wucht. Untersucht die Scheißer auf dieser Welt und will wissen, wer es wo und wie tut. Was tue ich, wenn er mich wirklich dabeihaben will?

Doktor Lumer wollte mich dabeihaben. Er fragte mich, nachdem er mir von seinen bisherigen Forschungen in Binguati und Mingoli erzählt und lebhaft seine geplanten Reiseziele Dinkoa und Viaui geschildert hatte: «Lee, für die nächsten Forschungen brauche ich jemanden, der mich begleitet, mitbeobachtet und die Gespräche aufzeichnet. Die Reise wird ein paar Monate dauern.»

Doktor Lumer schaute mich ernst und ein wenig schüchtern an:

«Sie scheinen mir für diese Aufgabe sehr geeignet zu sein. Deshalb möchte ich Sie fragen, ob Sie mitkommen. Ich kann Ihnen allerdings nur einen kleinen Lohn bezahlen, zweihundertfünfzig Pfund monatlich. Für Reise, Verpflegung und Unterkunft ist gesorgt. Selbstverständlich können Sie das Angebot überdenken und mir später Bescheid geben.»

Da war nicht viel zu überdenken. Nicht einmal der niedrige Lohn ließ mich zweifeln. Mit Doktor Lumer Scheißforschung zu betreiben hatte mir gerade noch gefehlt. Ich sagte zu. Doktor Lumer freute sich, und ich freute mich auch, allerdings nur für eine kurze Zeit. Ein Problem war da noch zu lösen. Wie verschaffte ich mir auf der Reise meine regelmäßige Dosis Kokain? Ich beschränkte mich bereits auf ein- oder zweimal pro Woche, Bourbon sei Dank und den täglichen vierzig Zigaretten. Trotzdem schien mir der Aufwand beträchtlich, auf Dinkoa und Viaui innert nützlicher Frist die geeigneten Rauschmittel zu finden, sodass ich auf einen vorgängigen schnellen und schmerzlosen Entzug sann.

Mein Freund Willy war ein hilfreicher Berater. «Das schaffst du nie. Einmal drin, immer drin. Oder hast du mal jemanden erlebt, der vom Koks lassen konnte, ohne sich anderweitig vollzupumpen?»

«Keine Ahnung, nein. Mir fehlt da die Erfahrung, ich war in meinem vorherigen Leben Bauernkind und trank Milch.»

«Kannst es ja damit versuchen, ist sicher ein guter Ersatz», Willy verschluckte sich beim Lachen und hustete, «Milch reinigt und füllt die innere Leere.»

Willys Tipp traf ins Schwarze, fand ich. «‹Die innere Leere füllen› ist gut, Willy, mich erstaunt eigentlich, dass du nicht längst den Job von Martha Long angeboten gekriegt hast.»

«Martha Long?», keuchte Willy.

«Die Frau, die im Sumptown Mirror Fragen wie ‹Liebt er mich nur meiner kleinen Füße wegen?› und ‹Gibt es ein Leben nach der Diät?› beantwortet.»

«Und?» Willy schaute argwöhnisch.

«Martha Long würde sich die Zehen lecken, hätte sie dein Einfühlungsvermögen. Für deine Gabe, die richtigen Worte im richtigen Augenblick zu finden, gäbe sie ihr letztes Höschen her.»

«Haha», sagte Willy beleidigt, «du versuchst mal wieder witzig zu sein. Ganze vier Wochen, das ist die Zeit, die dir bleibt. In vier Wochen willst du reisen ohne Pariser im Magen, die du zu Hause mit Koks gefüllt hast, und die du dann auf Dinkoa in eine dreckige Latrine scheißt und ausleckst, bis du die letzten Krümel reingezogen hast. Steck deine Energie lieber in das Projekt ‹Wie entziehe ich mich in achtundzwanzig Tagen?›, statt mich dumm anzumachen.»

«Da ist es wieder. ‹Steck deine Energie lieber statt›. Du wirst Martha Longs Job wegschnappen und an ihrer Rache sterben, vergiftet in nicht nachweisbaren Portionen. Eine große Fangemeinde von dünngehungerten Frauen und bewegten Männern wird dich zu Grabe tragen.»

Willy schaute mich hochnäsig an. «Aus dir spricht die Verzweiflung, Lee, ich weiß das und verzeihe dir.»

Natürlich sprach aus mir die Verzweiflung. Ich hatte einen Superjob in Aussicht. Einen Job, bei dem ich schwerlich zur täglichen Ration Betäubung kam. Selbst wenn sich Dinkoa als Schneeparadies herausstellen sollte, spürte ich, dass es sich nicht allzu gut machen würde, wenn ich beim Frühstück zu Doktor Lumer sagte: «Entschuldigen Sie, Doktor, ich beginne heute ein wenig später, die Sucht … ääh … die Pflicht ruft, ich meine, ich suche noch die berühmte Nadel im Heuhaufen, Sie wissen schon, die Essenz, die mich zu Höchstleistungen treibt, sie ist nicht an der nächsten Tankstelle zu haben, deshalb gehe ich schon vor, wir treffen uns dann beim Schneesturm … ääh … beim Schießstand, nein, beim Scheißhaus, könnte etwas dauern, fangen Sie doch schon mal an.»

Zudem berurteilte ich es als eher schwierig, Scheißberichte in verladenem Zustand aufzunehmen. Die Gefahr war groß, dass ich über meine Tätigkeit lachen, über mein Leben weinen, meiner sensibilisierten Vorstellungskraft wegen, unterstützt durch einen koksbedingt psychedelisch angeregten Zustand, oder dass ich erbrechen müsste. Ich würde jämmerlich versagen.

«Lee», sagt die nette Stimme, «wollen wir einmal versuchen, die Augen zu öffnen?»

Das können wir gerne. Es scheint mir auch an der Zeit zu sein, wieder mal was anderes vor die Lider zu kriegen außer den eigenen Film. Ich grunze zustimmend und mache mich ans Werk. Erst geht gar nichts. Dann dringt ein heller Strahl auf meine Netzhaut. Ich widerstehe dem Drang, die Augen sofort wieder zu schließen, und öffne sie ganz. Das Licht ist überwältigend, so sehr, dass ich ohne Blinzeln nicht durchkomme.

«Sehr gut», sagt die nette Stimme, «können Sie mich sehen?»

Noch nicht, liebe Lady, aber bald. Und dann wollen wir mal sehen, ob deine Stimme nicht zu viel verspricht.

Ich beherzigte den guten Rat meines Freundes Willy. Ich füllte die innere Leere. An den Tagen, wo ich bisher eine Nase voll genommen hatte, gönnte ich mir einen Besuch in der Konditorei Soulsweeties. Ich aß mich durch Crèmeschnitten, Fruchttörtchen, Vermicelles. Ich erlag Punschkugeln und Bienenstichen, schabte Erdbeermousse aus feuchtem Papier und kratzte Marmorkuchen aus den Zähnen. An den Tagen zwischen den Konditoreibesuchen aß ich Schokolade, fünfundsechzig Cent die Tafel, günstig, fein, füllend. Dachte ich ans Kokain, und das war öfters der Fall, wurde mir so warm im Hirn und im Herzen, dass ich ein Stück Schokolade oder zwei oder drei reinschieben musste. Dann ging die Sehnsucht vorbei, und ich gab mich zufrieden mit dem kleinen Kitzel auf Zungen und Gaumen. Anderes war mit Schokolade nicht zu erreichen. Den großen Kitzel, der Funken in mir bersten ließ, der mich stark und mächtig machte, der mich Ferne sehen ließ, machte so leicht nichts nach. Schokolade wiegte mich nicht sanft in ihren Armen, sie trieb meine Gedanken nicht zu Höhenflügen, sie kletterte kaum als Glück in mir hoch. Sie ließ mich nicht federleicht über den Niederungen schweben. Sie machte mich fett. Nach drei Wochen war ich acht Kilogramm schwerer. Ich widerstand dem weißen Pulver und konnte ohne das süße Dreckszeug nicht mehr leben. Ohne das süße braune Dreckszeug aus Fabriken von Anfixern, die ihren Tafeln etwas beimischten, das in Magen und Hirn und in den Fingerspitzen nach mehr schrie. Ohne das schöne süße Dreckszeug, das aus den Schaufenstern blinzelte und, wollte ich achtlos vorübergehen, mich anbettelte, in einem kleinen weißen Karton sachte nach Hause getragen zu werden. Ohne das süße kleine Dreckszeug, das genommen werden wollte in zwei Bissen, gekaut und geschluckt in aufgeregter Hast. Ohne das süße Dreckszeug wurde der Alltag bitter, auf eine unangenehme Weise eintönig, ohne das süße Dreckszeug begann ich ernsthaft zu grübeln. Es war Zeit, dass Doktor Lumer zur Scheißreise rief.

Er tat es mit einem Brief, der im Vergleich zum ersten eine kurze Notiz war. «Guten Tag, Lee. Wir reisen in der letzten Aprilwoche, genaue Angaben folgen. Untenstehend finden Sie eine Liste der Dinge, die Sie unbedingt in Ihrem Gepäck dabei haben sollten. Zudem ist eine Impfung gegen Hepatitis von Vorteil.»

Es folgte eine handschriftliche Liste von Ameisengift bis Zündhölzer.

Das genaue Reisedatum, den 27. April, teilte er mir per Telefon mit, nachdem er die Flugtickets gebucht hatte. Mein Angebot, ihm bei weiteren Vorbereitungen behilflich zu sein, lehnte er ab.

«Sparen Sie Ihre Energie für die kommenden Aufgaben, Sie werden noch genug zu tun haben.»

Dann legte er mit einem Kichern auf. Machte Doktor Lumer sich lustig über mich? Mein Freund Willy meinte: Ja.

«Der verkackt dich doch. Hat man sowas schon gehört. Steckt seine Nase in Scheiße. Entschuldige bitte, wie sagt er, er untersucht ‹menschliche Exkremente›. Das tönt hochgradig pervers!

Es gibt Leute, die können nur, wenn sie sich mit Scheiße bestreichen – hast du schon mal überlegt, dass er so einer sein könnte?»

«Nein, Willy. Gibt es das wirlich?»

Willy seufzte. «Manchmal ist es zum Verzweifeln mit dir, Lee. Von welchem Planeten stammst du eigentlich?»

«Echatrion TH204, dreikommavier Lichtjahre entfernt, ausgespuckt und weggeworfen, durch eisige Kälte geflogen und hier gelandet.»

Willy lachte. «Und wie tun sie's auf Echatrion TH204?»

«Mit Bäumen und Blumen.»

Willys Gesicht war plötzlich ernst. «Wenn nun dein Doktor Lumer eines Nachts an deine Türe klopft mit dem Vorwand, er habe Dünnschiss und keine Kohletablette dabei. Du öffnest ihm, nett wie du bist, bittest ihn rein und gehst ins Bad, um die Tabletten zu holen. Sobald du rauskommst, stürzt sich Doktor Lumer auf dich und drückt dich mit dem Gesicht gegen die Wand. Der Rest ist unangenehm, aber ich muss es sagen: Er pult dir die Scheiße aus dem Darm, schmiert deinen Rücken damit ein, genüsslich, lange, bis jede deiner Poren gefüllt ist. Dann steckt er dir seinen Schwanz rein, ganz tief, dein enges Arschloch reißt ein, du schreist …»

«Willy», sagte ich laut, «das hatten wir schon. Hör auf.»

Willy schaute verdutzt. «Wie ‹das hatten wir schon›?»

«Im Gefängnis. So ähnlich.»

«Du …» Er stockte. «Scheiße.»

«Das kann man sagen.»

«Eben», Willy dachte kurz nach, «dein Doktor Lumer hat ein abartiges Verhältnis zu, äh, Exkrementen, stell dir vor, einer der sich ein Leben lang mit dem befasst, was bei anderer Leute Darm rauskommt, der ist besessen, der muss es in der Nase haben, im Gesicht, am Sch… aaah!»

Willys Schrei schmerzte in meinen Ohren. Er sackte leicht zusammen, nach Luft japsend. Ich tätschelte ihm die Schulter.

Als er wieder sprechen konnte, sagte er: «Du Schwein.»

Ich lächelte. «Das tue ich mit Doktor Lumer, wenn er nachts an meine Tür klopft unter dem Vorwand, Dünnschiss zu haben. Allerdings glaube ich nicht, dass er das zu tun braucht. Der Alte ist geizig. Wir werden in einem Doppelzimmer schlafen.»

Willy starrte mich kopfschüttelnd an und rieb seine Hoden.

Doktor Lumer war nicht geizig. Auf Dinkoa, unserer ersten Destination, wohnten wir in einem angenehmen Holzhaus mit zwei Zimmern, eins für ihn, eins für mich. Das Haus gehörte der Familie Pura und war für die Großeltern bestimmt, die demnächst der jungen Familie Platz machen sollten, indem sie ins Altershaus übersiedelten. Doktor Lumer kannte die Familie von einer früheren Reise her. Die Puras empfingen uns herzlich und versorgten uns mit eintönigen Mahlzeiten aus Fisch, Reis und Ananas. Der Tagesablauf war gemäß Plan eigentlich streng geregelt, wurde aber von Doktor Lumer selten eingehalten. Anfangs bemühte ich mich darum, vergaß aber, angesichts der dauernden Verspätungen von Doktor Lumer, mit der Zeit ebenfalls den Blick auf die Uhr. Das verwunderte kaum bei dem, was ich sah und hörte. Dinkoa war eine Insel in der Nähe von Tinko in Indonesien, rund hundert Quadratkilometer klein, noch kaum berührt von Touristen. Einige wenige verirrten sich dorthin und gingen meist schnell wieder, der vielen Mücken wegen. Da wurde noch «gelebt und gekackt wie vor hundert Jahren», wie Doktor Lumer sagte. Ich begleitete ihn auf seinen Streifzügen über die Insel, zu Fuß, per Bus, per Anhalter. Unterwegs erzählte er mir von seinen Methoden.

«Erstens, Lee, viel reden. Sprechen Sie die Leute an, lassen Sie sich auf sie ein. Wenn sie Ihnen einen Fisch andrehen wollen, gehen Sie darauf ein. Fragen Sie nach einem Ort, an dem Sie etwas zu trinken kaufen können. Reden Sie englisch mit ihnen und nehmen Sie ihre Hände zu Hilfe, zücken Sie Ihren Block und zeichnen Sie Ihre Anliegen. Reden Sie so viel mit ihnen, bis sie Sie einladen und Ihnen einen Tee offerieren, der Ihnen die Zunge verätzt, so bitter ist er. Bleiben Sie stark und würgen Sie das Getränk hinunter. Nach einer Weile teilen Sie ihnen Ihr dringendes Bedürfnis nach einer Toilette mit. Und dann wird die Dame oder Tochter des Hauses Sie zum Ort unseres Interesses geleiten. Sie probieren den Ort aus, denn nur eigene Erfahrung lässt Forschung lebendig werden. Sie fotografieren. Dann notieren Sie sich jedes Detail, Sie verstehen, jedes Detail in Ihr Notizbuch.»

Doktor Lumer blieb an einer verborgenen Wurzel hängen, strauchelte. Ich bekam ihn an seinem dünnen Arm zu fassen und fing ihn auf. Er lächelte mich dankbar an.

«Wo sind wir stehen geblieben?»

«Notizbuch. Ich notiere Erfahrungen und Beobachtungen.»

«Genau. Achten Sie auf Folgendes: Wie ist der Ort, an dem die Leute ihre Geschäft verrichten, ist es ein Häuschen für sich, ist es eine Ecke im Zimmer, ist er gepflegt oder schmutzig oder gar vernachläßigt, wohin fällt ihre Notdurft, gibt es es irgendetwas zum Säubern ihres Pos, womit spülen sie ihre Kacke runter, wenn überhaupt. Zu all diesen Fragen notieren Sie sich alles, und darüber hinaus, Sie haben Augen im Kopf, Ihnen fallen gewiss auch zusätzliche Einzelheiten auf. Was befindet sich neben dem Ort, sind es Schlafräume, ist es die Küche? Gibt es einen Schlüssel dazu, oder kann jedermann dort jederzeit eintreten?»

Das schienen mir eine ganze Menge Fragen zu sein, die ich vorsichtshalber in mein Notizbuch notierte. Doktor Lumer hielt mich auch dazu an, den Ort zu zeichnen, dies insbesondere dann, wenn die Kamera beim Teetrinken von einem neugierigen Sohn des Hauses erbettelt worden war, um sie auszuprobieren. Ich schätzte mein Zeichentalent als eher begrenzt ein und bat um Dispensation, jedoch ohne Erfolg. Bei Doktor Lumer zählten Argumente nichts, wenn sie seinen Vorstellungen widersprachen.

Also zeichnete ich die Orte, an denen ich Wasser ließ (andere Konsistenzen waren eher selten, denn wie immer bei Ortswechsel reagierte ich mit Verstopfung), akribisch genau in mein Notizbuch, das ich getreu der Liste von Doktor Lumer gleich in fünffacher Ausgabe eingepackt hatte. Die Vielfalt der Scheißorte war verblüffend. Ich traf auf Dinkoa stattliche Häuser, die sich mit einem Plastikeimer begnügten, in den die Bewohner ihre Notdurft verrichteten, in eine dunkle Ecke des Hauses gedrückt, durch ein Tuch von der Küche getrennt. Das waren die «Verwerter», wie Doktor Lumer sagte, diejenigen, welche beim Kochen gerne mitkriegten, wie sich die Reste ihrer Fische und Ananas gleich in nächster Nähe materialisierten. In anderer Form zwar, aber doch fass- und riechbar. Dann setzte ich mich auf veritable Schüsseln, in Aussehen und Sitzkomfort etwa dem entsprechend, was ich Toilette nannte. Sie befanden sich in engsten Kabinen, meist frisch gekachelt, weiß mit grauem Mörtel, in Behausungen, die eher bescheiden daherkamen. Eine Wohltat für mich war, dass diese Kabinen mit einer Holztüre versehen waren. Und zum Glücksgefühl steigerte sich mein Empfinden, wenn die Türe auch noch mit einem kleinen metallenen Riegel bestückt war, der sich vorschieben ließ. Das war selten und bedeutete fünf Minuten Erholung ohne Befürchtung, von einem feixenden Jungen überrascht zu werden. Für mich war es Erholung, für Doktor Lumer eine Quelle der Erkenntnis.

«Das Ringen um den sozialen Aufstieg, Lee, beginnt im Scheißhaus. Wer es sich leistet, einen eigenen Raum zum Scheißen nach europäischem Vorbild einzurichten, sagt: ‹Ich scheiße wie die Amerikaner und Europäer. Ich bin ein Wesen von höherem Wert.› Das ist ein Mechanismus, den wir in vielen Lebensbereichen beobachten können. Der weiße amerikanische oder europäische Mann wird nachgeahmt.» Doktor Lumer ging im Zimmer auf und ab, sinnierend.

«Außergewöhnlich ist, dass die Oberschicht von Dinkoa auf die edle Scheiße pfeift. Es sind die eigentlichen Habenichtse, die versessen auf Porzellanbecken und Türen mit Schlössern sind.»

Doktor Lumer schien sichtlich Vergnügen an den wohlhabenden Dinkoanern zu haben, die sich einen Dreck um westliche Scheißsitten kümmerten. Jedes Haus mit einem Eimer neben der Küche verzeichnete er mit wachsendem Triumph. Seine Freude war mir Antrieb. Ich tat mein Bestes, mich in möglichst viele Häuser einladen zu lassen. Es war nicht schwierig. Nach einer Woche hatte sich herumgesprochen, dass die beiden Weißen gerne Tee trinken. Kaum waren wir in einem Dorf angekommen, stürzten sich die Leute bereits auf uns. Ich lernte einige Brocken Koani und schlug mich ganz gut durch damit. Einzig meine Därme rebellierten. Die Bitterstoffe verwandelten meine Verstopfung in etwas, das ich für eine längere Beschreibung als durchaus lohnenswert empfand. Aber Doktor Lumer bestand darauf, dass einzig die Orte, in denen ich meine immer länger dauernden Sitzungen abhielt, von Interesse waren. Er selbst schien unermüdlich. Wenn ich abends erschöpft in der Hängematte lümmelte, hörte ich ihn nebenan die Tastatur seines Laptops bearbeiten. Er murmelte dabei vor sich hin, als würde er sich den Text vorsagen. Hin und wieder gab es Schreibpausen, in denen er offenbar nach Worten suchte.

Zu meiner Überraschung sang er manchmal.

Ich öffne die Augen einen Spalt breit und bin enttäuscht. Zur netten Stimme gehört eine Silhoutte, die in ihrem Umfang eine beträchtliche Masse vorzuweisen hat. Mir gelingt es, die Augen einen Moment lang offen zu halten, obwohl mich die Helligkeit immer noch massiv blendet. Die Silhouette trägt eine weiße Schürze. Ich muss lachen, was in meinen Ohren etwa so tönt, als knirsche ein Ozeandampfer gegen das Pier.

«Wir sind fröhlich heute, Lee, das gefällt mir», sagt die nette Stimme, und nun sehe ich undeutlich einen Körper mit einem Kopf, der die Laute von sich gibt. Der Körper trägt eine weiße Schürze.

«Was hast du denn erwartet, Lee», sagt mein Herz, «Seidenbluse und Deux-Pièces? Strümpfe mit Nähten und High Heels? Strapse und Schottenrock?»

Nein. Ich dachte, sie trägt Mutters Arbeitshose mit den großen Taschen, aus denen sie jeweils das Bonbon zog, wenn ich krank war. So fand meine Zunge süßen Trost, während ich den Schritten meiner Mutter lauschte, die sich auf der Treppe entfernten.

Neben den vielen unbeschwerten Begegnungen auf Dinkoa gab es auch welche, die mir auf den Magen schlugen. Da war jener Hausherr, der mir nach einem längeren Palaver, bei dem er mir sein junges Schwein andrehen wollte, seine Sammlung getrockneter Geckos vorführte. Wie diese wirkten, eingenommen in pulverisierter Form, zeigte er mir anschaulich, indem er seinen Schwanz, dick und steif, aus der Hose befreite. Ich rettete mich davor, den größten Gecko serviert zu bekommen, indem ich auf den Vorhang deutete, hinter dem ich den Eimer vermutete, leicht in die Hocke ging, ein schmerzverzerrtes Gesicht machte und auf meinen Hintern zeigte. Ich rettete mich vor dem Gecko. Nicht aber vor dem Hausherrn. Während ich etwas Wasser in den Kübel goss und dazu stöhnte, wurde der Vorhang leicht zur Seite geschoben, und der dicke Schwanz des aufdringlichen Gastgebers lugte zu mir herein. Nach dem ersten Ekel reagierte ich blitzschnell. Ich kippte den Rest des Wassers über den Schwanz, warf den Eimer hinterher und rannte. Bei den folgenden paar Sitzungen machte ich mich auf einiges gefasst, sobald ich hinter einen Vorhang trat, um meine Aufnahmen zu machen. Aber das legte sich wieder.

Deshalb erschrak ich umso mehr, als ich die Scheißkammer von Simu und Tinba Hengtong betrat, einem reizenden Ehepaar, das mich nötigte, eine ganze Schüssel voller Kokosplätzchen, die Tinba an jenem Morgen frisch gebacken hatte, zu essen. Ich war ihnen sehr dankbar, denn es war nicht immer ganz einfach, meinen tausenden von Fettzellen, die nach Zucker schrien, klar zu machen, dass auf Dinkoa ein anderer Wind wehte. Begleitet vom Vorteil, dass sich meine Leibesfülle beträchtlich verminderte. Die Scheißkammer von Simu und Tinba Hengtong war geschmückt. Das war an und für sich kein Grund zu erschrecken. Es war ungewohnt. Seit ich mit Doktor Lumer unterwegs war, hatte ich schätzungsweise zweihundert Orte betreten, die man als kahl, schmutzig, dreckverschmiert, staubig, gekachelt, verputzt, betoniert, blitzblank, poliert, verpisst, spinnwebenverhangen, stinkend, verpestet, gepflegt, großzügig, beengend oder dunkel bezeichnen konnte. Aber niemals als geschmückt. Das westliche Bedürfnis, Toiletten mit Bärchen, Porzellanbildern, Motorradzeitschriften, Seidenrosensträußchen und Kalendern mit hungernden Kindern zu schmücken, schien die Bevölkerung von Dinkoa nicht zu verspüren. Deshalb überraschte es mich, dass die Wände von Hengtongs mit irgendetwas behangen waren, das ich im Dämmerlicht nicht sofort erkannte. Erst im Blitzlicht der Kamera realisierte ich, dass ich von hunderten von Knochen und Knöchelchen umgeben war. Sie waren fein säuberlich mit Schnüren an Nägeln aufgehängt, an allen drei Wänden, selbst an der Türe hingen sie und von der Decke herunter. Vermutlich handelte es sich um Knochen von allerlei Getier, ich meinte Schenkel von Hasen zu erkennen und Rückgrate von Mäusen. Nun fiel mir auch auf, dass der Geruch sich von den zweihundert Gerüchen, die mir bisher in die Nase gestiegen waren, unterschied. Er war leicht süßlich. Die Kokosplätzchen drängten in mir hoch und wollten ins Freie. Ich folgte ihnen. Nachdem ich mich unter mitfühlendem Schultertätscheln von Frau Hengtong in einer Ecke ihres schönen Gartens ausgekotzt hatte, legte ihr Mann sein Sammlungskonzept dar.

Doktor Lumer war begeistert. «Das ist einmalig. Der Wille zum Schmuck an diesem Ort ist mir bisher nie begegnet. Wir müssen davon ausgehen, dass es sich um eine individuelle Gestaltung handelt, die keine Nachahmer finden wird.»

Da ging ich mit ihm einig. Knochen von Getier aufzuhängen, das von den männlichen Mitgliedern der Familie auf Jagdzügen erschossen, erstochen oder in Fallen gejagt wurde, war nicht jedermanns Sache. Auch die von Hengtongs Frau nicht. Frau Hengtong erhielt mit ihrem Vorschlag, die Knochen, nachdem sie sauber abgenagt waren, in der nahe gelegenen dörflichen Schutthalde zu entsorgen, wo wenigstens die zahlreich streunenden Hunde noch etwas davon hätten, einzig die Unterstützung ihrer Tochter.

«Sie hatte no chance», radebrechte Herr Hengtong, «Tiere müssen auf toilet, you know, Eichhörnchen, mouse, duidu, wie sagt man, duidu, you know, like a rat, rabbit, hongku, lebdo, membi, tunga, alle sind mit uns auf toilet.»

«Das muss der tief verwurzelte Glaube sein, dass sich die Kraft der Tiere auf einen überträgt, wenn man sich mit ihnen in einem Raum befindet», rief Doktor Lumer enthusiastisch, als ich ihm Herrn Hengtongs Rede rekonstruierte.

«Nein», sagte ich, worauf mir Doktor Lumer einen erstaunten Blick zuwarf. «Herr Hengtong sagte, dass ihn der Gang auf die Toilette langweilte. Bis zu dem Tag, als ihm während des Mittagessens die säuberlich freigelegte Struktur des Hasenskeletts auffiel. ‹Very nice rabbit, very nice, I never see it before, never have time, you know, always I work, only in toilet time.› ‹Wo›, dachte er, ‹kann ich schon Wirbelsäulen und Schenkelknochen meiner Beute in Ruhe betrachten, ohne dass einer reinkommt und etwas von mir will?› An diesem Tag befestigte er den Hasenrücken an einem Nagel in der Toilette, und am nächsten folgten eine mouse und dann ein duidu, ein rabbit, hongku, lebdo, membi, tunga und ein Eichhörnchen. Und so fort.»

Doktor Lumer schüttelte den Kopf. «Gegen Langeweile auf der Toilette? Also ein rein ästhetisches Vergnügen?»

«Ästhetisch? Na ja, es geht so.»

Doktor Lumer hörte mich nicht. Er hüpfte erregt auf und ab. «Meine Kollegen werden staunen.»

Unser Aufenthalt auf Dinkoa dauerte fünf Monate. In dieser Zeit nahmen wir vierhundertsechsundachtzig Orte auf, an denen «Menschen sich ihrer Exkremente entledigen», wie Doktor Lumer in seinem Forschungsbericht schrieb. Ich hatte den Auftrag, den Bericht kritisch zu prüfen. Das tat ich, als ich wieder zu Hause war. Zu Hause bei Willy, der seine zwei Zimmer mit mir teilte.

«Ist ja nur für ein paar Wochen, Lee, du kannst bei mir wohnen. So lange halte ich dich aus. Wie waren die klimatischen Verhältnisse auf Dingsbums, gabs Schnee?»

Nein, Willy. Aber ich hab's ohne ausgehalten, einzig mit ein paar mickrigen Kokosplätzen und der Süße von Ananas. Aber Willy, du weißt nicht, was ich dabei erlebt habe. Ich habe die Sonne gesehen und den Regenwald, fette Lianen und dürren Bambus. Ich habe bei Menschen gelebt, die freundlich waren ohne Berechnung. Mit einem alten Mann gearbeitet, der die Neugier eines Kindes hat und manchmal singt. Ich habe Zuneigung gespürt ohne Forderung nach Gegenleistung. Häuser betreten, deren Bewohner schmuddelig waren und arm, mit Herzen so groß wie ein Fußballfeld. Häuser betreten, deren Bewohner wohlhabend waren und nett. Scheißhäuser betreten jeglicher Art. Scheißtypen getroffen. Ins Meer getaucht. Ich bin dem Acker entkommen, dem Kuhstall und der Gartenschere. Dem Vater und der Mutter.

«He, Lee», Willy knuffte mich, «du bist so still, ist etwas nicht in Ordnung?»

«Alles bestens, Kumpel.»

Zwischen den Sauftouren mit Willy setzte ich mich an den Forschungsbericht von Doktor Lumer. Die «kritische Prüfung», die Doktor Lumer wünschte, war ein Kinderspiel. Ich strich alles an, was mir nicht sofort einleuchtete. Zum Beispiel diesen Satz, der sich auch nach drei Mal lesen dagegen sperrte, in meinem Hirn eine Erkenntnis auszulösen:

«Es ist anzunehmen, dass sich die Dinkoaner proportional zu ihrem Stuhlverhalten gesellschaftliche Anerkennung verschaffen, ohne dass sie ihre bisherige Stellung innerhalb ihrer Sozietät gefährden oder gar aufgeben wollen.»

Auch ein paar Abschnitte weiter hinterließ ich einige rot angestrichene Aussagen. Unter anderen diese:

«Im Vergleich mit der Bevölkerung von Somba lässt sich feststellen, dass die Dinkoaner ihren Exkrementen einen fundamental ästhetischen Diskurs zuschreiben, nämlich einen, der geprägt ist von Minimalisierung, Objektivierung und Marginalisierung.»

Weiß der Teufel, was Doktor Lumer damit meinte. Willy wusste es auch nicht. Er prustete den Schluck Bier, den er gerade im Mund hatte, wieder hinaus, mitten auf das Manuskript.

Meine Lieblingsstelle war folgende:

«Wie noch zu zeigen sein wird, lässt die psychosoziale Bestimmung den Exkrementierer exzerptiv teilhaben am Ganzen, das wiederum als Subtext retrospektiv wirkt auf den Vorgang des Exkrementierens.»

Es gab durchaus auch Sätze, mit denen ich etwas anzufangen wusste.

«Der Ort, an dem die Exkrementierung vor sich geht, wird in

einen rituellen Kontext gestellt: Der Kontext ist konspirativ, nonverbal, somatisch bestimmt und purgativ.»

Jedenfalls war das Manuskript einigermaßen rot eingefärbt, als ich mit der Überarbeitung fertig war, und in der Mitte fehlten ein paar Buchstaben, die das Bier weggeschwemmt hatte. Ich übergab es Doktor Lumer im Café Cherryhouse. Er schlug die Hände über dem Kopf zusammen.

«Kritisch haben Sie es gelesen, sagen Sie?» Er hob die Stimme: «Das ist ein Verriss! Wollen Sie mich fertig machen, Lee?»

Ich schluckte bereits leer, als Doktor Lumer zu lachen begann. Er lachte so lange und laut, dass die alten Kaffeeschlürferinnen nebenan pikiert zu uns hinübersahen.

«Alles rot», kicherte Doktor Lumer und wischte sich die Tränen aus den Augenwinkeln, «alles rot wie in den guten alten Zeiten, als Linda sich über meine Texte hermachte. Linda war meine Frau», fügte er hinzu, als er meinen fragenden Blick bemerkte. Dann blätterte er in seinem Manuskript und seufzte.

«Also Lee, Sie denken wohl, dass das kein Schwein versteht, nicht mal die Wissenschaftler, aber die tun so, als würden sie es verstehen.»

Ich nickte.

«Und ich soll das überarbeiten, dass es nachher zumindest die Wissenschaftler kapieren.»

«Nein», sagte ich, «alle.»

Doktor Lumer begann wieder zu lachen. «Okay, Lee», keuchte er, «ich habe ja noch ein bisschen Zeit. Unsere nächste Reise startet am 23. Januar. Ich wünsche Ihnen eine gute Erholung. Bis dann.»

Er erhob sich, klemmte das Manuskript unter den Arm, warf ein paar Münzen auf den Tisch und ging.

Ich nutzte die Zeit bis zur nächsten Forschungsreise. Ich schlief ausgiebig. Ich trank viel. Ich arbeitete an der Tankstelle bei Macy's. Ich besuchte Mutter im Irrenhaus. Sie redete pausenlos und erkannte mich nicht. Ich verabredete mich mit John. Er hatte eine Anstellung als Kuhbesamer gefunden und eine Freundin aus der Reisebranche. Er war nett und zufrieden. Ich besuchte Vater auf dem Friedhof.

«Dad», sagte ich, «ruhst du in Frieden?»

Ein kalter Herbstwind wehte um den Grabstein.

«Willst du wissen, wie es Mutter geht?»

Ich deutete das Schweigen als Zustimmung.

«Es geht ihr beschissen. Sie teilt ihr Zimmer mit drei anderen Frauen, sitzt ungekämmt auf ihrem Bett und redet den ganzen Tag. Weißt du, was sie sagte, als ich sie umarmte und ihr einen Blumenstrauß übergab?»

Mein Vater wusste es nicht.

«‹Joshua›, sagte sie, während sie den Blumenstrauß aufs Nachttischchen schmiss, ‹mein guter Hund, wie geht es dir?›

Mir blieb die Spucke weg, Dad. Dann wedelte ich ein wenig mit dem Schwanz und brachte ihr den Tee. Sie stellte mich dem einen ihrer Gesprächspartner vor, dem Friedfertigen, dem sie bereits auf dem Hof von Joshua erzählt hatte. Sie legte meine Vorzüge dar, sie lobte den vorzüglichen Geruchssinn und pries meine Fähigkeiten als Wachhund. So viel verstand ich. Dann unterhielt sie sich blendend weiter mit dem Typen, ohne mich noch eines Blickes zu würdigen.»

Ich tätschelte den Grabstein. Er fühlte sich kalt an.

«Tut mir leid, Dad, du warst heute in der munteren Runde nicht dabei. Ich glaube, du bist aus dem Rennen. Sieht aus, als ob es die beiden anderen geschafft hätten. Neben ihrem guten Kollegen, der was von Hunden versteht, war da noch der Widerling, der, dem sie beim Rhabarberschneiden mit dem Messer drohte.

Aus heiterem Himmel tauchte er neben ihrem Bett auf. Mutter befand sich im angeregten Austausch mit dem Hundefreund, als sie plötzlich wild herumfuhr und zur anderen Seite des Bettes hinüberzeterte: ‹Du Widerling, du, lass deine gierigen Dreckfinger von mir, du geiler Sack, sonst piss ich dich voll, denkst, du hättest eine hilflose Witwe vor dir, aber da täuschst du dich, ich schneid dir die Hoden weg, du Mistvieh.› Obschon mir dieser Text geläufig war, erschrak ich fürchterlich. Das Lächeln der Schwester, die soeben ins Zimmer trat, beruhigte mich etwas.»

Ich unterbrach mich, weil eine ältere Frau vom Grab nebenan herüberstarrte, und starrte zurück. Sie wandte sich ab.

«Ich sprach noch mit Doktor Hork. Er redete um den Brei herum und von ‹sanften Dämpfern›, die sie ihr verabreichen, um ihr den Alltag erträglich zu machen. Er sagt, dass der Krankheitsverlauf stagniere. Keine Besserung, keine Verschlechterung. Ich habe dann den Tee abgeräumt und nochmals freundlich gewedelt.»

Ich beugte mich zu den Zwergsträuchern hinunter, die ein gutherziger Gärtner gepflanzt hatte.

«Dad, hörst du», rief ich und haute auf den Grabstein, «nicht einmal, als ich bellte, hat sie mich beachtet.»

Mein Vater ruhte sanft und sagte nichts. Ich weinte ein paar Tränen und machte mich auf den Heimweg.

«Ich bin Schwester Anna», sagt die nette Stimme, die zu dem beträchtlichen Körperumfang in der weißen Schürze gehört. «Sehen Sie mich?»

Ja, das kann ich jetzt, scharf sehen. Ich sehe Schwester Anna mit einem lieben, runden Gesicht und dunklen Augen. Ihr schönes Haar ist etwas zu straff nach hinten gekämmt. Sie fingert soeben an der Infusion über meinem Bett herum, und ich kann ihre Hände mit den kurz geschnittenen Nägeln erkennen. Etwas klein geraten, die Hände, verglichen mit dem voluminösen Körper. Der Raum hinter ihr verschwimmt in Weiß, von rechts leuchtet es hell, da muss ein Fenster sein.

«Lee, Sie erhalten zwar noch Flüssignahrung per Infusion. Falls Sie aber möchten, kann ich Ihnen eine Suppe bestellen.»

Was heißt hier Suppe. Ich brauche ein saftiges Stück Fleisch, innen blutig, außen krustig gebraten, und goldgelbe Pommes frites, von Hand in fette Stücke geschnitten, so wie Mary sie von mir liebte. Ich nicke schwach und zucke vor Schreck zusammen ob dem Schmerz, der, wie ich erfahren habe, jeder Kopfbewegung folgt. Er bleibt aus. Überrascht nicke ich weiter. Her mit der Suppe.

Der Flug nach Viaui dauerte achtzehn Stunden. Doktor Lumer schnarchte zufrieden im Sitz neben mir. Ich las in einem Buch, das er mir ausgeliehen hatte, «Sitten und Gebräuche der Südlalesen. Ein Handbuch für den Alltag». Es handelte sich um ein entschieden weniger kompliziertes Werk als Doktor Lumers Geschreibe über unsere Forschung in Dinkoa. Allerdings hatte der Verfasser einiges zu beklagen. Die Südlalesen aßen gerne Reis und Bohnen, dazu getrockneten Fisch. Grillierte Heuschrecken standen anlässlich von Festen auf der Speisekarte, Affenhirne an hohen Feiertagen. Was den Autor die Fassung verlieren ließ, war, dass er auf seiner letzten Reise einen Hamburger kredenzt bekam, eine trockene Scheibe Fleisch im schlaffen Brot zu Ehren von Wischu und Larung, dem Götterpaar, das sich dauernd um die Vorherrschaft im Himmel stritt.

«Wo bleibt die ursprüngliche Kultur, wenn bereits amerikanisches Fastfood das Affenhirn ersetzt?», fragte er sich und gab sich die Antwort gleich selbst:

«Sie wird eliminiert vom eigenen Volk, das sich unkritisch fremden Werten unterwirft, an denen es zu einem späteren Zeitpunkt heftig zu beißen haben wird.»

Der Hamburger muss sehr zäh gewesen sein. Ich jedenfalls

konnte es den Südlalesen nicht verdenken, wenn sie die Schlürferei von Affenhirnmasse satt hatten. Im Kapitel «Kleidung» informierte der Verfasser über den traditionellen Mantel und Gürtel, den Frauen und Männer in Viaui trugen. Der Gürtel schien eine praktische Eigenschaft zu haben. Man sah dem Träger an, ob er Reis pflanzen musste, Reis transportieren durfte oder ob er derjenige war, der am Ende der Nahrungskette das Geld einstrich. Der Gürtel der Frauen sagte etwas darüber, ob sie unter dem Mantel ein Arbeiterhemd, eine Seidenbluse oder Nylonstrümpfe trugen. Zum Leidwesen des Autors sah man diese Kleidung nur noch in Bergdörfern. Im Übrigen waren die Südlalesen auf Jeans und Baseballkappen gekommen. Was ich gut verstand. Unter einem Mantel präsentierten sich knackige Formen wenig vorteilhaft. Eingewickelt in einen Mantel spielte sich zudem schlecht Fußball. Der Fußball, das göttliche Spiel mit dem runden Leder, hatte Viaui erobert. Es war an die Stelle des traditionellen «Hinkku» getreten, wenn ich den Verfasser richtig verstand. «Hinkku» war ein Kampf, bei dem die Männer zusahen, wie Hunde und Katzen aufeinander gehetzt wurden. Die Katzen wurden zuerst ein wenig aufgerüstet, indem man ihnen Spitzen aus Eisen an die Pfoten montierte. Bei den Hunden half man der Natur mit einem Zaumzeug nach, aus dem links und rechts ein Widerhaken schaute. «Hinkku war Herz und Seele der Südlalesen, und wenn diese jetzt vom Fußball durchdrungen werden, bleibt das traditionsreiche Spiel auf der Strecke», schrieb der Verfasser.

«Dafür weniger Hunde und Katzen», dachte ich und legte das Buch beiseite. Doktor Lumer schlief immer noch. Sein Kopf kippte immer wieder vornüber, so dass ich gezwungen war, ihn alle paar Minuten wieder an die Stuhllehne zurückzulegen.

Auf Viaui war die Luft so feucht, dass meine Unterhosen, die ich jeweils über Nacht auswusch und aufhängte, nie trockneten.

Nach zwei Monaten war mein Arsch wundgescheuert vom ewig feuchten Stoff. Nach zwei Monaten Viaui sehnte ich mich zurück nach der trockenen Kälte von Sumptown und hätte mein letztes Päckchen Zigaretten für ein Stück Käse gegeben. Auf Viaui gab es keine süßen Plätzchen, kein Brot, nicht einmal Teigfladen, es gab keine Makkaroni und keinen Alkohol. Weiß der Teufel, wo der unzufriedene Verfasser des Handbuchs «Sitten und Bräuche» einen Hamburger serviert bekommen hatte. Uns passierte das nicht. Ich träumte von geräucherten Würsten und erwachte, weil mir die Tränen ins Kissen tropften. Auf Viaui servierten sie uns täglich Reis und Bohnen, dazu Tee. Auf Viaui wuchs ein Urwald, der so viel Feuchtigkeit produzierte, dass der Himmel dauernd wolkenverhangen war. Der Himmel über Viaui war grau. Das Meer war grau. Selbst die Haut der Leute war grau. Die Leute auf Viaui mit ihrer grauen Haut machten graue Gesichter. Sie lächelten nicht und waren nicht nett. Böse waren sie nicht, aber sie waren nicht nett. Ich fühlte mich fremd, der wundgescheuerte Arsch plagte mich, und meine Verstopfung machte mir zu schaffen. Kein Wunder bei Reis und Bohnen und Tee.

Viaui schlug auch Doktor Lumer aufs Gemüt. Es begann damit, dass er am zehnten Tag das Frühstück verweigerte. Er saß in sich versunken da und mochte auf meine Plaudereien nicht eingehen. Schwatzte vor sich hin. Stürzte zum Schreibtisch. Kehrte kopfschüttelnd zurück. Er verbrachte den Tag mit dem Zusammensetzen und Neustopfen seiner Pfeife, die ihm stündlich aus den Händen fiel. Mit mir redete er kein Wort.

In der folgenden Nacht erwachte ich, weil ich lautes Singen aus dem Nebenraum vernahm. Die Stimme klang vertraut, es war diejenige von Doktor Lumer. Ich hörte eine Weile zu. Der Singsang klang eintönig wie beim katholischen Priester in der Kirche. Ich verstand kein Wort und versuchte wieder einzuschlafen, allerdings ohne Erfolg. Später stand ich auf und legte mein Ohr an die Wand. Doktor Lumer sang:

«Himmelarschunddonnerzwirn, wer hat am meisten im Gehirn? Wer ist der Schönste im ganzen Land? Ist da wer, der sieht Wolken und Gestirn, und lugt übern Tellerrand? Ist da wer, der geht über Stock und Stein, hoch das Kinn, frohgemut, allein und mit Hut? Einmal hin, einmal her, rundherum das ist nicht schwer und lässt sich leicht an. Ran an. Ran an den Speck. Ran an die Wiese, kleine Liese, lass die Liebe, lass sie lecken, die Schnecken, da haben wir den Salat.»

Es rumpelte, als ob Doktor Lumer gegen etwas gestoßen wäre. Unschlüssig stand ich da, kurz davor, mich zur Rettung anzubieten, als der Gesang wieder begann:

«Kurz und der Rede leichter Sinn: Leck den Honig und lass die Wüsten blühn, klein und fein, mach die Stalltür zu und lass die Säcke baumeln, im Wind, das Kind. Kurz und gut, die Wut, sie lodert zum Himmel, der glüht im Alpenrot, ene mene Tintenfass, da sitzt im Schlund ein Drachen, nass, und kitzelt mich zum Lachen, Drachen, lass ab, oh Mann, sei Manns genug, zu fühlen. Das Kind, im Wind, im Bade, schütt es aus, in die Traufe, mit dem Fass, nach dem Regen.»

Fantasie hat er, der Mann, das muss man ihm lassen, dachte ich. Ein wenig absurd allenfalls. Die Scheißforschung hinterlässt ihre Spuren.

«Himmelarschunddonnerzwirn, wo ist es, das Gehirn? Wo sind die Schönsten im ganzen Land? Ist alles nur Tand und Schein, was glänzt? Der Mond ist aufgegangen, schmutzige Engel schaukeln sich langsam von der Höh, und aus ihren Gewändern steiget ein Geruch ganz sonderbar. Nun ist es Zeit zum Schlafen, und von den tausend Schafen, die ich gezählt in Qualen, da bleibt mir gar nichts mehr.»

Nebenan wurde es still. Ich blieb noch eine Weile stehen, aber es war kein Ton mehr zu hören. Was mir gelegen kam. Noch ein paar Stunden Schlaf konnten nicht schaden. Am nächsten Morgen schreckte ich auf. Doktor Lumer polterte an meine Tür und rief:

«Lee, Sie Schlafkappe, Zeit zum Aufstehen. Schlafen können Sie zu Hause wieder. Die Forschung wartet.»

Ich sprang aus dem Bett.

«Doktor Lumer», sagte ich, «Sie reden mit mir?»

«Warum sollte ich nicht?», fragte Doktor Lumer erstaunt.

Die Scheißdepressionen kamen und gingen. Nach drei Nächten gab ich den Versuch auf, Doktor Lumers Texten einen Hinweis auf seinen Gemütszustand zu entnehmen. Ich klaubte Wachs aus unseren Antimücken-Kerzen, formte sie zu Kügelchen und stopfte sie mir in die Ohren.

Mit Doktor Lumers Seele schien es aufwärts zu gehen, sobald sich unsere ersten Beobachtungen auf Viaui erhärteten: Es gab kein Toilettenpapier. Vor ein paar Monaten hätte ich gesagt: «Na und …?» Ich hätte die Wirkung nicht erkennen können, die diese Tatsache nach sich zog. Die Abwesenheit von Toilettenpapier hieß auf Viaui: Der Arsch wird mit der Hand gewischt, und zwar mit der nackten, von keinerlei Blatt oder sonstigem Papier bedeckten Hand. Njelo, dem Dorfarzt von Lulele, standen die Haare zu Berge, als ich ihm vorschlug, ein Blatt von einem der im Überfluss vorhandenen Bäume zu zupfen, um seine Hand zu schonen. Entsetzt wies er mich darauf hin, dass sich kleine Tiere, hinterhältige Bewohner des Blattes, sich in der zarten Spalte einnisten oder Gifte die empfindlichen Schleimhäute verätzen könnten. Dann blieb nur noch Zeitungspapier.

«Bei Wischu und Larung», schrie Njelo auf, «wie unhygienisch, bleihaltige Druckerschwärze am Allerwertesten, nein danke!»

Als ich demonstrierte, wie wir zu Hause Fish and Chips aus Zeitungspapier aßen, verzog er angeekelt seine Miene. Einzig die nackte saubere Hand wurde als hygienisch weitgehend einwandfreies Putzmittel anerkannt. Allfällige Reste, die nach der Versäuberung an der Hand klebten, spülten die Südlalesen mit etwas Wasser weg, am Hahnen in der Küche die einen, mit einem Spritzer aus dem Wasserkrug die andern.

«Aha», kombinierte ich, als Doktor Lumer und ich uns nach weiteren Tagen Beobachtung und Gesprächen über die Versäuberungsgewohnheiten der Südlalesen unterhielten, «also haben wir eine unreine Hand, die dem Afterputzen vorbehalten ist, und die unter dem Tisch bleibt. Das ist nichts Neues, das tun Menschen in Afrika ebenfalls. Auch die Gewohnheit, sich überall und jederzeit hinzukauern, ist bekannt.»

Mir war klar, dass Doktor Lumer dasselbe dachte, wenn auch widerstrebend. Zu gerne wäre er mit einem Bericht von einer Insel zurückgekehrt, auf der die Menschen die haarsträubendsten Dinge mit ihrer Kacke anstellten. Mit Akribie hätte er beschrieben, wie die Südlalesen Kacke essen oder sie doch zumindest ihrem Nachbarn als Drohgebärde ins Auto warfen oder zur Beschwichtigung aufgeregter Götter auf den Hausaltar legten. Oder wie sich sich damit bei Beerdigungen oder zur Hochzeit bemalten. Die Köttel trocknen ließen und Talismane daraus schnitzten. Nichts von all dem geschah auf Viaui, zum heimlichen Leidwesen von Doktor Lumer, denn im Grunde seines Forscherherzens war er seit Jahren auf der Suche nach der Entdeckung, die alle seine bisherigen Erkenntnisse in den Schatten stellte.

Zum Glück von Doktor Lumer lagen wir beide falsch mit dem

Schluss, die Südlalesen würden artig ihre Arschputzhand unter dem Tisch verborgen halten. Die Leute von Viaui dachten nicht daran, ihre Linke unter dem Tisch zu lassen. Auch die Rechte nicht. Sie taten mit beiden Händen alles, was Menschen mit Händen so tun. Nachdem sich diese Beobachtung nach drei Wochen auf Viaui definitiv zu erhärten begann und nicht als vorübergehendes Phänomen erwies, war Doktor Lumer nicht mehr zu halten. Er juckte im Zimmer herum. «Unglaublich! Unfassbar! Sensationell! Eine vollkommene Freiheit der Werte! Keine Polarität! Keine Einteilung in rein – unrein, edel – profan, Nahrung – Abfall, Sauberkeit – Schmutz! Ihre Kacke hat die gleichen Rechte wie Reis und Bohnen! Scheiße ist nicht mehr oder weniger wert als Mangosoße! Die Hände der Menschen hier gehen zum Mund mit derselben Selbstverständlichkeit wie zum After, und das innerhalb von drei Metern und fünf Minuten, und dazwischen, mich laust der Affe, streichen sie dem Jungen übers Haar. Keine Hierarchie, keine Existenz von Unreinem. Kein ‹Igitt› und ‹Das ist pfui›, keine Tabuzonen. Wenn diese Haltung sich auch im gesellschaftlichen Miteinander wiederfindet, dann …!»

Doktor Lumer hielt inne, atemlos vor Glück. Ich erkannte an seinem Blick, auf welchem Flecken Erde er sich stehen sah. Am Rednerpult der Inkford Science Society in Olkford. Soeben war sein letzter Satz über die neusten Forschungsergebnisse im Saal verklungen, und nun setzte der tosende Applaus graumelierter, altgedienter Wissenschaftler ein.

«Dann haben wir die erste anarchische Gesellschaft auf unserem Planeten entdeckt», sagte ich.

«Genau», sagte Doktor Lumer gedankenverloren. Dann hob er den Blick und schaute mich verblüfft an. «Was haben Sie soeben gesagt, Lee?»

«Ich sagte, dass ich es satt habe, dauernd auf den Boden sehen zu müssen, damit ich nicht in einen Scheißhaufen trete.»

Nach unserer Rückkehr von Viaui genoss ich es ausgiebig, auf der Toilettenschüssel in Willys Badezimmer zu sitzen. Nach zwei Wochen wagte ich zudem, meinen Blick vom Boden zu heben und ab und zu auf die Schönheiten meiner Umgebung zu achten, wenn ich durch die Straßen von Sumptown ging. Willy konnte es nicht fassen, als ich ihm von scheißenden Frauen am Straßenrand und Männern erzählte, die es im Hof taten, vor aller Augen.

«Das stell sich mal einer vor! Und Sex haben sie auch an jeder Hausecke?» Seine Stimme wurde ganz heiser vor Aufregung.

«Das fragte sich Doktor Lumer auch. Er hat außerordentliche Tag- und Nachtschichten eingelegt, um darüber etwas herauszufinden.»

«Und?» Willys Augen glänzten.

«Sobald es dunkel wurde, begann ein emsiges Treiben. Eine Frau trat aus ihrem Haus und ging zu einem anderen Haus. Dort kam ebenfalls eine Frau heraus und begab sich zu einem nächsten, aus dem soeben wieder eine Frau trat, und so weiter.»

«Und die Männer?», fragte Willy gespannt.

«Die blieben in ihren Häusern.»

Der Glanz in Willys Augen verstärkte sich. «Die Schlampen gingen fremd?»

«Partnertausch, Willy.»

«Dein Doktor Shit, sah er sie bumsen?»

«Und wie. Sie taten es bei offenem Fenster. Die Frau, die am lautesten dabei schrie, durfte am nächsten Tag die Tauschrunde starten, indem sie zum Mann ihrer Wahl ging.»

«Ist ja der Hammer.» Willy sinnierte kurz vor sich hin.

«Es kommt noch dicker. Sie taten es sogar in den Vorgärten und auf den parkierten Autos. Einmal kam Doktor Lumer an einem Baum vorbei, aus dessen Krone das seltsame Kreischen unbekannter Vögel zu hören war. Als er genauer hinschaute, erblickte er Tarzan, der es Jane besorgte. Die kreischenden Vögel entpuppten sich als zweites Paar, das auf dem Ast nebenan saß, Tarzan und Jane zuschauten und sich heftig amüsierten.»

Willy schaute mich misstrauisch an. «Du verscheißerst mich, oder? Die tun es nicht auf Bäumen, oder?» Er hielt inne und musterte mich weiter. «Etwa auch nicht in Vorgärten und auf Autos?»

«Nein, Willy.» Ich kicherte. «Nun schau nicht so sauer.»

Ich fühlte mich nach den drei Wochen, die ich wieder in Sumptown verbringen durfte, ein paar Besuchen in der Konditorei Soulsweeties, einigen Bier pro Abend und viermal Spaghetti essen mit Willy recht gut. Zumal die Unterhosen nicht mehr am Hintern scheuerten. Ich lebte in den Tag hinein und vom Lohn, den ich für meine Scheißforschungen erhielt. Einmal wöchentlich begab ich mich ins Cherryhouse und trank Kaffee mit Doktor Lumer. Anschließend tauschten wir Kapitel. Er gab mir seine neuen Seiten, die ich kritisch gegenzulesen hatte, ich überreichte ihm die alten mit rot angestrichenen Textstellen. Er sah sich weiterhin am Rednerpult der Inkford Science Society stehen, und ich tat mein Bestes, ihn bei der Verwirklichung seines Traums zu unterstützen. Allenfalls würden auch auf mich einige Lorbeerblätter fallen. Oder wenigstens ein paar hundert Pfund. Letztere konnte ich gut gebrauchen, zumal Doktor Lumer vorderhand keine Forschungsreisen mehr plante. Und Willy darauf drängte, dass ich mir eine eigene Wohnung suchte.

«Ja, Willy, ich suche. Du weißt, in Sumptown eine Wohnung für weniger als dreihundertfünfzig Pfund zu finden, ist unmöglich. Dafür kannst du dir ein feuchtes Loch leisten. Lass mir etwas Zeit.»

Als dann diese Erdgeschosswohnung an der Hilbury Street für hundertsiebzig Pfund ausgeschrieben war, schrieb Willy den Brief für mich, da, wie er sagte, mein Kontingent an Glück beim Bewerben ausgeschöpft sei.

«Deine Selbstdarstellung mag bei einem Spinner wie Doktor Lumer gut ankommen», dozierte er, während er die Tastatur im Zweifingersystem bearbeitete, «bei braven Hausbesitzern muss man anderes Geschütz auffahren.»

Ich staunte, als ich eine Woche später dazu eingeladen wurde, die Wohnung zu besichtigen. Willy grinste vor sich hin und schluckte hinunter, was er sagen wollte. Das war gut so. Vorsprechen ließ er mich alleine. Sein Geschütz bereitete mir bei der braven Hausbesitzerin den Boden. Sie war zweiundachtzig und wohnte im ersten Stock. Beim ausgiebigen Tee gestand sie, dass sie schwanke, ob sie mir oder einem älteren Herrn die Wohnung vermieten wolle. Er erscheine ihr sehr vertrauenswürdig. Allerdings sei ich mit meinen jungen Jahren besser dazu prädestiniert, das Treppenhaus wöchentlich zu putzen. Ich ließ meine Muskeln spielen und überzeugte sie restlos.

Willy war glücklich. «Ich koche uns jede Woche einmal Spaghetti», sagte er, als er mich zum Abschied umarmte. Offenbar aß er die Spaghetti alleine. Oder er aß sie mit anderen. Mit mir jedenfalls nicht.

An einem warmen Junitag ging ich wiederum ins Cherryhouse. Ich hatte mich mit Doktor Lumer verabredet, um das drittletzte Kapitel seines Forschungsberichts kritisch durchzugehen. Er zog nachdenklich an seiner Pfeife, während ich mit ihm die Stellen durchging, die er nochmals überarbeiten musste, wenn ihm daran gelegen war, dass mehr als zwanzig Menschen auf der Welt seine Entdeckungen verstanden. Das sah auch sein Verlag so. Dieser hatte zugesagt, das Werk zu veröffentlichen, unter der Bedingung, dass «der wissenschaftliche Jargon stark zurückgenommen» würde. Doktor Lumer kicherte vor Freude, als er mir die Zusage mitteilte, und war mächtig stolz auf sich. Auf mich auch ein wenig.

«Lee, das haben Sie wunderbar gemacht.»

«Was?»

«Sie sind mit mir unerschrocken in die geheimsten Windungen des gesellschaftlichen Körpers gedrungen. Sie wanderten durch stinkende Kloaken, um zu neuen Erkenntnissen zu gelangen. Sie haben die Kehrseite der Welt untersucht, um etwas über ihre Front zu erfahren.»

An jenem heiteren Nachmittag jedoch schien Doktor Lumer die Freude an der Arbeit abhanden gekommen zu sein. Missmutig starrte er vor sich hin, war kaum bei der Sache, ließ seine Pfeife immer wieder ausgehen.

«Doktor Lumer», fragte ich, «geht es Ihnen nicht gut?»

«Nein», sagte er und schüttelte den Kopf, «das heißt, ja. Mir geht es nicht gut. Ich singe nachts wieder. Diesmal will es einfach nicht aufhören.»

«Was singen Sie denn so?»

«Das Übliche. Kinderreime, abgewandelt und versaut, eene meene Besenstiel, trag mich weit und schlag sie viel, Spieglein, Spieglein in meiner Hand, ich bin der Schönste im ganzen Land, hopp hopp hopp, Mädchen, reit Galopp. Und so weiter. Immer dasselbe.»

«Ich wüsste Ihnen einen neuen Text. Soll ich ihn vorsingen?»

Er blickte mich erstaunt an. «Sie singen auch?»

Und ich sang: «Schweig, Alte, schweig, lass mich tun meine Arbeit, sonst geht sie in die Hosen, auch will ich dich nicht kosen, schweig, Alte, schweig. Und sie schwieg, die Alte, sie schwieg, fertig war der Krieg, sie ging ganz weit von dannen, nun tu ich um sie bangen, sie war lieb, die Alte war lieb.»

Doktor Lumer verharrte regungslos, auf seine Pfeife starrend.

Dann hob er abrupt den Kopf, winkte die Kellnerin herbei und bestellte noch einen Tee. Er schwieg und starrte weiter auf den Tisch, bis sie die Tasse vor ihn hingestellt hatte.

«Linda. Sie war eine gute Frau.»

Ich wartete geduldig.

«Aber sie hat mich gequält, sie konnte mir keinen Frieden lassen. ‹Tu dies, tu das, hast du jenes erledigt.› Zog ich mich zurück, war sie beleidigt, kümmerte ich mich um sie, nannte sie mich aufsässig. Meine Arbeit ließ Ekel in ihr aufkommen, meinen Schreibstil nannte sie gespreizt. Alles an mir, mein gesamtes Wesen, quälte sie.»

Doktor Lumer rührte Zucker in seinen Tee. Ich sah zu.

«Dann ging sie.»

Er seufzte tief, blies in die Tasse und versank in Gedanken.

«Lee», sagte er plötzlich, «das nächste Mal wird es nicht stinken.»

«Wie meinen Sie das?», fragte ich, von der Heftigkeit, mit der er gesprochen hatte, überrascht.

«Wir machen eine Antischeißdepressionreise. Ich lade Sie dazu ein. Kommen Sie mit?»

«Na ja, das kommt ein wenig überraschend … ich meine … wie stellen Sie sich das denn vor? Und Ihr Buch?»

Doktor Lumer wirkte bereits um einiges fröhlicher. «Das kann warten. Oder denken Sie, dass jemand davon Notiz nimmt, wenn es nicht im Oktober erscheint?»

«Die Herren von der Inkford Science Society werden Ihre Erkenntnisse und das exzellente Blätterteiggebäck an der anschließenden kleinen Feier vermissen.»

Doktor Lumer zeigte ein paar Lachfältchen.

«Der Verlag», sagte ich.

«Wie meinen Sie?», fragte er.

«Der Verlag wird Ihr Buch ebenfalls vermissen.»

Doktor Lumer sah mich erschrocken an. «Stimmt. Der Verlag.» Er zündete seine Pfeife wieder an. «Ich rede mit ihnen.»

«Doktor Lumer», sagte ich, «vielen Dank für Ihr Angebot. Aber ich kann nicht.»

Die Lachfältchen verschwanden. «Aber wieso denn nicht? Was hält Sie denn hier? Sie sind nicht verheiratet, haben keine Kinder, keine sonstigen familiären und keine beruflichen Verpflichtungen …»

«Sie wollen sagen, ich bin solo, arbeitslos und suchtgefährdet, mein Vater ist tot, meine Mutter im Irrenhaus und mein Bruder anderweitig versorgt.»

«Wenn sie es so ausdrücken wollen», Doktor Lumer kratzte sich am Kopf, «etwas in diese Richtung wollte ich ansprechen, und da dachte ich, die Idee ging mir soeben durch den Kopf, eine wenig Aufmunterung würde Ihnen gut tun. Mir natürlich ebenfalls, uns beiden würde ein Ortswechsel ausgezeichnet bekommen. Wir brauchen etwas Leichtigkeit, ein wenig Kultur, eine Reise entlang den großen Zentren Europas zum Beispiel, Wien, Prag, Paris, Rom. Durch malerische Altstadtgässchen schlendern, das Historische Museum besuchen, auf der Piazza Tee trinken.»

«Und die Scheiße Scheiße sein lassen. Sie liegen goldrichtig. Tun Sie das, Doktor Lumer. Trinken Sie auf der Piazza ein Bier für mich mit. Ich bleibe hier.»

Doktor Lumers Besprechung mit seinem Verlag verlief erfolgreich. Eine Woche später bestieg er das Flugzeug nach Rom. Seine Depression war beträchtlich, denn er hatte, wie er sagte, vor, «den menschlichen Exkrementen für eine Weile den Rücken zu kehren». Meine Forschungsassistenz wurde in gegenseitigem Einvernehmen gekündigt. Beim Abschiedskaffee im Cherryhouse äußerte er nochmals sein Bedauern darüber, dass ich, und dabei schwang ein leicht beleidigter Unterton mit, «Wichtigeres in meinem Leben zu tun hatte, als mit einem alten Mann auf Reisen zu gehen».

Doktor Lumer täuschte sich gewaltig. Ich hatte nicht im geringsten Wichtigeres zu tun, als mit einem alten Mann auf Reisen zu gehen. Ich hatte überhaupt nichts zu tun. Bloß die Vorstellung, imposante Bauwerke zu bewundern, unter Arkaden Kaffee zu trinken, um weitere fünf Museumssäle bewältigen zu können, erschreckte mich gewaltig. Das Betrachten der Beine, die an meiner Untergeschosswohnung vorbeieilten, mochte zwar keineswegs das Niveau einer Bildungsreise erreichen, schien mir aber nicht weniger erkenntnisreich und einiges entspannender zu sein. Und falls mich Langeweile zu quälen begann, würde ich meine Mutter mit einer neuen Hundenummer im Irrenhaus überraschen. Oder Vater auf dem Friedhof besuchen.

Wieder wird es unangenehm kalt in der Gegend, wo ich meine Beine vermute. Offenbar ist eine Schwester zugange. War vorhin nicht von Suppe die Rede? Kann hier mal jemand vorwärtsmachen? Ich habe Hunger. Ein Krächzen entringt sich meiner Kehle. Schwester Annas liebes Gesicht beugt sich über mich.

«Ja, Lee», sagt sie sanft, «wollten Sie etwas sagen? Soll ich Ihnen Schreibzeug und Papier holen?»

Das ist eine gute Idee. Ich nicke, und als sie mit Block und Bleistift zurückkommt, klemme ich mit einiger Mühe den Stift in meine Rechte, schiebe die diversen Plastikschläuche aus dem Weg und schreibe: «Wo bleibt die Suppe?»

Die Besuche auf dem Friedhof verliefen wenig überraschend. Ich zupfte ein paar Gräser aus der kahlen Erde und hielt Dad über mein Leben auf dem Laufenden. Ich berichtete ihm von der Begegnung mit Cathleen. Klagte über Mary, die mir ungebündelte Zeitungen vorwarf, und vergoss Tränen, als sie nach Australien abhaute. Legte ihm die Vorteile eines Lebens auf der Schutthalde von St. Martin dar. Brachte ihm einen Hibiskus mit, als ich das Tätowieratelier von Tinks übernahm.

Im Irrenhaus tat sich nichts Neues. Meine Mutter sprach viel und wirr, und nichts deutete darauf hin, dass sich ihr Zustand je wieder zum Besseren wenden würde. Es war zum Verzweifeln. Damit ich nicht verzweifelte, spielte ich ab und zu eine Runde im Casino Winwin im Ricket County drüben und trank Bier.

Die Suppe schmeckt nach nichts. Schwester Anna schiebt mir mit ihrer kleinen runden Hand Löffel für Löffel in den Mund. Ich schlucke gehorsam. Irgendwie muss wieder etwas Kraft in meine unteren Regionen kommen. Dabei scheint mir Suppe das sympathischere Mittel zu sein als die farblose Flüssigkeit, die in den drei Flaschen über mir baumelt.

An einem bitterkalten Dezemberabend im Jahr 2005 kam ich nach einem anstrengenden Tag im Atelier nach Hause. Schlotternd versuchte ich, das zugefrorene Schloss meines Wohnwagens zu öffnen. Erschwerend kam dazu, dass eine neue Kundin, Sara hieß sie, meine Geduld so strapaziert hatte, dass meine Hand selbst nach einem Whisky im Ohio nicht zu gebrauchen war. Erst blätterte Sara stundenlang in verschiedensten Musterbüchern, ließ sich jedes Motiv erklären, befragte mich zu Symbolik, Herkunft und Arbeitsaufwand, um sich dann letztendlich für ein Herz, das von Stacheldraht umschlungen war, zu entscheiden. Sie hatte es selbst entworfen. Ich verpasste den Moment, sie vor die Türe zu stellen, einmal mehr, und schätzte den Aufwand, sie zügig zu stechen und dann endgültig loszuwerden, gering ein. Jedenfalls geringer als die ärgerliche Diskussion, die ein Rauswurf provozieren würde. Weit gefehlt. Von zügig stechen konnte nicht die Rede sein. Sara schrie und zuckte bei jedem Hammerschlag zusammen, bestand aber auf einer Fortsetzung der Behandlung. Ich war dermaßen entnervt ob dem Gejammer, dass sich meine rechte Hand verkrampfte. Sie zwang mich dazu, alle zehn Minuten eine Pause zu machen und nach draußen zu gehen, um eine Zigarette zu rauchen. Unterdessen hatte Sara Zeit, sich ein paar Gesprächsthemen auszudenken, die sie zwischen ihre Schreie einflocht. Sie referierte über Belästigung (zuckt) am Arbeitsplatz (schreit), frühen Kindstod (zuckt), Ananasdiät (zuckt), garantiert ohne (schreit) Jo-Jo-Effekt.

Auf dem Weg zum Ohio testete ich Tinks Entspannungsübungen, allerdings ohne Erfolg. Da wirkte Whisky besser. Er verwandelte die Krämpfe in ein Zittern, das dann allerdings zu Hause beim Öffnen der Bohnendose ebenso hinderlich war. Da das Zittern anhielt, beschloss ich, den Casinobesuch auf einen Abend zu verschieben, an dem ich die Chips lockerer über den Teppich werfen konnte. Ich wollte mir stattdessen das Buch über die Geschichte des Tätowierens vornehmen, das ich mir kürzlich bei Livs Books gekauft hatte. Als ich das Buch im Regal suchte, dem aus Eiche, das ich einst in tagelanger Arbeit von einer schwarzen Lackschicht befreit hatte, stutzte ich. Da stand ein Buch, das mir bisher nie aufgefallen war. Es reihte sich zwischen Vaters Büchern ein, die ich nach dem Begräbnis zusammen mit dem Kompass an mich genommen hatte. Ab und zu betrachtete ich sie von meinem bequemen Sessel aus und erinnerte mich an Dads warme Hand, die in der meinen lag, während ich ihm vorgelesen hatte. Auch als ich den großen, schweren Band in die Hand nahm, den Staub wegblies und den zerfledderten Umschlag glattstrich, schien es mir fremd.

«Eke kôri alafana» las ich laut, in schwarzen Lettern auf gelben Grund gedruckt, und begann zu blättern. «Was zum Teufel heißt das?»

Die Buchstabenfolgen im Inneren des Buches sagten mir nichts. Aber das spielte keine Rolle, denn vor dem Kapitel «Xero – muna kelu ibafana» lag dicke Post. Sie war mit denselben sorgfältig gemalten Buchstaben versehen wie der leere Umschlag, der beim Streit mit John aus dem Kochbuch meiner Mutter fiel. «Meiner geliebten Frau Iris» stand da geschrieben. Diesmal war der

Umschlag nicht leer. Er war prall gefüllt mit eng beschriebenem Papier, dem ganz dünnen, das für Flugpost verwendet wurde, um Portokosten zu sparen.

Die Suppe wirkt trotz ihrer unerträglichen Fadheit Wunder. Nachdem ich sie brav geschlürft habe und Schwester Anna mit einem befriedigten Lächeln das Zimmer verlassen hat, kann ich mich mühelos an der Nase kratzen, ohne die Hand auf dem Weg zum Gesicht ruhen zu lassen. Wenn ich schon mal dabei bin, taste ich gleich meinen Kopf ab. Ich spüre einen dicken Verband. Oben auf dem Schädel befindet sich eine gazefreie Zone. Als meine Finger darüber gleiten, erschrecke ich kurz. Dort spüre ich nichts. Das heißt: Ich spüre keine Haare. Piksende kleine Dinger bohren sich in meine Fingerspitzen. Stoppeln.

Dass es sich bei meinem überraschenden Fund um Vaters Abschiedsbrief an meine Mutter handelte, war mir sofort klar. Vater hatte es sich offenbar anders überlegt und den Brief statt im Kochbuch meiner Mutter in einem seiner eigenen Bücher hinterlegt. Ich begann in fliegender Hast zu lesen. Die kleine Schrift und die eng gesetzten Zeilen ließen mich jedoch immer wieder stolpern.

«Dad», sagte ich und knipste die Tischlampe an, «du sparst beim Abschiedsbrief. Wie schäbig.»

An der Stelle erst, wo Dad sich parfümierte und die Kleider seiner Mutter überzog, realisierte ich, dass ich immer noch vor dem Bücherregal verharrte, vertieft in die überraschende Lektüre.

«Mich laust der Affe», rief ich und setzte mich an meinen Tisch mit den gedrechselten Beinen und bunten Kacheleinlagen, «war Dad schwul?»

Diese Überlegung wühlte mich so sehr auf, dass ich meine

Zigaretten vermisste. Ich suchte ein paar Minuten, gab jedoch auf, da ich zu begierig war, die Fortsetzung der Geschichte zu erfahren, und fuhr fort, Vaters kleine Buchstaben zu entziffern. Als Rita im Bericht auftauchte, die fesche Tochter der Köchin, und sich abzeichnete, dass Vater scharf auf sie war, legte sich meine Aufregung.

«Also doch nicht schwul», atmete ich auf und fand meine Zigaretten unter dem Bett, «verdammte Scheiße, das wäre ja was gewesen.»

Mein Herz raste noch eine Weile, und ich wunderte mich ein wenig, dass mich die Aussicht, einen schwulen Vater zu haben, dermaßen aufregte. Lange hielt ich mich allerdings nicht bei dieser Frage auf, denn die Lektüre nahm mich gefangen. Sie zwang mich, eine Zigarette nach der anderen zu rauchen. Nach einer Weile stank es so stark nach Rauch, dass es mir auffiel. Ich brauchte frische Luft. Draußen stand ich im Regen. Es goss seit Tagen in Strömen, die liebevoll arrangierten hellblauen Kacheln waren im Sumpf verschwunden. Der kleine Vorplatz vor meinem Wohnwagen verwandelte sich langsam in einen Catcherring. Ich nahm mir vor, am nächsten Morgen ein paar Bretter zu organisieren, die zivilisiertes Stehen und Gehen vor meinem Haus ermöglichten. Beim Schrotthaufen drüben konnte ich Marty erkennen. Er schob trotz später Stunde Tischplatten hin und her und wirkte unschlüssig. Als er mich sah, winkte er. Seit ich das Tätowieratelier übernommen hatte, benahm er sich mir gegenüber beinahe überschwänglich freundlich. Letzthin stand er morgens vor meinem Wohnwagen, so dass ich heftig erschrak, als ich verschlafen die Tür öffnete, um mich auf den Weg ins Atelier zu machen.

«Guten Morgen, Louie, musst nicht erschrecken, ich bin's nur, der alte Marty. Hab gedacht, ich schenk dir was zum Jubiläum. Schönen Tag noch.»

Er drückte mir ein in Zeitungspapier gewickeltes unförmiges

Ding in die Hand und humpelte eilig davon. Das Geschenk entpuppte sich als Engel aus Porzellan, dessen goldene Flügel bessere Zeiten gesehen hatten. Um den Hals trug er ein Kartonschild, auf das Marty mit krakeligen Buchstaben «Auf weitere selige Geschäftsjahre» geschrieben hatte. Ich war gerührt. Richtig, ein Jahr war vergangen, seit ich Tinks' Tattoo-Atelier übernommen hatte. Martys Dankbarkeit darüber, dass ich eine anderweitige Verdienstmöglichkeit gefunden hatte, hielt an. Den Engel trug ich ins Atelier und stellte ihn auf das Fensterbrett. Dort konnte er mich vor falschen Handgriffen und maßlosem Geschwätz bewahren.

Marty war unterdessen fündig geworden. Triumphierend schwenkte er eine Stehlampe. Ich winkte ihm zu, rauchte noch eine und kehrte zum Bericht meines Vaters zurück.

Schwester Anna reißt mich aus meinen Gedanken.

«So, Lee, vor der Mittagsruhe versuchen wir, ein wenig aufzustehen. Wenn Sie es auf die Toilette schaffen, können wir Ihnen den Katheter entfernen.»

Ach so ist das. Deshalb das dauernde Rumgemache dort unten. Aufstehen? Viel zu anstrengend. Ich sinke wieder in die Dämmerung zurück. Nicht für lange.

«Lee, wir machen einen Spaziergang», sagt Schwester Anna und drückt mir sanft die Hand. Können die denn einen nicht mal in Ruhe lassen? Nein, können sie nicht. Schwester Anna reißt mir die Decke weg. Die beiden dünnen graubraunen Dinger, die vermutlich meine Beine sind, werden energisch umfasst und über den Bettrand gestemmt. Dies übernimmt eine Schwester, die sich noch nicht vorgestellt hat. Schwester Anna schiebt ihre kleinen Hände unter meine Achseln und stemmt mich hoch. Mir schwindelt. Ich öffne den Mund, um dies mitzuteilen, und dass sie mich gottverdammt wieder hinlegen sollen. Anstelle der Worte sprudelt dünne gelblichweiße Flüssigkeit aus meinem Mund. Die andere Schwester lässt meine Beine fahren. Sie stößt einen Fluch aus und packt die Metallschale, die neben dem Bett steht. Schwester Anna greift sich an den nassen Busen. Ich sinke aufs Bett zurück und fühle mich besser. Beide Schwestern verschwinden. Um mich vom säuerlichen Geschmack in meinem Mund abzulenken, bewege ich meine Finger, balle die Hände zur Faust. Auf, zu. Auf, zu. Auf, zu. Funktioniert bereits ganz gut. Als Schwester Anna zurückkehrt, deute ich auf Block und Stift, die auf dem Nachttisch liegen. Sie reicht sie mir mit einem Lächeln. Ihre Schürze ist neu und trocken.

«Möchten Sie den Mund spülen?» Ein Becher mit Nierenschale schwebt vor meinen Augen.

Gerne. Ich nicke und spüle. Schwester Anna hält die Schale für mich.

«Bitte geben Sie mir meine Jacke», schreibe ich dann und versuche, ebenfalls zu lächeln, als ich ihr den Block in die Hand drücke. Klappt schon ganz leidlich. Ich sehe ihr nach, wie sie zum Schrank geht, ihn öffnet und eine Ewigkeit hineinsieht. Nun soll keiner kommen und sagen, die Jacke sei nicht da. Mein Herz setzt kurz aus. Dann greift Schwester Anna mit beiden Armen in den Schrank, holt meine rotbraune, speckige Wildlederjacke mit den schwärzlichbeigen Strickbündchen heraus und legt sie mir aufs Bett. Ich betrachte sie liebevoll und warte, bis Schwester Anna das Zimmer verlassen hat. Dann greife ich in die linke innere Brusttasche. Er ist noch da. Ich ziehe den Umschlag hervor. Daraus nestle ich den dicken Stapel Flugpost. Das Papier fällt bald in tausend Stücke. Dad, das nennt man Sparen am falschen Ort. So bleibt dein Leben der Nachwelt nicht erhalten.

Der leere Umschlag rutscht und flattert zu Boden. Ich zwinge meine steifen Finger dazu, den Stapel zu halten, ohne dass weitere Blätter fallen.

Liebe Iris
Schreiben bleibt mir noch. Die Stimme ist weg. Du gibst dir solche Mühe, sie wieder zurückzulocken. Ich bin dir sehr dankbar dafür. Ich spüre jedoch, dass sie verloren ist. Salbei und Arnika gehen ungerührt an meiner Kehle vorbei. Die Honigmilch reizt mich zum Husten. Der Kräutertee macht mir den Magen ganz elend. Deine Massagen mit Calendula sind wunderbar. Aber die Stimme ist weg. Es bleibt mir das Schreiben. Wer hätte gedacht, dass der schreibscheue Milton je zum Stift greift, um mehr als Zahlenreihen niederzuschreiben? Das letzte Mal geschah dies vor fünfunddreißig Jahren in São Lazaro. Ich schrieb einen Aufsatz zum Thema: «Was tue ich nach dem letzten Schultag?» Die Worte flossen mir damals nur so aus der Feder, sehr zur Freude von Schwester Joana. Ich erinnere mich an den muffigen Geruch im Schulzimmer, der von der hohen Feuchtigkeit stammte. Die Irmãs dos Carmines, welche die Schule betrieben, fanden es nicht der Mühe wert, das Dach flicken zu lassen. Wasser tropfte von der Decke, wenn es regnete, und ich war froh, dass es nicht mich traf, sondern Gilberto, den Jungen in der zweiten Reihe.

Liebe Iris, ich schweife ab, das ist so bei alternden Männern, sie wollen etwas aus der Vergangenheit erzählen, bleiben an einer Erinnerung hängen, werden vom nächsten Bild, das in ihnen aufsteigt, überflutet, und bereits schwadronieren sie kreuz und quer durch ihr Leben. Also, um es auf den Punkt zu bringen: Mein Bruder will mich töten. Sein ganzes Leben ist darauf ausgerichtet, mich zu töten. Bereits als wir im Bauch meiner Mutter, unserer Mutter lagen, dicht aneinander gedrängt, quälte er mich, wo er nur konnte, schlug mir seine Fäuste in die Rippen, bohrte einen Finger in meine Augen, kniff mich in die Hoden. Gott weiß, wieso ich nicht als zerquetschtes Fleischbündel zur Welt kam, aus dem die geborstenen Knochen stachen. Jedenfalls rutschte ich unverletzt durch den engen Kanal, die Tritte meines

Bruders konnten mir nichts anhaben, und das harte Schambein meiner Mutter wich meinem beachtlichen Kopfumfang. «Hurra!», schrie ich, sobald ich draußen war, und der Schrei gab mir den Atem, in der kalten Luft zu überleben, «ich bin der Erste.» Jetzt, einundfünfzig Jahre später, denke ich, dass an diesem 2. Februar 1945 im Ospedal dos Irmãos Felizes der Mord seinen Anfang nahm. Wäre mir nicht dieser Triumphschrei des Erstgeborenen entwichen. Hätte ich nicht geschrien, wäre alles ganz anders gekommen. Aber ich schrie, und ich setzte nicht mehr aus mit Schreien, neun Monate lang. So lange hatte ich im Bauch meiner Mutter gelitten. Das war abzugelten. Ich war ausgehungert, die Haut schlotterte an meinen zarten Gliedern, an Armen und Beinen legte sie sich in Runzeln, in denen sich Schweiß und Staub zu sabbernden, stinkenden Rinnsalen zusammenfanden. Neun Monate lang ernährte ich mich in Mutters Fruchtwasser von den Abfällen meines Bruders. Ich saugte verzweifelt die Säfte durch meinen Leib, die mein Bruder ausschied, nachdem er sich den fetten Teil vom Mutterkuchen abgeschnitten hatte. Er schlug Purzelbäume, satt und gespannt auf das Schlaraffenland, das ihn draußen empfangen würde. Ich lutschte am Daumen und drückte mich in eine Ecke, um den harten Füßen und Ellenbogen meines Bruders auszuweichen. Er übte die Rolle, als ein sanfter, sich wiederholender Druck begann, mich nach unten zu pressen, und ich packte mein Chance. Als Erster steckte ich den Kopf in die Klemme, und daran zog mich dann Doktor Sousa heraus.

«Milton, mein Milton», jammerte meine Mutter neun Monate lang und wiegte mich ab und zu auf den Armen, meist jedoch schrie ich in der Wiege liegend, während mein Bruder von Arm zu Arm gereicht wurde und zufrieden gluckste, «mein Milton, was ist mit meinem Milton los?»

«Ich habe Hunger», schrie ich, «neun Monate lang habe ich in diesem verdammten Bauch brackiges Wasser gesiebt, um zu überleben, und jetzt habe ich Hunger für drei!»

«Milton», sagte meine Mutter, «jetzt ist Ruhe, sonst bringe ich dich zu Santo Ibe.»

Diese Drohung konnte mich nicht beeindrucken, denn ich kannte Santo Ibe nicht. Ich lernte ihn kennen, als meine Mutter nach neun Monaten und drei Tagen mit den Nerven am Ende war und den Bus nach Sao João nahm. Santo Ibes Haus war etwas baufällig, und man hätte meinen können, hier lebe ein Durchschnittsbürger von Sao João, der zwar einer geregelten Arbeit nachgeht, dem nach Bezahlen von Miete, Reis, Bohnen, Cachaça und der schönen Larissa aber kein Cruzeiro bleibt, den er in einen gelegentlichen Anstrich oder eine Reparatur des zerbrochenen Fensters hätte investieren können. Santo Ibe war kein Durchschnittsbürger. Seine Arbeit bestand darin, gebrochene Herzen und Knochen zu heilen, Lahmen und Verzagten Beine zu machen, knappe Geldquellen ins Fließen zu bringen, verschwundene Mütter an den Herd zurückzuholen und untreuen Ehemännern das Handwerk zu legen. Santo Ibe tat das alles nicht alleine, das hätte seine Kräfte, und die waren, folgt man den Legenden, doch sehr beträchtlich, an ihre Grenzen gebracht. Seine Helfer waren Oliba und Xero, Mandiga und Nuna, Lioxi und Kumba, und das sind nur einige davon. Sie waren die Götter, zu denen Santo Ibe einen guten Draht hatte, und die, wenn ihr ausgebuchter Terminkalender es zuließ, hersausten zu Santo Ibes Haus und Menschen und Dinge wieder ins Lot brachten. Santo Ibe half etwas nach, damit sie ihn und seine Bittsteller schneller fanden. Er schickte den Duft von gebratenem Huhn, gedünsteten Krabben und zartem Kabeljau in die Luft, setzte einen Topf mit Bohnen und Reis auf den Herd und richtete eine Auslage von saftigen Mangos und Melonen. Davon ließen sich Oliba und Xero, Mandiga und Nuna locken. Lioxi und Kumba bevorzugten Früchte aus dem Wald, fette Kräutersuppen und Hammelkeulen. Natürlich durfte Musik nicht fehlen, und so fanden sich in Santo Ibes Haus regelmäßig Nachbarn und Freunde ein, welche hingebungsvoll die Trommeln schlugen, die im großen, hellblau gestrichenen Raum reihum standen. Auch bei der musikalischen Unterhaltung schienen die Götter ihre Präferenzen zu haben. Oliba und Xero liebten die harten, schnellen Klänge. Mandinga bevorzugte es dumpf und arhythmisch, während die Trommel zu Ehren von Kumba langsam und eintönig stampfte.

Als meine erschöpfte Mutter mich in meinem klapprigen Babywagen – derjenige mit der intakten Federung war an meinen Bruder gegangen –, als sie mich also an jenem Samstagmorgen die Via Liana hinaufstieß, drangen die Trommelklänge von weitem an mein Ohr. Ich hielt überrascht mit Schreien inne. Xero, fuhr es mir durch den Kopf, sie bringt mich zu Xero. Der mächtige Xero soll mich zum Verstummen bringen. Das sollte ihm nicht gelingen, und mein Beschluss stand um so fester, als das verblüffte Gesicht meiner Mutter zu mir in den Wagen schaute. Sie lächelte und sagte: «Na, Milton, das mit Santo Ibe war doch eine gute Idee, nicht wahr?»

Als meine Mutter und ich in den Raum mit den hellblauen Wänden traten – ich blieb weiterhin ruhig und durfte auf ihrem Arm sitzen –, zuckte ich vor den ohrenbetäubenden Klängen zurück. Fünf Männer, junge und alte, berarbeiteten ihre Trommeln derart intensiv, dass der Boden vibrierte. Der Schweiß floss ihnen in Strömen über Gesicht und Brust. Mit kehligen Stimmen sangen sie ein Lied. «Xero, o ida, o ima, ne ne, okere», und wieder von vorne, Xero, o ida, o ima, ne ne, okere, Xero, o ida, o ima, ne ne, okere, Xero, o ida, o ima, ne ne, okere. Zum Gesang wiegten sich vier Frauen in gemächlichem Tanz, zwei Schritte vor, einer zurück, zwei Schritte vor, einer zurück, zwei zur Seite, barfuß, den Oberkörper nach vorne, die bunten Schürzenkleider feucht, eine junge

Schöne, zwei oder drei runzlig und sehnig, zwei Schritte vor, einer zurück. Reihum im Raum standen und saßen ein paar Männer und Frauen, wippend und singend auch sie, Xero, o ida, o ima, ne ne, okere, Xero, o ida, o ima, ne ne, okere. Sie singen für Xero, dachte ich, nachdem meine Ohren, die ein wenig litten, obwohl sie längst abgehärtet sein müssten, war doch das Lästige an den vergangenen neun Monaten, dass ich durch mein Geschrei ebenfalls in Mitleidenschaft gezogen wurde, nachdem also meine Ohren sich ein wenig an die Lautstärke gewöhnt hatten, dachte ich: Sie meinen, sie können den mächtigen Xero mit einem angekohlten Huhn hierherlocken, damit er ihre Unzulänglichkeiten ausbügle. Sie denken, ein wenig Trommelwirbel reiche aus, um den Gott über Feuer und Frieden in dieses armselige Nest Sao João zu locken. Kein noch so hingebungsvoll getanzter Tanz vermag Xero dazu zu bringen, seine Geschäfte liegen zu lassen, damit er Ehemännern Dampf macht und Familienzwiste glättet.

Dann sah ich Santo Ibe, der unbewegt in einer Ecke saß und dem Treiben zuschaute. Er war alt, uralt für meine damaligen Begriffe, wahrscheinlich etwa im selben Alter, wie ich es jetzt bin, und ganz in Weiß gekleidet. Seine Füße waren nackt. Als er meine Mutter erblickte, ich nahm an, sein aufblitzender Blick galt ihrer drallen, gerade zweiunddreißig Jahre alt gewordenen Schönheit, und weniger mir, dem dürren Bündel auf ihrem Arm, erhob er sich und kam mit erstaunlich jungenhaftem Gang auf uns zu. Meine Mutter und ich hatten jedoch keine Gelegenheit, ihn kennen zu lernen. Ein paar Schritte vor uns brach er zusammen. Meine Mutter, die immer noch ihren freien Arm ausgestreckt hielt, um ihm die Hand zu reichen, stieß einen gellenden Schrei aus. Die Trommeln verstummten, ebenso der Gesang. Die Tanzenden hielten im Schritt inne. Meine Mutter setzte mich auf den Boden und stürzte zu Santo Ibe. Sie packte ihn an den Schultern, schüttelte ihn und schrie: «Santo Ibe, wach auf, Santo Ibe, ich bin's,

Claudia. Santo Ibe, wach auf.» Unterdessen befreiten sich die Umstehenden aus ihrer Starre und eilten dem Mann zu Hilfe. Unter sanftem Zureden lösten sie Mutters Hände von seinen Schultern, setzten die Frau auf einen Stuhl und machten sich daran, Ibe zu untersuchen. Alle tasteten an ihm herum, alle redeten gleichzeitig und gestikulierten wild mit ihren Händen. Mich beachtete keiner. Ich schnupperte kurz und machte mich auf den Weg in Richtung der fein hergerichteten Tafel, die mir bereits beim Eintreten ins Auge gestochen war. Beim Anblick der liebevoll arrangierten Speisen und den Verzierungen aus Bananenblättern und Malvenblüten durchzuckte mich ein leiser Zweifel, ob sich die göttlichen Boten nicht doch von solch herrlichen irdischen Genüssen locken ließen, einen Hausbesuch zu machen bei Santo Ibe. Santo Ibe. Ihn hatte ich beinahe vergessen. Während ich die weichsten Huhnstückchen aus dem knusprigen Schenkel rupfte und mit meinen paar Zähnen mümmelte, knetete ich mit der andern Hand Reis- und Bohnen-Kügelchen. Diese Tätigkeit und die butterzarten Mangostückchen, die ich zwischendurch in mich hineinschaufelte, ließen mich wohlig schaudern. Zur Abwechslung labte ich mich an den zarten Krevetten, die in einer herrlich sahnigen Kokossoße schwammen. Eine Wonne durchfloss mich, wie ich es noch nie erlebt hatte. Unterdessen starb Santo Ibe, falls er nicht bereits tot umfiel, als er die ersten Schritte auf meine Mutter zu machte. Diese Frage erhob sich zum Streitpunkt, über den die Männer lautstark zu debattieren begannen, während die Frauen in schmerzvolles Klagen ausbrachen. Die Tänzerinnen umringten den toten Santo Ibe, der auf einen eiligst abgeräumten Tisch gebettet worden war. Dort hatte ihn der herbeigeholte Arzt untersucht und nur noch seinen Tod feststellen können. Alle Frauen verwarfen die Hände und klagten lautstark, außer meine Mutter, die immer noch auf dem Stuhl saß, auf dem sie platziert worden war, und dumpf vor sich hin starrte. Sie tat mir leid. Ich stopfte eine letzte Bohnen-Reis-Kugel in den Mund, ließ mich auf alle viere nieder und kroch zu ihr zurück. Als ich mich an ihrem Knie aufrichtete, erwachte sie aus ihrer Starre, klapste mir eins auf meine Hände und rief: «Du unartiges Kind, lass gefälligst deine Fettfinger von meinem frischen Kleid … woher hast du?»

In dem Moment, als sie sich umwenden wollte, um die Ursache meiner fetttriefenden Unterarme zu suchen, fuhr es in mich. Eine Art Blitz durchzuckte mich, eine Kraft, die mich schüttelte wie einen Hampelmann, ich ließ die Knie meiner Mutter los, stand mit neun Monaten und drei Tagen alleine und aufrecht, und ich tanzte, zwei Schritte vor, einen zurück, zwei Schritte vor, einen zurück. Ich tanzte immer schneller, die Beine bewegten sich ohne mein Zutun, mein dünnes Brüstchen beugte sich rhythmisch vor und zurück, die Arme gingen mit, ganz locker und weich, links, rechts, zwei vor, einer zurück, links, rechts, dann rundum, rundum, rundum. Ich trug nichts zu den Bewegungen bei, eine ferne Kraft steuerte Arme und Beine, und ich fühlte mich leicht, hell und stark, bis ich fiel. Der Sturz tat nicht weh, ich lag kurz auf dem hellen Betonboden, der meine erhitzten Glieder angenehm kühlte. Das Gefühl einer inneren Helligkeit hielt an, und leichter Schwindel erfasste mich, als ich mich auf meinen Hintern setzte. Es war totenstill. Die Männer und Frauen hatten sich von Santo Ibe abgewandt und starrten mit offenen Mündern. Ich starrte zurück und dachte: Was habt ihr denn bloß? Man wird ja wohl noch essen und tanzen dürfen?

Ich kann nicht abschätzen, was meine Mutter mehr erschreckt hatte. Ihre große Hoffnung Santo Ibe, der, kaum streckte sie ihren Arm nach ihm aus, tot umfiel, oder die Tatsache, dass sie einen Sohn ausgetragen hatte, dessen Leib den Teufel beherbergte, oder zumindest seinen Gehilfen. So jedenfalls erzählte sie es meinem Vater, nachdem wir an jenem denkwürdigen Tag an die Via Preta in Santa Ana zurückgekehrt waren. Wir waren dort die glücklichen Bewohner eines schmalen Hauses, das zwar bereits bessere Zeiten erlebt hatte, sich aber bei weitem von dem abhob, was im Übrigen in diesem Stadtteil an Häusern zu erwerben war. Die schäbige Fassade ließ kaum ahnen, welch schmucke Räume sich dahinter verbargen, üppig ausgestattet dank dem Einkommen eines Hausherrn, der versuchte, seine bäuerlichen Wurzeln in der Ebene von Terra Malindra mit Kommoden aus Palisander und Polstern aus indischer Büffelhaut zu verbergen. Tatkräftig unterstützt wurde er von meiner Mutter, einer ehemaligen Wäscherin, deren Putzsucht nur daher rühren konnte, dass sie es schwer ertrug, nicht mehr Berge von schmierigen Laken in weiße, nach Kokosseife und Javelwasser duftende Stapel zu verwandeln, und sich damit begnügen musste, ihren Parkettboden samtweich zu polieren, so, dass sämtliche Mitglieder der Sippe sich bei einem Sturz früher oder später entweder eine Prellung oder zumindest blaue Flecken zuzogen.

Die Putzsucht ließ sich aber durchaus auch auf ihren eigenen Körper beziehen. Ein Zimmer in unserem schmalen Haus an der Via Preta war ausschließlich dazu da, Truhen, Gestelle und Schränke meiner Mutter zu fassen, und diese wiederum enthielten Schätze, die ich in köstlichen Stunden, an denen meine Eltern mich alleine im Haus zurückließen, aus ihren dunklen Tiefen ans Licht holte. Dann drehte und wendete ich mich in zarten Spitzen vor dem großen Spiegel, mühte mich mit Kämmen ab, die ich im Dutzend in meinen krausen Haarschopf zu klemmen suchte, und fühlte mich im siebten Himmel, sobald mir der Geruch des Puders, den ich mit Mutters Quasten überall auf meinem Körper verteilte, sanft in die Nase stieg.

Dies fand jedoch ein paar Jahre nach jenem denkwürdigen Tag statt, an dem meine Mutter zu meinem Vater, der soeben an einem Hühnerbein nagte, sagte:

«Dein Sohn Milton ist vom Teufel besessen, Beto. Und ich habe nicht die Absicht, dem Treiben lange zuzuschauen.»

Mein Vater hob die Brauen, kaute genüsslich und fragte: «Wie zeigt sich der Teufel, Claudia?»

«Er ließ heute morgen Santo Ibe sterben. Tot umfallen. Willst du wissen, warum Santo Ibe starb? Niemand weiß es. Aber so viel ist klar: Sobald Santo Ibe deinem Sohn Milton in die Augen schaute, fiel er und war tot. Bei allen Heiligen, das musst du dir einmal vorstellen.» Sie japste nach Luft. Vater legte das Hühnerbein auf den Teller und legte beschwichtigend seine Hand auf ihren Arm. Mutter schüttelte sie unwirsch ab.

«Wenn das alles wäre. Während sich alle um Santo Ibe kümmern, kriecht dieses Kind mir nichts, dir nichts zum Gabentisch der Heiligen und frisst, ja frisst, man kann es nicht anders sagen, den halben Tisch leer.»

«Er hatte wohl Hunger», brummte mein Vater und nahm das Hühnerbein wieder auf.

«Hunger?», kreischte meine Mutter, «Hunger nennst du das? Das war ein Angriff auf die Heiligen und ihre Geschenke. Mein Kind kriegt zu Hause genug zu essen, es braucht sich nicht an Göttergaben zu vergreifen.»

«Göttergaben», schnaubte mein Vater und blickte kurz vom Knochen auf, «und woher soll ein Säugling das wissen?»

«‹Ein Säugling›», äffte meine Mutter seine Aussprache nach, so wie sie klingt, wenn zartes Hühnerfleisch zwischen den Zähnen steckt, «und wie kommt ein Säugling dazu, Hammmelkeulen, Huhn an Pimenta und frittierte Krevetten zu essen, he?»

Das war nun reichlich übertrieben, fand ich, mischte mich aber nicht ein und mümmelte meinen Brei. Mein Vater schwieg. Er widmete sich Huhn, Kartoffeln und Bohnen, während meine Mutter ihm des Langen und Breiten von meinem kleinen Tanz erzählte, von der «Vorführung eines Besessenen», wie sie es nannte, der «Manifestation des Leibhaftigen», oder, wie sie nach mehrfachen Spekulationen hoffnungsvoll abschwächte, «zumindest seines Gehilfen».

«Die ganze Versammlung war schockiert», jammerte sie, «und behandelte mich beim Abschied wie eine Verbrecherin.»

Mein Vater sagte: «Und wenn es Xero war?»

Meiner Mutter blieb eine Sekunde der Mund offen. «Xero?», ächzte sie. «Wie in Gottes Namen ...?» Weiter kam sie nicht. Sie blickte meinen Vater entgeistert an. Dann schüttelte sie entschieden den Kopf.

«Beto, du bist ein guter Mann, und ich liebe dich weiß Gott von Herzen. Aber bei aller Achtung: Jetzt bist du übergeschnappt. Wie soll Xero bei einem Säugling von neun Monaten und drei Tagen ...?»

Sie versank in Gedanken und schüttelte wieder heftig den Kopf. «Niemals ist das je vorgekommen, niemals», sagte sie energisch, hielt kurz inne und schüttelte wieder den Kopf. «Nein, niemals. Wie kannst du dir so etwas überhaupt denken?»

Sie blickte plötzlich argwöhnisch und senkte die Stimme. «Hat ER dir das etwa eingeflüstert? Bist du etwa auch ...?» Mit großen Augen starrte sie meinen Vater an. Dieser nahm meine kleine breiverschmierte Hand in die seine und sagte, an meine Mutter gewandt: «Wusstest du nicht, dass du den Leibhaftigen beherbergst, in Gestalt deines schönen Mannes und seines niedlichen Sohnes, in unserem friedlichen Heim an der Via Preta, Pretaaa!!!»

Und er fletschte die Zähne und beugte sich knurrend zu meiner Mutter, deren entsetzter Blick langsam einem ungläubigen Lächeln wich, das sich dann in erleichtertem Lachen auflöste, während sie ihm einen Klaps gab und am ergrauenden Backenbart zupfte.

Es blieb in diesem Moment unklar, wie tief sich ihre Angst vor dem Teufel, der in ihren Jungen gefahren war, bereits eingefressen hatte. Jedenfalls wurde ich von diesem Tag an unter spezielle Beobachtung gestellt. Und wer eignete sich am besten dafür? Du ahnst es bereits, meine liebe Iris. Es war mein Bruder Moses. Natürlich musste er zuerst in seine Aufgabe hineinwachsen, einem Neunmonatigen war das noch nicht voll zuzutrauen. Meine Mutter war eine geduldige Lehrmeisterin. Sie sorgte dafür, dass Moses nicht mehr von meiner Seite wich. Tat er es trotzdem, trug sie ihn zu mir zurück, setzte ihn neben mich und sagte:

«Moses, du hast zwei Möglichkeiten: Entweder du bleibst schön neben deinem Bruder Milton und schaust, dass er keine Dummheiten macht, oder du kriegst heute Abend keinen Suco de mango.»

Oder sie sagte: «Moses, dein Bruder braucht jetzt deine Unterstützung. Trag Sorge zu ihm und lass ihn keine Sekunde allein, sonst bringe ich dich für ein Schläfchen ins Bett.»

Da mein Bruder Mangosaft über alles liebte und es hasste, schlafen zu müssen, selbst nach einem langen und ereignisreichen Tag, war meiner Mutter der Erfolg sicher. Moses wurde mein Begleiter. Er kam mit auf meine Entdeckungsreisen im Garten. Fand ich einen Wurm, zermalmte er ihn zwischen Steinen, untersuchte ich ein Schneckenhaus, presste er mir die Hand zur Faust, bis es barst, pflückte ich mir Johannisbeeren vom Strauch, riss er sie mir weg und stopfte sie in seinen unersättlichen Mund.

Moses wurde mein Bewacher. Stand ich mit Lily von nebenan am Zaun, kniff er sie in den Arm, streichelte ich unsere Katze Kiri, bewarf er sie mit Steinen. Er aß meinen Teller leer, bevor mein Magen halb voll war, er strich mir die Butter vom Brot und den Honig. Moses riss meinem Bären, den ich von Tia Laura erhalten hatte, den Kopf ab und verteilte die Wolle, die sein weiches Bäuchlein ausfüllte, unter meiner Federdecke. Moses fand jedes Versteck. Erdnussbonbons verschwanden in seinem Mund, bevor ich sie seinen schmierigen Fingern entreißen konnte. Moses spielte mit mir Fußball, bis ich röchelnd im Gras lag. Dann entschwand er mit dem Ball. Moses kritzelte in meine Bücher. Moses lag wach, damit er meine Träume hörte.

Moses wurde Berichterstatter. «Milton untersucht Ameisen. Milton raucht Muskat. Milton trödelt auf dem Schulweg. Milton kennt Lucio. Milton schwänzt.»

Moses wusste alles über mich. Detailgenau schilderte er täglich meiner Mutter, wie ich in den letzten acht Stunden meine Zeit vertan hatte. Die beiden trafen sich zu geheimen Zusammenkünften in Mutters Ankleidezimmer. Ich ließ es mir nicht nehmen, mich ab und zu im Schrank zu verstecken und ihr Gespräch zu belauschen. Um nicht zwischen den parfümierten Kostümen meiner Mutter in Ohnmacht zu fallen, ließ ich die Türe ein wenig offen stehen. Durch diesen Spalt sah ich den lächerlichen Scheitel, den Mutter täglich in Moses' kurzgeschnittenes Haar zwang, damit er aussah wie die bleichen Jungen in ihren amerikanischen Modezeitschriften. Ich beobachtete den Scheitel, der auf und ab hüpfte, während Moses eifrig die Geschehnisse des Tages meiner Mutter rapportierte, und beschloss, mein Haar bis auf den Boden wachsen zu lassen. Wie ich da hockte und Moses' Berichten zuhörte, schien mir mein Leben öde und lapidar. So wie die täglichen Ereignisse von meinem Bruder heruntergespult wurden, verloren sie jede Wichtigkeit und Aufregung. Nichts aus diesem Strom von Tätigkeiten, freudigen Ereignissen und Widrigkeiten ging über schlichte Bewältigung von Alltag hinaus, nichts war abenteuerlich, ungewöhnlich oder wies in eine erfolgreiche Zukunft. Mein Herz wurde schwer im Dunkel des Schrankes. Trotzdem hielt mich die Traurigkeit nicht davon ab, eine Woche später wiederum zwischen Mutters Kleidern zu wachen, um mein Leben an mir vorüberziehen zu sehen.

Meine Mutter war eine ungeduldige Zuhörerin. Sie trieb meinen Bruder ständig an, stoppte allzu langfädige Erzählungen mit einem scharfen «Komm jetzt endlich zum entscheidenden Punkt!». Der «entscheidende Punkt» war für sie einzig und allein die Frage, ob etwas an meinem Verhalten ihren Verdacht nährte, ich sei vom Teufel besessen. Sie jagte meinen Bruder durch seinen Rapport, stellte hier eine Frage, ließ sich da eine Stelle wiederholen, stutzte allenfalls und winkte ab, wenn es zu ausführlich wurde. Mir gegenüber gab sie sich später redlich Mühe, so zu tun, als hätte sie aus eigenem Bemühen die neuste Untat erfahren, die sie dann wortreich tadelte. Ich gab vor, mir ihre Ermahnungen anzuhören, worauf sie meine Versprechen zur Besserung huldvoll entgegennahm. Meine Mutter war so erleichtert, keinen Teufel in ihrem Haus zu finden, sondern einfach einen Heranwachsenden mit der üblichen Neugier aufs Leben, dass ich jeweils glimpflich davonkam. Es gab keinen Verdacht, der sie beunruhigen musste, es gab keinen «entscheidenden Punkt» bis zu dem Tag, an dem meine Tante ihren Geburtstag feierte.

Es war ein wunderschöner Tag im Oktober. Meine Tante Laura hatte zum fünfzigsten Geburtstag auf die Fazenda geladen, und alle waren gekommen. Die Fazenda gehörte den Eltern meines Vaters, Anda und Franco Gustavo Ribeiro. Sie hatten es im Laufe der Jahrzehnte geschafft, sich endgültig von der Sklaverei ihrer Vorfahren zu befreien, indem sie sogar das Joch der Pacht abschüttelten und selbst Farmbesitzer wurden. Felder voller Kakao und Bananen und ein stattliches Wohnhaus zeugten von ihrer Kraft und ihrem Ehrgeiz, die langjährigen Beherrscher, die längst in Dekadenz und Alkohol versunken waren und unter der Erde lagen, an Leistung zu überbieten. In riesigen Stallungen hielten sie ihre Pferde, Pferde übrigens, über die man munkelte, sie würden von Großvater mit geweihtem Rosenöl eingerieben, damit sie nicht nur ihren Glanz steigerten, sondern auch die Kraft von Jamà in sich banden. Ihre Nahrung bestand jedenfalls aus einer reichhaltigen Auswahl von bestem Getreide und handverlesenen

Kakaobohnen, die ihnen Großvater jeweils mit zärtlichem Geflüster an die gierigen Mäuler hielt. Nicht nur die Pferde lebten in Luxus, meine Großeltern gestanden auch ihren Angestellten ein Leben in Würde zu. Es bestand zugegebenermaßen aus Arbeit, und zwar von morgens fünf bis abends acht Uhr. Ruhepausen hingegen waren kein Fremdwort, und die Angestellten durften dreimal täglich in der behäbigen Küche meiner Großmutter eine großzügige Mahlzeit zu sich nehmen, betreut von der dicken Köchin Lina. Die Fähigen unter ihnen wurden zu Rate gezogen, wenn die Kuh nicht kalben wollte und die Kakaoblätter sich zur Unzeit braun färbten. Dies alles geschah sehr zum Ärger meines Vaters, der sich alle paar Monate über die nachlässige Haltung seiner Eltern beklagte. Er schwor bei allen Heiligen, dass Anda und Franco den Tag bereuen würden, an dem sie sich die Flausen in den Kopf gesetzt hatten, auf ihrem Hof «den Stab der Gutmütigen» walten zu lassen. Er schilderte uns dann in den kräftigsten Farben eine Meuterei, die sämtliche Piraten der Südsee und Karibik als Weicheier aussehen ließ. Meine Mutter lachte jeweils, während sie ihn auf den Rücken tätschelte und sagte:

«Mein lieber Beto, welch herrliche Geschichten du erzählen kannst! Mir scheint beinahe, du bringst mehr Talent für ein Dichterdasein als für deine Aufgabe als Fabrikdirektor mit, wo du dich mit bockigen Arbeitern herumschlagen musst.»

Diese Aussage brachte ihr einen bösen Blick meines Vaters ein, der sie verstummen ließ.

Vaters Geschichten von blutrünstigen Aufständischen gingen mir manchmal durch den Kopf, wenn ich mit Jose, dem Stallmeister, im Stroh saß und aufmerksam zuhörte, wie er die verschiedenen Charaktereigenschaften der Pferde beschrieb. Jose schien ein Pferd in Menschengestalt zu sein, so sehr verstand er ihre Sprache und Bewegungen. Geradezu unheimlich war, wie er die Krankheiten der Pferde auf sich übertrug. Plagten den Hengst

Atger Darmkrämpfe, die sich in dampfenden Rinnsalen äußerten, welche scheinbar endlos aus ihm strömten, dauerte es keinen Tag, bis Joses Därme sich wanden. Sie taten das in einer solchen Heftigkeit, dass der Stallmeister mit schmerzverzerrtem Gesicht in die Hocke ging, bevor er den Kessel packte, den er für alle Fälle bei sich hatte, und damit hinter einen Strohballen verschwand. Auch Lydias Augenleiden ging nicht an Jose vorbei. Ihre dicken Pferdetränen, die von eiterverklebten Lidern tropften, rührten Jose so sehr, dass er Lydias Augen stündlich mit Kamille betupfte. Was immer diese Tränen enthielten, wie immer sie sich bei Jose einnisteten, sie verwandelten den stolzen Stallmeister zwischenzeitlich in einen Halbblinden, der sich beim Ausmisten der Pferdeboxen Kopf und Ellenbogen wund stieß. Was dem Pferdenarren Leid zufügte, bereitete mir Freude, denn einzig wenn solche und andere Unannehmlichkeiten ihn daran hinderten, seinen gewohnten Arbeitsmarathon zu leisten, erhielt ich die Chance, mich sinnvoll im Stall zu betätigen. Dann ließ mich Jose mit der großen Mistgabel hantieren und die Pissrinne ausspritzen. Konzentriert und glücklich verrichtete ich meine Arbeit, überwacht von Joses besorgtem Blick, geleitet von seinen sorgfältigen Anweisungen. Wenn er bei guter Gesundheit war, gab es anderweitig Vorteile. Dann erzählte er mir aus dem Leben von Lydia und Atger, von Maya, Flora und allen andern, während er resolut Hufe auskratzte und Pferderücken samtweich striegelte.

So sehr ich Jose verehrte und den dumpfen Geruch der Stallungen liebte, der begehrteste Ort auf der Fazenda meiner Großeltern war der Garten. Er umfasste die Größe von zwei Fußballfeldern. Ich liebte diesen Garten, er schien mir ein Paradies zu sein mit seinen verschlungenen Pfaden, dem üppigen Gewucher von Trompetenblumen und Hibiskussträuchern, von Jasmin und Glockenblumen. Im Teich tummelten sich bunte Fische, golden schien die Sonne durch das dichte Geäst der Mangobäume, während hunderte von Schmetterlingen über die Gräser gaukelten. Wenn ich bei meinen Großeltern zu Besuch war, was leider viel zu wenig der Fall war, weil die Farm ein paar hundert Kilometer nördlich von Santa Ana lag und meine Mutter sich weigerte, ohne ihren Mann hinzufahren, wenn ich also auf der Farm zu Besuch war, lungerte ich tagelang in dieser Wildnis herum. Da wollten Schmetterlinge gefangen und Fische gefüttert, Bäume erklettert und Wolken betrachtet werden. Meine Großmutter Anda ließ mir alle Freiheiten, solange ich zu den Mahlzeiten pünktlich im Haus auftauchte.

Das Allerschönste aber an der Fazenda war, dass Moses sie hasste wie die Pest. Standhaft weigerte er sich, auch nur einen Tag fernab von Santa Ana zu verbringen. Meine Mutter wagte nur einen einzigen Versuch, ihn in der Obhut ihrer Schwiegereltern zu lassen. Da war Moses drei Jahre alt. Er schrie während zweier Tage und kotzte über Großmutters Gobelin, den er in einem dumpfen Wutanfall von der Wand gerissen hatte. Als ob er endgültig sichergehen wollte, dass er in diesem Haus nicht mehr willkommen sei, zerpflückte er Großvaters delikate Tabakpflanzen, die dieser ausschließlich für seinen Gebrauch und denjenigen von auserwählten Freunden kultivierte. Moses streute die grünen Blätter auf die Weide von Maya, und er tat dies mit der ihm eigenen Gründlichkeit, ohne einen Quadratmeter auszulassen. Maya war Großvaters Lieblingsstute und liebte frisches Grün. Sie ließ sich nicht zweimal bitten. Als Großvater bei seiner Rückkehr aus São Lazaro merkwürdige Geräusche im Stall auffielen, war Mayas Zeit bereits abgelaufen. Sie schäumte vor dem Mund, und mein Großvater und Jose versuchten verzweifelt, der Stute ein Gegengift einzuflößen. Nachdem sie stundenlang Blut gekotzt und sich in ihrer Scheiße gewunden hatte, ohne auf die Beine zu kommen, entschloss sich mein Großvater schweren Herzens, sie zu erschießen. Meine Großmutter rief meine Mutter an und sagte:

«Entweder du entfernst Moses bis morgen früh aus dem Blick von Franco, oder dein Sohn lernt, wie es ist, neben einem toten Pferd zu schlafen.»

Noch am selben Abend rettete meine Mutter ihren Sohn vor der Rache ihres Schwiegervaters. Moses blieb der Fazenda für die nächsten neun Jahre fern, und ich nutzte jede Gelegenheit, ihm zu entrinnen, indem ich Vater überredete, mich auf seine regelmäßigen Fahrten nach São Lazaro mitzunehmen.

An diesem schönen Tag im Jahre 1957, an dem wir Tia Lauras fünfzigsten Geburtstag feierten, kehrte also Moses das erste Mal auf die Fazenda zurück. Der Reise war eine heftige Auseinandersetzung zwischen Vater und Mutter vorangegangen, in der Mutter sich weigerte, der Forderung ihres Ehemannes nachzukommen und Moses zum Besuch auf der Fazenda zu zwingen. Sie endete damit, dass Vater den wild um sich schlagenden Moses packte und zum Auto schleppte. Während der Fahrt beobachtete ich meinen Bruder. Wir waren zwölf Jahre alt und unterschieden uns äußerlich kaum, abgesehen von der Haartracht, die es Außenstehenden ermöglichte, uns beim richtigen Namen zu nennen. Moses folgte dem Modediktat seiner Mutter, die seine Haare kurz scheren und den Scheitel, der sich sämtlichen bändigenden Versuchen immer wieder entzog, als schmale Linie einrasieren ließ. Meinerseits schaffte ich es bisher, mich dem Einfluss meiner Mutter erfolgreich zu widersetzen. Meine Haare waren lang, wild und kraus, und da sich in den Augen meiner Mutter der Teufel in all den vergangenen Jahren von mir ferngehalten hatte, setzte sie nicht allzu viel Energie ein, ein artig frisiertes Kind aus mir zu machen. Moses war ihr Beweis genug, dass sie eine Frau mit Prinzipien war.

Zu Tia Lauras Geburtstagsfest auf der Fazenda empfing uns die johlende Familie meines Vaters. Alle waren sie da. Alle außer Tia Lauras Ehemann, der vor ein paar Tagen mit der drahtigen Ehefrau des Bäckers von São Lazaro durchgebrannt war.

«Er hat sich eine spezielle Geburtstagsüberraschung ausgedacht», sagte Tia Laura und lachte rau, «besondere Feinfühligkeit zeichnete ihn immer schon aus. Der Teufel soll ihn holen.» Sie schenkte sich ein zweites Glas Cachaça ein und wandte sich wieder meinem Vater zu. «Er war sowieso ein Taugenichts, stimmt's, Beto?»

Sie stieß meinen Vater in die Rippen, der sich verschluckte und eine Fontäne von dunkelrotem klebrigen Zeug über Miranda ergoss. Miranda war meines Vaters jüngere Schwester, die zwar um einiges hübscher war als Laura und besser roch, in deren stummen Gegenwart ich jedoch immer eine leise Beklemmung verspürte. Miranda hüllte sich wie gewohnt in einen weißen Spitzenschal, den sie jetzt mit einem Entsetzensschrei von sich warf. Er fiel ihrem Mann vor die Füße, Luis, einem behäbigen Kaufmann, der es mit dem Handel von Alteisen zu beachtlichem Erfolg gebracht hatte, in den Augen seiner Frau jedoch der Junge blieb, den sie aus der Gosse von Sandormio gezogen hatte. Wann immer ich die beiden an einer Familienfeier traf, maßregelte sie ihn, sei es, weil er vergaß, sich beim Essen das Fett vom Kinn zu wischen, sei es, weil er Wörter in den Mund nahm, die sie ihr Spitzentuch enger um sich ziehen ließen. Als Luis nun den Schal seiner Frau mit spitzen Fingern aufhob und lange kopfschüttelnd betrachtete, verspürte ich den Hauch einer Ahnung davon, dass uns ein außergewöhnlicher Nachmittag bevorstand. Luis vermied nämlich in allen bisherigen Situationen peinlichst, in irgendeiner Weise aufzufallen. Sobald seine Frau jeweils Luft holte, um ihn mit scharfer Stimme auf seine schmutzigen Fingernägel oder ein schmatzendes Geräusch hinzuweisen, das ihm kauend entwichen war, sank er im Stuhl ein Stück tiefer. Stumm nahm er die Kritik entgegen, nickend, während er reihum entschuldigend in die Gesichter blickte, die sich erwartungsvoll ihm zuwandten, die Männer froh, momentan nicht selbst Zielscheibe ihrer gehässigen Gattinnen zu sein, die Frauen dankbar, einen patenteren Mann als diesen Trottel Luis geangelt zu haben. Nie habe ich Luis den Tiraden seiner Ehefrau etwas entgegnen hören. Als Luis nun den Schal mit spitzen Fingern aufhob und lange kopfschüttelnd betrachtete, stutzte ich, ebenso mein Vater, der sich von seinem Hustenanfall wieder erholt und Großvater in eine Debatte über die Entwicklung des Kakaopreises seit dem Regierungswechsel verwickelt hatte. Vater unterbrach und blickte zu Luis, Großvater folgte seinem Blick.

«Miranda», sagte Luis laut, worauf die ganze Runde verstummte, selbst die drei ewig kichernden pickligen Töchter Selina, Selma und Silvia, die mit offenen Mündern zu ihrem Vater starrten, «Miranda, kann es sein, dass dieser eklige, klebrige, befleckte Schal dir gehört?»

Allen stockte der Atem, während sie ihre Köpfe zur Angesprochenen drehten. Mirandas Gesicht verfärbte sich tiefrot. Sie blickte mit weit aufgerissenen Augen zu ihrem Mann, dann zu uns. Wir starrten zurück. Luis schnupperte unterdessen demonstrativ am Schal.

«Wie fein er riecht ... ich rieche Artischockensaft und Rum ... exzellent, viel besser als der tägliche Geruch von heißem Eisen, der meine zarten Schleimhäute quält.»

Er vergrub die Nase in die rot verfärbten Spitzenbordüren und atmete tief ein.

«Mmmh, welch feiner Duft steigt mir denn noch in die Nase? Kann es sein, dass du ...?»

Luis schwang das Tuch zwischen seine Beine, fasste es mit einer Hand hinten, mit der anderen vorne und begann, den Schal in seinem Schritt hin- und herzuziehen, begleitet von leisem, aber nachdrücklich laszivem Stöhnen. Miranda saß weiterhin fassungslos auf ihrem Stuhl. Sie war unfähig, dem erniedrigenden Spektakel ein Ende zu machen, und wenn irgendjemand aus dem

Publikum dies gekonnt hätte, so verbarg er es gut. Keiner tat einen Schritt, niemand störte die gebannte Stille. Luis führte den Schal nun an seine Lippen, tastete mit der Zunge einen der roten Flecken ab.

«Mmmh, köstlicher Geschmack, er labt meine Zunge ... herrlich, so viel wohltuender als der Eisenstaub, der täglich meine Zunge ätzt. Möchtest du auch ein wenig daran lecken?»

Luis machte einen Schritt auf Miranda zu. Diese erwachte aus ihrer Erstarrung. Sie fuhr mit einem kleinen Schrei in die Höhe, riss ihrem Mann den Schal aus der Hand und rannte quer über die Wiese zum Haus. Wenig später hörte man den Motor von Luis' Chevrolet aufheulen. Luis stand mit hängenden Armen und gesenktem Blick, als wäre er soeben zu einem Jahr Wasser und Brot verurteilt worden.

«Luis», sagte meine Mutter, «sie wird wieder kommen.»

Luis schaute sie an und zuckte die Schultern, ganz langsam und vorsichtig, als müsse er darauf achten, dass sie bei dieser Bewegung auch wirklich fest verankert blieben.

Lina befreite ihn von seinen starrenden Verwandten, indem sie zum Essen rief. Sie hatte auf der vorderen Veranda mit Hilfe ihrer Küchenbrigade eine riesige Tafel aufgebaut. Die Tische bogen sich unter der Last von fetten Truthähnen und Hühnern, Schüsseln mit Reis und Bohnen, Mais und Pimenta dampften vor sich hin, daneben breiteten sich Krevetten in Kokossoße und gebratene Meerforellen im Kräuterbett aus. Alle fielen über das Essen her, stumm zuerst, immer wieder Seitenblicke auf Luis werfend, der seelenruhig Hühnerbeine und Krevetten auf seinen Reisberg häufte. Nachdem alle Platz genommen hatten und mit Wein versorgt waren, entspannte sich die Runde. Großvater und Vater setzten ihre Spekulationen zum Preiszerfall fort, Tia Laura verwickelte Mutter in ein Gespräch über die sinnvolle Anwendung von Salzbädern, Selina, Selma und Silvia frotzelten mit meinem Bruder über Linas Tochter Rita, die soeben neue Schüsseln auftischte. Moses fühlte sich in ihrer Runde sichtlich wohl, und das verbissene Gesicht, das er während der Fahrt auf die Fazenda aufgesetzt hatte, war einem selbstgefälligen Lächeln gewichen. Gleich nach unserer Ankunft war er auf dem Gelände herumstolziert, die Hände in den Hosentaschen vergraben, einen Grashalm kauend, und taxierte Land, Tiere und Angestellte mit einem verächtlichen Blick. Danach machte er sich auf die Suche nach mir, die allerdings erfolglos verlief, da ich mich nach unserer Ankunft und der Begrüßung von Großeltern, Tanten, Onkeln und Nichten auf meinen Liebling, den großen Papayabaum beim Teich, abgesetzt hatte.

Nun stand ich an der Tafel und schöpfte zum zweiten Mal Krevetten an Kokossoße, als Moses neben mich trat.

«Hallo, Brüderchen, gib doch mal den Löffel ab», sagte er, während er mir ruhig den Schöpflöffel aus der Hand nahm, den ich soeben über meinem Teller gekippt hatte. Bevor ich protestieren konnte, schaufelte er blitzschnell den Inhalt meines Tellers in seinen. Dann machte er sich über die Schüssel mit den restlichen Krevetten her und stopfte die zarten Tiere mit dem Schöpflöffel in den Mund. Als er die Hand Richtung Huhn ausstreckte, spürte ich ein heftiges Zittern. Es begann mit einem kleinen Kribbeln in den Händen. Meine Linke schnellte vor und schlug Moses den vollen Teller aus der Hand. Dieser flog Tia Laura entgegen, die sich soeben vorbeugte, um zur Schüssel mit den Bohnen zu gelangen. Sie erreichte sie nicht mehr, denn was ich nun darbot, ließ Tia Laura die Bohnen vergessen. Ich tanzte. Ich tanzte wieder wie damals im Alter von neun Monaten und drei Tagen im Haus von Santo Ibe, dem Helfer der Darbenden und Hintergangenen. Ich tanzte zwei Schritte vor, einen zurück, zwei Schritte vor, einen zurück. Ich tanzte immer schneller, die Beine bewegten sich ohne mein Zutun, mein Oberkörper wurde nach vorne und rückwärts geworfen, die Arme gingen mit, ganz locker und weich, links, rechts, zwei vor, einer zurück, links, rechts, dann rundum, rundum, rundum. Ich trug nichts dazu bei, fremde Kräfte steuerten mich, und ich fühlte mich leicht, hell und stark.

Als ich die Schlange sah, befremdete mich ihr Anblick, zumal sie sich aus einer dampfenden Schüssel erhob, in der ich Maisbrei vermutete. Sie schien mir jedoch freundlich gesinnt, ihre Äuglein funkelten schelmisch, ihr Zünglein winkte neckisch, während ihr Leib sich im selben heftigen Rhythmus wand wie der meinige. Dies nahm ich aus den Augenwinkeln wahr, bevor ich mich immer schneller und schneller um meine Achse drehte, bis ich stürzte. Der Sturz verletzte mich nicht, verblüfft lag ich auf dem Kachelboden der Veranda, der meine erhitzten Glieder angenehm kühlte. Das Gefühl einer inneren Helligkeit hielt an, und mir war leicht schwindlig, als ich mich aufsetzte. Es war totenstill. Ich blickte reihum auf die erstarrte Geburtstagsgesellschaft. Das Gesicht meiner Mutter hatte jede Farbe verloren. Sie hielt sich krampfhaft an der Tischkante fest, um nicht vornüberzukippen. Vaters Gabel ragte in die Luft, seine Hand war auf dem Weg zum Mund stehen geblieben. Von Luis' Kinn triefte Fett auf den Teller, und selbst seinen Töchtern war das Lachen vergangen.

Dann schrie Moses. Er schrie, als ob tausend Taranteln sich auf ihn stürzten oder eine Löwin ihre Zähne in seine Brust schlug. Selbst ein Bär, der einem mittels sanftem Prankenhieb das halbe Hirn wegputzte, vermochte keinen größeren Schmerzensruf auszulösen. Der Schrei zerriss mein Trommelfell, so dass ich Moses fortan nicht nur meinen lebenslang unstillbaren Hunger verdankte, sondern auch einen Hörschaden auf dem linken Ohr. Der Schmerz ließ mich Sterne sehen. Als er etwas abklang, sah ich Moses' aufgerissenen Mund, und ich fragte mich, ob er sich wohl den Kiefer ausgerenkt hatte und ob dies je wieder zu beheben war. Ich zweifelte an den medizinischen Fertigkeiten meiner Familie, völlig zu Unrecht, wie sich kurz darauf herausstellen sollte. Moses' Schrei galt weder Taranteln noch einer Löwin und auch keinem Bären. Moses schrie der Schlange wegen, die ihn gebissen hatte, und wenn ich sie nicht sofort bemerkte, lag das an der ungewöhnlichen Stelle, die sie sich ausgesucht hatte. Ich sah sie erst, als mein Vater herbeistürzte, die Gabel noch immer in der Hand. Vater hechtete zwischen die Beine meines Bruders, packte mit der freien Hand ein sich windendes grünes Etwas, riss heftig daran und hielt das zappelnde Ding in die Höhe. Es war die Schlange aus der Schüssel, diejenige, die sich aus dem Maisbrei erhob, zum selben Rhythmus tanzte und mir neckisch zuzüngelte. Als ihr Hirn unter dem Stein verspritzte, den mein Vater ihr über den Kopf schlug, spürte ich Krevetten an Kokossoße in mir aufsteigen. Während ich unter den Tischen, auf denen die Speisen langsam erkalteten, erbrach, stürzte sich die ganze Verwandschaft wehklagend auf Moses. Er war bleich, ohnmächtig. Kissen wurden geholt, meine Mutter bettete seinen Kopf in ihren Schoß und zischte Tia Laura böse an, sie solle mit dem Cachaça verschwinden, den diese ihrem Neffen vergeblich einzuflößen versuchte. Vater zog derweil sorgfältig Moses' Hose aus. Großmutter kam mit Wasser angerannt und schrie ihren Mann an, er solle gefälligst das Gegengift holen. Großvater stand wie betäubt, Luis rang die Hände und wiederholte ein ums andere Mal: «Ich bin schuld, ich bin schuld», während seine Töchter auf Moses' Blöße starrten und erfolglos versuchten, ihr nervöses Kichern zu unterdrücken. Als ich den blutenden Hodensack von Moses sah, übergab ich mich nochmals. Ich hörte Vater nach Kompressen schreien und Großmutter nach dem Gegengift. Sobald die Übelkeit ein wenig abgeklungen war, wagte ich einen weiteren Blick auf Moses zu werfen. Da, wo ich bisher, wenn auch selten, denn sein Anblick bereitete mir keinerlei Vergnügen, einen Hodensack zwischen den Beinen meines Bruder baumeln sah, befand sich jetzt eine Kugel aus blutgetränkter Gaze. Ich ließ meinen Blick schnell zum Gesicht von Moses gleiten. Seine Augen waren offen und, ich erschrak kurz, auf mich gerichtet. Was mich erschrecken ließ, war der Ausdruck in Moses' Augen. Trotz dem glasigen Schimmer, der vom Cachaça herrührte, den ihm Tia Laura mit der Unterstützung meines Vaters als «ältestes Schmerzmittel seit Menschengedenken» verabreicht hatte, nicht ohne meiner Mutter ein triumphierendes Lächeln zu schenken, trotz diesem Schimmer fixierte mich Moses mit einem Hass, wie ich ihn noch nie zuvor in den Augen eines Menschen erblickt hatte. Ich starrte zurück und versuchte die kalten Schauer, die mir über den Rücken jagten, zu ignorieren.

Den angeregten Debatten entnahm ich später, als wir alle beim Mangosorbet saßen, während Moses liebevoll auf eine Liege am Kopfende des Tisches gebettet und von Mutter gefüttert wurde, dass Moses' rechter Hoden der Schlange zum Opfer gefallen war. Bevor sie allerdings den Leckerbissen schlucken konnte, war Vater dazwischen gekommen. Er rettete den leicht angebissenen Hoden, indem er ihn sorfältig zwischen ihren Kiefern herauspulte, und er dankte sich und Gott, dass er die Geistesgegenwart besaß, dies zu tun, bevor er zum tödlichen Schlag ansetzte, welcher der Schlange den Schädel zermalmte. Der Hoden, ein violettes, glitschiges Ding, leicht angequetscht, wurde in ein silbernes Döschen, das Großmutter von ihrem Schminktisch spendierte, gebettet, unter beifälligem Gemurmel herumgereicht und meinem Bruder, der sich schnell erholte, in einem feierlichen Akt noch am selben Nachmittag übergeben. Moses wurde gebührend als Held gefeiert, und er nahm die Huldigungen gelassen und breitbeinig liegend hin. Die Angewohnheit, sich mit weit gespreizten Beinen niederzulassen, sei es auf einen Stuhl oder auf ein Sofa, übernahm er von diesem Tag an, und in den Momenten, in denen er dazu ansetzte, jedem, der es hören wollte, und auch jenen, welche pikiert zu Boden sahen, die Geschichte «vom Tag, als ich meinen rechten Hoden verlor» zu erzählen, setzte er sich nicht nur breitbeinig hin, sondern legte zusätzlich seine Rechte vor sein Gemächt, das, wie er wiederholte, «doch beachtliche Größe hat, wenn man bedenkt, dass da nur ein Hoden sitzt, stellt euch die Beule vor, wenn da zwei wären, ich müsste meine Hosen beim Schneider speziell anfertigen lassen!»

Jahre später, nach der Heirat mit Klara und der Geburt seiner Tochter, tätschelte er während der Lobpreisung seiner männlichen Attribute den Po seiner Tochter Gwen, rieb mit der Rechten kurz sein Gemächt, zwinkerte seiner Frau zu und grunzte: «Na, meine Lieben, irgendetwas einzuwenden gegen Papas Samenbolzen?» Klara beeilte sich jeweils, ihm mit einem kleinen Lächeln auf die Schulter zu klopfen, ein «Nein, gar nichts» zu hauchen und entschuldigend in die Runde zu blicken. Sein Töchterchen kletterte ihm auf die Knie, drückte ihm einen Kuss auf die Wange und sagte: «Du bist der beste Papa.»

An jenem Nachmittag auf der Fazenda, an dem Tia Laura ihren fünfzigsten Geburtstag feierte und Moses seinen Hoden im Silberdöschen überreicht bekam, fiel Mutters Blick auf mich. Ich hatte mich ein wenig von meiner Übelkeit erholt und Linas Tochter gebeten, mein Erbrochenes heimlich wegzuputzen. Eben wagte ich mich an ein Stück Goiabada, nachdem mir das Mangosorbet und der Schokoladepudding ausgezeichnet bekommen waren, da spürte ich Mutters stechenden Blick auf mir.

«Du bist schuld!», rief sie laut, worauf die Gästeschar, die sich zum hundertsten Mal über die Vorgänge der letzten zwei Stunden austauschte und jedem ein offenes Ohr lieh, der eigene Erfahrungen mit Schlangen und Ehepartnern einbrachte, in äußerster Spannung innehielt und der Dinge harrte, die da noch kommen sollten.

Ich schob mir den Löffel in den Mund und blickte meiner Mutter in die Augen.

«Ja, du bist schuld, Milton!», rief sie wieder, während sie langsam ihren gestreckten Arm erhob und den Zeigefinger auf mich richtete.

«Er ist schuld», rief sie, wandte sich von mir ab und den Gästen zu. «Er ist schuld, dass Moses von dieser Schlange gebissen wurde. Er hat wieder getanzt. Er hat getanzt wie damals im Haus von Santo Ibe.»

Die Runde blickte erstaunt von ihr zu mir und wieder zurück.

Mutter erhob sich langsam.

«Santo Ibe ist tot umgefallen, und keiner wusste warum.»

Ihre Stimme stieg bis zu einem Kreischen an, während sie mit dem Zeigefinger zu fuchteln begann. «Santo Ibe starb wegen Milton, und nun wurde Moses gebissen wegen Milton. Milton hat die Schlange geschickt. Der Junge ist besessen, er ist des Teufels! Ja, er hat einen Pakt mit dem Teufel!»

Die heftige Anklage meiner Mutter verfehlte ihre Wirkung nicht. Entsetzt blickten mich meine Verwandten an, wandten einander zweifelnde und auch angstvolle Blicke zu.

Unterdessen steigerte sich das Kreischen meiner Mutter zu einem hysterischen Toben, das meinen Vater in die Situation eingreifen ließ. Er umschloss seine Frau fest mit beiden Armen und redete beruhigend auf sie ein.

«Er war es ... Teufel ... besessen ... die Schlange ... das Tanzen ...» Allmählich beruhigte sie sich, aus dem Toben wurde ein heiseres Flüstern, schließlich schluchzte sie in Vaters Armen.

Ich wandte mich meiner Goiabada zu. Aus den Augenwinkeln sah ich, wie meine Verwandten ihre Gespräche wieder aufnahmen, mich aber ab und zu verstohlen musterten. Mein Bruder Moses hatte das Ganze beobachtet, ohne ein Miene zu verziehen. Als er das Glas hob, aus dem er zum Trost für seine Pein dunklen

Rum mit Mangosaft schlürfen durfte, spielte ein Lächeln um seine Lippen, das mich schaudern ließ: Es war ein zutiefst böses Lächeln, das mir die Tragweite von Moses' Gefühlen seinem Bruder gegenüber für alle Zeiten hätte vor Augen führen müssen. Aber meine Gedanken kreisten nicht um meinen Bruder Moses. Ich überlegte, was ich den Anschuldigungen meiner Mutter entgegenhalten konnte, beschloss dann aber, dass der Zeitpunkt ungünstig war. Zu oft hatte ich erlebt, wie die besten Argumentationen an ihren Überzeugungen abprallten. Hinzu kam, dass die Ereignisse an jenem Nachmittag, an dem wir den Geburtstag meiner Tia Laura feierten, die Anwesenden stark aufwühlten, und mir schien, eine längere Debatte könne durchaus zur Folge haben, dass sich die lieben Verwandten den Ansichten meiner Mutter anschlossen. Also schwieg ich und aß.

Meine Mutter ergriff nach der Rückkehr in unser Haus in Santa Ana strengere Maßnahmen. Sie hielt Moses zu verstärkter Überwachung aller meiner Handlungen an, was dieser mit Freude tat. Meine Lage allerdings hatte sich seit dem Schlangenbiss verändert. Litt ich zuvor unter der Dauerkontrolle durch meinen Bruder, dem ich kampflos das Feld überlassen hatte, fühlte ich mich seit meinem Tanz am Fest seltsam gestärkt. Ich beschloss, ihm Widerstand zu leisten. Dazu musste ich mich auf meine Ideen verlassen, denn was Körperkraft anbelangte, hatte ich ihm wenig entgegenzusetzen.

Ich übte mich darin, ihm auszuweichen oder ihn auf falsche Fährten zu führen. Mit den Monaten wurde ich geschickter darin, was mir immerhin die kleine Freude bescherte, mich bei meinen Lauschaktionen in Mutters Schrank hin und wieder vor Lachen zu krümmen, lautlos natürlich, wenn Moses meiner Mutter eine hirnverbrannte Spur eröffnete, auf die ich ihn gelockt hatte.

«Mutter», erzählte er, «Milton isst Knoblauch vor dem Schlafen, er sagt, das nütze gegen das Summen im Kopf, das er immer wieder hört. Er verpestet die Luft so sehr, dass ich nachts aufwache und wegen des Gestanks nicht mehr einschlafen kann. Außerdem sagt er, er spüre den Zwang, Vaters Büroklammern zu schlucken. Bisher, sagt er, konnte er widerstehen.»

Den Teil der Geschichte, in dem er nach meinem «Geständnis» eine Schachtel Büroklammern aus Vaters Büro klaute und wie zufällig auf dem Schreibtisch in unserem gemeinsamen Zimmer platzierte, diesen Teil unterschlug er in seinem Rapport.

«Milton sagt», berichtete er ein andermal, wobei er sich Mühe gab, einen dramatischen Ton anzuschlagen, «Milton sagt, er träume jede Nacht von einem Messer, das wie von unsichtbarer Hand geführt vor meinem Bett einen wilden Tanz aufführt. Das Messer kreist über meinen Füßen, meinen Beinen, über meinem Kopf, der Brust, bewegt sich Richtung Becken ... und sticht zu ... bohrt sich durch die dicke Federdecke ... schneidet weiches Fleisch ...»

Moses wurde durch einen erstickten Schrei meiner Mutter unterbrochen.

«Teufelsbrut», hörte ich sie zischen. Die Fortsetzung der Unterhaltung geschah im Flüsterton, was mich jedoch nur bedingt zu irritieren vermochte. Die Inhalte kannte ich.

«Mutter», sagte Moses ein paar Tage später in wehleidigem Ton, während ich mich zwischen Mutters Kleidern räkelte, die nach Vanille und Kokosseife dufteten, wobei ich mich wieder fragte, was Mutter am Geruch dieser Nuss festhalten ließ, der doch untrennbar mit harten Waschtagen aus Zeiten verbunden sein musste, in denen sich Arbeit nicht darin erschöpfte, das Dienstmädchen beim Polieren des Parkettbodens zu überwachen.

«Mutter», klagte Moses, und ich lächelte in stiller Vorfreude, «Milton hört seit ein paar Tagen Stimmen. Die Stimmen sagen ihm, dass mir große Gefahr drohe, ein dunkler Schatten begleite mich, etwas, das sie nicht näher benennen können. Sie drängen Milton dazu, ein junges, edles Huhn zu schlachten und sein Blut auf meinem Bett zu verspritzen. Anschließend musst du das Tier in Kokossoße kochen und Milton das Fleisch servieren. Ich hingegen soll die Knochen und Innereien essen, und erst wenn dies so geschehen ist, sagen sie, sei ich für eine bestimmte Zeit vor bösen Überraschungen geschützt.»

Die Vorstellung beglückte mich, mit Moses am Tisch zu sitzen und ihn zu beobachten, wie er Nieren, Lebern und Knochen, fein säuberlich von Mutter zerkleinert, hinunterwürgt, während ich mich über die knusprigen Schenkel eines zarten Geflügels hermache. Doch dazu kam es nie. Zu meinem Glück bewahrte mich Mutter davor, einer Henne den Hals aufzuschneiden und ihr Blut über Moses' Bett zu verspritzen. Sie rettete mich davor, als Versager dazustehen, der keinem Huhn etwas zuleide tun konnte, indem sie die Geschichte zu einer unerwarteten Wende brachte. Sie packte nämlich meine Kleider in einen großen Koffer, bestellte ein Taxi und ließ mich zu ihren Schwiegereltern auf die Fazenda fahren. Meine Verblüffung ob dieser Lösung vermochte meine Laune nur kurz zu beeinträchtigen, betroffen war ich vorwiegend deshalb, weil ich mir eingestehen musste, dass die Idee auf der Hand lag, aber nicht von mir stammte. Auf der Fahrt nach São Lazaro fand ich mein Glück wieder und dankte Gott und allen Heiligen, dass sie sich meiner angenommen hatten.

Auf der Fazenda verbrachte ich meine besten Jahre. Ich war dreizehn, als meine Mutter mich verbannte, und wurde fünfundzwanzig, als mein Bruder mich aus dem Paradies verstieß. Kurz nach meiner Ankunft auf der Farm kam ich auf Betreiben meiner Mutter unter die Fittiche der Irmãs dos Carmines. Sie setzte sich damit gegen Vater durch, der befand, dass meine bisherige Schulbildung bei weitem genüge, um meinem Großvater auf der Fazenda zur Hand zu gehen. Meine Mutter hingegen hoffte, die frommen Schwestern kämen gegen den Teufel in mir an. Also fuhr mich der Chauffeur jeden Werktag mit dem blitzblanken Ford meines Großvaters vor das baufällige Gebäude in São Lazaro, das von den Dorfbewohnern verächtlich Casa d'Oro genannt wurde, wohl in Anlehnung an das hohe Schulgeld, das die Gutsbesitzer für die fromme Belehrung ihrer verzogenen Sprösslinge zahlten. Die verrottete Fassade und das durchlässige Dach ließen vermuten, dass die Schwestern sinnvollere Verwendungszwecke für ihren Gotteslohn kannten, als ihn in die Renovation des Gebäudes zu investieren. Allenfalls setzten sie die kalten Tropfen, die ihren Schutzbefohlenen auf den Nacken fielen, auch ein, um mäßige Denkleistungen anzuregen. Weiteren Züchtigungen entging ich, denn Schwester Joana hatte einen Narren gefressen an meiner kaffeebraunen Haut und meiner Begabung, wie sie es nannte, «sprachlich erstaunlich elaborierte» Aufsätze zu schreiben. Ersteres verführte sie dazu, wiederholt über meine Wangen zu streichen, wenn sie sich über mich beugte, um mir bei einer Rechenaufgabe behilflich zu sein. Letzteres bekam ich zu spüren, indem mich meine Mitschüler hassten. Schwester Joana pflegte aus meinen Aufsätzen vorzulesen, unterbrochen von Ausrufen der Bewunderung, die allesamt in der Empfehlung an die Klasse endeten, diese Wortwahl, diese Fantasie, dieses Gefühl für Rhythmus und Dramatik seien als leuchtendes Beispiel vor Augen zu halten. Meine Kameraden kauten an ihren Griffeln und starrten auf ihre Hefte, und die Demütigung entlud sich nach der Lektion wahlweise in saftigen Prügeln, die sie auf mich prasseln ließen, oder in verächtlicher Ignoranz meiner Person. Ich rettete mich in den blitzblanken Ford meines Großvaters und ersehnte den Augenblick, an dem ich die Autotüre öffnen und den vertrauten Geruch von Blütenstaub und Pferdeäpfeln riechen würde. Er machte mich die Casa d'Oro vergessen.

Am letzten Schultag verließ ich das Gebäude mit dem Zeugnis, dass ich gut schreiben und weniger gut rechnen konnte. Mit beidem wusste ich nichts anzufangen. Nun aber begann mein eigentliches Leben. Ich säte Kakao und Bananen, versorgte Pferde und Kühe, handelte erfolgreich und erntete die Anerkennung meiner Großeltern. Ich drehte mich auf Dorffeiern mit den Mädchen im Kreise, holte mir sonntags den kirchlichen Segen und spielte mit Jose um Kopf und Kragen. Im Winter zog ich Furchen, im Frühling begrub ich meine Großmutter, im Sommer meinen Großvater, der Herbst brachte fette Ernten. Wenn ich traurig war, setzte ich mich auf den Papayabaum und ließ mich vom Wind schaukeln, bis Linas Tochter Rita zum Essen rief.

Ich liebte Ritas saftige Bratenstücke, die sie für mich besonders dick von der Sau heruntersäbelte, welche zuvor Stunden im Ofen geschmort hatte. In ihren Pirão konnte man den Löffel stecken, dermaßen fest und fettig war der Brei. Sie verstand es, die Gemüsebeilage knackig zu halten und nicht zu üppig, damit Platz blieb für den süßen Traum von einem Kokoskuchen, dessen Krümel einem noch am Abend danach in Schnauz- und Brusthaar saßen. Ich liebte Ritas Küche, in der ich jede freie Minute verbrachte, die mir bei meinem Tagwerk blieb. Rita ließ mich in ihre Töpfe schauen, ohne zickig zu werden, wie das ihre Mutter Lina immer tat, und ich lobte Gott, wenn auch mit schlechtem Gewissen, dass er Lina steife Fingergelenke bescherte, die sie dazu zwangen, den Kochlöffel ihrer Tochter Rita zu übergeben.

Bei einem meiner Besuche in der Küche erhielt ich den endgültigen Beweis, dass Xero mit mir einig ging, was vorzügliche Speisen – genauer: Krevetten in Kokossoße – betraf. Ich rührte soeben im großen gusseisernen Topf, in dem Krevetten im Palmöl brutzelten, und zog ihnen sanft die Kokosmilch, die Rita dazu gegeben hatte, um die Schwänze. Da durchfuhr es mich wie ein Blitz aus heiterem Himmel. Ich ließ die Kelle fallen, Rita zuckte zusammen. Eine unsichtbare Kraft begann mich zu bewegen, ohne mein Zutun, mein Körper fühlte sich an, als sei er ferngesteuert. Mein freier Wille schien ausgeschaltet, trotzdem fühlte ich mich sehr präsent, ich war keineswegs außer mir, im Gegenteil, ich war in mir wie nie zuvor. Ich tanzte. Ich tanzte zwei Schritte vor, einen zurück, zwei Schritte vor, einen zurück. Ich tanzte immer schneller, die Beine bewegten sich ohne mein Zutun, meine Brust beugte sich rhythmisch vor und zurück, die Arme gingen mit, ganz locker und weich, links, rechts, zwei vor, einer zurück, links, rechts, dann rundum, rundum, rundum. Ich trug nichts dazu bei, es geschah mit mir, und ich fühlte mich leicht, hell und stark, bis ich fiel. Der Sturz konnte mir nichts anhaben, und ich ruhte kurz auf dem gekachelten Küchenboden, der meine erhitzten Glieder angenehm kühlte. Das Gefühl einer inneren Helligkeit hielt an, und es schwindelte mir leicht, als ich mich aufrichtete. Es war totenstill. Die gesamte Küchenbrigade hatte ihre Tätigkeit niedergelegt und starrte auf mich hinunter. Rita fasste sich als Erste und reichte mir ihre Hand, um mich aufzuziehen. Sie war sehr bleich, als sie sagte:

«Geschieht das zum ersten Mal?»

«Nein», sagte ich, «wieso?»

«Ist es das erste Mal, dass er dich besucht?», insistierte Rita.

«Wen meinst du?», fragte ich leichthin und rieb mir das Mehl von den Händen.

«Du weißt schon», sagte Rita flüsternd und zog mich am Ärmel außer Hörweite von Molequinho, ihrem Küchengehilfen, «ich sehe es an deinen Augen. Du weißt, dass er es ist. Das sind seine Schritte, ich kenne sie.»

«Ach, du meinst Xero?», fragte ich und genoss insgeheim ihren erschrockenen Gesichtsausdruck. «Nein, es ist nicht das erste Mal, dass er mich besucht. Aber diesmal kam er nicht meinetwegen. Er kam deinetwegen. Er mag deine Küche, sie riecht nach köstlichen Besonderheiten», sagte ich mit einem Augenzwinkern, das sie erröten ließ. «Und mich scheint er auch zu mögen, und das», ich zog sie an ihrer Schürze zu mir heran, «das ist ein Geheimnis, verstanden?»

Rita nickte erschrocken, entwand sich meinem Griff und eilte zu den gusseisernen Töpfen.

Dass Xero mich mochte, argwöhnte ich seit dem Tag, an dem ich neun Monate und drei Tage alt wurde, seit diesem Tag, an dem mich meine Mutter im Kinderwagen zu Santo Ibes Haus hinaufstieß. Seltsam vertraut hatten die Trommeln in meinen Ohren geklungen, die in Ibes Haus zu Xeros Ehren gespielt wurden. Auch den Angriff auf Moses' rechten Hoden sah ich in Verbindung mit dem Gott des Feuers und des Krieges. Xero hatte die angriffsfreudige Schlange geschickt. Meine Tanzeinlage begann in dem Augenblick, in dem mein Bruder Moses mir die Krevetten vom Teller nahm, und sie endete mit dem Biss in Moses' Hoden. Xeros bevorzugte Auftrittszeit war für mich umso offensichtlicher, als auch auf der Tafel in Santo Ibes Haus jene Schalentiere lagen, bei denen ich kräftig zugelangt hatte. Jeder Eingeweihte hätte mir widersprochen, denn es war allgemein bekannt, dass Xero als Gott der Lüfte und des Feuers jegliches Getier aus dem Wasser verachtete. Ich hütete mich jedoch, mit jemandem meine Beobachtungen zu teilen. Es war offensichtlich, und wer es nicht sehen wollte, der konnte gerne seine Augen davon abwenden: Xero liebte Krevetten in Kokos, und Xero liebte es, mir in Beine und Hirn zu fahren und mich zum Tanzen zu bringen. Ich sprach weder über die unaufhaltbare Trance, in die ich jeweils fiel, noch teilte ich jemandem mit, was sie mir vor Augen führte.

Was ich erlebte, brachte mich zum Staunen. Ich sah im hellen Licht tote Menschen wandeln, die sich verlassen fühlten und ihren Hinterbliebenen das Leben vergällten. Ich hörte Wehklagen und wüste Flüche. Ich schwebte über São Lazaro und roch himmlische Düfte. Ich tanzte im Kreise von Xero und seinem Gefolge und nährte mich vom Leben, das von ihnen auf mich überging. Ich fürchtete das Feuer von Xero und sah, wie er mit einem Atemhauch die mickrigen Opfer wegpustete, die ihren Spendern Pfründe sichern sollten und ein langes Leben. Ich erkannte die eifersüchtigen Götter, die vor Xero kuschten und ihm hinterrücks ein Bein zu stellen versuchten. Ich bewunderte Xeros Frau Yena, die kein Erbarmen kannte mit falschen Bittstellern und ihren Schutzmantel über diejenigen ausbreitete, die zu nichts kamen im täglichen Leben. Ich war hingerissen von Xeros Trommeln, die mir noch Tage im Ohr dröhnten und Kunde taten von einer Kraft, die starke Männer alt aussehen ließ. Ich folgte dem Duft von Krevetten und schmeckte die Bitternis der Unerhörten, die ihr letztes Huhn geschlachtet hatten für nichts. Ich sah die Betrüger winselnd um Beistand bitten und hoffte, Xero möge sie nicht erhören. Ich litt mit den Geprellten. Ich fieberte für die Bedürftigen. Ich tanzte im Kreise von Xero und seinem Gefolge.

Mit der Zeit sehnte ich mich danach, von Xero überfallen zu werden, und ertappte mich dabei, wie ich Rita den Auftrag gab, wieder einmal eine kräftige Moqueca de Camarão zu kochen, um mich dann unter dem Vorwand, Zucker für die Pferde zu holen, in die Küche zu begeben. Nach dem sonntäglichen Gottesdienst ließ ich mich mit der Menge zur Praça Grande treiben, hinüber zu den fülligen Damen, die unter großen Sonnenschirmen Ballen aus gestampften Bohnen frittierten und sie mit Schaufeln voller kleiner roter Krebse füllten. Ich ging so weit, beim Botengang für die Großmutter dem Fischhändler hinterherzulaufen, sehnsüchtig Lüfte einatmend, unter denen ich den kräftigen, leicht nussig riechenden Duft von Camarões zu erkennen glaubte. Doch diese jämmerlichen Versuche, den Ersehnten an meine Seite zu locken, beeindruckten Xero nicht im geringsten. Er durchschaute jede Absicht, und er erschien nur dann, wenn ich keinen Gedanken an ihn verwendete. Er tauchte auf, als Nachbar Mendito mich rufen ließ, seiner Kuh beim Kalben zu helfen. Mendito und ich hängten uns kräftig ans Seil, um das Neugeborene aus der klammernden Scheide zu befreien, als mir plötzlich schwindlig wurde. Ich murmelte eine Entschuldigung und setzte mich auf den Boden. Dann begannen die Trommeln zu rasen, und Menditos Flüche drangen nur noch schwach an meine Ohren. Ich tanzte, ich tanzte zwei Schritte vor, einen zurück, zwei Schritte vor, einen zurück, im Halbrund um die kalbende Kuh und Mendito, den ich nur noch durch einen hellen Schleier von Licht gestikulieren sah. Als ich wieder zu mir kam, saß ich auf einem Strohballen. Leicht benommen nahm ich das Kalb wahr, das ein paar Meter weiter von seiner Mutter gründlich geleckt wurde, daneben Mendito und seine Frau. Sie starrten misstrauisch zu mir herüber. Menditos Frau trug eine Kochschürze, und erst viel später, als ich mir dieses Bild zum wiederholten Male vergegenwärtigte, löste sich das Rätsel. Menditos Frau trat zu uns, während wir das Kalb zu befreien versuchten, und ein bestimmter Geruch, den sie aus der Küche mittrug, regte Xero zu einem kurzen Besuch im Stall an.

Ein anderes Mal überraschte mich Xero auf dem Feld draußen. Ich pflügte den großen Acker beim Flüsschen Izai, das sich zu dieser Jahreszeit in einen gefurchten Graben verwandelte. Die erste Kakaoernte füllte bereits mehr als die Hälfte der Speicher, und die Aussicht auf eine weitere Saat machte mich leicht und froh. Vergnügt saß ich auf dem Traktor, ich muss ein Lied gepfiffen haben, Xeros Lied, denn plötzlich fühlte ich den Schwindel, der mir allmählich vertraut war, und fand gerade noch genügend Zeit, mich vom Traktor zu hieven, bevor ich tanzte, zwei Schritte vor, einen zurück. Ich tanzte und fiel. Hustend kam ich zu mir, den Geschmack von Diesel auf der Zunge. Ich fand mich, auf harten Erdschollen liegend, würgend und speiend, neben dem vibrierenden Auspuff des Traktors wieder, der schwarze Abgase in meine Nase blies. Einige Zeit musste seit meinem Sturz vergangen sein, denn die Sonne brannte auf meiner Wange, und schwarze Abgaswolken trübten meine Sicht in den Himmel.

Der Besuch in der Einsamkeit blieb eine Ausnahme. Xero

liebte das Publikum, und er ließ mich vorzugsweise dann auftreten, wenn Leute zusahen, vor Nachbarn, in der Küche, am Jahrmarkt im Dorf, beim Einkaufen. Natürlich blieb mein absonderliches Verhalten nicht unbemerkt. Auch wenn viele Leute aus der Gegend mit den Göttern und ihren Vorlieben vertraut waren, begegnete man mir mit Misstrauen. Ich konnte es in ihren Gesichtern lesen. Selbst wenn man von der Tatsache ausging, dass die Wesen aus der Zwischenwelt gerne ab und an Menschen heimsuchten, war in meinem Fall Skepsis angebracht. Denn Xero verstieß, wenn er sich durch mich zeigte, gegen alle Regeln. Er erschien jederzeit und ungerufen, ungeachtet der Behauptung von São Lazaros Bewohnern und weiteren Kennern, dass Götter sich vor allem herbeiließen, wenn sie vorzüglich bewirtet, bespielt und betanzt wurden. Xero entwickelte zudem offensichtlich eine Vorliebe für Krevetten, was jeglicher bisherigen Erfahrung, die seit Jahrhunderten gesammelt wurde, widersprach. Auch gab das Ereignis zu reden, und ich staunte, wie schnell es sich in São Lazaro herumsprach, stammte es doch aus meinem früheren Leben fernab dieses Städtchens, dass Xero mich bereits im zarten Alter von neun Monaten und drei Tagen mit einem Besuch bedacht hatte. Keinem Kind weit und breit war dies jemals geschehen. Ob sie diese ungewohnten Tatsachen nun als eine Ehre für mich oder doch eher als Zeichen von Hexerei und unlauteren Mitteln meinerseits deuten wollten, darüber waren sich die Bewohner von São Lazaro uneinig. Meine Großeltern Anda und Franco stellten sich, solange sie lebten, vor mich und fingen die Anfeindungen, so gut es ihnen gelang, ab. Nachdem sie jedoch gestorben waren, als ich achtzehn war, bekam ich das Misstrauen der Umgebung vermehrt zu spüren.

Nachbarn und die Leute im Städtchen begegneten mir teils feindselig, teils ängstlich. Betrat ich Titos Lebensmittelgeschäft, verstummten die Gespräche, schnelle scheue Blicke streiften mich, andere starrten unverhohlen, und regelmäßig pöbelte mich irgendein zahnloser Alter an, unterstützt durch den Cachaça, der bereits zu früher Morgenstunde durch seine Adern floss. Die Feindseligkeit der Leute zu ertragen, war eine große Last, und in manch schwacher Stunde lag ich im Bett und haderte mit Xero, der mich so schonungslos den Menschen auslieferte. In diesen Stunden sehnte ich mich danach, all die Freude, das Licht, das Hochgefühl, in das mich Xeros Anwesenheit jeweils brachte, den Stolz, auserwählt zu sein, für ein wenig Normalität herzugeben. Im Tausch gegen einen Alltag ohne böse Blicke, giftiges Getuschel oder kindisches Gekicher hätte ich diese Privilegien bedenkenlos jedem vor die Füße geschmissen und etwas Kostbares dazugelegt, etwa Großvater Francos Siegelring, den er mir vererbt hatte und den ich immer an meiner Linken trug.

Der Alltag auf der Fazenda vermochte jedoch die schweren Gedanken zu vertreiben. Mit Arbeit, Glück und tüchtiger Hilfe der Angestellten brachte ich den Hof zu einem blühenden Unternehmen. Mein Vater, der das Anwesen nach dem Tode seiner Eltern geerbt hatte, setzte mich, nachdem er eine Zeit lang meine Bemühungen mittels regelmäßiger Besuche überwacht hatte, als Verwalter des Gutes ein. Unsere Begegnungen verliefen geschäftlich und freundlich. Wir vermieden es beide, von meiner «Besessenheit», dem «Pakt mit dem Teufel», wie Mutter es genannt hatte, zu sprechen. Ich erkundigte mich jeweils etwas scheu, wie es ihr gehe, und Vater berichtete von ihrer Putzwut und stöhnte über die Ausgaben, die ihre Einrichtungswünsche und ständig wachsende Garderobe verursachten. Ungefragt erzählte er auch von Moses, und ich ließ den Bericht über mich ergehen, obwohl, wenn es nach mir gegangen wäre, nichts mich an ihn erinnern sollte. In meinen Träumen, die ich erfolglos zu bekämpfen versuchte, begegnete ich ihm regelmäßig. In ihnen trat Moses als Schatten auf, so, dass ich ihn aus dem Augenwinkel wahrnehmen konnte, jedoch unsicher war, ob mich meine Sinne nicht täuschten. Erst wenn sich mir ein heftiger Schmerz in den Rücken bohrte, fiel es mir wie Schuppen von den Augen. Mein Bruder Moses hatte mich soeben mit einem Giftpfeil aus dem Hinterhalt getötet.

Auch im wahren Leben schien Moses den Umgang mit Waffen zu schätzen. Er schlug eine erfolgreiche Militärlaufbahn ein, erzählte mein sichtlich stolzer Vater. Sie absorbierte seine Kräfte sehr, zwang ihn auch zu längeren Aufenthalten in Urwäldern und Steppen, flohverseuchten Kasernen und miefenden Hütten. Trotzdem fand er Zeit und Kraft, Frauen reihenweise aufs Kreuz zu legen, wie Vater mit einem verschwörerischen Augenzwinkern anfügte. Dabei musterte er mich von oben nach unten, und ich wusste, welche Gedanken ihm durch den Kopf gingen: «Und was hat dieser Bursche vorzuweisen? Was tut er mit seinem Schwanz, außer ihn an Pferdesätteln zu reiben?»

Zu dieser Frage, liebe Iris, möchte ich nicht ausführlich werden. Ich verband mich mit Rita, der Tochter von Lina. Rita hatte deren Aufgabe in der Küche übernommen. Es mag scheinen, als wäre meine Wahl von Bequemlichkeit getrieben gewesen. Aber das war es nicht. Manches Mädchen aus der Nachbarschaft machte mir schöne Augen, um Tanzpartnerinnen an den Dorffesten war ich nie verlegen, und sei es auch nur des Reizes wegen, der die Mädchen in meine Arme trieb, unverhofft an einem Tänzchen mit Xero teilzunehmen. Ich nahm es gerne hin. Rita hingegen war meine Auserwählte. Ihre Haut war braun wie Kakaobohnen, die Augen hell und grün schimmernd, ihr Körper so feingliedrig, dass ich manchmal um sie bangte, wenn sie mit den schweren Küchengeräten hantierte. Sorgfältig achtete ich darauf, dass unsere Verbindung im Verborgenen blieb, denn sie war nicht standesgemäß. Niemals würde mein Vater, dessen Vorfahren sich aus Sklaverei und Armut emporgearbeitet hatten, damit einverstanden sein, dass sein Sohn eine mittellose Köchin zur Frau nimmt.

Zur Triebabfuhr, würde er mir raten, sei sie wie geschaffen, man müsse sich das Naheliegende greifen, vor allem, wenn es so süß daherkomme wie die zarte junge Köchin. Bedienstete waren aus Vaters Sicht vielfältig einsetzbar, und damit teilte er die Meinung so mancher Hausherrn allerorten. Falls mein Vater oder, solange sie noch lebten, meine Großeltern etwas von unserem heimlichen Treiben ahnten, tolerierten sie es in der Annahme, dass der Junge sich zwar mit der Köchin austobte, sich zur richtigen Zeit jedoch Catalina zuwenden würde, der Erbin eines behäbigen Gutes im Ferrotal, oder Joaquinha, der man nachsagte, dass sie bereits zu Mädchenzeiten sieben reinrassige Araberhengste im Stall hatte, einen für jeden Tag der Woche.

Mich vermochten weder Catalinas und Joaquinhas noch Hektaren und Zuchthengste zu locken. Ich liebte Rita und wusste, seit ich fünfzehn war, dass ich sie heiraten würde, sobald wir beide die Volljährigkeit erreicht hatten. Bis dahin schaute ich ihr beim Auftragen der dampfenden Schüsseln zu, sah ihre Zunge, die sie beim Schneiden des Bratens konzentriert zwischen ihre Zähne schob, blickte auf ihre Hände, die Tranchiermesser und Gabel führten, etwas nervös, keinesfalls so sicher, zielstrebig und geschickt, wie sie mich in den Nächten bediente, in ihrem Bett in der Kammer unter dem Dach, in das ich mich schlich, sobald es ruhig war im Haus. Ich blickte auf ihre Brüste unter dem festen Tuch der Schürze, und der Bratenduft wurde verdrängt von einem Geruch nach Seife, Schweiß und heißer Butter, der mir das Blut in die Lenden schießen ließ. Ich spürte die Wärme ihres Bauches an meinen Wangen, ihre Haare kitzelten mich unter den Achseln, während ich den Blick von Rita, meiner schönen Geliebten, abwendete und auf den Braten im Teller vor mir richtete, um unsere Liebe nicht durch einen roten Kopf und gieriges Starren zu verraten.

Wenn mir auch klar war, dass meine Auserwählte auf den erbitterten Widerstand meiner Familie treffen würde, so hatte ich zumindest einen auf meiner Seite: Xero. Xero billigte nicht nur, dass Rita die Frau an meiner Seite war, er schätzte sie außerordentlich, und zwar aus einem Grund, der für mich leicht abzuschätzen war. Ihre Moqueca de Camarão war etwas vom Köstlichsten, das auf Erden zu haben war. Ob es allenfalls andere Vorzüge gab, die ihm durchaus gefielen, wollte ich gar nicht so genau wissen, solange er gebührenden Abstand zu ihr wahrte. Diesen hielt er ein. Einzig wenn sie Pfannen auf dem Feuer hin- und herschob, in denen Krevetten in Kokossoße köchelten, lockerte er seine Zurückhaltung. Sobald sie die schönen Tiere in die Pfanne legte, sie später, von orangen fetten Palmölaugen bedeckt, sanft drehte und wendete, damit sie gleichmäßig gar werden konnten, hatte Xero die Finger im Spiel. Heiße Luftströme zogen plötzlich durch die Küche, ließen das Herdfeuer auflodern und geschlossene Türen sich öffnen. Rita konnte es nie beweisen, aber ihr war, als sei jeweils nach diesem Schrecken der Inhalt der Pfanne weniger geworden. Der Küchenbursche Molequinho, der ihr beim Rüsten und Putzen half, berichtete von einem tiefen Lachen, das er gehört haben wollte, die alte Amalia, einst das Dienstmädchen meiner Großmutter, mied die Küche, seit sich ihr dort eine Hand auf die Schulter gelegt hatte und, als sie sich umblickte, sie sich alleine im Raum gefunden hatte.

Diese Geschichten vernahm ich nur auf Umwegen, denn Rita hatte mir untersagt, die Küche weiterhin zu betreten, wenn Krevetten gekocht wurden. Xero hatte es jedesmal so bunt getrieben, dass ihr bange wurde, einerseits des wilden Luftstroms wegen, der sie beinahe die Töpfe vom Herd fallen ließ. Andrerseits aber weil ich mich in einen tanzenden Irren verwandelte, den sie nur schwer als ihren Milton zu erkennen vermochte und dessen Unberechenbarkeit ihr nicht gerade Angst, aber doch einigen Respekt einflößte.

Rita war der einzige Mensch, mit dem ich über Xero redete.

Seit sie mir zu verstehen gab, dass sie Xeros Tanzschritte kannte, gab es nichts mehr zu verbergen. Selbst aus einer Familie stammend, der die Götterwelt nicht unvertraut war, begegnete sie meinen Erzählungen, was ich beim Tanzen sah und fühlte, respektvoll, interessiert und ohne zu urteilen. Rita war es auch, die mir eine Frage stellte, die mir noch nie eingefallen war. «Milton», fragte sie in einer der zahllosen Nächte, in denen wir bis zum Morgengrauen flüsterten, eng beieinanderliegend unter ihrer dünnen Decke, «Xero vergnügt sich bestens, wenn er seinen Schabernack mit dir treibt. Welchen Nutzen jedoch ziehst du aus seinen Besuchen?»

Welchen Nutzen zog ich daraus? Die Frage setzte sich wie ein Stachel in meinem Fleisch fest. War es nicht so, dass Götterbesuche Geschenke sind, die wenigen zuteil werden, Geschenke, die einen auszeichnen und mit Kraft speisen, ohne weiteren Nutzen? Ließ sich ihre Wirkung umrechnen in Cruzeiros, mussten sie sich messen lassen an der Anzahl Fische, die dem Beehrten danach ins Netz gingen, an den Gipfeln, die er mit göttlicher Hilfe eroberte? Ritas Frage ließ mich dennoch rechnen, und daraus folgerte ich ein einziges Resultat: Xeros Auftritt bescherte Moses eine Schlange, die ihm seinen rechten Hoden aus dem Sack biss. Ein erhebendes Resultat, eines, das mich vor Glück beben ließ, sobald ich mir die Szene vor Augen führte, in der Moses' Schrei ihm beinahe den Kiefer ausrenkte, und ich sah seinen lächerlichen blutenden Hodensack, erleichtert um ein klitzekleines violettes Ding, das gerettet und in ein silbernes Döschen gebettet wurde. Die Vergegenwärtigung dieser Ereignisse befriedigte mich immer wieder von neuem, und bis anhin fühlte ich mich dadurch gesättigt. Ritas Frage jedoch brachte mich dazu, neue Begehrlichkeiten zu entwickeln. Sie stiftete mich zum Rechnen an, und das Resultat hieß: Ich will mehr.

Xero aber besuchte mich immer seltener, und alle Versuche,

ihn mit einem Festessen zu locken, das ich scheinbar zufällig arrangieren ließ, scheiterten. Rita war keineswegs unglücklich darüber, auch wenn sie mitfühlend zuhörte in den Nächten, in denen ich ihr erzählte, wie sehr mir die Ekstasen fehlten. Allerdings bemühte ich mich, nicht zu viel zu klagen, denn so viel verstand ich: Götter sind stolze Wesen, die jede Vereinnahmung scheuen und sich bei Forderungen zurückziehen.

Ich konzentrierte mich auf die Arbeit auf dem Hof. Sie machte mir viel Freude, und die Gewinne, die ich mit umsichtigen Verkäufen der Kakaobohnen einfuhr, trugen ebenfalls zu einem zufriedenen Leben bei. Befriedigt präsentierte ich Vater bei seinen dreimonatlichen Besuchen die Abrechnungen, wobei ich gestehe, dass mir Lob und Anerkennung, die er dann jeweils aussprach, Labsal waren. Aus dem dürren Säugling, der mit endlosem Geschrei seine Umgebung terrorisierte, war ein stattlicher Gutsherr geworden, der, seit er achtzehn war, nicht unbeträchtlich zur Mehrung des Familienvermögens beitrug.

Das Glück verließ mich nach meinem zwanzigsten Geburtstag. Das Unheil erschien in Form eines Buick Cabriolet, der an einem bewölkten Nachmittag im März 1965 auf den kürzlich neu gestalteten Vorplatz brauste. Ich trat soeben mit Jose aus dem Pferdestall, wo wir Belinda untersucht hatten, eine alternde Stute, die nicht mehr recht fressen wollte. In einem längeren Vortrag pries ich Jose die Vorzüge von Ritas würzigen Würsten, die sie zur Vesper aufschneiden würde. Joses Angewohnheit, mit den Tieren zu leiden, intensivierte sich mit den Jahren. Seit Belinda krank war, trug er wieder einen Gürtel zu seiner Arbeitshose, da sein Bauch beträchtlich an Umfang verloren hatte. Erstaunt blickte ich auf die Staubwolken, und als sie sich legten, erkannte ich den Fahrer. Mir blieb das Wort im Hals stecken. Es war Moses, mein Zwillingsbruder, in grüner Militäruniform, deren Schnittigkeit durch den Ansatz eines runden Bauches etwas beeinträchtigt wurde. Ich sah in seine Augen, die mich spöttisch fixierten, in sein Gesicht, aus dem jegliche jungenhafte Weichheit getilgt und durch kantige Kiefer und einen glänzenden Schnauz ersetzt worden war. Trotz allem stand mein Bruder Moses vor mir, und ich spürte die Schläge seiner Fäuste in meinen Rippen, seine Finger in meinen Augen, ich schmeckte das brackige Wasser, das er mir hinterließ, damals, im Bauch meiner Mutter, und die Galle kam mir hoch. Einen schrecklichen Augenblick lang dachte ich, ich müsste mich von ihr befreien, sie mir vor die Füße speien, aber ich fing mich und sagte:

«Guten Tag, Moses. Was führt dich auf meinen Hof?»

Moses machte sich breit. Er bezog das schönste Zimmer, das ehemalige Schlafzimmer meiner Großeltern, das seit ihrem Tod leer stand und von Amalia liebevoll gepflegt wurde. Er schlief lange, ließ sich von Rita das Frühstück ans Bett servieren, kam um zwei zu einem Mittagessen hinunter, das sie eigens für ihn auftischte, da die Angestellten und ich jeweils um zwölf aßen. Anschließend inspizierte er Ställe und Felder, unternahm lange Ausritte auf den besten Hengsten, oft auch verschwand er für Stunden mit seinem Cabriolet. Er kehrte nach dem Abendbrot mit der Forderung zurück, dass Rita ihm wiederum eine üppige Mahlzeit bereiten solle. Anschließend holte er vom besten Wein aus dem Keller, setzte sich in seinen Buick Cabriolet und drehte das Autoradio auf volle Lautstärke. Moses zählte nie zu den begabten Sängern. Daran änderten auch zwei Flaschen Bordeaux nichts. Grölend durchwachte er die Nacht, während wir Übrigen zu schlafen versuchten. Zum Schluss ballerte er mit seiner Beretta ein paar Schüsse in die Luft, seiner «Princesa», wie er sie nannte, eine Prinzessin, die er jederzeit und für alle sichtbar in seinem Schulterhalfter trug.

Ich gebot diesem Treiben keinen Einhalt. Während einer Woche, während zwei Wochen, während eines Monats ließ ich es geschehen. Ich wartete und hoffte auf Moses' Aufbruch zurück in die Stadt, überzeugt davon, dass die Ödnis unseres ruhigen Lebens ihn bald anwidern würde. Aber er amüsierte sich vorzüglich. Er verbrachte Stunden auf den Fersen von Jose, dem Stallmeister, und kommentierte jeden seiner Handgriffe, verbesserte, griff ein. Er hinderte Silvio, der für die Maschinen zuständig war, an der Arbeit, indem er ihn zwang, seinen Erzählungen vom Militär zuzuhören. Er schickte Amalia, die sein Zimmer putzen wollte, mit wüsten Flüchen zum Teufel. Er verfolgte Melinda, das behinderte Hausmädchen, mit anzüglichen Sprüchen und fasste ihr zwischen die Beine, wenn sie ihm sein tägliches Bad bereitete. Am übelsten aber traf es Rita. Moses kippte die Suppe über den Tisch, wenn sie ihm nicht schmeckte, riss die Töpfe vom Herd, falls ihm die Zubereitung zu lange dauerte, und stopfte Rita Rüben, die er nicht mochte, in den Ausschnitt. Das alles erzählte mir Rita mit tränenerstickter Stimme nachts in ihrem Bett, bevor wir, geblendet von den Scheinwerfern, versuchten, trotz Moses' Gegröle ein wenig Schlaf zu finden.

Mir zog es das Herz zusammen, und ich schwor ihr und mir, beim nächsten Besuch von Vater offiziell zu verkünden, dass ich sie heiraten und zur Gutsherrin machen werde. Moses, so hoffte ich weiterhin, würde bald den Gefallen an seinen Schikanen verlieren, vor allem dann, wenn sie auf keinerlei Widerstand stießen.

Ein Geräusch, das wie Schnarchen klingt, weckt mich. Erschrocken blicke ich um mich. Weit und breit kein Mensch in meinem Zimmer. Ich muss beim Lesen eingenickt sein. Speichel rinnt mir übers Kinn. Ich wische ihn mit dem Leintuch weg und ordne den Brief meines Vaters, dessen Blätter überall auf der Bettdecke verstreut sind. Dies nimmt mich so in Anspruch, dass ich zusammenzucke, als Schwester Anna neben mich tritt und die Infusionen kontrolliert. Sie schielt neugierig auf die Bogen in meiner

Hand. Nein, Schwester Anna, das ist nichts für dich. Ich bedecke den Stapel mit dem Schreibblock und kritzle hastig:

«Ich muss rauchen.»

Schwester Anna nimmt den Block entgegen, liest und lächelt.

«Morgen versuchen wir nochmals aufzustehen. Wenn Sie es dann bis ins Raucherzimmer schaffen – gerne.»

Natürlich werde ich das schaffen, Schwester Anna. Ich schenke ihr ein strahlendes Lächeln. Und jetzt lassen Sie mich bitte in Ruhe.

Mir gegenüber verhielt sich Moses verächtlich und herablassend.

«Milton, mein Bruderherz», sagte er am zweiten Tag, «du holst ja ganz schön was raus aus der alten Kiste, hab ich gehört. Nicht schlecht für 'nen wirren Wurm wie dich, was?» Er lachte schallend und klopfte mir auf die Schultern. «Und ein paar ganz heiße Bienen hast du hier», er deutete mit einer Kopfbewegung zu Rita hinüber, die gerade das Esszimmer verließ, «wirklich Klasse. Ich meine, ein bisschen Vergnügen muss einem doch bleiben bei dieser Rackerei, oder?»

Mir lief es kalt über den Rücken. Ahnte er etwas von Rita und mir? Dass Vater ihm von meinem wirtschaftlichen Erfolg berichtet hatte, davon konnte ich ausgehen. Ich verbot mir weitere Grübeleien und schalt mich einen Esel. Was war schon dabei, wenn Vater Moses von der Fazenda erzählte, die beachtenswerte Beträge abwarf? Vater führte sich wie ein sichtlich zufriedener Grundbesitzer auf, dessen Söhne zwar unterschiedlich, aber durchaus zufriedenstellend geraten waren. Der eine fand seine Berufung darin, seinem Vaterland zu dienen, der andere geriet zum glücklichen Gutsverwalter. Dies redete ich mir damals ein, ohne meine dunklen Ahnungen zu beachten.

Drei Monate vergingen. Moses fraß und terrorisierte. Als meine Angestellten begannen, meinen Blicken auszuweichen, wusste ich, dass ich, wollte ich ihre Achtung nicht verlieren, etwas unternehmen musste. Moses von der Fazenda weisen? Was, wenn er darauf mit Hohn reagieren würde? Dann verlor ich mein Gesicht endgültig. Sollte ich ihm ins Gewissen reden, ihn bitten, uns des Hofes wegen in Ruhe die tägliche Arbeit tun zu lassen? Würde das auf fruchtbaren Boden fallen bei einem Menschen, dessen Gewissen, wie ich vermutete, im Laufe der Jahre die Größe eines Fliegendrecks entwickelt hatte? Quälende Stunden verbrachte ich mit solchen Grübeleien, ich verwarf und zweifelte, und meine Unschlüssigkeit musste nicht nur meine Angestellten vor den Kopf gestoßen haben. Sie rief Xero auf den Plan, den ich seit langem vermisste und von dem ich nicht mehr zu hoffen wagte, dass er sich in meinem Leben je nochmals dazu bequemen würde, mich zu besuchen. Mein Zaudern und die Klagen meiner Angestellten schrien offenbar zum Himmel. Denn der himmlische Geselle sah sich gezwungen, ins Geschehen einzugreifen. Nach genau drei Jahren und drei Monaten Abwesenheit tauchte er wieder auf.

Er tat dies in einer sternenklaren Nacht, in der ich bei Rita lag und meine Nase dorthin steckte, wo es nach Seife, Schweiß und heißer Butter roch, während draußen die Boomblers «Give Me Your Love Tonight» lärmten. Moses' Gegröle drang durchs geschlossene Fenster, und wenn er uns zu Beginn des Abends mit dummdreisten Improvisationen bekannter Liedtexte besungen hatte, so vermochte er zu dieser vorgerückten Stunde gerade noch «tooonight» zu brummen. Dazwischen schwieg er, und ich wurde von der Vorstellung verfolgt, er würde still im Treppenhaus herumtappen und plötzlich in unser Zimmer einbrechen, auf der Suche nach Rita. Denn ich sah die Blicke, mit denen er sie tagsüber musterte, und es brauchte keineswegs eine schäbige Fantasie, um mir das auszumalen, was in jenen Momenten in ihm vorging. Meine Befürchtungen erfüllten sich glücklicherweise nicht.

Das nächste heisere «tonight» erklang wiederum aus dem Hof. Die längeren Pausen dienten einzig und allein dazu, weitere herzhafte Schlucke zu sich zu nehmen. Moses' nächtlicher Bedarf war in den vergangenen Wochen auf drei Flaschen Rotwein angestiegen. Die Regale im Weinkeller, ehemals reich bestückt mit edlem Bordeaux, lagen brach, und Moses ging dazu über, sich die weniger gehaltvollen Tropfen heraufholen zu lassen.

In dieser lauen Nacht lag ich in Ritas Armen, bereits von der nächsten Unruhe erfasst, nämlich derjenigen, dass Moses innert Kürze zu seiner «Princesa» greifen würde, der Beretta, mit deren Knall er jeweils unsere Herzen in ängstliches Rasen versetzte. Meine Stoßgebete, Moses möge in seiner Trunkenheit die Waffe in die falsche Richtung halten und sich so verletzen, dass jede Hoffnung auf ein Überleben begraben werden musste, wurden nicht erhört.

Ich lag also leicht verkrampft in Ritas Armen, als mich ein Zittern erfasste, ein leichtes zuerst, das sich innert Kürze zu einem Beben steigerte. Rita versuchte mich mit all ihrer Kraft zu halten, allerdings vergeblich. Mich schüttelte es so, dass sie aus dem Bett geschleudert wurde. Alle Versuche, aufzusitzen, um dem Zittern Herr zu werden, misslangen. Beine und Arme schlugen unkontrolliert gegen die Wand, während Rita erfolglos versuchte, mich auf den Boden zu zerren, damit ich mich nicht verletzte. Plötzlich wurde es gleißend hell, es gab einen ohrenbetäubenden Knall, und im Hof ertönte ein gellender, lang anhaltender Schrei. Dann wurde es totenstill. Mein Beben war wie weggeblasen. Ich lag regungslos, ein Brausen in den Ohren. Es übertönte Ritas Stimme, die in weiter Ferne erklang. Nach einer Ewigkeit, wie mir schien, drangen die Worte zu mir durch.

«Milton, Milton, steh auf, ein Blitz hat eingeschlagen.»

Ein Blitz? In dieser sternenklaren Nacht? Ich fuhr auf und stürzte zum Fenster. Als ich hinuntersah, brach ich in Gelächter aus. Ich lachte laut und schallend, es war, als würde sich die ganze Anspannung der letzten Monate auflösen in diesem Gelächter, das von tief unten in mir aufstieg und sich lärmend Gehör verschaffte. Unten im Hof stand Moses' Cabriolet, fein säuberlich in zwei Hälften geteilt. Der Schnitt verlief längs durch das Auto, so, als hätte jemand mit einem Schneidbrenner Hand angelegt, einer, der etwas von seinem Handwerk verstand, denn die Trennnaht war tadellos ausgeführt. Auch im Boden des Hofes hatte sich eine klaffende Wunde eingegraben. Die Beifahrerseite des Cabriolets war leicht abgekippt, aber immer noch so, dass man jederzeit einsteigen konnte. Der Sitz jedoch befand sich in einem Zustand, der keinesfalls einladend wirkte. Das ehemals flammend rote Leder entpuppte sich bei genauerem Hinsehen als schwarz versengte, geschmolzene Masse, von der ein übler Geruch aufstieg.

Die Fahrerseite stand mit beiden Rädern fest auf dem Boden, beschwert durch Moses, der regungslos hinter dem Steuerrad saß. In der linken hielt er eine leere Weinflasche, in der rechten seine Pistole. Diese steckte er nun, offenbar durch mein Lachen aus der Erstarrung gelöst, in den Halfter. Die Flasche schmiss er zu Boden. Sie zerschellte in tausend Stücke. Dann öffnete er die Fahrertüre, stieg langsam aus und wandte seinen Blick nach oben. Trotz der Dunkelheit konnte ich erkennen, dass seine Haare, die sich in der Zeit auf der Farm von militärischer Kürze zum krausen Dickicht entwickelt hatten, zu einem filzigen Belag zusammengeschmolzen waren. Auch seine Gesichtszüge irritierten mich. Erst auf den zweiten Blick erkannte ich die Veränderung. Anstelle von Augenbrauen und Wimpern leuchteten mir haarlose Hautstellen entgegen. Wo sich ehemals ein beachtlicher Schnauz ausbreitete, befand sich jetzt ein versengtes Gekräusel. Moses sah, gelinde gesagt, lustig aus, und sein Anblick trug nicht dazu bei, meinen Lachanfall abzuschwächen. Ich lachte, dass mir die Tränen über die Wangen liefen, und japste wiederholt nach Luft, ungeachtet meines Bruders, der regungslos im Hof stand und zu mir hinaufstarrte. Rita trat von hinten zu mir und umfasste mich. Als Moses sie sah, erschien auf seinen Lippen ein kleines Lächeln, das offenbar schmerzte, denn er brach es mit einer Grimasse sofort wieder ab. Mir aber blieb das Lachen im Hals stecken.

Am nächsten Tag reiste Moses ab. Er befahl dem Chauffeur, Großvaters Ford vorzufahren, ließ das Cabriolet auf dem Hof stehen und verschwand ohne ein weiteres Wort. Die Erleichterung war groß. Unter fröhlichem Geplauder demontierten Jose, Molequinho und Silvio die Reste des Cabriolets und fuhren sie auf den Schrottplatz bei Mendorosa, derweil ich die Spalte mit Kies und Sand füllte und, zum Gedenken an das Ereignis, die großen hellen und dunklen Flusskiesel zum Schluss so setzte, dass sie für den, der darauf achtete, ein x bildeten. Für den nächsten Tag ordnete ich ein großes Festessen an, bei dem natürlich die Moqueca de Camarão nicht fehlte, und genoss die vergnügte, entspannte Runde meiner Mitarbeiter. Einzig Rita wirkte bedrückt. Sie wurde von Moses' Lächeln verfolgt, das auf seinen Lippen erschienen war, als er uns zusammen am Fenster stehen gesehen hatte. Seine Rache für die erlittene Schmach würde schrecklich sein. Auch mir stand das Lächeln immer wieder vor Augen. Ich bemühte mich jedoch, Ritas Befürchtungen zu widerlegen, argumentierte, dass Moses, sobald er wieder im Militär war, allfällige Rachegefühle vergessen würde. Wie sehr ich mich täuschte. Moses vergaß nichts, und seine Rache war grausam.

Er kehrte ein paar Monate später, im November 1965, auf die Fazenda zurück, mit einem neuen Buick, silberfarben, diesmal kein Cabriolet. Nachdem er das Zimmer der Großeltern bezogen hatte, als ob es ihm ohne jede Frage zustünde, führte er sich unerwarteterweise seltsam gesittet auf. Seine täglichen Inspektionen und Belehrungen unterließ er, er quälte weder Bedienstete noch

Pferde und erschien pünktlich zu den Mahlzeiten. Letztere nahm er ein, ohne mich zu beachten. Nach ein paar Tagen sehnte ich mich danach, einen Blick von ihm zu erhalten, und sei es ein verachtender, oder auch nur ein Wort, das mir einen Hinweis darauf gegeben hätte, was er im Schilde führte. Moses schwieg, aß und zog sich entweder auf sein Zimmer zurück oder unternahm einen langen Ausritt, die einzige Gewohnheit, die er vom letzten Aufenthalt übernahm. Was vor sich ging, wenn er in seinem Zimmer war, blieb ein Geheimnis, denn die Dienstmädchen, allen voran die alte Amalia, weigerten sich bei Gott und allen Heiligen, das Zimmer je wieder zu betreten, solange Moses darin hauste. Mich selbst reizte es sehr, das Zimmer zu durchsuchen, sobald Moses aus dem Haus war. Ich scheute jedoch das Risiko, ertappt zu werden.

Moses' gemäßigteres Verhalten änderte nichts daran, dass seine Anwesenheit eine bedrückende Last war. Die Unsicherheit darüber, was er im Schilde führte, nagte an mir. Zudem stellte ich meine nächtlichen Besuche bei Rita ein. Sie bat mich inständig darum, zu unserem gemeinsamen Wohle. Moses sollte denken, dass unser Zusammensein in der Nacht des Blitzschlags ein einmaliges Treffen war, das nicht wiederholt wurde.

«Milton», flehte sie, «in zwei Monaten bist du volljährig und kannst mich heiraten. Lass uns nicht nach Jahren der Vorsicht in letzter Minute alles verspielen.»

Ich gab ihr nach, starrte mittags trübselig auf ihre gut verpackten Brüste und tröstete mich nachts mit feuchten Träumen. Rita versuchte mich aufzumuntern, indem sie mir liebevolle Blicke und Kussmünder zuwarf, sobald Moses den Rücken kehrte. Überhaupt schien sie ihre Fröhlichkeit wiedergefunden zu haben, genährt durch das Wissen um unsere Liebe und aufgehoben in meinem Versprechen, sie bald zu heiraten.

Umso mehr traf mich ihr Unglück.

Es war Ende Dezember, frühmorgens, ich kam nach einer qualvoll einsamen Nacht voller schlechter Träume die Treppe hinunter. Molequinho trug das Frühstück auf. Als ich ihn fragte, wo Rita sei, meinte er ein wenig unsicher, sie sei noch nicht heruntergekommen. Ich wollte sofort zur Treppe stürzen, konnte mich aber im letzten Augenblick beherrschen und schickte Amalia hinauf, um nach Rita zu sehen. Da sich Rita nicht ein Mal in all den Jahren verspätet hatte, war ich beunruhigt. Amalia kam nach einer Weile zurück und richtete aus, dass Rita mich sehen wolle. Meine Frage zu Ritas Zustand beantwortete sie mit einem Schulterzucken. Ich hastete hinauf. Rita lag seitlich im Bett, die Knie an den Bauch gepresst, die dünne Decke bis über die Ohren gezogen. Sie war totenblass. Als ich zu ihr niederkniete, lächelte sie schwach. Sie fuhr fort, zu lächeln, und als ich sie fragte, was los sei, schüttelte sie schwach den Kopf und schwieg. Ich streichelte sie, wohl ein wenig ungestüm, denn sie zuckte zusammen. Dabei verrutschte die Decke ein wenig. Ihre linke Hand kam zum Vorschein, das Gelenk wundgescheuert wie von einem Seil, die Wunde leuchtete auf ihrer schönen braunen Haut. Der Anblick brachte mein Herz zum Rasen. Als ich die Decke zurückschlug, versuchte Rita ihre Beine mit dem Nachthemd zu bedecken. Ich riss ihr das Hemd hoch. Beide Fußgelenke zeigten dieselben blutigen Striemen. An ihrem linken Bein gleich unterhalb der Scham klebte ein wenig Blut, am anderen Bein waren die Abdrücke von Zähnen zu erkennen. Übelkeit stieg in mir auf. Rita hatte zu weinen begonnen, sie zitterte und versuchte krampfhaft, mit dem Nachthemd ihre Scham wieder zu bedecken. Ich wickelte sie in die Decke, nahm sie in den Arm und wiegte sie lange und sanft. Nach einiger Zeit hatte sie sich so weit erholt, dass sie reden konnte. Moses kam mitten in der Nacht zu ihr ins Zimmer. Da sie dachte, ich sei es, schrie sie nicht, und als er ihr bereits den Knebel in den Mund stopfte, war es zu spät. Moses zurrte sie an Armen und Beinen an ihrem Bettgestell fest. Was darauf folgte, erzählte Rita mit gebrochener Stimme, sie würgte Worte hervor, die nicht kommen wollten, gezwungen durch mein unerbittliches Fragen.

Moses zog einen Schraubenzieher aus seiner Hosentasche, eine Zuckerrübe vom Feld und eine Reitpeitsche. Die Rübe steckte er in Ritas Scheide, ganz tief, bis sie schrie und in das Tuch wimmerte, das ihren Mund stopfte. Den Schraubenzieher drehte er in ihren After, bis sie ohnmächtig wurde. Wann er sie biss, wusste Rita nicht mehr. Aus der Bewusstlosigkeit weckte er sie mit der Peitsche, die er über ihr knallen ließ, gerade rechtzeitig, dass sie mitbekam, wie er auf ihrer Brust hockte und sein Glied über ihrem Gesicht bearbeitete. Sie spürte den Samen in ihren Augen brennen, trotz geschlossener Lider, und wollte sterben. Sie wurde ohnmächtig. Als sie erwachte, fand sie sich unbedeckt und zitternd im Bett. Für einen kurzen Augenblick hatte sie den Gedanken, dass alles nur ein schrecklicher Traum gewesen sei, eine Wahnvorstellung, entstanden aus ihrer verängstigten Seele. Dann spürte sie, wie ihr warmes Blut über das Bein lief, und der stechende Schmerz in ihrem After machte den Traum zunichte.

Während Rita erzählte, liefen mir die Tränen über das Gesicht. Ich hielt sie fest und wiegte sie wie ein kleines Kind. Dann holte ich warmes Wasser und wusch ihr Gesicht und Körper. Ich ließ ihr Tee bringen und kühle Umschläge und Wundsalbe von Doña Teresia, der besten Heilerin der Gegend.

Dann raste ich ins Zimmer von Moses, um ihn zur Rede zu stellen. Das Zimmer war leer, das Bett zerwühlt, ein offener Koffer und Kleidungsstücke lagen herum. Ich muss gestehen, dass ich erleichtert war, nicht auf Moses zu treffen. Mit größter Wahrscheinlichkeit hätte ich mich auf ihn gestürzt, mit einem Resultat, das zu meinen Ungunsten ausgefallen wäre. So rannte ich in die Scheune, schwang mich auf den Traktor und raste tränenblind auf die Felder hinaus, in der irrigen Annahme, ein wenig Distanz würde meine aufgewühlte Seele beruhigen.

Das Klappern von Geschirr reißt mich aus meiner Versunkenheit. Schwester Anna richtet mir den Beistelltisch, auf den sie ein Tablett mit dampfendem Tee und Biskuits gestellt hat. Kamille. Mich schüttelt es. Schwester Anna schaut mich belustigt an.

«Das präpariert Ihren Magen für das Abendessen.» Sie schielt auf den Brief in meinen Händen. «Was lesen Sie denn Spannendes?»

Ich nehme den Block vom Nachttisch und schreibe:

«Die Memoiren eines Besessenen. Ausschließlich für unzimperliche Gemüter bestimmt.»

Schwester Anna guckt beleidigt.

«Zimperlichkeit kann man sich bei meinem Job nicht leisten. Oder denken Sie, Ihre unverdaute Suppe auf meiner Schürze sei erbauend gewesen? Aber behalten Sie Ihre Geheimnisse», sie bückt sich und legt den Briefumschlag, der mir von der Decke geglitten ist, mit Vaters Schrift nach oben neben den Krug, «ruhig für sich.»

Dann rauscht sie aus dem Zimmer. Ich schenke mir eine Tasse Tee ein. Falls das Gebräu das Tor zu Steak und Frites sein soll, kann es einen Versuch wert sein.

Als ich von den Feldern zurückkehrte, schlug mein Herz immer noch bis zum Hals. Moses blieb für die nächsten zwei Tage verschwunden. Offenbar war er mit seinem Auto weggefahren. Ich gab mich einerseits der Hoffnung hin, dass er endgültig fortblieb, und spielte mit dem Gedanken, seine zurückgelassenen Besitztümer in einem Freudenfeuer aufgehen zu lassen. Andrerseits befürchtete ich, dass ich keine Gelegenheit erhielt, mich für sein Vergehen an Rita zu rächen. Auf welche Weise ich das allerdings bewerkstelligen wollte, darüber war ich mir im Unklaren. Sämtliche Überlegungen scheiterten an der Vorstellung, wie Moses mich dank seiner körperlichen Überlegenheit mit Hohn und Spott von der Fazenda jagen würde. Peinvolle Stunden vergingen.

Am dritten Tag kehrte Moses zurück, pünktlich zum Mittagessen. Er setzte sich an den Tisch, ohne mich zu beachten. Als Rita mit der Suppenschüssel ins Esszimmer trat, stockte mir der Atem. Rita stand bereits zwei Tage nach der Tat wieder in der Küche. Ihre Wunden verbarg sie unter langen Ärmeln, an den Füßen trug sie trotz der Wärme Strümpfe. Sie wies Molequinho an, wie die Beeren einzukochen seien, und wachte darüber, dass ich rechtzeitig ein nahrhaftes Mahl auf dem Tisch hatte.

Als sie nun Moses sah, wurde sie totenblass. Sie fasste sich jedoch schnell. Obwohl ihre Hände zitterten beim Schöpfen, servierte sie uns ruhig die Teller und wünschte mit fester Stimme einen guten Appetit. Ich saß wie gelähmt. Moses fuhr fort, in seiner Zeitung zu lesen, ohne uns zu beachten. Ich legte den Löffel nach einem halbherzigen Versuch, etwas zu essen, neben den Teller und überlegte fieberhaft, welche Sühne ich von Moses fordern sollte.

Rita brachte Würste und Bohnen. Als sie ihm den Teller vorsetzte, packte Moses grob ihr Handgelenk, dass sie aufschrie, schob ihren Ärmel ein Stück zurück, wies auf die Striemen, die sich immer noch blutrot abzeichneten, und sagte: «Sie mag's deftig, deine Köchin, das hast du nicht gewusst, he, Milton?» Und zu Rita gewandt, die ihr Gelenk aus Moses' Faust zu befreien suchte: «Warst echt Klasse, dieses Feuer, diese Leidenschaft, eine richtige kleine Hure.»

Er drehte sich wieder zu mir, schräg grinsend: «Sie hat mich auf ihr Zimmer gelockt, die kleine Nutte, sie flehte mich geradezu an, es ihr einmal richtig zu besorgen. Das ließ ich mir nicht zweimal sagen. Kaum war ich so richtig in Fahrt, hieß sie mich den

Kälberstrick holen, die Nutte, und als ich sagte: ‹Das tut doch weh, denk an deine zarten Handgelenke›, lachte sie und sagte: ‹Es macht mich erst richtig scharf, wenn es weh tut. Milton, das Weichei mit der sanften Tour, will das einfach nicht begreifen.›»

Moses ließ Ritas Handgelenk los und begann zu essen. Rita stürzte zur Tür hinaus. Ich saß wie geprügelt, unfähig, etwas zu tun oder zu sagen. Moses spießte eine Wurst auf die Gabel, begutachtete sie und biss ihr das eine Ende ab.

«Also holte ich unten im Stall den Kälberstrick. Wenn ich schon dabei bin, dachte ich, nehme ich gleich ein paar Spielsachen mit. Und ich packte außer dem Strick eine fette süße Zuckerrübe ein, eine Reitpeitsche und den Schraubenzieher. Wieder oben im Zimmer, konnte Rita es kaum erwarten, mir Anweisungen zu geben, wie ich den Kälberstrick handhaben sollte. Den Schraubenzieher habe ich mir als Überraschung ausgedacht, eine kleine Massage des Scheißkanals kann nie schaden. Vor allem zusammen mit der Rübe, die Rita sehr geschätzt hat. Ihr Loch saugte das Riesending auf, wie wenn es ein Schleckstengel wäre. Sie scheint noch nie so voll auf ihre Kosten gekommen zu sein. Wenn ich sie nicht geknebelt hätte, wären alle im Haus aus dem Bett gefallen, so gierig schrie sie.»

Moses grinste genüsslich und stopfte sich die Wurst bis zur Hälfte in den Mund. Er kaute mit vollen Backen. Als er weitersprach, sprangen kleine Wurststückchen aus seinem Mund. Ich sah sie auf der Tischdecke landen, während es in meinem Kopf brauste.

«War wohl zu viel der Lust für das ausgedörrte Mädchen. Plötzlich wurde sie ganz schlaff. Ich versuchte sie aufzumuntern, habe den Schaft der Peitsche in ihre köstliche Soße getaucht, vergeblich. Erst mein Schwanz, der sie ein wenig im Gesicht kitzelte, erweckte sie zu neuer Lust, gerade rechtzeitig, um gierig meinen Saft aufzusaugen, leider nicht mit dem Gaumen, der musste anderweitig gestopft bleiben, aber mit den Augen. Mann, diesen Ausdruck werde ich nie vergessen, diese Hingabe, diese Dankbarkeit für mich, der ich ihr den Fick des Lebens verpasst …»

Moses kam nicht dazu, den Satz zu beenden. Ich stürzte mich mit einem gequälten Schrei auf ihn und schlug meine rechte Faust gegen seine Schläfe. Er schaute mich verdutzt an, stand auf, packte mich bei den Schultern und tauchte meinen Kopf in den vollen Teller vor mir. Mir pressten sich heiße Bohnen in Augen und Nase, ich zappelte wild, und als ich nach Luft japste, geriet mir eine Bohne in die Luftröhre. Moses ließ los, ich würgte und hustete und tastete nach einer Serviette, um mir den schmerzenden Brei aus dem Gesicht zu wischen. Als ich die Serviette fand, nahm Moses sie mir aus der Hand, packte mit spitzen Fingern mein Kinn und wischte mit der Serviette mein Gesicht trocken. Dann beugte er sich vor, ganz nahe zu mir, so dass unsere Nasen sich beinahe berührten, und sagte leise: «In zwei Tagen bist du deinen Job als Gutsverwalter los. Oder deine süße Fotze Rita.»

Er stieß mein Kinn zurück, dass mein Kopf ins Genick schlug, stand auf, stopfte sich den Rest seiner Wurst in den Mund und ging. Als ich draußen den Motor seines Buick aufheulen hörte, legte ich den Kopf auf meine Arme und weinte.

Ich sah Rita nicht mehr. Molequinho und Amalia schirmten sie in der Küche ab, im Esszimmer tauchte sie nicht mehr auf. Als ich in der zweiten Nacht verzweifelt an ihre Tür klopfte und schließlich eintrat, war das Zimmer leer. Sie musste in eines der zahlreichen leeren Dienstbotenzimmer umgezogen sein, und sie überall zu suchen, mit dem Risiko, alle Dienstboten aufzuschrecken, wagte ich nicht.

Zwei Tage nach Moses' Abreise traf mein Vater ein. Er bat mich ins Büro, das er von Großvater übernommen hatte. Seine Miene machte meine letzte Hoffnung zunichte, dass sich noch etwas zum Guten wenden ließe. Moses hatte ganze Arbeit geleistet. Vater kam direkt zur Sache. Wie mein Verhältnis zur Köchin sei, wollte er wissen, kaum dass ich Platz genommen hatte.

«Ich liebe sie und werde sie im Februar heiraten», sagte ich.

Vater lachte böse, dann stand er auf und begann zu toben. Er beschimpfte mich und meine Verantwortungslosigkeit der Familie und der Fazenda gegenüber, er verdammte meine Naivität, warf mir vor, ausschließlich triebgesteuert zu leben, ohne Respekt der Familie gegenüber. Kleine Köchinnen halte man sich als Nachspeise, dann, wenn die Gemahlin täglich Brot geworden sei.

Wie die Gemahlin beschaffen sein musste, darüber ließ mein Vater keinen Zweifel. Sie musste aus wohlhabendem Haus stammen, er dachte an Cynthia da Conçalves, die Tochter des Bürgermeisters von São Lazaro, oder Maddalena Cruz, Tochter von Claudio, dem Fleischer, der mit seinen drei Filialen einen beträchtlichen Gewinn einfuhr. Noch besser, sie konnte eigene Ländereien beisteuern, wie die Nachbarstochter Luisa, oder Carolina vom Monte do Cerro drüben, die zwar mit ihren dreizehn Jahren noch etwas jung war, aber auch die würde zulegen. Gut, er gestehe, dass es den Auserwählten etwas an Schönheit fehle, Cynthia sei doch etwas klein und dick geraten und Maddalena bleich und schwindsüchtig, eigentlich erstaunlich für eine Metzgerstochter. Luisa sei zwar von nicht übler Gestalt, der Geist sei jedoch nicht zur vollen Blüte gelangt, aber die Intelligenz würde ich ja beisteuern, insofern sehe er kein Problem, dass der Nachwuchs geistig minderbemittelt gerate. Mein Vater hielt inne, um Atem zu schöpfen. Bevor ich jedoch meinen Standpunkt genauer ausführen konnte, nahm er seinen Faden wieder auf. Carolina bleibe die Vielversprechendste, zwei oder drei Jahre müsse man ihr noch geben, da komme sicherlich noch Fleisch an den Knochen. Er werde bald einmal bei ihrem Vater vorsprechen, dem Don do Cerro, den kenne er noch von gemeinsamen Schultagen her. Hellhäutig sei sie jedenfalls, und das sei eine unverzichtbare Eigenschaft, auf die ich bei meiner Brautschau achten müsse. An dieser Stelle überkam ihn wieder die Wut, die sich bei seinen Ausführungen etwas gelegt hatte. Ob mir denn jemals der Gedanke gekommen sei, dass die schwarze kleine Küchenratte kaum dazu beitrage, den Wohlstand der Fazenda zu mehren, im Gegenteil, sie würde, kaum hätte ich sie geheiratet, die Beine hochlagern und das Geld verjubeln, das seit vier Generationen mit eigener Hände Arbeit mühsam zusammengekratzt worden sei. Ob ich wisse, was es hieß, dass seine Urgroßeltern sich noch nicht mal selbst gehörten? Ob ich mich erinnere, wie seine Großeltern und Eltern sich aus sklavenähnlichem Dasein hochgerackert hätten, schwarz wie sie waren? Dank deren Fleiß, Sparsamkeit, geschickter Taktik beim Kakaohandel und gewiefter Auswahl beim Heiraten würde ich mich jetzt hier ausbreiten, ein kaum volljähriger Junge, der die Chance in die Wiege gelegt erhalte, derartige Güter zu verwalten. Und dieses Erbe, das eines Tages auch mein Erbe sein werde, wolle ich einer Möse wegen aufs Spiel setzen? Er werde Rita eigenhändig vom Hof entfernen, falls sich das als notwendig erweisen sollte, was allerdings außerhalb seiner Vorstellungskraft liege. Sobald ich standesgemäß geheiratet hätte, könne ich mich vergnügen, mit wem ich wolle, aber ich solle es in Gottes Namen so tun, dass keiner davon eine Ahnung habe.

Ich saß auf meinem Stuhl und ließ Vaters Ausbruch über mich ergehen. Als er endlich schwieg und erregt hinter seinem Schreibtisch auf und ab ging, sagte ich: «Ich werde weder Cynthia, Maddalena, Luisa noch Carolina heiraten. Ich heirate Rita.»

Mein Vater hielt inne, schritt hinter dem Schreibtisch hervor zu mir herüber, beugte sich über mich und musterte mich mit einem Gesichtsausdruck, in dem sich Verachtung und Zorn mischten. Dahinter schien ein Schmerz auf, der mein Herz mehr als Wut und Zorn zu treffen vermochte. Er sagte: «Geh und heirate Rita. Wenn du das tust, bist du heute zum letzten Mal mein Sohn.

Und, was dich meines Erachtens um einiges härter treffen wird: Wenn du Rita heiratest, bist du heute zum letzten Mal Verwalter dieser Fazenda.»

Er richtete sich auf und fügte mit einem zynischen Lächeln hinzu:

«Für deinen weiteren Lebensweg als Habenichts wünsche ich dir alles Gute. Mal sehen, wie lange du ohne Fazenda und Erbe deiner Rita genehm bist.»

Die folgende Nacht war die schlimmste meines Lebens. Obwohl ich mir tausendmal bekräftigte, dass ich Rita liebte und ihr folgen würde, war ich mir tief in meinem Innern bereits im Klaren darüber, dass ich, indem ich feige in meinem Zimmer verharrte, anstatt sie zu suchen, an der Hand zu nehmen und mit ihr auf und davon zu gehen, mich bereits entschieden hatte. Für die Fazenda. Gegen Rita.

Die Reden meines Vaters hatten sich wie Gift in meinen Körper gesenkt. So sehr ich mich dagegen zu wehren versuchte, seine Worte kreisten mir im Kopf und fraßen an meiner Seele.

«Mal sehen, wie lange du ohne Fazenda und Erbe deiner Rita genehm bist.» Ich vergegenwärtigte mir immer und immer wieder meine Kraft und meine Liebe zu Rita, und ich beschwor Xero, mir beizustehen. Vergebens. Ich fühlte, wie meine Angst mich von innen heraus zersetzte. Sie nagte an der Substanz, die ich noch vor zwei Tagen als unverderblich bezeichnet hätte, sie fraß Löcher in meine Liebe, die sich als anfällig erwies. Meine Angst bezwang mich. «Mal sehen, wie lange du ohne Fazenda und Erbe deiner Rita genehm bist.» Meine Liebe wurde ganz klein bei dem Gedanken, alleine bestehen zu müssen gegen die Mühseligkeit eines Lebens zu zweit, ohne nichts. Ich sah uns in einer Blechhütte sitzen, still und wund von Vorwürfen, die nicht ausgesprochen werden durften. Ich sah, wie wir uns in die Schlange all derer einreihten, die hofften, für einen Tag Arbeit auf den Kakaofeldern zu erhalten. Ich sah unsere Liebe, die wir auf der Suche nach dem täglichen Brot zu wenig zu ernähren vermochten. Ich spürte meine Liebe klein werden und hatte Angst.

Im Morgengrauen gestand ich mir ein, dass Vater und Moses gesiegt hatten. Ihr Sieg säte in mir ein Gefühl, so groß, dass es die bedrängte Liebe zu Rita endgültig in eine Ecke wies. Es war Hass. Ich hasste meinen Bruder und meinen Vater. Der Hass war so groß und mächtig, dass er mir Herz und Seele erfüllte, während die Liebe klein beigab. Dass ich es zuließ, mir die Liebe vom Hass verdrängen zu lassen, verzeihe ich mir bis heute nicht. Die Haltung zeigt sich im Rückblick gar so, als wäre es mir noch so recht gewesen, von derart intensiven Gefühlen überwältigt zu werden. Sie verschafften mir die Härte, meine Liebe zu Rita auf dem Altar der Bequemlichkeit zu opfern.

Der Hass auf meinen Bruder und meinen Vater blendete und erfüllte mich. Was mich beinahe zum Ersticken brachte, war der Hass auf mich selbst. Diesem gestand ich jedoch nur selten zu, Oberhand über meine Gedanken zu gewinnen. Wenn er aus seiner Versenkung auftauchte, wurde die Luft zum Atmen knapp und die Seele brüchig.

Die nächsten Monate überstand ich wie in Trance. Rita war weggebracht worden, ob von meinem Vater, das wusste ich nicht. Ich verließ nach dieser schlimmen Nacht mein Zimmer ein paar Tage lang nur, um Jose ein paar Anweisungen zu geben und etwas zum Essen zu holen. Meine Angestellten vermieden es, mich anzuschauen, und wenn sie mit mir sprachen, dann waren es knappste Auskünfte, die sie auf meine Fragen gaben, schnell und präzise, so, als ob jedes weitere Wort an mich eine Verschwendung wäre. Selbst Jose, mit dem ich manche Pferdekrankheit durchgestanden hatte, ging mir aus dem Weg. So drehte ich einsam meine Runden auf den Feldern, pflügte, säte, erntete und verkaufte die Ernte zur angesagten Zeit. Die Pferdezucht entwickelte sich dank Joses geschicktem Händchen zu einer veritablen Goldgrube, und die Kakaopreise befanden sich weiterhin auf einem Hoch. Mir bereiteten diese Erfolge keine Freude. Auf welch unsäglichen Tausch hatte ich mich eingelassen, um all dies zu behalten. Grund und Boden gegen Liebe, bitteren Kakao gegen süßen Genuss, blutlose Ehre gegen einen pulsierenden Körper, totes Geld gegen Rita. Ich drehte meine Runden auf den Feldern und weinte. Nachts quälten mich Träume, in denen Moses mir die Fingernägel ausriss, während er teuflisch lachte, die Zähne blutverschmiert. Auf einem zerschlissenen Sofa im Hintergrund lag Rita mit blutenden Schenkeln, die Hände nach mir ausgestreckt.

Es war die Hölle, verpackt in gleißende Sonnentage, und es vergingen weitere zwei Jahre, bis der Schmerz etwas nachließ. Moses ließ sich in dieser Zeit nicht wieder blicken, und mit meinem Vater pflegte ich einen geschäftlichen Austausch, der sich auf ein paar wenige Besuche beschränkte, bei denen die Worte kalt und die Sätze kurz waren.

Moses und Vater suchten mich erst wieder heim, als der Boden unter meinen Füßen ein wenig fester geworden war. Sie kamen, sobald mich der Selbsthass nicht mehr vollends auffraß und ich nicht dauernd die Traktorfahrten unterbrechen musste, der Tränen wegen, die mir die Sicht auf die Furchen nahmen.

Der nächste Auftritt von Vater und Moses folgte dreieinhalb Jahre, nachdem sie meine Geliebte vertrieben hatten, an dem Tag, als ich erstmals vor das Haus trat mit einem Lächeln auf den Lippen, weil ich von einer lächelnden, zufriedenen Rita geträumt hatte. Sie lebte in einem weiß getünchten Haus mit einer blau gestrichenen Türe. Das Haus war von einem kleinen Gärtchen umgeben, in dem üppiger Oleander blühte. Rita trat durch die blaue Türe, ganz in Weiß gekleidet, ihre samtweichen Haare straff nach hinten gekämmt. Sie sah lächelnd zu mir herüber, die schönen Augen blickten sanft, und, wie mir schien, verzeihend.

«Rita», rief ich im Traum und rannte auf sie zu, doch sie wendete sich mit einem Lächeln ab, winkte mir zu und verschwand im Haus. Ich erwachte aufgewühlt, aber mit einem leichten Herzen, und dachte: «Gott sei Dank. Rita geht es gut.»

An diesem Morgen trat ich erstmals seit dreieinhalb Jahren ohne das Gefühl von Übelkeit vor die Türe, ohne jenes Würgen im Hals, das mich an die quälenden Träume der Nacht gemahnte bis weit in den Tag hinein, ich stand da und atmete tief ein, etwas verblüfft ob dem Glücksgefühl, das mich streifte, als ein Konvoi von Fahrzeugen vorfuhr. Als Erstes rollte ein hellblauer Cadillac mit dunkel getönten Scheiben auf den Hof, gefolgt von einem Lastwagen beträchtlichen Ausmaßes. Zuhinterst folgte ein glänzender silberner Mercedes, dessen dunkle Scheiben ebenfalls keinen Blick ins Innere des Autos gewährten. Einzig den Fahrer des Lastwagens konnte ich erkennen, ein dürrer Kerl mit runzligem Gesicht, der mit Mühe über das Steuerrad hinaussah. Er schwitzte und schob sich die Schirmmütze aus der Stirn. «Ihr Spezialist für Umzüge» las ich auf der Abdeckung seines Fahrzeugs. Ich ahnte Schlimmes.

Nun öffnete sich die Tür des Cadillacs. Ein blank geputzter Schuh erschien, ein elegantes schwarzes Hosenbein gehörte dazu. Finger in weißem Handschuh hielten sich am Türgriff, ein unförmiger schwarz gekleideter Körper wuchtete sich hoch. Es war Moses. Er war noch dicker, als ich ihn in Erinnerung hatte. Die Uniform hatte er gegen einen schwarzen Frack eingetauscht, dessen Knöpfe er langsam schloss, während er sich mit überheblichem Blick umschaute. Als er mich erblickte, hob er eine Augenbraue und lächelte spöttisch.

«Guten Morgen, Milton, so spät aus den Federn?»

Ich starrte ihn an, unfähig, mich zu rühren. Meine Gedanken rasten, und sie wandten sich, wie so oft in den vergangenen Monaten, an den stolzen Gott des Windes und des Feuers. «Xero, ich flehe dich an, eile herbei, meine Not ist groß, erhöre mich, um Himmels willen.» Ich stand wie erstarrt vor der Haustüre und bettelte, wie ich in letzter Zeit gebettelt hatte in traurigen Stunden, in denen ich keine Klarheit darüber fand, welcher Wunsch mir näher am Herzen lag. War es derjenige, Rita an meine Seite zurückzuerhalten, wie durch ein Wunder, von Xero vollbracht mit der üblichen List? Oder war ich dazu verdammt, erst wieder Ruhe zu erlangen, wenn Moses und Vater vom Blitz getroffen zu Boden sinken würden, ein Blitz gleich einem Feuerschwert, wohlgelenkt durch Xero, ein Hitzespeer, der mehr vernichtet als Haupt- und Schnauzhaar? Mein Flehen blieb jedoch unerhört, sowohl in den vergangenen Jahren wie auch in jenem Augenblick, als ich Moses fassungslos anstarrte. Xero ließ sich nicht mehr blicken, was in mir des Öfteren Bitternis auslöste. Warum bloß hielt er sich fern, feige und bequem, wenn ich ihn zutiefst brauchte? Zog Xero Schabernack der gezielten Unterstützung vor, wusste er echte Not nicht von Spiel zu unterscheiden, gierte er einzig nach Unterhaltung? Langweilten ihn die tausend Bittsteller täglich, war er ihrer überdrüssig, oder ließ seine Kraft, ein Gedanke, den ich kaum zu denken wagte, zu wünschen übrig? Vermochte er die unzähligen Bedürftigen nicht mehr zu befriedigen, wurde er alt und gebrechlich?

Moses schritt um den Cadillac herum, wobei er mit angeekeltem Gesicht vermied, mit seinen Lackschuhen in einen Pferdeapfel zu treten. Seine Haare schienen sich von den Strapazen, die sie durch Xeros Blitzschlag erlitten hatten, erholt zu haben. Moses trug sie länger als in all den Jahren seines bisherigen Lebens, und angeekelt stellte ich fest, dass sich unsere Krausköpfe zum Verwechseln ähnlich sahen. Nun setzte er sich einen Zylinder auf, was ihn beinahe in der Pferdescheiße ausrutschen ließ. Er gewann jedoch sein Gleichgewicht wieder und öffnete die Türe auf der Beifahrerseite. Zwei weiße, hochhackige Schuhe erschienen, stellten sich tastend auf den Boden. Für einen Augenblick blitzten dunkle Fesseln auf, bevor sich schwerer weißer Stoff über sie senkte. Eine weiß behandschuhte Hand streckte sich aus der Türe. Moses ergriff sie und blickte zu mir her, während er daran zog. Aus dem Auto ergoss sich eine Menge von weißem Stoff. Die Frau, die sich aufrichtete und ihren Schleier zurechtzupfte, war klein, zierlich und, soweit das trotz Schleier zu beurteilen war, wunderschön. Es war – Rita. Mein Herz setzte aus. Vor meinen Augen begann es zu flimmern. Ich wollte eben ohnmächtig werden, als mich eine innere Stimme einen Idioten schalt. Meine Fantasie würde mit mir durchgehen, und es stünde mir gut an, etwas Fassung zu bewahren. Ich gab der Stimme recht. Kaum betrat eine schöne Frau meinen Hof, glaubte ich, Rita zu sehen. Diese Frau, die jetzt Moses einen Kuss auf die Wange hauchte, sah ihr zwar sehr ähnlich, war aber mitnichten Rita. Diese Frau war Moses' Frau. Moses blickte immer noch zu mir, während er den Arm seiner Angetrauten nahm und beide langsam auf mich zu schritten. Unterdessen waren auch die Insaßen des silbernen Mercedes ausgestiegen. Es waren mein Vater und meine Mutter, und ich muss gestehen, dass mein Herz beim Anblick meiner Mutter ein wenig hüpfte. Sie hatte mir beileibe das Leben beträchtlich erschwert, indem sie mir seit Kindertagen Moses auf den Leib hetzte, aber als ich sie in ihrem roten Deux-Pièces sah, die keck wippenden Pfauenfedern auf dem Hut, während sie heftig gestikulierend auf Vater einredete, durchströmte mich ein Gefühl von Wärme und Zuneigung. Das Gegenteil war der Fall, sobald ich mich meinem Vater zuwandte. In den vergangenen dreieinhalb Jahren hatte ich nicht vermocht, meinen Hass auf ihn zu zähmen, wobei ich zugebe, dass meine Bemühungen dazu gleich null waren. Als ich ihn nun vor mir sah, etwas gealtert, aber immer noch kräftig in seinem festlichen schwarzen Anzug, begannen meine Hände zu zittern.

«Xero, bitte komm. Bitte komm und steh mir bei.» Ein weiterer Hilferuf richtete sich an den Treulosen, der sicherlich in diesem Moment, wie ich resigniert dachte, eine Taufgesellschaft terrorisierte, indem er den Täufling zum Verschwinden brachte, oder eine Beerdigung platzen ließ, weil der Totgeglaubte plötzlich schallend lachte und seinem Sarg entstieg. Moses und seine Braut schoben sich in mein Gesichtsfeld und rissen mich aus meinen Gedanken. Mein Blick blieb an Moses' Schnurrbart hängen, an dem weiße Krümel klebten, die sich, der Kleidung der Gesellschaft nach zu schließen, beim Verzehr der Torte anlässlich einer vor nicht allzu langer Zeit stattgefundenen Hochzeit dort festgesetzt hatten. Ich fixierte diese Krümel lange und konzentriert, voller Schadenfreude, einen äußerlichen Mangel an Moses entdeckt zu haben, der wenigstens einen Bruchteil seines inneren Siechtums spiegelte, so dass mir entging, was Moses zu mir sagte. Erst als der Name «Rita» in mein Ohr drang, der Name, den ich dreieinhalb Jahre lang nicht mehr von fremden Lippen vernommen hatte, der Name, den ich tausendmal vor mich hinflüsterte, den ich liebkoste, das A ausdehnte in langen Nächten zum Schrei, den man bis in die Montanhas São Pedro hinaufhörte, hätte ich nicht die Bettdecke zwischen meine Zähne gestopft. Ich vernahm den Namen Rita und wandte meinen Blick von den weißen Krümeln in Moses' Schnurrbart hin zur Frau an seiner Seite. Es war Rita. Ihre Haut schimmerte noch immer braun wie Kakaobohnen, die Augen hell und grün, und ihrem Körper drohte Gefahr, jeden Moment unter der Masse von Tüll und Spitze zusammenzubrechen, so zart und schmal schienen mir ihre Schultern. Falls sie durch meinen Anblick berührt war, dann zeigte sich das höchstens an ihren feingliedrigen Fingern in weißen Handschuhen, die nervös am perlenbestickten Täschchen nestelten. Rita schaute mich unverwandt an, leicht von unten, da sie selbst mit hochhackigen Schuhen ein Stück kleiner war als ich, und ich sah in ihrem Blick eine Kälte und einen Spott, der mir das Blut in den Adern gefrieren ließ. Mir schwindelte wieder, und während einer Ewigkeit, wie mir schien, legten sich graue Schleier vor meine Augen. Moses' Lachen brachte mich wieder zu mir.

«Da staunst du, was, Brüderchen? Gestern haben wir geheiratet, letzte Nacht gefeiert, und jetzt sind wir hier, um die Wonnen des Landlebens zu genießen. Ein paar Schweine im Stall sollen angeblich die Fleischeslust steigern, nicht wahr, meu amor?»

Er beugte sich zu Rita hinunter, um ihr einen schmatzenden Kuss auf die Lippen zu drücken.

«Willst du uns nicht gratulieren?»

Ich öffnete meine Lippen, ohne ein Wort hervorzubringen, als Mutter auf mich zustürzte und mich in die Arme schloss.

«Milton, mein Sohn, wie groß du geworden bist!»

Sie hielt mich ein Stück weg von sich und musterte mich von oben bis unten.

«Ein schöner Junge, und so arbeitsam, das Mädchen, das dich erhält, kann sich die Finger lecken.»

Sie zwinkerte mir zu und hängte sich bei Moses ein.

«Wir haben ihn gestern unter die Haube gebracht. Ist sie nicht entzückend, die Kleine? Dein Vater findet zwar», sie ließ Moses' Arm fahren und umarmte mich nochmals, um mir ins Ohr zu flüstern, «sie sei etwas gar dunkel geraten, aber Kakao ist auch dunkel, und dieses Gebräu ist es schließlich, das deinen Vater hochgebracht hat, nicht wahr, mein Junge, weder seine elende Papierfabrik, in der ihn seine Arbeiter nur ärgern, noch seine langen Reden.» Sie legte Ritas Hand in ihre, während sie immer noch zu mir gewandt sprach: «Dein Vater findet zwar, sie sei etwas jung, aber ich glaube, es ist die Eifersucht, die ihn so etwas sagen lässt, nicht wahr, meine süße Rita?»

Vor meinem inneren Auge spielten sich tausend Szenarien ab, die sich alle um dieselbe Frage drehten. Wie kam Moses dazu,

Rita zu heiraten? Mein Gesichtsausdruck spiegelte mit Bestimmtheit die gesamte Palette von Gefühlen, denen ich in jenen Augenblicken ausgesetzt war. Ich war überfordert. Was sich an diesem Morgen, an dem ich in Frieden aufgewacht war, vor mir abspielte, überstieg mein Fassungsvermögen. Mein Vater lachte schallend.

«Unser armer Milton ist etwas durcheinander», sagte er, als er sich erholt hatte, und klopfte mir auf die Schultern, «kein Wunder, es handelt sich ja auch um einen kleinen Überfall. Wir dachten, wir bereiten dir eine kleine Überraschung. Muss doch langweilig sein mit den Jahren, dieses Leben als Einsiedler hier. Es ist an der Zeit, dass du etwas Gesellschaft erhältst.»

Vater blickte sinnierend zu den Stallungen hinüber. Dann deutete er auf Moses.

«Moses äußerte den Wunsch, nach Jahren wechselnder Stationierungen eine neue Existenz beginnen zu wollen, und zwar auf eigenem Grund und Boden. Da ich ihm diesen berechtigten Wunsch schlecht abschlagen konnte, packten wir das Nötigste und fuhren direkt nach dem großen Fest hierher.»

Mein Vater fixierte mich.

«Moses und seine bezaubernde Frau werden die herrschaftlichen Gemächer des Hauses übernehmen. Ich schlage vor, dass du dich in die oberen Zimmer zurückziehst. Natürlich können wir die Aufteilung neu ordnen, sobald du heiratest. Ich gehe nicht davon aus, dass deine Zukünftige mit einer Dachkammer zufrieden ist.»

Meine Mutter kniff mich in die Wange. «Milton», rief sie aufmunternd, «nun schau nicht so entsetzt. Freust du dich denn gar nicht, endlich nicht mehr alleine hier draußen zu hocken? Endlich jemanden zu haben, der dir die Last der Verantwortung von den Schultern nimmt? Ich bin sicher, dass du …»

«Die Last der Verantwortung von den Schultern nimmt?», krächzte ich. Ich war mir bewusst, wie lächerlich meine Stimme klang, und rieb meinen Kehlkopf in der Hoffnung, ihn ein wenig zu aktivieren.

«Die Last der Verantwortung von den Schultern nimmt, sagtest du? Wie meinst du das?»

Mutter blickte hilflos zu ihrem Ehemann. Dieser fasste mich am Ellbogen und lächelte. Die Berührung ließ mich blitzschnell einen Schritt zur Seite machen. Vaters Hand schwebte in der Luft, als er sagte: «Seit Jahren werfe ich mir vor, dich alleine mit dem Hof zu lassen. In manch stiller Stunde sage ich zu mir: Es kann schädlich sein, Beto, deinem Jungen eine so große Verantwortung aufzubürden. Das ist einfach gefährlich, der Junge könnte zusammenbrechen, falls etwas schiefgeht, oder vom einsamen Landleben schwermütig werden. Diese Fragen beschäftigen mich seit Jahren. Wobei ich zugeben muss, dass du bisher deine Arbeit hervorragend erledigt hast.»

Er klopfte mir auf die Schulter.

«Aber nun ist es an der Zeit, dass Moses dir zur Seite steht. Er wird das Finanzielle übernehmen, den Verkauf der Bohnen etcetera, und die Pferdezucht dazu, auf diesem Gebiet hat er im Militär Erfahrungen gesammelt. So kannst du dich künftig auf die Feldarbeit konzentrieren und noch fettere Ernten einfahren. Wer weiß», mein Vater blinzelte mir zu und deutete zum Monte do Cerro hinüber, «vielleicht bleibt dir dank Moses' Unterstützung etwas freie Zeit, um deine geschickte Hand für zarte Pflanzen nicht nur im agrarischen Bereich zu nutzen.»

Der Himmel stürzte über mir ein. Meine Stimme verweigerte sich, selbst wenn mir eine passende Antwort auf diese Entmündigung eingefallen wäre, hätte sie keinen Weg aus meinem Inneren gefunden. Mein ganzes Leben wurde mir genommen, und ich stand einfach nur da und öffnete und schloss meinen Mund. Ich fand keine Antwort. Ritas Augen blickten ausdruckslos zu Vater, während dieser sprach, und dass in Moses' Blick nichts anderes als Hohn und Siegesfreude zu lesen war, das wusste ich, ohne ihn anzuschauen. Meine Mutter blickte eifrig von einem zum andern und sagte jetzt, als eine längere Pause entstand:

«Nun wollen wir feiern, nicht wahr? Milton, komm, mein Lieber, hilf mir tragen, du auch, Beto, ich habe ein paar Kleinigkeiten mitgebracht.»

Sie packte mich am Ärmel und zog mich zum silbernen Mercedes, aus dessen Innern sie eine Unmenge von Kochtöpfen und Schüsseln hervorzauberte. Als ich mit dem größten Topf zum Haus ging, schien mir, ich würde durch den Deckel hindurch den Duft einer Moqueca de Camarão wahrnehmen, so köstlich, wie ich ihn seit mehr als dreieinhalb Jahren nicht mehr gerochen hatte. Ich sog ihn tief ein. Aus dem Augenwinkel sah ich, dass Moses beim Lastwagen stand und Silvio und Melinda Anweisungen gab, wie das Mobiliar auszuräumen sei. Seine herrische Stimme schallte über den ganzen Hof. Rita war verschwunden. Ich wankte in die Küche, um den schweren Topf abzusetzen. Beim Eintreten bemerkte ich hinten in der Ecke Rita, die sich gerade aus Amalias Armen löste. Mein Herz begann zu rasen. Schnell stellte ich den Topf hin und wandte mich zur Türe. Da trat Moses ein. Er war gerannt, der Zylinder saß ihm schief auf dem Kopf. Außer Atem packte er mich und schlug mir die Faust ins Gesicht. Ich schmeckte Blut. Durch das Rauschen in meinen Ohren hörte ich, wie er schrie:

«Du Schwein, lass deine dreckigen Bauernfinger von meiner Frau. Wenn du ihr noch einmal nachschleichst, schlag ich dich tot.»

Er stieß mich gegen die Wand und stürzte zu Rita.

«Und du, meine kleine Schlampe, du hast in dieser Küche nichts mehr zu suchen. Du bist jetzt Dame des Hauses, benimm dich gefälligst auch so. Und wenn du», er zog sie am tiefen Ausschnitt des Kleides zu sich, «wenn du den kleinen geilen Kerl auch nur einen Blick auf das hier», er langte ihr in den Ausschnitt und zwackte sie in die rechte Brust, dass sie einen kleinen Schrei ausstieß, «tun lässt, dann spieße ich dich auf. Und du weißt, wie sich das abspielt, oder etwa nicht, Schätzchen?»

Er packte Rita am Handgelenk und zerrte sie zur Küche hinaus. Dies nahm ich wahr, obwohl ein rötlicher Schleier, der sich warm anfühlte, meinen Blick trübte. Ein starker Schwindel erfasste mich und ließ meine Knie weich werden. Ich setzte mich auf den Stuhl neben dem Fenster. Es war zu viel, was mich an diesem sonnigen Montagmorgen heimsuchte. Dieser Meinung war auch Xero, denn er sauste herbei mit Blitz und Donner. Zuerst dachte ich, die grollenden Geräusche in meinen Ohren seien dem kräftigen Schlag meines Bruder zuzuordnen. Als Amalia gellend schrie und mit ihren Händen die Ohren bedeckte, dämmerte mir, dass nicht Moses, sondern ein ganz anderer für das Donnergrollen verantwortlich war. Vor Freude zitternd sandte ich ein Gebet zum Himmel.

«Xero, du großer Gott des Feuers und des Kriegs, der du die Schlachten liebst und das Vergnügen, bitte, hier hast du alles, was du begehrst, den Tor und den Verräter, den Intriganten und seine Dienerin, dazu die schöne Miezekatze Unschuld, die, schaut man einen Augenblick nicht hin, einem die gewetzten Krallen ins Herz schlägt. O bitte, Xero, mein Freund und Herrscher, bitte lass sie tanzen für dich, bitte lass mich diesmal nicht im Stich.»

Ich erhob mich, griff mir das Küchentuch beim Spülbecken, legte es mir auf die blutende Wunde und bat die verstörte Amalia, es mir am Hinterkopf zu knüpfen. Die alte Bedienstete half mir zudem, mit einem nassen Lappen das eingetrocknete Blut aus Auge und Nase zu waschen. Ich bat sie, den Deckel von Mutters Moqueca zu entfernen, und eilte den Gang entlang nach draußen, um Xero zu empfangen.

Als ich in den Hof trat, donnerte es wieder, diesmal noch stärker als zuvor. Silvio erschrak so, dass er die Truhe, die er soeben aus dem Lastwagen stemmte, fallen ließ. Er hatte Glück, denn Moses starrte verblüfft in die Morgensonne und bemerkte es nicht. Rita schaute zum Himmel und dann zu mir, während sie sich langsam bei Moses einhängte. Meine Mutter, immer noch mit dem Ausräumen von Töpfen beschäftigt, rief meinem Vater etwas zu, worauf dieser zur Fahrerseite rannte und die Scheiben hochkurbelte. Dann hörte ich Mutter schreien. Ein Topf voller Bohnen war ihr offenbar aus den Händen gerutscht, und der Inhalt hatte sich über sie ergossen. Ihr rotes Deux-Pièces verfärbte sich eklig braun, die Böhnchen klebten an Händen, Schoss und Beinen, was überdies schmerzhaft sein musste, denn sie schrie, als hätte sie sich an heißem Wasser verbrüht. Mein Vater ließ seine Fensterkurbel fahren und wollte ihr zu Hilfe eilen. Sein Jackett musste sich aber am Griff der hinteren Türe verfangen haben, denn es riss mit einem durchdringenden Ratschen. Während er verblüfft die Fetzen betrachtete, die ihm vom Leib hingen, versuchte meine Mutter verzweifelt, sich aus ihrem engen Kostüm zu winden. Da sie ihrer verschmutzten Hände wegen sich nur getraute, mit spitzen Fingern zu hantieren, war das ein hoffnungsloses Unterfangen, glücklicherweise, denn, so schien mir, sie wollte sich auf der Stelle und vor aller Augen entblößen. Mein Vater stürzte zu ihr und versuchte sie zu beruhigen, indem er mit einem Fetzen seines Jacketts hektisch an der klebrigen Bohnenmasse herumrieb. Jetzt schritt Moses ein. Er löste sich von Rita, die sich immer noch an ihn klammerte, und eilte über den Hof zu meiner Mutter. Als er sich ihr bis auf zwei Meter genähert hatte, donnerte es wieder, so heftig, dass der Boden unter den Füßen zitterte. Ich hob den Blick zum heiteren Himmel und frohlockte. Moses blieb stocksteif stehen. Dieser Moment der Erstarrung schien eine wundersame Verwandlung zu bewirken, denn als Moses sich wieder auf meine Mutter zubewegte, tat er dies mit kleinen, tänzelnden Schritten. Den Arm ausstreckend, fasste er meine erstaunte Mutter galant bei der Hand, ungeachtet des Bohnenbreis, und brachte sie mit ein paar sanften Drehungen zum Tanzen. Vater stand daneben und glotzte. Wiederum donnerte es krachend. Moses beschleunigte seine Schritte, drückte meine Mutter enger an sich und ließ die Hüften kreisen. Ich kicherte in mich hinein und schaute in die erstarrten Gesichter von Vater, Silvio, Melinda und Rita. Während ich die Gelegenheit beim Schopf packte, meinen Blick unbeobachtet ein wenig auf Ritas feinen Zügen ruhen zu lassen, deutete ihre Miene ein neuerliches Erschrecken an. Ihr Zusammenzucken verhieß ein weiteres Spektakel, und tatsächlich, als ich mich umwandte, sah ich Moses, der mit rhythmischen Bewegungen seine Lenden an Mutters Hintern rieb. Mutter stand etwas vornübergebeugt, fest im Griff von Moses' Arm, der Hut war ihr ins Gesicht gerutscht, die Pfauenfedern zitterten zum Takt von Moses' Stößen. Vater machte Anstalten, seine Frau zu befreien, ließ sich aber von einer herrischen Armbewegung seines Sohnes davon abhalten.

Als es zum vierten Mal donnerte, ließ Moses von Mutter ab. Er ging vor ihr auf die Knie und begann, die langsam eintrocknende Bohnenkruste von ihrem Bein zu lecken. Ich war versucht, aus Freude zu schreien, biss mir aber auf die Lippen. Wer hingegen schrie, war meine Mutter. Sie stand dort neben dem Mercedes ihres Mannes, den leeren Kochtopf neben sich, braun verschmiert von der Brust bis zur Sohle, ihren Jüngsten zu Füßen, der grunzend ihren rechten Fuß ableckte, und sie schrie vor Vergnügen, sie jauchzte und lachte und wand sich unter der Zunge ihres Sohnes, der sich langsam vom Fußgelenk übers Knie zum Oberschenkel emporarbeitete.

Ich nahm eine Bewegung von weißem Stoff wahr. Rita stürmte hinter mir ins Haus. Silvio und Melinda glotzten immer noch starr vor Schreck, und auch mein Vater schien unfähig zu sein, der Darbietung ein Ende zu setzen. Mir begann das Blut wieder auf das Auge zu tropfen, offenbar war der Verband durchnässt, aber ich hütete mich, auch nur mit der geringsten Bewegung den Bann zu brechen. Die Regie über das Geschehen oblag Xero. Mein Freund und Gebieter fand offenbar, dass es nun reiche. Moses unterbrach sein Geschmatze und blickte verwirrt um sich. Dann stand er abrupt auf, betrachtete angewidert meine Mutter, die immer noch verzückt kichernd dastand, die Augen geschlossen, und spuckte aus.

«Was zum Teufel geht hier vor?», fragte er und wandte sich mir zu.

«Du bist hier», ich deutete auf meine Mundpartie, «voller Bohnensaft. Bloß für den Fall, dass du dich reinigen willst», sagte ich und lächelte ihn an, «mich stört die Schmiererei keineswegs.»

Moses drehte sich langsam einmal um sich selbst und fixierte die Umstehenden, die langsam aus ihrer Erstarrung erwachten. «Verdammt. Kann mir mal jemand sagen, was zum Teufel hier vorgeht?», schrie er.

Niemand antwortete. Silvio und Melinda verdrückten sich Richtung Lastwagen. Vater zupfte an einem Fetzen Stoff herum, der ihm von der Brust hing. Meine Mutter starrte fassungslos an sich herunter. Moses stürzte auf mich zu und riss mir das Küchentuch von der Stirn.

«Du lächerlicher blutender Clown, du hast mal wieder gezaubert, du widerlicher falscher Hund. Sag's mir: Hast du oder hast du nicht? Was habe ich soeben getan?»

Ich sah seine unsichere Miene. Ein warmer Strom von Freude, ja Glück, stieg in mir auf, Gefühle, die mir seit längerem verwehrt geblieben waren, und ich wusste, dass ich mich den Rest meines Lebens mit Wonne an diesen Bruchteil einer Sekunde erinnern würde, in der mein Bruder Moses die Fassung verloren hatte.

«Du hast uns eindrücklich demonstriert, wie sehr du deine

Mutter liebst», sagte ich sanft, jedoch in einer Lautstärke, die auch für die Anwesenden vernehmlich war.

Moses starrte mich mit offenem Mund an, wandte sich dann um zu seiner Mutter, die, an Vater gelehnt, leise schluchzte. Moses wollte einen Schritt auf sie zugehen, hielt jedoch verblüfft inne, als sie abwehrend ihre Hände erhob und vor ihm zurückwich. Wieder schaute er zu mir, misstrauisch und nachdenklich. Mehr an Genugtuung war mir nicht beschieden, aber ich genoss sie im Wissen darum, dass ich Moses so bald nicht wieder würde verunsichern können. Es würde mir sogar nie mehr gelingen, aber das wusste ich damals noch nicht.

Der triumphale Augenblick verging in Windeseile. Moses' Gesicht nahm seinen gewohnt blasierten Ausdruck an, während er mir mit spitzen Fingern das bluttriefende Küchentuch vor die Füße warf.

«Ach was. Du spielst dich doch bloß auf, kleiner Zwerg.» Er drehte sich um und schritt zum Lastwagen hinüber, während er über die Schulter zurückrief: «Blutende Schweine sollte man nicht zusätzlich quälen, bevor sie auf der Schlachtbank endgültig verenden.»

Die verbleibenden Stunden des Ankunftstages von Moses und seiner Frau Rita verbrachten wir auf getrennten Wegen. Melinda legte mir einen fachgerechten Verband an. Anschließend fiel ich in einen unruhigen Dämmerschlaf, unterbrochen von Moses' schroffen Befehlen, wo sein Mobiliar hinzustellen sei.

Schlimme Zeiten brachen an, und wenn ich im Geheimen gehofft hatte, um meiner geliebten Fazenda willen, es möge einen Weg geben, mit Rita und Moses unter einem Dach zu leben, so hatte ich mich getäuscht. Ich zog in die Dachkammer für Dienstboten, in die ich mich nach dem Essen schlich, vorbei an den Jagdtrophäen und Säbeln, welche Moses an den Wänden anbringen ließ. Morgens ließ ich mir ein Esspaket richten und brachte den Tag auf den Feldern zu, würgend vor Wut und mutlos. Ich fühlte mich wie Ungeziefer, eine lästige Spinne, die sich in die Ecke drückt, ungeliebt und dauernd in Gefahr, an der Wand zerklatscht zu werden, jedoch zu gering und zu wenig Angst einflößend, als dass man sich dazu herbeiließe, sich mit ihr zu beschäftigen. Moses tyrannisierte mich, Rita übersah mich, die Dienstboten verachteten mich. Ein halbes Jahr hielt ich mein Leben als Spinne aus. Dann packte ich den kleinen Koffer, den mir Mutter vor zwölf Jahren mitgegeben hatte, als sie mich auf die Fazenda ihrer Schwiegereltern verbannt hatte, nahm die Geldscheine an mich, die ich über Jahre unter einer Bodenplanke gesammelt hatte, und ließ mich an einem strahlenden Morgen von Jose nach São Lazaro fahren. Das war im Januar 1970, ein Monat vor meinem fünfundzwanzigsten Geburtstag. Wir weinten beide beim Abschied. Ich bat Jose, über meinen Aufbruch Schweigen zu bewahren. Er gab mir das Versprechen, wobei ich die Frage in seinen Augen las: Wen interessierte es, was mit mir geschehen war? Tage würden vergehen, bis mein Verschwinden wahrgenommen würde. Spinnen vermisst man nicht.

Ich wische zwei, drei Tränen weg. Wie immer an dieser Stelle des Briefes. Ich weiß nicht genau, ob mir nach Tränen zumute ist, weil mein Vater wie eine Spinne behandelt wurde. Oder weil er sich als solche fühlte. Oder weil ich ein armes Schwein bin, das eine Spinne zum Vater hat. Ich versuche, die Tränen mit dem Laken zu trocknen, es sind plötzlich mehr als zwei, drei, auch aus der Nase fließt der Schleim, gibt es denn hier keine Kleenexbox neben dem Bett, das gehört doch zum Standard im Gesundheitsbereich. Ich schneuze diskret ins Laken, als Schwester Anna ins Zimmer tritt. Sie streift mich mit einem kurzen Blick, geht zum Schrank und reicht mir eine Packung mit Taschentüchern.

Guter Service. Verdient ein Lächeln meinerseits. Schwester

Anna zieht ebenfalls kurz die Mundwinkel hoch und nestelt an den Beuteln über mir. Als ich hochschaue, ertappe ich sie dabei, wie sie den Kopf verdreht, um Vaters krakelige Schrift zu entziffern. Kaum bemerkt sie meinen Blick, überzieht eine sanfte Röte ihr Gesicht, so wie das jeweils mit Cathleens zarten Wangen geschah, bloß dass bei Schwester Anna die Arme weiß bleiben. Als ich an Cathleen denke, zieht sich mein Herz zusammen. Cathleen. Wie sträflich ich sie vernachlässigt habe. Was habe ich bloß dabei gedacht?

«An Mary hast du gedacht, tu nicht so scheinheilig», schimpft mein Herz, «an Mary mit den rotbraunen Haaren und den großen Brüsten, an Mary, die Frites liebte und den Verlogenen abknöpfte, was zu holen war.»

Ich seufze tief. Wahrscheinlich habe ich ungebührlich lange auf Schwester Annas Wangen gestarrt, denn sie schlägt verwirrt die Augen nieder und wendet sich abrupt ab, um aus dem Zimmer zu gehen. Ich nestle ein zweites Taschentuch aus der Packung und vertiefe mich in meine Lektüre.

Auf der Busfahrt nach Ponte Marina beschloss ich, das erstbeste Schiff, das den Hafen verließ, zu besteigen. Ich reiste via São Lorenzo Forte nach Damiano und entschied mich dort für ein Schiff, das den Hafen Meanington in England ansteuerte. Dort ging ich von Bord. Es war kalt in Meanington. Eine Kälte umgab mich, die mein Herz erstarren und meine Bewegungen langsam werden ließ. Der Wind peitschte mich, die harten Laute der fremden Sprache schlugen an meine Ohren, stechende Blicke trafen mich. Ich arbeitete schwarz in der Werft und fürchtete die Polizei, die mich aufgreifen und ausweisen konnte. Ich fürchtete mich vor den langen Nächten und davor, ein Leben lang traurig zu bleiben. Nach drei Jahren wurde die Sehnsucht nach dem Geruch von feuchter Erde zu groß. Ich zog durchs Landesinnere und verdingte mich mal hier, mal dort, half mit, das Korn rechtzeitig einzufahren und Kälber auf die Welt zu bringen. Meine Arbeitskraft ließ die Farmersleute vergessen, dass meine Haut kaffeebraun war und ich ihre Sprache nur mühsam sprach. Und falls ich in den Dörfern zu lange angestarrt wurde, konnte mir das nichts anhaben, denn es brachte mich zurück in die glücklichen Zeiten, in denen ich als Auserwählter von Xero galt, als einer, hinter dessen Rücken die Leute neugierig und ein wenig ängstlich tuschelten.

Xero ließ sich nicht mehr blicken. Dass göttlicher Beistand an der Landesgrenze aufhört, schien mir wenig wahrscheinlich. Für Xeros Fernbleiben mochte es andere Gründe geben. Allenfalls hatte er endgültig jede Nachsicht mit Milton Gustavo aufgegeben, einem schwachen Menschen, der seinem Widersacher, dem Zweitgeborenen, dem intriganten Diener seiner Eltern, kampflos Feld, Hof und Frau überließ. Bei einem, der sich sein ganzes Leben entreißen ließ und bei Nacht und Nebel flüchtete, bei einem solchen Feigling, mochte Xero entschieden haben, waren Hopfen und Malz verloren. Was sollte ein vielbeschäftigter Gott wie Xero Zeit verlieren mit weiteren Interventionen, die kaum fruchteten? So haderte ich mit mir, und manchmal dachte ich auch, dass ganz einfach Xeros Vorliebe für üppige Feste überwog. Mein karger Alltag bot kaum Stoff für überwältigende Auftritte.

Ich lebte ein ruhiges Leben, und nach ein paar Jahren wagte ich mich an eine erste Liebschaft im neuen Land. Ich hatte dir von ihr erzählt, liebe Iris, sie hieß Polly und machte mir die Träume wieder leichter. Auf Polly folgten weitere Mädchen. Ich lebte mehr oder minder satt dahin, bis ich dich traf, liebe Iris, und das Glück von neuem kennen lernte. Ich sah dich, als ich an Leilas blutverschmierten Beinen zog, zusammen mit deinem Vater, während die Kuh ohrenbetäubend brüllte. Eine Bewegung im Hintergrund des Stalles lenkte mich von der Kuh ab. Du standest dort, in Arbeitshosen und Stiefeln, die blonden Locken von einer Wollmütze bedeckt. Mit einem frohen «Endlich!» eiltest du herbei und zogst kräftig mit. Erst nachdem das glitschige Tierchen auf Stroh gebettet lag, von der Mutter geleckt, sahst du mich an, ein wenig verwundert, aber vorbehaltlos. Was auf diese Begegnung folgte, muss ich dir nicht erzählen. Leila das Kalb wurde die Schutzpatronin unserer Liebe, und jedesmal, wenn wir für einen oder zwei Tage den Hof verließen, kehrten wir als Erstes in den Stall zurück, um Leila ein paar saftige Kräuter unter die weichen Lippen zu halten.

Falls ich es versäumt habe, müde von der Stallarbeit, schlecht gelaunt meines entzündeten Knies wegen, geplagt von allzu tiefen Kornpreisen oder gequält von Fehleinschätzungen, die unser Einkommen gefährdeten, falls ich es versäumt habe, dir immer wieder zu sagen, wie sehr ich dich liebe, dann lass es mich dir jetzt versichern: Ich liebe dich. Welch ein Glück ich hatte, dich zu treffen. Welch begnadeter Zufall, dass euer Stallbursche vom Pferd fiel, welch gelungene Fügung, dass ich an diesem Tag auf deines Vaters Hof um Arbeit fragte. Und dann die Kinder, die uns geschenkt wurden, John und Lee. Diese Bengel, die süßen, die mich manchmal zur Verzweiflung brachten. Unsere Kinder, die ich bereits vermisse, wenn ich sie während eines langen Tages weit draußen auf den Feldern kein einziges Mal sehe.

Ich werfe mir heute vor, dass ich dir nur eine oberflächliche Schilderung meiner Familie und der Ereignisse in meiner Heimat gegeben habe. Ich tischte dir den Bauernjungen auf, der behütet aufwuchs und später aufbrach, die Welt zu entdecken. Zu groß war mein Bedürfnis, endlich zu vergessen. Erdrückend waren die Bedenken, dass du mich als Feigling und Besessenen abstempeln müsstest. Überwältigend war die Angst, dass du mich als den, der ich auch noch war, nicht ertragen wolltest. Ich sah die Fragen auf deiner Stirn, ich sah deine Lust, in den Lücken zu stochern, und ich rechnete es dir immer hoch an, dass du mir meine Version der Vergangenheit ließest.

Mit den Jahren legte sich die Angst, Moses könnte plötzlich auftauchen. Es gelang mir, immer weniger an ihn zu denken.

Als er uns heimsuchte, hatte ich bereits seit Jahren keinen Gedanken mehr an ihn verschwendet. Du eiltest mit der Nachricht in den Stall, mein Bruder stehe vor der Haustür, und als Erstes dachte ich: «Mein Bruder?»

Groß ist offenbar die menschliche Fähigkeit, Teile des eigenen Lebens auszuklammern. Dass Moses dies nicht zulassen würde, hätte ich wissen müssen. Moses tat alles, um mich aufzuspüren. Er saß auf unserem Sofa, erzählte ausführlich, was er auf sich genommen habe, um mich zu finden, seinen geschätzten Zwillingsbruder, der seine Angehörigen ohne Kunde aus seinem neuen Leben zurücklässt. Groß sei seine Sorge damals vor sechzehn Jahren gewesen, als er feststellen musste, dass sein Bruder eines Morgens verschwunden sei. Das neue Leben verlaufe, wie er sehe, sehr angenehm, mit einer so schönen und arbeitssamen Frau, den anständigen Kindern, dem großen Hof. Ich spürte, liebe Iris, wie du ihm dein Herz öffnetest, ich sah deine Freude, jemanden aus meiner Familie kennen zu lernen, etwas aus meinem früheren Leben zu teilen, einen Anhaltspunkt über eine Zeit zu erhalten, die bisher eine einzige wabernde Masse für dich war, undurchschaubar und fremd. Ich sah deine Freude und ließ Moses reden. Moses redete über seine zerbrochene Ehe mit Rita, seiner langjährigen Ehefrau, die ihm keine Kinder geboren hatte und mit einem anderen durchgebrannt war. Tränenreich legte er dar, wie sehr er sie geliebt habe, so sehr, dass er nach ihrem Weggang jahrelang wie ein Mönch lebte. Die Erwähnung von Rita ließ mich zu meinem Erstaunen seltsam unberührt. Wohl ist auch diese Verhärtung dem Schutz zuzuschreiben, den die Seele sich baut, um sich von großen Verletzungen zu erholen. Ich hatte Rita und

Moses aus meinem Leben gesperrt. Selbst die Frage, die mich einst so sehr bedrängte, nämlich, wie Rita und Moses zusammengefunden hatten, selbst diese Frage stellte sich mir nicht mehr. Rita mochte ihre Gründe gehabt haben, die nur sie alleine etwas angingen, und über das, was Moses' Lebenskräfte steuerte, war ich mir im Klaren, seit ich den Mutterkuchen mit ihm teilte.

Was jedoch mein Herz sich zusammenziehen ließ an diesem Nachmittag, an dem sich Moses auf unserem Sofa breit machte, waren die Neuigkeiten von der Fazenda. Er habe sie verkaufen müssen, sagte Moses weinerlich, er hatte es nicht mehr ausgehalten, den Ort, an dem er das Leben mit Rita geteilt hatte, alleine zu bewohnen. Er sei ins Import-Export-Geschäft eingestiegen, sehr erfolgreich, habe aber stark zurückgeschraubt, als Vater krank wurde. Jahrelang stand er Mutter bei der Pflege ihres Mannes zur Seite, und als Vater starb, hätte er sich um sie gekümmert, bis sie Vater folgte. Wie sehr er da meine Unterstützung vermisst habe, meinte Moses und wischte sich unablässig die Augen. Ich gewährte ihm seine Reden und hoffte, dass damit genug der Vergangenheit wäre. Ich ließ ihn deinen herrlichen Kuchen essen, schluckte die Wut auf seine falsche Tränen und die Korrekturen, die auf meiner Zunge brannten. Ich hoffte auf einen kurzen Besuch meines Bruders, den wichtige Import-Export-Geschäfte bald beenden würden.

Natürlich hoffte ich vergebens. Moses ließ sich im Skillercounty nieder. Er betrieb seinen Handel, heiratete Klara, zeugte mit seinem linken und einzigen Hoden Gwen und baute sich ein Haus im Kolonialstil. Seine regelmäßigen Besuche waren mir eine Qual. Er inspizierte mit Kennerblick die Neuerungen auf dem Hof, lobte deinen Kuchen und deine schönen Haare. Einen besonderen Spaß machte sich Moses daraus, die Geschichte vom Verlust seines rechten Hodens zu zelebrieren. Er pries seine Geistesgegenwart, die ihn die Schlange blitzschnell hatte erschlagen lassen. Ohne diese würde er jetzt nicht als stolzer Vater einer Tochter hier sitzen. Dass du ihm dabei an den Lippen hingst, brachte mich beinahe so weit, die Ereignisse darzulegen, wie sie wirklich geschehen waren. Sobald ich jedoch an das Bild dachte, das du dann von mir erhalten würdest, verschloss ich meine Lippen.

Zu meiner Verwunderung unterließ es Moses, mich als boshaften Besessenen anzuschwärzen. Einige Zeit verstrich, bis ich realisierte, was seine Strategie war. Um sich in meinem neuen Leben einnisten zu können, gab es einen angenehmen Weg, einen, bei dem er es nicht auf Konfrontationen mit mir ankommen lassen musste. Der Weg war leicht, schön und einfach zu gehen. Es war der Weg über dich.

Unsere gegenseitigen Besuche, liebe Iris, haben wir dir zu verdanken, und ich entschuldige mich dafür, dass ich an dieser Stelle etwas ironisch werde. Ich unterband sie nicht, denn dann hätte ich dir erklären müssen, weshalb ich keinen Kontakt mit Moses mehr wünschte. Und dazu hatte ich nach wie vor keinen Mut. Du hingegen fandest es nur natürlich, wenn Zwillingsbrüder, nachdem sie sich sechzehn Jahre nicht mehr gesehen hatten und nun im selben County lebten, sich zwei- oder dreimal pro Jahr besuchten. Also biss ich bei diesen Treffen auf die Zähne.

Was ich dabei durchzustehen hatte, als Moses dich jeweils mit gierigen Augen verschlang, als er geifernd das Sonntagsmahl in sich hineinstopfte, das du in stundenlanger Arbeit gerichtet hattest, und deine Locken berührte, während er deren Farbe lobpreiste, das muss ich dir wohl nicht ausführlich darlegen. Du lächeltest kokett und erhobst dich anmutig, um die Teller abzuräumen, während Klara dich hasserfüllt ansah und ich tief einatmete, um das Zittern in meinem Körper nicht überhand nehmen zu lassen.

Ich betete den Tag herbei, an dem du eines Morgens aufwachen würdest und sagen: «Lieber Milton, ich habe nachgedacht.

Deine Verwandschaft in Ehren, aber ich glaube, sie ist es nicht wert, weiterhin gepflegt zu werden.»

Nun, das lag dir fern, und mit einem Scherz lachtest du die Unsicherheit weg, die ich in deinen Augen aufflackern sah, als Moses dir seine Hand auf den Schoß legte, während er sich hinüberbeugte, um dir etwas ins Ohr zu flüstern.

Es war ein Fehler, ein weiterer unverzeihlicher Fehler in meinem Leben, dass ich Moses nicht die Türe wies. Ich hatte Angst vor der Rache, die er ausbrüten würde. Das Bedürfnis, endlich in Ruhe zu leben, schuf meiner Feigheit wiederum Platz. Zudem gab es für mich nicht den geringsten Anlass, an deiner Liebe zu mir zu zweifeln. In den Jahren, die wir bis dahin miteinander gelebt hatten, blieben wir einander verbunden in guten und schlechten Zeiten, wir konnten zusammen reden und schweigen. Wenn sich unsere Wege beim Tagwerk trafen, genügte ein Blick, eine flüchtige Handbewegung von dir, mich der Welt, in der ich lebte, zu versichern, und gestärkt ging ich weiter. Moses konnte dem nichts anhaben, dachte ich. Seine Avancen dir gegenüber würden dich unberührt lassen, davon war ich überzeugt. Was vermögen Schmeicheleien eines Großmauls denn zu bewirken, verglichen mit den Grundfesten, auf denen unser Leben sich abspielte, versicherte ich mir. Wie schillernde Seifenblasen müssten sie dir vorkommen, die einen kurz freuen, die jedoch, will man sie fassen, in luftiges Nichts zerplatzen. Sie sind nichts, worauf Verlass ist, nichts, auf das man zählen kann, Luft aus dem Mund eines Prahlhanses.

Wie ich mich täuschte. Wie anfällig du auf Seifenblasen bist, auf leeres Gerede, schmeichelndes Werben. Wenn du es doch wenigstens dabei belassen hättest. Wenn du dich doch nicht hingegeben hättest. Ihm hingegeben hättest.

Nichts von deinem Verfallensein habe ich gespürt. Keinen Argwohn habe ich geschöpft. Ich war mir deiner Liebe sicher, und das war ein Fehler.

Das kannst du laut sagen, Dad. Frauen sind unberechenbar. Während du dich bemühst, ihnen zuzuhören, wie sie es immer wünschen, richten sie ihren Blick an deiner Schulter vorbei auf den Herrn mit Oberweite und Waschbrettbauch, dessen dazugehörender Mund aussieht, als könne er Aussagen wie «Ahh, Baby, das war gut» und «Hey Baby, du kesse Puppe» mit Leichtigkeit formulieren.

Aber meine Mutter? Mutter mit Onkel Moses? Ich kann mich kaum an den Gedanken gewöhnen. Allerdings drängt sich mir wieder das Bild von Vaters Beerdigung vor Augen. Nahm nicht Onkel Moses Mutters Arm? Stutzte ich nicht kurz ob dieser Geste, die mir so unangemessen vertraulich erschien?

«Nun mach mal langsam, Lee», wendet mein Herz entrüstet ein, «ist es nicht normal, wenn man seiner Schwägerin beim Tod ihres Mannes ein wenig Unterstützung bietet?»

Ich bin verwirrt. Wie immer bei diesem Absatz des Briefes. Außerdem knurrt mein Magen. Die lassen sich Zeit mit dem Steak.

Liebe Iris, und nun fragst du mich, weshalb ich zusammengebrochen bin? Du willst wissen, weshalb ich schrie: «Sie töten mich?» Kannst du es dir denn nicht denken? Wiegst du dich in unantastbarer Sicherheit, nimmst du mich als derart vertrottelten Kerl wahr, der nicht sieht, dass seine Frau sich seinem Bruder zugewandt hat?

An jenem 23. Juli war ich auf der Gilltyweide draußen, um neu zu zäunen. Ich schlug den letzten Pflock ein, als plötzlich ein heftiger Windstoß meine Hand abdriften ließ. Irrititiert blickte ich zum Himmel, der nach wie vor wolkenlos war. Danach ruhte der Wind, er brach so abrupt ab, wie er aufgekommen war. Ich dachte an Xero, seit langer Zeit das erste Mal, und musste tief in Gedanken versunken gewesen sein, denn als ich den Kopf hob, blickte ich in Moses Augen. Ich erschrak, und für einen kurzen Augenblick war mir, als seien Moses und Xero ein und dieselbe Figur, die mir hier erschien, um mich armen Toren über mein jahrelanges Unwissen aufzuklären. Mein Feind und mein Beschützer steckten unter einer Decke. Mich schauderte, der Hammer fiel mir aus den Händen. Moses' spöttisches Lachen brachte mich zur Besinnung.

«Guten Morgen, Milton, mich hast du wohl nicht erwartet? Immer schön fleißig am Pflöcke einschlagen? Ich rate dir, das zu Hause öfter zu tun, vielleicht wäre deine schöne Frau dann nicht so ... wie soll ich sagen, frustriert.»

Er gluckste vor Vergnügen und machte eine kreisende Hüftbewegung, die mich an den Tanz erinnerte, den er vor Jahren mit meiner Mutter aufführte, auf der Fazenda, bevor er ihr die Bohnensoße von den Beinen leckte. Ich erstarrte innerlich, und alles stieg in mir hoch, die Demütigungen, die ich eingesteckt hatte, die Ängste, die ich erlitt, die Verletzungen, von denen ich meinte, sie seien ausgestanden. Wie ein Schlag mit dem Hammer, den ich in Händen hielt, holte mich meine Vergangenheit ein.

«Wie meinst du das?», presste ich hervor.

Moses verharrte in der Bewegung, in der er sich gerade befand, die Hüfte lasziv vorgereckt, und sagte:

«So, wie ich es sage. Sie schien mir vom ersten Tag an, als ich sie sah, nicht abgeneigt zu sein. Und das deutet allenfalls unter anderem darauf hin, dass sie vom eigenen Gatten zu wenig versorgt wird.»

Mir wurde rot vor Augen.

«Das kann sich nur ein krankes Hirn wie deines ausdenken», schrie ich. «Iris hat dich in unserem Hause empfangen, wie jede normale Frau den Bruder ihres Mannes aufnimmt: gastfreundlich und erfreut darüber, jemanden aus der fernen Familie kennen zu lernen. Ich ...», mir versagte die Stimme, «... du kranker Idiot.»

Moses nickte lächelnd.

«Ich stimme dir zu. Gastfreundlich ist sie tatsächlich, deine Frau. Sie lässt es nicht beim saftigen Braten bleiben. Vor ein paar Monaten ließ sie mich in der Küche zwischen Fleisch und Schokolademousse an ihren köstlichen», er deutete mit beiden Händen die Wölbung von Brüsten an, «nuckeln. Sehr delikat.»

Ich stürzte vor und packte Moses am Kragen.

«Du verdammtes Lügenschwein, ich bringe dich um!», schrie ich.

Moses schob mich an beiden Schultern zurück und zupfte sein Jackett zurecht.

«Lügen, sagst du. Ich wollte, es wäre gelogen. Denn ich muss gestehen, ganz wohl war mir nicht bei der Sache. Das Nuckeln erwies sich nur als Vorspeise. Sie wollte mich ganz. Bei diesem Angebot kann mir niemand verdenken, dass ich nicht ablehnte. Wir machten es auf der Heubühne, zwischen den Kühen im Stall, auf dem Kornfeld. Einzig euer Schlafzimmer, da kann ich dich beruhigen, blieb unberührt. Sie ist eine Wucht, deine Frau, in allen Belangen, und die tägliche Rackerei auf dem Hof scheint ihr Verlangen nicht im mindesten zu vermindern, im Gegenteil ...»

Ich hatte den Hammer mit beiden Hände gepackt und stand mit erhobenen Armen vor Moses. Meiner Kehle entwand sich nur noch ein heiseres Flüstern.

«Sag, dass das nicht wahr ist, Moses.»

Moses reckte sich in die Höhe und entnahm mir nach kurzem Gerangel den Hammer. Dann griff er in seine linke innere Westentasche und holte dein Medaillon hervor, das Medaillon, Iris, das ich dir vor zwanzig Jahren zu unserem ersten Hochzeitstag geschenkt hatte, das goldene Rund, das sich mit einem kurzen Klicken öffnen lässt und sein Inneres preisgibt. In dieses Kämmerchen stopfte ich ein Büschelchen Haar von Leila, dem Kalb, der Schutzpatronin unserer Liebe, und du trugst dieses Schmuckstück Tag und Nacht um deinen schönen Hals, du trugst es zum blauen Arbeitsgewand wie zum baumwollenen Nachthemd, unter dem ich auf warmes Metall biss, wenn ich nächtens auf der Suche nach deinen Brüsten war.

Als ich das Medaillon in Moses' Hand sah, schwanden mir die Sinne. Ich rannte zum Jeep, sprang hinein, drehte den Zündschlüssel, schaffte es, den Wagen anspringen zu lassen, und lenkte den Wagen Richtung Hof. Wie es mir gelang, nach Hause zu kommen, weiß ich nicht mehr. Vor meinen Augen reihten sich Bilder in wirrer Reihenfolge aneinander, ich sah Santo Ibe tot umfallen, Rita, die ihre blutverschmierten Beine aneinander presste, Moses' Lächeln in jenem Moment, in dem ich erkannte, wer seine Braut war, ich sah mich zwischen Mutters Kleidern im Schrank, den Rapport meines Bruders in den Ohren, ich spürte Vaters Atem, als er sich zu mir hinunterbeugte und sagte: «Wenn du das tust, bist du heute zum letzten Mal mein Sohn.» Ich hörte Blitze krachen und sah mich auf der Überfahrt nach England heulend an der Reling stehen.

In meinem Kopf verdichtete sich ein Gedanke. Es war derselbe, der mich durchzuckte, als Moses auftauchte, unmittelbar nachdem ich den heftigen Windstoß spürte.

«Xero und Moses sind ein und derselbe. Sie stecken unter einer Decke», dachte ich. «Sie kennen nur ein Ziel. Mich zu vernichten. Sie töten mich.» Die Bedrängnis, dass es so sein könnte, der mögliche Verrat von Xero, den ich hinter mir wähnte selbst in Zeiten, in denen er kein Zeichen der Unterstützung von sich gab, musste mich dazu gebracht haben, zu schreien, als ich aus dem Auto stieg. Ich kann mich daran nicht mehr erinnern. Dann verschlug es mir die Sprache, und du kamst zu mir mit deiner Fürsorge, die mich rührt und ekelt zugleich. Diese Hände, die liebevoll meinen Hals massieren, haben sie Stunden zuvor Moses' massigen Nacken umfasst in stummer Ekstase, so dass keiner die Laute deiner Begierde vom Heuboden dringen hörte? Hat sich dein Mund, der mir beruhigende Worte zuflüstert, kürzlich durch seine krausen Brusthaare gepflügt? Was leckte deine Zunge, bevor sie meinen Tee prüfte, damit das heiße Wasser nicht meine Kehle verbrüht? Werden deine Augen, die mich heute sanft anschauen, morgen verschwimmen in Tränen der Lust, wenn sie die Gestalt von Moses erblicken?

Das Gift ist wieder in mich geflossen, Iris, und ich habe mir redlich Mühe gegeben, es mit Liebe und Nachsicht zu verdünnen. Es gelingt mir nicht. Ich trage die alten Geschichten wie Stacheln in mir, die bei jeder Bewegung, bei jedem Gedanken sich weiter in mein Fleisch bohren. Meine Seele fühlt sich wund an wie verbrannte Haut, jeder Lufthauch wird zur Tortur, und kühlendes Wasser ist schon lange kein Mittel mehr, meine Schmerzen zu lindern. Nicht einmal deine Zuwendung kann mich halten. Es gibt nur noch eines. Ruhe. Stille. Dunkelheit.

Ich beende nun meinen Brief an dich, Iris, und lege ihn in dein Kochbuch mit der Hoffnung, dass du ihn findest in einer Zeit, in der dich tausend Fragen umtreiben. Du findest ihn bestimmt dann, wenn du nachschlägst, wie viel Kakaopulver du beigeben musst für die Lieblingstorte unserer Kinder. Du wirst sie ihnen backen in diesen traurigen Zeiten, um ihnen und dir eine kleine Freude zu bereiten. Ich sehe euch am Tisch vereint, meine Lieben, und entschuldige mich für den Schmerz, den ich euch zufüge, auch wenn ich weiß, dass eine Entschuldigung ein Hohn dafür ist, was ich euch antue. Aber ich kann nicht mehr.

In Liebe, Milton

Ich verbrauche weitere Taschentücher. Schwester Anna tritt ein. Sie streift mich mit einem scheuen Blick und geht wortlos zum Schrank, um ein neues Päckchen hervorzuholen. Zudem hat sie ein Tablett dabei. Augenblicklich verbreitet sich ein Duft, der nicht im geringsten eine Ähnlichkeit mit demjenigen von Pommes frites und einem saftigen Steak hat. Schwester Anna stellt das Tablett auf meinen Tisch und richtet ihn so, dass die Blechglocke über dem Teller vor meiner Nase platziert ist. Unter dem Deckel verbergen sich Kartoffelpüree, Hackfleisch und Apfelmus.

Himmel, was denken die denn? Ich bin am Kopf verletzt und nicht von Zahnausfall betroffen. Trotzdem löffle ich das Zeug, so gut es geht und ohne zu murren. So wie sich mein Magen anfühlt, habe ich seit längerer Zeit nichts mehr zwischen die Zähne gekriegt. Ich greife zu Block und Stift und schreibe:

«1. Wie viele Tage liege ich bereits hier?

2. Wie lange muss ich noch hier bleiben?

3. Sie sprachen von einem ‹Einschlag› in meinen Kopf: Wo ist das Ding, das eingeschlagen hat?»

Anschließend putze ich den Teller mit einer Geschwindigkeit leer, die meinen Magen aufstöhnen lässt. Schwester Anna lächelt freudig, als sie das Tablett holt.

«Das haben Sie gut gemacht, Lee.» Sie liest die Fragen und setzt sich auf den Stuhl neben meinem Bett.

«Zur ersten Frage: Sie wurden am Sonntag, 26. März 2006, eingeliefert. Das war vor drei Tagen. Einschlag eines unbekannten Objekts in die rechte obere Stirn. Sie waren bewusstlos und erlitten hohen Blutverlust. Die Abklärungen zeigten negative Ergebnisse, das heißt, es wurden keine bleibenden Schäden festgestellt. Die arg zerfetzte Stirnhaut wurde ohne Komplikationen genäht, und ich hörte Doktor Pitchet sagen, dass die Narben nur geringfügig zu sehen sein werden. Der hohe Blutverlust veranlasste uns, Ihnen größere Mengen frischen Blutes zuzuführen, was ebenfalls problemlos vonstatten ging.»

Schwester Anna unterbricht sich und lächelt mir aufmunternd zu. Dann wirft sie einen Blick auf meine nächste Frage.

«Zweitens. Wenn Sie weiterhin gute Fortschritte machen, können wir Sie in vier bis fünf Tagen entlassen. Natürlich hat Doktor

Pitchet das letzte Wort, und Sie müssen regelmäßig zur Kontrolle kommen, damit wir die Hirnströme kontrollieren können.»

Na ja, wenn's weiter nichts ist. Schwester Anna blickt plötzlich nachdenklich, was mich etwas beunruhigt. Sie wendet ihren sorgenvollen Blick vom Block weg und mir zu.

«Drittens. Das Ding, das Ihren Kopf getroffen hat, ist in den Händen der Polizei. Offenbar geht die Polizei davon aus, dass jemand Sie innerhalb des Stadions damit beworfen hat.»

Jemand mich beworfen? Blödsinn. Wer sollte denn? Ich fasse den Gedanken nicht bis ans Ende, denn Schwester Anna spricht weiter.

«Doktor Pitchet ist zwar kein Gerichtsmediziner, aber er besteht darauf, dass der Einschlag mit sehr hoher Geschwindigkeit geschehen ist. Das Geschoss muss Sie mit großer Wucht getroffen haben.»

Große Wucht. Das kann man sagen. Das Ding hat mich einfach niedergestreckt. Nach dem eins zu null. Linsbury war im Rückstand, keine Beinarbeit, miese Pässe. Ich kritzle etwas auf meinen Block und schiebe ihn Schwester Anna unter die Augen, die an meinem Katheter rummacht.

Sie lacht. «Spielstand Linsbury gegen Talton vom 26. März? Keine Ahnung. Soll ich es für Sie in Erfahrung bringen?»

Ich nicke und konstatiere zufrieden, dass sich der pochende Schmerz endgültig verzogen hat.

Am Morgen nach dem Abend, an dem ich den Casinobesuch verschoben und stattdessen in Vaters Buch dicke Post gefunden hatte, war ich etwas zerstreut.

«Du scheinst mir nicht ganz auf der Höhe deiner Leistungskraft zu sein», sagte Gerry mit schmerzverzerrtem Gesicht, nachdem ich den Kamm bereits zum dritten Mal zu tief in sein Fleisch gebohrt hatte, «was ist dir über die Leber gekrochen?»

«Mmmmh», sagte ich, «du bist doch ein gebildeter Mann.»

«Na ja, übertreib mal nicht.» Gerry drehte ein wenig den Kopf, um mir einen geschmeichelten Blick zuzuwerfen.

«Es gibt doch das Sprichwort ‹Rache ist süß›.» Ich mischte neuen Zinnober.

«Ja, und?»

«Wie ist das genau zu verstehen: ‹Rache ist süß›?»

Gerry hob wieder seinen Kopf, um mich ein wenig verwirrt anzuschauen.

«Dass sie halt süß ist, ich meine, du rächst dich an jemandem, der dir etwas getan hat, das dich schmerzt, und dieser Schmerz wird kleiner, wenn du dich rächst. Das macht die Rache süß.»

«Bist du dir da sicher?», fragte ich und suchte einen größeren Kamm.

«Was?»

«Dass der Schmerz kleiner wird.»

Gerrys vernarbtes Gesicht legte sich in Falten.

«Ich denke schon. Als Meyer, das ist mein Nachbar, meinen Terry vergiftete, streute ich Zyankalikapseln, eingepackt in Blutwurst. Der elende Kater des Nachbarn fraß die Dinger zwar nie, aber mein Herz wurde allein bei der Tat federleicht.»

Ich prüfte die Wirkung des Zinnober, indem ich eine Probe in die Schweineblase schlug, die ich über einen mit Tüchern gepolsterten Knebel gestülpt hatte. Diese Methode ging auf Tinks zurück, und sie funktionierte bestens.

«Mmmh. Blieb dein Herz federleicht, bloß weil du Zyankalikapseln gestreut hattest?»

Gerry verdrehte die Augen.

«Natürlich nicht. Der nächste Schmerz kam. Paul verließ mich, meine Mutter starb, die ersten Haare wurden grau. Aber eines wusste ich immerhin: Ich sah nicht tatenlos zu, wie einer meinen Terry hinrichtet. Ich habe Terry gerächt.»

Der Farbton des Zinnober geriet zufriedenstellend. Ich tunkte den Kamm von neuem in die Farbe und setzte bei den Lippen der nackten Schönheit an, die sich auf Gerrys Rücken tummelte.

«Obwohl die Rache in der Ausführung gescheitert ist? Immerhin spaziert Herr Meyers Kater jetzt noch durch die Gegend, während dein Terry auf dem Friedhof den Würmern ein Festmahl bietet.»

«In meinem Garten», zischte Gerry böse, «und kein Wurm gelangt zu ihm. Er liegt in einem Sarg aus Edelmetall.»

Ich schlug den Zinnober unter die Haut und hob beschwichtigend die Hand mit dem Hammer.

«Schon gut, Gerry. Dein Terry ruhe in Frieden. Bleiben wir bei der süßen Rache. Gibt es eine Rache, die nicht süß ist?»

Gerry legte seinen Kopf wieder hin. Er dachte eine Weile nach. «Nein. Jede Rache ist süß. Aber sag mal», ich spürte Gerrys Blick, der den meinen suchte, während ich die Lippen noch etwas voller herausarbeitete, «weshalb fragst du mich das alles?»

Ich blickte konzentriert auf meine Hände, die Hammer und Kamm führten, und schwieg.

«Sag schon», drängte Gerry, «hat dir einer was zuleide getan?»

«Nicht direkt. Aber sag mir doch: Welche süße Rache gibt es außer Zyankalitabletten in Blutwurst?»

«Da wüsste ich eine Menge», sagte Gerry und wollte sich erheben, so dass ich ihn sanft auf die Liege drückte. «Kommt aufs Vergehen an. Du kannst Hundekot in den Briefkasten legen, eine Stinkbombe in den Keller werfen, die Waschmaschine mit Farbe versetzen. Das sind geeignete Maßnahmen für Fehltritte innerhalb der Nachbarschaft. Reifen zerstechen und Nägel streuen für ungebührliche Lärmbelästigung durch Autos, die um dein Haus kurven. Selbstmorddrohung bei Verlassenwerden. Das habe ich bei Paul versucht, er ging aber trotzdem. Oder Minaldecin in die Suppe streuen, fein dosiert über ein paar Wochen. Führt zu heftigen Bauchschmerzen, sagt man. Ich habe allerdings nicht gewagt, es anzuwenden. Ebenfalls sehr geeignet sollen Rosen sein, bestreut mit Tetracialomydpulver. Hält einer sein süßes Näschen daran, um ein wenig Rosenduft zu schnuppern, ist er für eine Woche blind.»

Gerry hielt inne. Ich blickte kurz auf. «Ist das alles?»

Gerry lachte. «Du bist gut. Ich gebe dir mein ganzes Repertoire bekannt, und du sagst bloß: ‹Ist das alles?› Ist dir das etwa nicht gut genug?»

Ich nickte. «Doch, deine Ideen sind beachtlich.»

Gerry schwieg ein wenig beleidigt. Ich vollendete die Lippen und begann mit den zarten Wangen.

«Es gibt natürlich die irreversiblen Methoden. Für schwerwiegende Fälle. Eine Briefbombe. Eine Paketbombe. Der Stein, der sich beim Wandern auf dem schmalen Grat plötzlich löst. Vyoldamid in die Suppe, fein dosiert über mehr als ein paar Wochen. Entführung mit Folter. Einen Hacker das Konto leeren lassen. Einen Auftragsmörder anstellen. Die Knarre selbst in die Hand nehmen. Aua.»

Ich hatte den Kamm zu weit unter Gerrys Haut getrieben. Er stützte sich auf seinen rechten Ellenbogen und blickte mich vorwurfsvoll an. «Das ist heute das vierte Mal. Was ist bloß los mit dir, Lee?»

«Entschuldige bitte, kommt nicht mehr vor.»

Gerry seufzte und legte sich wieder hin. Während er mir die seelischen Verletzungen seiner letzten dreißig Lebensjahre darlegte, versuchte ich, mich auf die Lady zu konzentrieren, die unter seine zarte Haut gestochen werden musste. In meinem Kopf blinkte eine Leuchtschrift, grellrosa wie über Sumptowns Striplokalen. Bloß die kesse Langbeinige mit den spitzen Brüsten und dem Zylinder fehlte, die sich in die weichen Rundungen des S schmiegte oder dem B ihren Hintern unter die Nase hielt. Die

Leuchtschrift blinkte jedoch nicht «Strip» und auch nicht «Bar». Sie blinkte «Rache ist süß» ins Dunkel. «Rache ist süß.» Dunkel. «Rache ist süß.» Dunkel.

Ich besuchte Mutter im Irrenhaus. Eine freundliche Schwester mit blonden Zöpfen führte mich zum Zimmer. Mutter war verlegt worden. Zu lange daure der Aufenthalt bereits, ließ das Sozialamt verlauten, es sei nicht mehr bereit, die Kosten für einen Platz im Vierbettzimmer zu übernehmen. Ob es denn die Kosten für einen Platz im Achtbettzimmer übernehme, fragten John und ich. Für eine weitere beschränkte Zeit ja, lautete die Antwort.

Im Achtbettzimmer war die Luft stickig. Es roch nach Frauenschweiß und gebrannten Mandeln. Eine Alte mit ungekämmtem Haarschopf kam auf mich zu und bot mir unter unzähligen Bücklingen Mandeln an, die sie mit ihrer Faust umklammert hielt. Ich nahm eine und bedankte mich. Die Mandel war warm, klebrig und stellte mich vor die unlösbare Frage, wie sie unauffällig zu entsorgen sei. Ich klebte sie in meine innere Manteltasche. Erst dann fiel mir auf, wie ruhig es im Zimmer war, trotz der Gruppe von Frauen, die sich um das eine Bett herumscharten. Darauf saß ein junges Mädchen mit großen, dunklen Augen. Ihre Unterarme verschwanden unter einem Verband. Sie strickte, während die anderen Frauen Wollfäden in allen Farben zu entwirren versuchten, die zu einem Knäuel geballt zwischen ihnen lagen. Alle redeten gleichzeitig über das Mädchen hinweg, das als Einziges schwieg. Trotz dieses Geschnatters strahlte der Raum eine seltsam gedämpfte Atmosphäre aus. Der alles übertönende Redefluss meiner Mutter fehlte. Sie lag still und blass auf ihrem Bett, so ruhig, dass ich zu ihr hinstürzte in der Annahme, sie sei tot. Sie lebte. Als ich ihre Hand ergriff, die entspannt neben ihr auf dem Bett lag, schlug sie die Augen auf. Sie blinzelte verwirrt, als sie mich erblickte, und einen Moment lang erfreute mich das Gefühl, sie würde mich erkennen. Dann schloss sie die Augen wieder. Ich hielt eine Weile ihre Hand. Dann holte ich den Brief aus meiner Jacke.

«Mutter», sagte ich, «ich habe etwas gefunden. Einen Brief von Dad an dich. Siehst du?»

Ich wedelte damit vor ihrem Gesicht herum.

«‹Meiner geliebten Frau Iris› steht da geschrieben. Erkennst du sie wieder, Dads schöne Schrift? Weißt du, wo ich ihn gefunden habe?»

Mutter öffnete ihre Augen erneut und schaute mich groß an.

«In deinem Kochbuch. Weil Dad dachte, du würdest die Trüffeltorte backen, für John und mich, und dazu das Buch benötigen. Weil du wieder vergessen hast, wie viel Kakaopulver es dazu braucht. Aber du bereitetest uns keine Trüffeltorte. Mit Verlaub, auch keine Mahlzeiten, die diesen Namen verdient hätten. Offenbar hatte selbst Dad später Zweifel, ob du das Kochbuch zur Hand nehmen würdest, denn er entschied sich für einen anderen Ort. Der Umschlag im Kochbuch war leer. Aus unbekannten Gründen beschriftete er einen neuen Umschlag. Ich vermute, hinter den unbekannten Gründen steckt Xero, der Hokuspokusfidibuszauberer, der Blitze aus heiterem Himmel schickt und aufrechten Kerlen den Kopf verdreht. Er hat wohl Dad geflüstert, der Brief sei besser in einem Buch zu seinen Ehren aufgehoben, einem Buch über den großen Meister Xero. Dieses Buch fand ich vorgestern zufällig in meinem Wohnwagen. Hast du Xero je kennen gelernt?»

Mutter schaute mich weiterhin stumm an, ihre Finger jedoch begannen die Tagesdecke zu kneten. Ich faltete den Brief auseinander und begann zu lesen.

«‹Liebe Iris, schreiben bleibt mir noch. Die Stimme ist weg. Du gibst dir solche Mühe, sie wieder zurückzulocken. Ich bin dir sehr dankbar dafür. Ich spüre jedoch, dass sie verloren ist. Salbei und Arnika gehen ungerührt an meiner Kehle vorbei. Die Honigmilch reizt mich zum Husten. Der Kräutertee macht mir den Magen ganz elend. Deine Massagen …›»

Mutter unterbrach mich mit einem unwirschen Knurren. Sie schwang abrupt die Beine über den Bettrand und blieb mit dem Rücken zu mir sitzen.

«Was hast du gesagt, Mutter?», fragte ich. «Es interessiert dich nicht? Ich suche dir eine andere Stelle. Eine sehr schöne.»

Ich suchte. Mutter saß da, ohne Bewegung. Ich begann wieder zu lesen, und nach ein paar Worten realisierte ich, dass es im Raum ganz still geworden war. Die Frauen am Bett der jungen Strickenden hatten ihr Gerede unterbrochen und hörten zu.

«‹Falls ich es versäumt habe, müde von der Stallarbeit, schlecht gelaunt meines entzündeten Knies wegen, geplagt von allzu tiefen Kornpreisen oder gequält von Fehleinschätzungen, die unser Einkommen gefährdeten, falls ich es versäumt habe, dir immer wieder zu sagen, wie sehr ich dich liebe, dann lass es mich dir jetzt versichern: Ich liebe dich. Welch ein Glück ich hatte, dich zu treffen. Welch begnadeter Zufall, dass euer Stallbursche vom Pferd fiel, welch gelungene Fügung, dass ich an diesem Tag auf deines Vaters Hof um Arbeit fragte.›»

Ich unterbrach mich und schielte zu Mutter, die mir weiterhin den Rücken zukehrte. Ihre Hände, die sie seitlich aufs Bett gelegt hatte, zupften an der Decke.

«Schön, was? Ein paar Seiten weiter schreibt er:

‹Was ich dabei durchzustehen hatte, als Moses dich jeweils mit gierigen Augen verschlang, als er geifernd das Sonntagsmahl in sich hineinstopfte, das du in stundenlanger Arbeit gerichtet hattest, und deine Locken berührte …›»

Mutter schoss auf und wandte sich mir zu. Voller Zorn keifte sie:

«Du Widerling du, lass deine gierigen Dreckfinger von mir, du geiler Sack, sonst piss ich dich voll!»

Die Frauen hinter mir kicherten. Ich las weiter.

«‹… während er deren Farbe lobpreiste, das muss ich dir wohl nicht ausführlich darlegen. Du lächeltest kokett und erhobst dich anmutig, um die Teller abzuräumen, während Klara dich hasserfüllt ansah und ich tief einatmete, um das Zittern in meinem Körper nicht überhand nehmen zu lassen. Ich betete den Tag herbei, an dem du eines Morgens aufwachen würdest und sagen: Lieber Milton, ich habe nachgedacht. Deine Verwandschaft in Ehren, aber ich glaube, sie ist es nicht wert, weiterhin gepflegt zu werden.

Nun, das lag dir fern, und …›»

«Ich sag's dir doch», mischte sich Mutter ein, in einem sanfteren Ton, als sei ihr Zorn verraucht, und als ich aufblickte, redete sie zum Fußende des Bettes. Niemand stand dort.

«Ich hab's dir immer gesagt, Joshua ist ein guter Kerl, vorzüglicher Geruchssinn, schöne Augen, muskulöser Körperbau trotz seines hohen Alters, aufmerksam, treu, ein zuverlässiger Wachhund in jeder Situation. Ich weiß nicht, wieso du das nicht akzeptieren kannst, dabei sage ich dir das seit …»

«Mutter», sagte ich und fasste sie bei der Hand, wobei sie zusammenzuckte und mich anzischte: «Lass mich los, du Schweinehund …»

«Mutter», sagte ich bestimmt, «setz dich hin und hör, was dein Mann dir zu sagen hat.»

Sie setzte sich nicht, hörte jedoch auf zu reden. Ich ließ meinen Blick zwischen ihr und dem Brief hin- und hergleiten, während ich weiterlas.

«‹Wie ich mich täuschte. Wie anfällig du auf Seifenblasen bist, auf leeres Gerede, schmeichelndes Werben.›»

Sie schüttelte zornig die Faust gegen mich.

«‹Wenn du es doch wenigstens dabei belassen hättest. Wenn du dich doch nicht hingegeben …›»

Wütendes Aufjaulen.

«‹... hättest. Ihm hingegeben hättest. Nichts von deinem Verfallensein habe ich gespürt. Keinen Argwohn habe ich geschöpft. Ich war mir deiner Liebe sicher, und das war ein ...›»

Mutter stürzte sich quer übers Bett auf mich. Sie war sehr schnell, aber es gelang mir, ihr nach einem kurzen Ringen den Briefbogen wieder zu entreißen. Ein Wortschwall brach aus ihr hervor, von dem ich einzig «Du Widerling» verstand. Der Rest verklang zwischen zusammengepressten Zähnen, zum Teil gurgelten die Worte tief in der Kehle, so dass ich befürchtete, sie würde daran ersticken. Das tat sie nicht. Meine Mutter beruhigte sich so weit, dass sie sich wieder ihrem Gesprächspartner zuwenden konnte, der offenbar immer noch nicht begriffen hatte, welch ein Prachtexemplar Joshua war. Mich beachtete sie nicht mehr. Ich brachte den Rest des Briefes in Sicherheit und konstatierte, dass sich meine Mutter in meinen Bemühungen, Vaters Sicht der Dinge darzulegen, keineswegs kooperativ verhielt. Und was ihre Sicht anbelangte, war ich so klug wie zuvor.

Ich besuchte Vater auf dem Grab.

«Dad», sagte ich, «das mit dem Abschiedsbrief in deinem Götterbuch war Scheiße, ‹Immer dieser Hang zur Originalität›, würde Willy sagen. Das Kopfkissen wäre der richtige Ort gewesen. In jeder guten Geschichte findet man Abschiedsbriefe unter dem Kopfkissen. Dort hätte Mutter ihn entdeckt. Auch das Kochbuch war keine schlechte Wahl, wenn du sie denn getroffen hättest. Aber nein, du steckst den Brief in dein scheißverdammtes Götterbuch, das sie nie zur Hand nahm.»

Ich unterbrach mich und dachte eine Weile nach.

«Okay, du hast dir sicher etwas dabei gedacht. Nur hat sie jetzt nichts davon.»

Ich haute mit der flachen Hand auf den Grabstein.

«Gestern wollte ich ihr den Brief vorlesen, im Irrenhaus, in ihrem stickigen Achtbettzimmer, aber deine Worte kamen nicht gut an. Insbesondere Moses scheint sie aufzuregen. Sobald von ihm die Rede ist, kommen ihr allerlei unflätige Ausdrücke über die Lippen. Könnte es sein, Dad, dass sie sich nicht ganz freiwillig von Moses hat besteigen lassen?»

Der Gedanke brachte mich durcheinander.

«Hey, Dad, wenn Moses sie ...»

Ich sah auf die Zwergsträucher hinunter, die der gutherzige Gärtner gepflanzt hatte. Sie waren verdorrt.

«Hallo Dad, ich rede mit dir!», rief ich. «Deine Frau ist immer noch im Irrenhaus!» Ich zupfte die letzten Blätter von den Sträuchern.

«Nein, sie kommt nicht mehr raus. Sagen die Ärzte.»

Die alte Frau, die drei Gräber weiter in Andacht versunken gestanden hatte, schaute strafend herüber. Als ich zurückstarrte, wandte sie den Blick ab.

«Okay, Dad. Vielleicht wäre sie auch irre geworden, wenn sie den Brief gefunden hätte. Wer weiß. Täte mich nicht wundern bei dem, was da drinsteht.»

Ich starrte auf die verklumpte Erde zu meinen Füßen. Offenbar ging die Nachsicht des Gärtners mit dem vernächlässigten Flecken Erde zur Neige, denn es lag, neben den verdorrten Zwergsträuchern, braun und brach.

«Scheiße, Dad», sagte ich, «Scheiße. Du warst ein feiger Hund.»

Ich kickte einen Brocken Erde gegen den Grabstein. Mein Vater äußerte sich nicht dazu.

«Ein armes Schwein.» Ein Stein prallte an der Inschrift ab.

«Ich werde dich rächen.» Zwei weitere Erdklumpen zersprangen mit einem saftigen Platschen am Stein.

«Was meinst du dazu, Dad? Soll ich dich rächen?»

Stille. Platschen.

«Verdammt, Dad, soll ich dich rächen?»

Die alte Frau nebenan starrte missbilligend auf den verdreckten Grabstein. Meinem Blick wich sie ängstlich aus. Mein Vater schwieg.

Eine Krähe ließ sich auf dem Rasen nieder. Sie mühte sich vergeblich damit ab, einen sperrigen Wurm in ihren Schnabel zu kriegen.

«Dad», flüsterte ich und beugte mich zum Grabstein hinunter, «du kannst sagen, was du willst, mein Entschluss steht fest. Ich werde mich rächen. Für dich.»

Mit einiger Mühe erklomm ich den Grabstein, erhob mich zu voller Größe und schoss mit ausgestrecktem Zeige- und Mittelfinger in die Luft. Peng. Peng peng. Dann auf die alte Frau. Peng. Peng peng. Sie starrte mit offenem Mund zu mir hoch.

«Onkel Moses», rief ich, «halte deinen linken und einzigen Hoden. Ich komme.»

Auf dem Heimweg arbeitete ich die Vorschläge von Gerry durch. Es gab einiges zu bedenken, wenn ich den Punkt, der mich vorwiegend beschäftigte, berücksichtigen wollte: Wie räche ich mich an Onkel Moses, ohne dass er merkt, wer sich an ihm rächt? Denn über eines war ich mir sicher. Onkel Moses hatte ein Auge auf mich geworfen. Und wegen Onkel Moses ging ich nicht nochmals ins Gefängnis. Ich überlegte mir Folgendes dazu:

1. Hundekot in den Briefkasten legen. War es angesichts der Verbrechen von Onkel Moses angemessen, ihm mit einem Stück Hundescheiße die Post zu verunzieren? Nein. Es wäre lächerlich und stünde in keinem Verhältnis zu dem, was Onkel Moses meinem Vater angetan hatte. Dad würde sich im Grab umdrehen. Zudem ließ Onkel Moses sich die Post von seinem Dienstmädchen bringen. Sie wäre also die Leidtragende. Möglichkeit Nummer eins kam nicht in Frage.

2. Eine Stinkbombe in den Keller werfen. Ein bisschen Gestank im Keller für Betrug und Mord? Nein. Mehr als lächerlich.

3. Die Waschmaschine mit Farbe versetzen? Wie Gerry zu Recht feststellte: Diese Art Rache war für Fehltritte innerhalb der Nachbarschaft optimal. Für alles andere schlicht absurd.

4. Reifen zerstechen und Nägel streuen. Kam nicht in Frage. Ausschließlich für ungebührliche Lärmbelästigung durch Autos gedacht.

5. Selbstmorddrohung bei Verlassenwerden. Ein guter Tipp. Ich merkte ihn mir für den Fall, dass ich wieder eine Frau fand.

6. Minaldecin in die Suppe streuen. Führt zu heftigen Bauchschmerzen, sagte Gerry. Die richtige Maßnahme für untreue Geliebte. Aber nicht für Onkel Moses.

7. Rosen, bestreut mit Tetracialomydpulver. Lassen den erblinden, der an ihnen riecht. Allerdings nur für eine Woche. Zu wenig Schmerz für Onkel Moses. Außerdem roch er nicht an Blumensträußen.

8. Eine Briefbombe. Die Bombe ginge noch in meinen Händen hoch. Das jedenfalls war anzunehmen, wenn ich meine Fähigkeit für Bastelarbeiten aller Art näher betrachtete. Zudem war ich geprägt von schlechten Erfahrungen mit Briefen. Insbesondere mit Briefen, die sich an Onkel Moses richteten. Diese Möglichkeit stand nicht zur Diskussion.

9. Eine Paketbombe. Siehe Punkt acht.

10. Der Stein, der sich beim Wandern auf dem schmalen Grat plötzlich löst. Eine wunderbare Vorstellung. Ich wandere mit Onkel Moses auf den Tillford Peak, der Weg wird immer schmaler, führt einem steil rechts abfallenden Abgrund entlang. Ich gebe vor, ich sei ängstlich, bitte Onkel Moses, als Erster zu gehen, mir die Tritte zu zeigen, und dann, als Onkel Moses sicheren Schrittes vorangeht, eine Geschichte aus Militärtagen auf den Lippen, in der er Dreitausender bezwang, dann stoße ich, ich stoße Onkel

Moses mit all meiner Kraft nach rechts, Moses verliert sofort das Gleichgewicht, darauf war er nicht gefasst, ich sehe einen Moment lang seinen erstaunten Gesichtsausdruck, als er über dem Abgrund schwebt, für den Bruchteil einer Sekunde, dann fällt er, Äste knacken, die ihn kaum zu bremsen vermögen, er fällt weiter, schlägt auf einen Felsen auf, die Wucht lässt ihn abprallen, er rollt über die Kante und fällt, er fällt und fällt. Jetzt erst höre ich seinen Schrei, einen jämmerlichen, langgezogenen Schrei. Dann verstummt er. Aufgeregt benachrichtige ich die Polizei, die Feuerwehr, die Rettungsflugwacht: «Ein Unfall, schnell.» Jede Hilfe kommt zu spät, und ich kehre nach Hause zurück mit einem, wie sagte Gerry, federleichten Herzen. So leicht wog es nicht mehr seit dem Tag, als Vater seine Stimme verlor. Eine nicht einfach zu beantwortende Frage verband sich mit Idee Nummer zehn: Wieso sollte Onkel Moses, dem ich letztmals im Gerichtssaal begegnet war, anlässlich meiner Verurteilung vor sieben Jahren, erpicht darauf sein, mit mir eine Wanderung auf den Tillford Peak zu machen?

11. Vyoldamid in die Suppe, fein dosiert über die Dauer von fünfzehn bis zwanzig Wochen. Das Pülverchen kann letal wirken, sagte Gerry, wenn es lange genug angewendet wird. An Onkel Moses' Suppentopf heranzugelangen, war einfach. Ich würde seine Köchin verführen und sie zu meinem Instrument machen. Dabei schienen mir allerdings drei Schwierigkeiten beachtenswert. Die nähere Verbindung mit einer Köchin konnte sich leicht zum Drama auswirken, wie mein Vater bewies. Und in diese Fußstapfen wollte ich nicht treten. Zweite Schwierigkeit: Frauen sind unberechenbare Wesen. Ob die Köchin nach der Verführung meine Anweisungen befolgen würde, stand in den Sternen. Vielleicht vertrat sie die Ansicht, man sollte nicht die Hand beißen, die einen füttert. Vielleicht gar rannte sie schnurstracks zu Onkel Moses und berichtete ihm unter Tränen, welcher Anschlag

auf sein Leben geplant war. Dritte Schwierigkeit: Allenfalls stand die Köchin nicht auf mich. Vyoldamid und Suppe waren gestrichen.

12. Entführung mit Folter. An den Folterinstrumenten sollte es nicht scheitern. Meine Vorstellungen darüber, was zu Onkel Moses' Qualen beitragen sollte, waren äußerst konkret. Ein Kälberstrick, ein Schraubenzieher, ein Knebel, eine Peitsche. Auch über das Örtchen, in das ich den Schraubenzieher drehen würde, war ich mir im Klaren. Wonnevolle Gefühle kamen allerdings nur kurz auf. «Dummkopf», schalt ich mich, «damit verrätst du dich.» Natürlich. Zudem dämpfte die Vorstellung, ein paar Tage mit Onkel Moses zu verbringen, meine Begeisterung für Punkt zwölf beträchtlich. Ich ersetzte Onkel Moses in Gedanken mit seiner Frau Klara oder Tochter Gwen. Es war ja eine gängige Praxis, Rache über den Umweg geliebter Angehöriger zu üben. Bloß: Liebte Onkel Moses seine Angehörigen in so großem Ausmaß, dass ihre Qualen ihn wahrhaftig treffen würden? Ich dachte längere Zeit darüber nach und kam zum Schluss, dass der Umweg über Tante Klara oder Gwen ein zu großes Risiko bildete. Zudem hielt ich nichts davon, Frauen zu foltern. Trotz dieser Bedenken war die Idee der Folter, sofern sie an Onkel Moses verübt wurde, nicht gänzlich zu verwerfen.

13. Einen Hacker das Konto leeren lassen. Welch göttliche Vorstellung! Meine Freude war diebisch, als ich mir das Entsetzen ausmalte, das sich auf Onkel Moses' Gesicht abzeichnen würde, wenn ihm das Fräulein am Schalter ausrichtet: «Entschuldigen Sie bitte, Mister Gustavo, ich kann Ihnen leider keinen anderen Bescheid geben, ich habe das jetzt mit Mister Hetkins nochmals geklärt. Ihr Konto weist seit gestern Abend um 22.38 Uhr den Stand von Pfund Null Null (ja, so würde sie es sagen, ganz die korrekte Bankangestellte) auf. Hier liegt der Beleg vor.» Einen Hacker zu finden, konnte kaum problematisch sein. Von denen gab es

wie Sand am Meer. Sofern man den Medien glaubte. Wäre allenfalls nicht ganz billig, so ein Hacker. Ich müsste das nötige Kleingeld auftreiben.

14. Einen Auftragsmörder anstellen. Ich wusste keinen, der das für mich erledigen würde.

15. Die Knarre selbst in die Hand nehmen. Hier gelangte ich wieder zur Frage, die meinen Enthusiasmus bereits auf dem Weg nach Hause verfliegen ließ: derjenigen des Erwischtwerdens. Wie erschießt man jemanden, ohne bereits unter der Haustür von aufmerksamen und todesmutigen Nachbarn gestellt zu werden? Wie bringt man jemanden um, ohne dass einen zwei nette Beamte ein paar Stunden später am Flughafen höflich, aber bestimmt aus der Schlange holen, die sich vor der Passkontrolle bildet? Wie soll ich mich rächen, ohne zwei Jahre später auf Cyland, meiner Trauminsel, aufzufliegen? Wie töte ich, ohne mein Leben mit Hammer und Farbe gegen eines mit Stanzmaschinen und Koks einzutauschen?

Schwierige Fragen. Zu Hause notierte ich meine Gedanken, um mein gemartertes Hirn zu entlasten. Anschließend warf ich mich in meinen bequemen Sessel und legte Vaters dicken Götterschmöker auf die Knie. Das Buch war in einer Sprache geschrieben, die geheimnisvoll schien. Ich vermutete, dass sie aus der Gegend kam, wo der Ururgroßvater meiner Großmutter wohnte, bevor ihm ein paar Angestellte eines Menschenhändlers Heimat, Seele und Würde raubten und ihn in die schöne neue Welt verschleppten. Aber auch bei der dritten Durchsicht sagten mir «Eke kôri alafana» und «Xero – muna kelu ibafana» nicht mehr, als dass es sich um Vaters überirdischen Gefährten handelte, der nie zur richtigen Zeit erschien. Und sich, wenn er denn doch herbeisauste, offensichtlich auf Kosten anderer Leute vergnügte. Oder sich mit Bösewichten wie Moses verbündete, wie Vater am Schluss seines Berichtes argwöhnte. Alles in allem schien mir dieser Göttergeselle eine reichlich egozentrische Figur zu sein. Eine, die stark nach menschlicher Erfindungsgabe roch. Ich staunte und ärgerte mich zugleich, während ich die zerfledderten Seiten wendete und die wenigen Illustrationen studierte. Da tummelten sich berockte Herren mit Masken und Federschmuck, gekrönte Damen rotierten Derwischen gleich um die eigene Achse, während sie ihre Frisur richteten, und gnomenhafte Wesen stampften auf etwas herum, das wie ein Regenbogen aussah. Ich staunte über Vaters messerscharfen Verstand, der eine solche Obsession mit Jenseitigem zuließ. Zumal seine geistige Verfassung, soweit ich mich erinnern konnte, keinen Anlass zu Zweifeln gab, außer bei jener Szene im Stall, in der ihm Betty die Tränen von den Wangen leckte. Dass Vater auf solchen Hokuspokus, mit dem Menschen dazu gebracht wurden, Dinge zu tun und zu denken, die sie sonst nie tun und denken würden, hereinfiel, ärgerte mich. Ich gab die Schuld seinen Vorfahren. Irgendwie wollten die nicht ohne Überirdisches auskommen, obwohl sie sich bestens im Diesseits durchzuschlagen wussten. Zäh und unbeirrbar, bauernschlau und mutig ackerten sie sich durch den Dreck, durch den sie gezogen wurden. Dad hingegen, das musste ich zugeben, schien mir eher der Fall, der ab und zu auf eine helfende Hand aus dem Himmel angewiesen war. Jedenfalls beschloss ich nach einigem Nachdenken, dass das Buch seinen angestammten Ort auf dem Büchergestell behalten durfte. In Anbetracht meiner engen Raumverhältnisse war das, praktisch gesehen, reichlich Platzverschwendung. Auch schienen mir launische Himmelswesen keinesfalls geeignete Partner, um mir bei meiner Suche nach der geeigneten Rachemethode behilflich zu sein. Nicht immer empfiehlt es sich aber, bei Entscheiden ausschließlich vom Praktischen auszugehen. In diesem Fall entschied ich mich, den Platz für etwas Unsinniges zu opfern. Keinesfalls wollte ich mich mit dem feurigen Gesellen anlegen, indem ich ihn und seinesgleichen auf der nahen Schutthalde entsorgte. Wer wusste denn, auf welche Gedanken der Kerl kommen konnte. Auf göttliche Kräfte hatte ich mich noch nie verlassen. Ich stellte also das Buch an seinen angestammten Platz zurück und ging schlafen.

Die Tür öffnet sich vorsichtig. Schwester Anna guckt um die Ecke. Ich lächle ihr zu. Sie lächelt überrascht zurück und sagt leise, während sie die Türe schließt:
«Ich dachte, Sie schlafen bereits.» Sie streicht sich eine Strähne aus ihrem breiten Gesicht. «Ich habe den Spielstand für Sie in Erfahrung gebracht.» Auf ihrer Oberlippe perlt Schweiß. Sie tritt an meine Seite und verkündet fröhlich:

«1:3. Ein Tor für Linsbury, drei Tore für Talton.»

Scheiße. Gegen Talton eingesteckt, ausgerechnet gegen Talton, das in der bisherigen Saison nichts zustande gebracht hat. Eine Schande. Der K.-o.-Schlag vor Spielschluss brachte wenigstens einen Vorteil: Eine Menge Ärger auf dem Spielfeld blieb mir erspart. Ich nehme den Block zur Hand und schreibe: «Danke! Sie müssen Gombana wieder verkaufen, der taugt nichts.»

Schwester Anna liest und lacht. «Gombana? Wer ist das?»

Das weiß die nicht? «Der Torhüter von Linsbury», schreibe ich.

«Aha. Vielleicht waren die anderen einfach besser?»

Besser. Hat keine Ahnung, die Tante. Ich greife wieder zum Block.

«In den letzten fünf Spielen hat Gombana drei, vier, zwei, fünf, drei Tore durchgehen lassen. Das ist zu viel.»

«Okay», lacht Schwester Anna, «ich gebe mich geschlagen. Gehen Sie zu jedem Spiel von Linsbury?»

Ich nicke. Sicher.

«Was machen Sie beruflich, wenn ich fragen darf?»

Sicher darfst du das. Ich suche ihren Arm ab, finde jedoch keins. «Tattoos», schreibe ich.

Schwester Anna zieht die Brauen hoch. «Interessant. Sie selbst tragen aber keines?»

Die geht ja ran! Ist das eine echte Frage? Hat sie denn nicht hingeguckt? Immerhin hat sie mich gewaschen und weiß Gott noch was mit mir gemacht, seit ich in diesem verdammten Spital liege.

Ich schüttle den Kopf. «Angst vor dem Stechen», schreibe ich.

«Sie sind lustig», sagt Schwester Anna vergnügt. Sie zupft ein wenig an meiner Decke herum, wirft einen Blick auf die Infusion über mir und sagt: «Meine Schicht ist vorbei für heute, und für Sie ist Zeit zum Schlafen. Ich wünsche Ihnen eine gute Nacht.»

Zeit zum Schlafen. Wie sollte ich denn schlafen? Das habe ich bereits den ganzen Tag getan. Ich nicke Schwester Anna zu und sehe ihr hinterher, wie sie zur Tür hinausgeht. Eine nette Frau. Ich starre zur Decke und fühle mich einsam.

Während der Tage nach dem Abend, an dem ich den Casinobesuch verschoben und stattdessen in Vaters Buch dicke Post gefunden hatte, war ich etwas zerstreut. Mir stand der Sinn nicht nach Arbeit, und das war schmerzhaft für meine Kunden. Gerry war nicht der Einzige, der unter meinen Fehlschlägen litt. Sogar die starke Marlene, die seit Jahren Sitzungen ertrug, ohne mit der Wimper zu zucken, schreckte auf, als ich ihr den Kamm zu weit unter die Haut trieb. Nach dem zweiten Mal hob sie kurz den Kopf, um mich prüfend anzuschauen. Sie ließ ihn wieder sinken und sagte beiläufig:

«Unglücklich verliebt?»

«Ääh, jaa», sagte ich, überrascht, dass Marlene, die sonst immer schwieg, das Wort an mich richtete. Dies geschah sicherlich in guter Absicht. Ich fühlte mich jedoch keineswegs so, als wollte ich mit ihr die Gedanken teilen, die mich umtrieben.

«Dachte ich mir», sagte sie mit zufriedener Stimme. «Sie will nur eine Freundschaft und sich nicht von dir ficken lassen, stimmts?»

Das geht zu weit, dachte ich unwirsch und ein wenig erstaunt, was geht Marlene mein Liebesleben an? Ich entnahm jedoch ihrem Blick, dass sie weder angriffig noch höhnisch meinte, was sie sagte. Sie sprach im Ernst.

Ich zögerte und beschloss, auf das Thema einzugehen. Auf diese Weise kam ich wenigstens darum herum, eingehender zu dem befragt zu werden, was mich wirklich beschäftigte. «So ungefähr, ja.»

Marlene sah zur Decke, während sie sprach, und hielt ganz still, um meine Hammerschläge nicht abzulenken.

«Lass mich raten. Sie lockt dich mit langen Abenden zu zweit, lässt sich tief in ihre Seele blicken, und wenn du mehr willst als nur in ihren Ausschnitt schauen, den sie während des ganzen Essens freigiebig über ihren Teller hängen lässt, weicht sie mit entsetztem Blick zurück und sagt flehentlich: ‹Lass mir bitte etwas Zeit, ja?›»

Ich staunte immer noch über meine Kundin, als ich sagte:

«Aus dir spricht Erfahrung, Marlene. Ist das deine Vorgehensweise, wenn dir einer an die Wäsche will?»

Marlene beachtete mich nicht. Offenbar hatte sie sich in Fahrt geredet.

«Wenn du dann wartest und ein wenig Zeit vergangen ist, sagt sie: ‹Lass mir noch etwas Zeit, ja?› Bis du rausfindest, dass sie die Zeit längst mit einem verbringt, der nicht so viel redet und noch weniger zuhört, dafür mehr macht als nur in ihren Ausschnitt schauen.»

Da konnte ich ihr zustimmen. Diese Erfahrung hatte ich bereits mehrmals gemacht. Marlene allerdings gab sich nicht mit Allgemeinplätzen zufrieden.

«Wer ist denn die Süße? Wie lange hält sie dich bereits in Warteposition? Wie groß sind ihre Reize?»

Ich gab mir alle Mühe, eine Maya zu erfinden, die mich fertig machte, und begann, dankbare Gefühle für Marlene zu entwickeln. Sie brachte mich auf andere Gedanken. Ich sie offenbar auch, denn nach dem Desinfizieren der neu geschlagenen Stellen griff sie nach meiner Hand, legte sie auf ihre Scham und blickte mir tief in die Augen. Das Gefühl war nicht unangenehm. Aber wenn ich es recht bedachte, stand ich nicht auf Marlene. Vorsichtig zog ich die Hand zurück, begann die Kämme einzusammeln und sagte leichthin:

«Die nächste Sitzung ist wie immer am Donnerstag um dieselbe Zeit, okay?»

Marlene blickte mich böse an und erhob sich von der Liege. Ich blickte ihr auf dem Weg zur Umkleidekabine hinterher und vermutete, dass ich soeben eine Kundin verloren hatte. Einzig Hieronymus Bosch, dessen Werk sie auf sich trug, konnte sie noch davon abhalten, die Fortsetzung ihres Lebenswerkes wegen einer Abfuhr aufs Spiel zu setzen.

Zu Hause setzte ich mich in meinen bequemen Sessel und dachte an Marlenes Scham unter meiner Hand. Ich bereute es, nicht zugegriffen zu haben. Ein solches Angebot bekam ich nicht oft. Wenn ich mich recht erinnerte, war dieser Fall noch gar nie eingetreten. Keine Frau hatte sich bisher vor mich hingelegt und sich meine Hand auf ihre Scham gelegt, weder auf eine bedeckte noch eine nackte Scham, ohne dass ich einen erheblichen Beitrag dazu geleistet hatte, dass sie es tat.

Laura hielt mich lange hin und am Ende zum Besten, Kim machte mich unsicher, Eva wollte nicht, Kira wollte, aber durfte nicht, Zoë brachte ich durcheinander und gegen mich auf. Das war das schmerzliche Kapitel «erste Erfahrungen», in dem ich lernte, dass der eigene Beitrag im Liebesaustausch erheblich sein konnte und trotz hohem Einsatz gegenseitiges Geben und Nehmen längst nicht immer klappte.

Mit Cathleen trank ich viel Tee und Wein, bis sie in meiner Untergeschosswohnung auf dem schmalen Bett blieb. Mary ließ ich kalt, trotz voller Hingabe in haushälterischer und pflegerischer Sicht.

Dann gab es die Abenteuer mit wenig Nachhaltigkeit, diese Zusammenstöße, an die ich mich mit wohligem Vergnügen erinnerte. Ich sehnte sie wieder und wieder herbei gegen alle Vernunft, die mir sagte, dass die Würze in der Kürze liegt. Bei täglicher scharfer Kost stumpft der Gaumen ab.

Ein Zusammenstoß der besonderen Art war die Nacht mit Pierrette und Willy, vor allem mit Pierrette, Willy gehörte als notwendiges Übel dazu. Und Emma, die wunderbare Emma, die mich zu sich nach Hause schleppte, nachdem ich im Chez Rubina ihren Köter gerettet hatte, der unter der Bartheke beinahe von einem rüden Zeitgenossen zertrampelt worden wäre. Ich sah den dürren kleinen Hund, und ich bemerkte den Schuh, der über ihm schwebte. Es brauchte einzig einen gezielten Kick meinerseits, der den Mann sein Stehvermögen kostete und mich mein Bier, das sich über die Theke ergoss, und der tödliche Tritt ging ins Leere. Der Einsatz hatte sich gelohnt. Emma war erstaunlich. Wir redeten die ganze Nacht. Anschließend sanken wir in ihr weiches Bett und standen zwei Tage lang nur auf, um den Köter seine Notdurft verrichten zu lassen. Ich sah Emma nie wieder. Ihre Tochter war dagegen, dass ihre Mutter eine Beziehung mit mir einging.

Abenteuer, die wenig wohlige Erinnerungen auszulösen vermochten, hatte ich ebenfalls. Das Leben ist voller Risiken. Jederzeit konnte mir der Tontopf einer Großstadtkräuterliebhaberin aus der vierten Etage das Hirn spalten, ein älterer Autolenker meine Beine zerquetschen, weil er die Bremse mit dem Gas verwechselte, ein Blutgerinnsel im Herzen stecken bleiben, so dass ich einen schnellen, aber sanften Tod erlebte. So war das. Weshalb sollte der Liebesaustausch von Gefahren ausgenommen sein, ausgerechnet die Zone, die vom Nahkampf geprägt war?

Peggy fand mich übergreifend und warf mich zu ihrer Wohnung hinaus, nachts um halb drei, mitten in angeregter Diskussion. Sheila wäre eine Wucht gewesen, wenn sie nicht am andern Morgen pausenlos von der Verstrickung mit ihrem Vater geredet hätte. Tina sprach angenehm wenig, war aber so angestrengt, dass mir unser Tun die mühsamen Gymnastikstunden vergegenwärtigte, die ich als Kind einer leichten Rückendeformation wegen besuchen musste. Auf der Bergtour ließ mich die draufgängerische Susan in den Seilen hängen, weil ich ihr zu langsam war, und nach dem Dinner mit der schicken Pat entdeckte ich, dass nicht alles Gold ist, was glänzt.

Tödlich waren diese Zusammenstöße nie, aber doch so, dass ich zu keinem Zeitpunkt eine Wiederholung wünschte, auch nicht in einsamsten und lieblosen Zeiten. Und die kamen zur Genüge vor, fand ich.

Nachdem ich mich eine Weile geärgert hatte, dass ich Marlenes Scham nicht zurückanfassen wollte, obwohl sie weich und warm war, ging ich in meine Lieblingsbar Ohio. Beim Betreten des langen schmalen Raums, in dem man kaum die Hand vor seinen Augen sah, fragte ich mich zum wiederholten Mal, weshalb sie Ohio hieß. Rote abgewetzte Samtbänkchen in engen Kojen wären ein Abtörner für jeden müden Cowboy, der nach anstrengendem Tagwerk nur noch eines wollte: die Beine strecken. Das rote Dämmerlicht verunmöglichte ihm zudem freie Sicht auf fette Beute. Die einzige Verbindung, die sich mir aufdrängte, bestand darin, dass es sowohl in Ohio wie hier in Sumptown Abende geben musste, an denen nichts anderes zu tun war, als zwei, drei Bier zu trinken. Das tat ich an diesem Abend, mit dem angenehmen

Nebeneffekt, dass meine Gedanken, die bisher wirr um das ungelöste Rätsel kreisten, wie ich mich an Onkel Moses rächen konnte, in geordnete Bahnen gerieten. Sie formten sich wie alleine zum zündenden Schluss. Logisch. Marlene war die Lösung. Ich schlug mir an die Stirn. Dass ich nicht vorher darauf gekommen war. Umso mehr, als sich Marlene in Form eines Geschenkes unter meine Hände legte. Nach einer weiteren Flasche lag mein Plan fixfertig im Kopf bereit. Ich prüfte ihn zweimal auf jedes Detail, schliff hier an der Taktik, rückte da den Zeitrahmen zurecht. Anschließend hielt ich erschöpft, aber befriedigt ein Schwätzchen mit dem freundlichen Typen an der Theke neben mir. Er verkaufte Versicherungen. Als ich ihm meine Theorie von den Gefahren darlegte, die im Leben jederzeit und überall lauerten, lud er mich zu einem Wodka Tonic ein. Zufrieden ging ich nach Hause. In der Bilburry Street sang ich «My Way». In dieser Nacht träumte ich von Doktor Lumer. Er saß auf einer Wolke, die über mir schwebte, und rief zu mir herunter:

«Ich untersuche zur Zeit das Exkrementieren von Engeln. Sie werden nicht glauben, welch erstaunliche Beobachtungen da zu machen sind. Dieser da neben mir», er zeigte in den leeren Luftraum, «hebt seine …».

Übers Exkrementierverhalten von Engeln erfuhr ich nie etwas, weil mein Wecker klingelte, den ich unter einem halbvollen Sack Zement gefunden hatte. Zu meinem Bedauern funktionierte er auch an jenem Morgen tadellos. Ich hätte ein paar Stunden zusätzlichen Schlaf gut ertragen.

Marlene erschien zu ihrer nächsten Tätowierstunde, als wäre nichts geschehen. Ich war froh darüber. Auch wenn es mir nach mehrmaligem Nachdenken unwahrscheinlich schien, dass sie das Kunstwerk auf ihrem Körper unvollendet ließ, war ich mir meiner Einzigartigkeit doch nicht ganz sicher. Marlene hätte sicherlich jederzeit einen ehrgeizigen Tätowierer gefunden, der ihren «Garten der Lüste» vollendete, wenn auch mit einer Technik, die sie einmal verächtlich als «maschinell hochaufgerüstet mit großer Versagerquote» bezeichnet hatte. Sie war keine Freundin der Tätowiermaschine, und andere Angebote existierten, soweit mir bekannt, weder im Skillercounty noch in Hunkyhill noch sonst wo, wurden ich und meine Technik doch von meinen Kunden immer als landesweit einzigartig bezeichnet. Marlene zog dem eifrigen Automaten das handgeschlagene Bild vor, welches zwar ein Zehnfaches an Zeit erforderte, in seiner Farbigkeit jedoch unvergleichlich war. Es ließ dem Tätowierer die Möglichkeit, kleinste Farbnuancen nebeneinander zu setzen oder ineinander fließen zu lassen, während die Tätowiermaschine stur Pixel neben Pixel zu einer satten Fläche zusammenstichelte, deren stumpfe Farbe sich zu einem gehämmerten Bild verhielt wie Autolack zu Ölkreide. Und Autolack entsprach keinesfalls dem, was sich eine anspruchsvolle Kundin wie Marlene für ihren Hieronymus Bosch wünschte.

Marlene also betrat mein Tätowieratelier wie gewohnt am Donnerstag um zehn. Sie trug den beigen Regenmantel, der ihr blasses Gesicht noch farbloser aussehen ließ. Es erstaunte mich immer wieder von neuem, wie eine Frau, deren Geschmack beim Körperschmuck so auserlesen war, ihre äußerste Hülle dermaßen bieder und unscheinbar gestaltete.

«Guten Morgen, Marlene», sagte ich vielleicht eine Spur zu eifrig.

«Morgen», murmelte sie und verschwand hinter dem Vorhang, ohne mich eines Blickes zu würdigen.

Ich sortierte die Kämme. Der Bildband zu Hieronymus Bosch lag aufgeschlagen bereit. Seit ein paar Sitzungen war ich mit dem Riesenvogel beschäftigt, der auf einem Hochstuhl saß. Sein Leib erstreckte sich bereits über Marlenes rechten Oberschenkel. Den

Schnabel hatte ich ganz gut hingekriegt. Er bohrte sich in einen weißen Menschenhintern. Kopf und Rumpf des Mannes, ich nahm an, dass es sich um einen Mann handelte, waren bereits im Rachen des Vogels verschwunden. Heute wollte ich mich den Schwalben widmen, die aus dem Arschspalt des Unglücklichen flatterten.

Marlene kam aus der Umkleidekabine und legte sich hin. Sie hatte ihr rechtes Bein aus der Strumpfhose befreit, das linke blieb bedeckt, was unbequem und rührend aussah. Ich wagte einen Blick auf die Unterhose. Im Unterschied zur schwarzen Spitze von vorletzter Woche präsentierte sich diese beige und blickdicht.

Beim Desinfizieren des Oberschenkels streifte ich ihre Scham. Marlene versteifte sich.

«Entspanne dich», sagte ich sanft und tätschelte ein wenig ihr festes Fleisch, «du weißt doch, dass Lockerheit den Schmerz mindert.»

Marlene entspannte sich etwas, warf mir aber einen grollenden Blick zu. Ich mischte ein sattes Dunkelbraun für das Federkleid der Schwalben.

«Wie war deine Woche?»

Marlenes leichtes Kopfheben verriet, wie überrascht sie von meiner Frage war. Noch nie hatte ich freiwillig ein Gespräch angefangen.

«Viel Arbeit, wenig Vergnügen.»

Ich nickte verständnisvoll. «Ging mir auch so.»

Eine Weile lang war nur das Klacken des Hammers zu hören. Ich bemühte mich, besonders sorgfältig zu arbeiten. Immer wieder ließ ich meine Fingerspitzen sanft über ihre Haut fahren, flüchtig und wie zufällig. Ich spürte, wie ihre Spannung zunehmend wich, dann fragte ich:

«Marlene, wir haben beide viel gearbeitet diese Woche. Wollen wir uns heute vergnügen?»

Diesmal hob Marlene nicht nur den Kopf. Abrupt saß sie auf, so dass ich beinahe meine Schwalbe ruinierte. Ihre grauen Augen funkelten.

«Wie meinst du das?»

«Na ja», sagte ich und beugte mich über ihre Scham, um vom Vogel noch zu retten, was zu retten war, «wir könnten im Ohio einen Apero trinken und danach etwas essen gehen. Wie gefällt dir das Downunder?»

Marlenes graue Augen wurden hell und fröhlich, als sie sagte:

«Um achtzehn Uhr im Ohio. Und jetzt mach, dass die verdammte Schwalbe gut kommt.»

Was ich auch tat.

Wie Marlene das Downunder gefiel, erfuhr ich nie. Wir tranken im Ohio eine Karaffe Weißwein. Marlene befragte mich zu Maya. Ich sagte ihr, dass ich Maya aufgegeben und den Schmerz überwunden hätte. Marlenes Augen wurden wieder hellgrau, als ich meine Hand auf ihren Oberschenkel legte. Es war ihr linker, vorerst von nässendem Schorf unberührt, und deshalb drückte ich meinen Oberschenkel dagegen, während ich zuhörte, wie sie von ihrem Vater erzählte, der sie als Zehnjährige missbraucht hatte, und von ihrer Mutter, die sie an einem Nachmittag, als sie früher von der Schule nach Hause kam, in der Küche traf, auf den Esstisch gestützt, die Beine breit, während ein Unbekannter ihr etwas in den After rammte, das wie eine Kerze aussah. Marlene ging zur Therapie über, die sie seit acht Jahren besuchte, und ich bestellte noch eine Karaffe Weißwein. Nachdem wir diese geleert hatten, verspürte Marlene keinen Hunger mehr und schlug vor, sofort zum Kaffee überzugehen, den wir bei ihr zu Hause trinken könnten. Ich stimmte dem Vorschlag zu. Auf dem Weg zu ihr kaufte ich mir einen Kebab ohne Zwiebeln, um meinen knurrenden Magen zu beruhigen, und harrte der Dinge, die auf mich zukamen.

Sie waren weniger anstrengend, als ich mir vorstellte. Marlene entpuppte sich als Genießerin, und das brachte mich doch auch einigermaßen in Fahrt. Beim Kaffee danach erzählte mir Marlene, wie sehr sie es schätze, dass ich ihre frisch geschlagenen Wunden sorgfältig behandelte. Das sei bisher nie vorgekommen. Zudem erleichtere es die Angelegenheit, dass ich bereits in ihre Körperbilderwelt eingeweiht sei.

«Die entsetzten Blicke müsstest du sehen», sagte Marlene und machte ein angewidertes Gesicht, «wenn ich mein Hemd abstreife.»

Das war nachvollziehbar. Ich meine: Wer erwartet von einer durchschnittlich interessanten Frau mit unbedeutendem Äußeren, dass sie einen derart bizarren Kosmos enthüllt, sobald man ihr an die Wäsche geht? Vor allem wenn es sich um zweifelhafte himmlische Vergnügungen handelt? Und um Höllenqualen, die einen bei ihrem Anblick vom schlechten Weg abbringen und bei sich schwören lassen, den Rest seiner Tage artig und gottesfürchtig zu leben? Nein, ich konnte es keinem Genießer verdenken, wenn ihm die Augen überquollen, sobald Marlene ihr Hemd hob. Marlene sah das anders.

«Wie langweilig», sagte sie und schüttelte sich, «wenn du zuerst einen Vortrag über Hieronymus Bosch halten musst, bevor's zur Sache geht.»

Da war ich anderer Meinung und dachte an Mary. Wie feinsinnig hätte sie den Unbedarften Bosch nahegebracht. Da wäre nicht von einem Vortrag die Rede gewesen. Mary hätte den Fluss gezeigt, der ihren Bauch bedeckte, die nackten Menschen gestreichelt, die darin wateten, den Stachel gefühlt, der ihre Brustwarze zu durchbohren schien, das balancierende Reh vor dem Sturz bewahrt, das fleischfarbene Haus umfahren, das ihre Brust bedeckte. Sie hätte die Fingerspitzen der Unbedarften gefasst und hätte sie Schweine, Pferde, Bären und Rinder entdecken lassen, die blonde Nixe, blaue Wülste und rosa Farne, rutschende Nackte und den Delfin, der Kirschen aß. Sie hätte sie geführt über ihren Körper vom Himmel in die Hölle und wieder zurück, und gemeinsam wären sie in den Kosmos von Hieronymus Bosch eingedrungen, atemlos und entrückt. So hätte es Mary gemacht. Ich dachte an sie und beschloss, dass Marlene noch einiges lernen musste.

Wir begannen am nächsten Tag. Ich traf Marlene nach der Arbeit im Ohio, wo wir auf das Wochenende anstießen. Wir besprachen dies und das, anschließend schlug ich vor, etwas zu essen. Danach gingen wir zu Marlene. Nach dem zweiten Schluck Kaffee legte ich ihr einen veritablen Strip hin. Marlene starrte zunächst ungläubig, fand aber ihren Spaß an meinen Verrenkungen. Jedenfalls kugelte sie sich vor Lachen. Als ich sie aufforderte, es ihrerseits zu versuchen, hörte sie auf zu kichern und legte schamvoll die Hand vor den Mund. Ich bat und flehte und bettelte, bis sich Marlene auf den Esstisch stellte und sich ihrer beigen Kleider entledigte, als wäre sie zwölf und im Internatsschlafsaal, in dem Kälte und hämische Kolleginnen ihr auflauerten. Ich tat begeistert und stellte fest, dass ich mich getäuscht hatte. Marlene musste nicht nur einiges lernen. Sie musste viel lernen.

In den nächsten Wochen trafen wir uns regelmäßig an drei Orten: bei mir im Tätowieratelier, in Marlenes Wohnzimmer und in Marlenes Bett. Im Tätowieratelier ging es weiterhin sehr geschäftlich zu und her. Ich war schließlich Profi, auch wenn Marlene nur allzu bereit für eine schnelle Nummer auf der Liege gewesen wäre. Aber ich blieb hart. Meine Standhaftigkeit hatte den Vorteil, dass sie Marlenes Begierde anstachelte, so dass sie mich jeden zweiten Donnerstagabend besonders unternehmungslustig empfing. Dies nutzte ich, indem ich die Lektionen in der Kunst des Entkleidens vorantrieb. Die Resultate ließen hoffen, hatte doch

Marlene die Angewohnheit abgelegt, ihre Hosen mit gesenktem Blick und endlos nestelnd wie eine komplizierte Wissenschaftlerin auszuziehen. Sie blickte mir frei und beinahe neckisch in die Augen, während sie die Beinkleider mit kreisenden Hüften fallen ließ. Vom Boden beförderte Marlene sie mit gezieltem Schwung in ihre Rechte und schwang sie dreimal wie ein Lasso über ihrem Kopf. Die Nummer mochte in ihrer Anspielung an Cowboys und wilde Rinder etwas rustikal wirken, für meine Zwecke jedoch lag sie goldrichtig.

Alles andere, was über den Striptease hinausging, nahm etwas mehr Zeit in Anspruch. Marlene war ein kluges Mädchen, sie gehörte zu jenen glücklichen Menschen, die mit Leichtigkeit Formeln und Methoden speichern, die ihnen jemand vorträgt, und danach erst noch etwas damit anfangen können, das ihnen oder ihrer Firma klingendes Geld bringt. Sobald es jedoch um zwischenmenschliche Anwendungen ging, befand sich Marlene im vorindustriellen Zeitalter. Als ich das erste Mal die Anmachnummer mit ihr probte, war ich, gelinde gesagt, entsetzt. Marlene zeigte nicht das geringste Fingerspitzengefühl. Sie behandelte mich so rüde, als ob ich ein Stück Holz sei, dessen einzige Bestimmung es war, so schnell als möglich in ihrem Ofen verfeuert zu werden. Marlene mochte eine gute Forscherin sein, die in ihrem Labor eine Menge darüber herausfand, was weißen Mäusen nicht bekam, Menschen dafür umso besser. Von Anmache aber hatte sie nicht die geringste Ahnung. Sie ging auf ihr Zielobjekt los, als wäre es eine weiße Maus, der sie so schnell als möglich und ohne richtig hinzusehen eine Spritze setzen musste, obwohl sie es eigentlich hasste, Spritzen zu setzen. Am liebsten hätte sie die langwierigen Vorarbeiten links liegen gelassen und wäre sofort zu den Resultaten übergegangen.

Da war zwingend Handlungsbedarf. Ich rekapitulierte mein gesamtes Wissen auf diesem Gebiet. Dann machten wir uns an die Arbeit. Ich vermittelte ihr das Repertoire, über das ich verfügte. Dabei setzte ich darauf, dass einige meiner Techniken sie überzeugten und sie zur Nachahmung inspirierten. Das Wohnzimmer von Marlene verwandelte ich nach Bedarf in verschiedenste Szenerien.

Ich begann mit dem einfachsten Ort der Anmache, der Diskothek. Eines Nachmittags brachte ich den neuesten Hit von Jayzon mit und spielte dazu das Mädchen «Rühr-mich-nicht-an», aus deren Hosenbund sich die Schamhaare kringelten, während sie lasziv die Hüften kreisen ließ. Marlene guckte zuerst verdutzt, setzte dann aber einen leeren Blick auf, den sie in die Ferne richtete, öffnete ihre Bluse zwei Knöpfe tiefer und wackelte ganz ansehnlich mit dem Po. Zu «I'm not Bad» von Flouflou gab ich den unbeteiligten Macker, der gelangweilt eine Zigarette anzündete und Marlene mit einem schnellen Blick streifte, bevor er sich mit federnden Schritten auf die Tanzfläche begab. Marlene folgte mir mit Stielaugen. Sie hatte das Prinzip begriffen. Ködern durch Unbeteiligtsein. Sich interessant machen mittels Desinteresse. Kitzeln mit Blicken, abkühlen durch Nichtbeachtung. Nichts überstürzen. Bis an die Grenze reizen. So viel zum einfachsten Ort der Anmache, der Diskothek.

Es folgten weitere Szenarien, die ich in diesem Herbst 2005 mit Marlene heraufbeschwor. Im Bus. An der Fleischbank. Beim Joggen. An der Bar. Hier gefiel ich mir am besten. Ich fläzte mich am Tresen, lobte Boxtons Latexobjekte, die ich letzthin an einer Vernissage entdeckt hatte, bekannte, dass ich ein starkes Gegenüber brauche, das sich meiner Wildheit widersetze und sie zugleich akzeptiere, und gab meine Lebensmaxime bekannt. Sie lautete: Nichts und niemandem etwas versprechen, das ich nicht halten kann.

«Bist du experimentierfreudig?», fragte ich Marlene leichthin und lachte, dass meine schönen weißen Zähne sichtbar wurden, und fügte dann sogleich, mir an die Stirne tippend, hinzu: «Ach nein, wie dumm von mir, welche Frage stelle ich einer Frau wie dir.»

Ohne auf ihr verwirrtes Murmeln einzugehen, bestellte ich Marlene einen Drink. Dem missmutigen Barkeeper gab ich die Mischung vor: «Bitte süß, fruchtig leicht und bitter zugleich», dann lächelte ich meiner Begleiterin zu. Marlene schmolz dahin. Ich legte ein großzügiges, nicht allzu aufdringliches Trinkgeld auf den Tresen und half Marlene in den Mantel. Ihre hellgrauen Augen verrieten mir, dass meine Bemühungen nicht ins Leere gingen. Marlene vergnügte sich. Sie lernte spielen. Optimal. Das Spiel entspannte sie und bereitete ihrer Aufgabe den Boden. Zunächst aber verhalf mir ihre zunehmende Freude am Spielen zu ein paar unterhaltsamen Stunden an unserem dritten Treffpunkt: in Marlenes Bett.

An einem kalten Samstagabend, anschließend an den Cowboystrip, den sie zu dieser Zeit bereits ansehnlich beherrschte, fand ich es an der Zeit, ihr Repertoire im Bett ein wenig zu erweitern. Ich fing ihr Unterhemd auf, das soeben durch die Luft gesegelt kam, knüllte es zusammen, kniete mich vor Marlene nieder und begann damit ihre bloßen Füße zu streicheln. Nach den Füßen ging ich zu Waden und Kniekehlen über. Die goldenen Härchen sträubten sich, Schauer von Gänsehaut jagten über ihren Oberschenkel, mit kreisenden Bewegungen arbeitete ich mich zum Po hoch, das Hemd rieb sich am Höschen, glitt weiter über Bauch und Kreuz die Wirbelsäule hinauf, massierte sanft den Hals, fuhr den Konturen von Lippen und Nase nach, zwang die hellgrauen Augen, sich zu schließen, und streichelte die Augenlider. Dann glitt das Hemd über die Schultern zu den Brüsten hinunter, umkreiste die Warzen ein paar Mal, hinterließ sie aufgeregt, sich gegen den feinen Stoff des Büstenhalters drückend, bevor es die

Arme zu den Fingerspitzen hinunterwanderte, zuerst auf der einen, dann auf der anderen Seite.

Marlene stand regungslos mit geschlossenen Augen. Ich biss sie in den Bauch, worauf sie mir einen Klaps gab. Ich biss sie in die Hüfte, da wo sich Pölsterchen angesetzt hatten, ich biss sie in den Oberschenkel, wo Bären und Schweine dem Flussufer entlangzogen, und in das fleischfarbene Haus auf ihrer linken Brust. Ich bugsierte sie beißend aufs Bett, wo sie mit einem wohligen Seufzer niedersank, und umriss hier ein Fabelwesen, dort eine knackige Nackte mit der Zunge, ich koste und küsste und knetete, so dass Marlene kicherte und jaulte und kaum Luft kriegte vor Glück. Dann stürzte sie sich auf mich und versuchte, mir die Kleider vom Leib zu zerren. Mein Widerstand war gering. Ich gewährte ihr die Oberhand und nahm entgegen, was sie mir zu bieten hatte. Sie ließ das Vorspiel aus, vergrub sich zwischen meine Schenkel und leckte, sog und lutschte, dass es eine Freude war. Hier kam ein Naturtalent zum Vorschein, das keinerlei Nachhilfe brauchte. Wir rundeten den Abend mit einem Glas Weißwein ab und sprachen über Marlenes Forscherkollegen Fred, der Angst vor weißen Mäusen hatte.

Nach fünf Wochen hatte ich sie so weit. Sie ließ sich ein paar vergnügliche Dinge einfallen. Es begann damit, dass sie ihre beigen Kleider in die hinteren Ecken des Kleiderschrankes verbannt hatte. Wenn sie mir strahlend die Tür öffnete, trug sie nun das kleine Schwarze, auf das ich sie in einem Schaufenster bei Macy's hingewiesen hatte, oder den seidenen Kimono, der ihre Nippel hervorragend zur Geltung brachte, oder einen kecken Faltenrock, der die Strümpfe mit Spitzenbesatz darunter erahnen ließ. Sie umgarnte mich, hielt mich hin, schenkte mir tiefe Einblicke und nahm meine Umwerbungen gelassen hin. Entsprechend ihrer Kleidung hatte sie Ausziehnummern bereit. Sie gab das verruchte Schulmädchen, die züchtige Japanerin, die gierige Geschäftsfrau, als ob sie in einem Stripteaseschuppen die Bar bediente und nicht Menschen vor Hämorrhoiden und Herzinsuffizienz bewahrte. Ich war erstaunt. Nach einer dieser Nummern gestand Marlene mir ihre Liebe, und ich sagte, ich würde sie auch lieben. Ein paar Tage später bemerkte ich, als ich nach einer Zigarettenpause auf der Terrasse ins Wohnzimmer zurückkehrte, wo Marlene sich auf dem Sofa räkelte, beiläufig:

«Marlene, ich habe einen Auftrag für dich.»

«Sicher», sagte sie lachend, «als 007 oder eher als», sie ließ eine Brust aus dem Ausschnitt springen, «sein Girl?»

Das Lachen erstarrte auf ihrem Gesicht, als sie mich sah. «Worum handelt es sich denn?»

Jetzt war es an mir, zu lachen. «Nun mach doch nicht so ein erschrockenes Gesicht, liebe Marlene», sagte ich und setzte mich zu ihr auf den Sofarand. «Du wirst mit einem Mann ausgehen.»

Marlene blickte verblüfft. «Aber ich gehe doch mit dir aus?»

Ich lachte wieder. «Sicher. Wir beide werden weiterhin ausgehen. Du gehst zusätzlich mit einem Mann aus.»

Marlene starrte mich weiterhin ungläubig an. «Aber ...» Sie fasste sich. «Ich will aber nicht mit irgendeinem Mann ausgehen.»

«Wer redet denn hier von irgendeinem Mann», unterbrach ich sie und tätschelte ihre Hand. «Es ist ein ganz bestimmter.»

«Ein ganz bestimmter», murmelte Marlene vor sich hin. «Was hat er, was du nicht hast?»

Ich zwinkerte ihr zu und streichelte ihre Hand. «Erfahrung, Weisheit, eine flinke Zunge.»

Marlene lachte. «Woher willst du das wissen?»

«Er redet viel.»

«Er redet viel.» Marlene kicherte. «Ich hasse Männer, die viel reden.»

«Keine Sorge, Marlene», sagte ich, «er ist auch ein Mann der

Tat.» Und wiederum gefror Marlene das Lachen auf ihrem Gesicht, als sie mich anblickte.

«Du denkst doch nicht etwa im Ernst, dass ich ...?»

«Aber sicher, Marlene. Du wirst mit ihm ausgehen.» Ich drückte ermutigend ihre Hand und erhob mich vom Sofa. «Du wirst deinen Spaß haben, das verspreche ich dir. Er ist vernarrt in Frauen, charmant und erfahren. Ich traue dir zu, dass dir, falls er zu viel redet, das eine oder andere Mittel einfallen wird, ihn auf andere Gedanken zu bringen.» Ich lächelte ihr zu.

Marlene setzte sich auf und zurrte die dunkelrote Wickelbluse fest, in der sie mich empfangen hatte.

«Und wenn ich mich weigere?» Trotz des forschen Tones konnte sie eine leichte Unsicherheit nicht verbergen.

Ich beugte mich zu ihr hinunter und drückte ihr einen Kuss auf die Stirn. «Du wirst dich nicht weigern, Honey. Wir wollen doch weiterhin schöne Stunden verbringen zusammen, nicht wahr?» Meine Fingerspitzen zeichneten den Ausschnitt ihrer Bluse nach. «Zudem erweitern neue Erfahrungen den Horizont.»

Marlene verkrampfte sich kurz unter meiner Berührung, ließ sie aber geschehen. «Wieso in aller Welt soll ich mich mit einem fremden Kerl treffen?»

«Schschschsch», raunte ich ihr ins Ohr und lenkte meine Hand unter ihren Rock, zu der Stelle, wo ihr die Strapse ins Fleisch schnitten, und massierte sie sanft, «weil ich es so will.»

Marlene wand sich. «Na gut», sagte sie nach einer Weile, «aber wenn er mich nicht treffen will?»

Ich lachte. «Er will immer. Zudem ist es eine Überraschung für ihn. Du wirst ihn dir angeln.»

«Was?», fragte Marlene erschrocken. «Und wie soll ich das tun?»

«Das ist ganz deiner Fantasie überlassen, liebe Marlene», sagte ich und fasste sie am Kinn, damit sie mir in die Augen sah. «Du bist gut, Marlene, er wird dir aus der Hand fressen. Und das kann ganz vergnüglich sein, denkst du nicht auch?»

Marlene senkte den Blick. «Das weiß ich nicht.»

Sie starrte vor sich hin. Ich streichelte ihre blassbraunen, seidenweichen Haare. Plötzlich hob sie abrupt den Kopf.

«Also gut. Wann und wo soll ich deinen Bekannten treffen?»

«Du triffst ihn im Spielcasino. Morgen.»

Wir gingen den Inhalt von Marlenes Kleiderschrank durch und einigten uns darauf, dass sie den Nadelstreifenanzug anziehen sollte. Er signalisierte Stärke und Eigenständigkeit und verfügte dennoch über einen großzügigen Ausschnitt, der, ausstaffiert mit einem knappen Top, dem Hingucker zurief: «Sieh her, schön und weich tritt's hinter meiner harten Schale zutage. Komm und knack mich!»

Marlene probierte ein Top nach dem andern und schien ihre anfängliche Konsterniertheit ob meinem Ansinnen verloren zu haben.

«Lee», sagte sie, während sie sich vor dem Spiegel im rosaroten Top begutachtete, um es nach einem Blickwechsel mit mir wieder abzustreifen, «wie nennen wir deinen Auftrag?»

«Gute Frage», sagte ich und schob mir einen weiteren Salzcracker in den Mund, «hast du eine Idee?»

«‹Mission unbekannt›», sagte sie und kicherte, während ich einmal mehr feststellte, wie beneidenswert unbedarft Marlene durch die Welt ging, wenn man den Umstand berücksichtigte, dass sie einen haarscharfen analytischen Verstand besaß, den sie jedoch offensichtlich und ausschließlich auf die Verbesserung der Volksgesundheit mittels überteuerter Medikamente verwandte.

Ich ging auf den Vorschlag nicht ein, einerseits demotiviert durch die fantasielose Vorgabe, andererseits war ich im Zweifel darüber, ob mein Auftrag eine Bezeichnung benötigte. Dinge, über die Schweigen bewahrt werden soll, bedürfen keiner Benennung, das lässt sie nur umso präsenter hervortreten. Marlene fiel mein Schweigen nicht weiter auf. Munter plapperte sie drauflos und löcherte mich mit Fragen zu meinem Bekannten. Ich schwieg zur Zielperson wie ein Grab, ließ einzig Stichworte wie «groß», «dunkelhaarig» und «exotisch» fallen, worauf sie ins Schwärmen geriet. Davon wollte ich sie nicht abhalten. Je geheimnisvoller ich tat, desto angeregter wurden ihre Fantasien, und so verbrachten wir den Abend in fröhlicher Stimmung, wenn auch aus ganz unterschiedlichen Gründen.

Der nächste Tag wollte nicht vorübergehen. Zäh schlichen die Stunden, mit Mühe konzentrierte ich mich auf Pfeile, Putten und Liebesschwüre. Ungeduldig erwartete ich die Nacht, in der sich Marlene zum «Partner-Such-Spiel» aufmachen würde. Ich hatte Folgendes mit ihr besprochen:

1. Zielort: Casino Winwin im Ricket County, violetter Saal, Roulettetische

2. Zeitpunkt: Freitag, 11. November, ab acht Uhr abends

3. Zielperson: Mann, sechzig Jahre, groß, schwarze krause Haare, Haut kaffeebraun, trinkt Gin Tonic, liebt sich und Frauen, ist jederzeit zu einem Scherz bereit, sitzt vermutlich am ersten Roulettetisch links

4. Zielaktion: Mit dem Mann ins Gespräch kommen, Namen austauschen, eventuell Telefonnummern, Terrain vorbereiten für weitere Handlungen

5. Auftraggeber: geheim

6. Tenü: Hosenanzug mit Nadelstreifen, schwarzes Top, schwarzer Tanga, schwarzer Büstenhalter, hochhackige Stiefeletten, schwarze Strümpfe.

Marlene hatte Glück. Nicht im Spiel. An jenem Abend verlor sie hundertfünfundsechzig Pfund, die ich ihr ersetzte, Spesen exklusive. Aber sie hatte Glück mit Onkel Moses. Er saß am ersten Roulettetisch links im violetten Saal, als Marlene sich zur Runde gesellte. Sie erkannte ihre Zielperson augenblicklich. Neben der älteren Dame in Weiß, die links von Moses saß, war ein Platz frei. Marlene zwängte sich in die Lücke und folgte dem Spiel. Ihre Zielperson schien mächtig abzusahnen, die Stapel waren beträchtlich. Marlene setzte ausschließlich auf Schwarz, verlor sechsmal in Folge und nahm scheu das aufmunternde Lächeln entgegen, das Onkel Moses ihr schenkte. Nach dem siebten Mal beugte er sich hinter dem Rücken der älteren Dame zu Marlene hinüber und sagte leise:

«Schwarz scheint Ihre Lieblingsfarbe zu sein.»

«Das ist tatsächlich so. Sie bringt mir heute jedoch kein Glück», seufzte Marlene.

«Dafür steht sie Ihnen gut», sagte Onkel Moses. «Darf ich Sie zum Trost auf einen Drink einladen?»

«Das ist sehr nett, gerne. Einen weißen Martini für mich, bitte. Und sagen Sie, Herr ...»

«Gustavo», sagte Moses hastig, «Moses Gustavo, sehr erfreut.»

«Herr Gustavo, verraten Sie mir den einen oder anderen Trick, wie ich zu solchen Türmen komme, die Sie da vor sich stapeln?»

Das tat Onkel Moses gerne. Er hieß die ältere Dame in Weiß ein wenig aufrücken, setzte sich neben Marlene und zeigte ihr, wie man Roulette spielte. Dabei führte er ihre Hand mit den Chips, ließ hier einen Fünfer liegen, warf dorthin einen Zehner, setzte einen Fünfziger auf Rot, einen zweiten auf Pair. Bei einem Minus von hundertfünfundsechzig Pfund entzog Marlene ihre Hand und schlug vor, nun seinen Stapel anzugehen. Was er auch tat. Als dieser auch verspielt war («Pech im Spiel, Glück in der Liebe, haha», sagte Moses und legte seine Hand auf Marlenes Oberschenkel), ließ sich Marlene nach Hause fahren. Unterwegs legte er ihr seine bisherigen Erfolge am Roulettetisch dar, ging zu seinen geschäftlichen Strategien über und setzte zu seinen Abenteuern im Dienst des Vaterlandes an, als er sich plötzlich anders besann und sagte:

«Frau … äh …»

«Marlene», sagte Marlene.

«Marlene, ich muss Ihnen etwas gestehen.»

Marlene, leicht irritiert ob der leichten Bedrängnis in seiner Stimme, sagte: «Nur zu, Moses, ich darf doch Moses zu Ihnen sagen …»

«Aber sicher, Marlene, mit Vergnügen. Was ich Ihnen sagen wollte: Ihre Stiefeletten, ihre schwarzen, hochhackigen Stiefeletten an Ihren süßen, zarten Füßen, sie machen mich ausgesprochen scharf. Darf ich sie mal …»

«Er machte eine Handbewegung», sagte Marlene, während sie mir Wein nachschenkte, «die ich nicht deuten konnte. Wollte er mir sie ausziehen, sie küssen, sie selbst anziehen? Ich war erstaunt und musste ihn entsprechend angesehen haben, denn er lachte, fuhr das Auto an den rechten Straßenrand, nahm mein Gesicht zwischen seine Hände und küsste mich ganz zart.»

Marlenes Gesicht nahm einen Ausdruck an, der mir gar nicht gefiel, und ich sagte ihr das auch.

«Keine Angst, Lee», sagte sie erschrocken, «es ist nichts geschehen, ich meine, nichts, was du nicht möchtest, ich habe ihn dann mit zu mir genommen, das war wohl etwas schnell, aber hat dem Auftrag nicht geschadet, im Gegenteil, ich meine, ich habe einfach eine Stufe übersprungen, ich habe bei diesem ersten Mal nicht nur das Terrain vorbereitet für weitere Handlungen, wie du es mir aufgetragen hast, ich habe die weiteren Handlungen …»

Marlene verstummte und schaute mich hilflos an.

«Ja, Marlene, du hast was?», fragte ich aufmunternd.

«Das mit den Schuhen, die Frage, ob er meine Schuhe ... Diese Frage hat mich aus dem Konzept gebracht, ich hatte bereits den Satz auf der Zunge: ‹Vielen Dank, Moses, Sie können mich bitte dort vorne absetzen, gleich nach der Einfahrt rechts.› Ich erwartete, dass er mich um meine Telefonnummer bitten würde, bevor ich ausstieg. Als er aber in jenem Moment von meinen Schuhen und meinen süßen Füßen zu sprechen begann, blieb mir der Satz im Hals stecken. Stattdessen fragte ich ihn, nachdem er mich geküsst hatte: ‹Wollen Sie mir meine Stiefeletten ausziehen?›

‹Gerne, Marlene, liebend gerne gleich sofort, aber hier im Auto werden Ihre entzückenden Zehen frieren, wollen wir nicht lieber in Ihre Wohnung hinaufgehen?›

Und wir sind hinaufgegangen, und auf der Treppe habe ich gedacht, wenn er mich jetzt vergewaltigt, und mich siezt dabei, mir wurde schwindlig vor Angst, aber ich konnte nicht mehr zurück, derart gespannt war ich, was er mit meinen Stiefeletten und mir anstellen würde.»

Marlene lächelte vor sich hin, während sie wieder diesen Gesichtsausdruck aufsetzte, der mir keineswegs gefiel, und wenn ich ihrer ausführlichen Darlegung all dessen, was Onkel Moses mit ihrer Stiefelette und ihr anstellte, zuhörte, dann geschah dies weniger aus brennendem Interesse als aus dem Misstrauen heraus, Marlene habe sich zu unüberlegten Äußerungen hinreißen lassen. Zudem erfüllte es mich, zugegebenermaßen, mit einer gewissen Befriedigung, Onkel Moses schuhspitzenlutschend auf dem Boden robben zu sehen.

«Er tanzte mit mir zum Sofa», sagte Marlene und trank genüsslich einen Schluck Wein, «setzte mich hin und ging vor mir auf die Knie. Dann bettete er meinen Fuß in seinen Schoß und begann, meine Wade zu kneten. Ich war ein wenig enttäuscht, irgendwie hatte ich mir, wie soll ich sagen, etwas Ausgefalleneres vorgestellt. Dann aber hob er meinen Fuß hoch und ließ langsam die Zunge über die Stiefelspitze gleiten. Dabei sah er mich unverwandt an. Das Leder erhitzte seine Zunge. Speichel tropfte der Sohle entlang. Moses folgte der Naht, umspielte die metallenen Haken, presste die Zungenspitze in Ösen, netzte die Schnürsenkel, schlürfte sie aus.»

Marlene hielt inne, mit leuchtendem Blick, und ich dachte: Na prost, da haben sich ja zwei gefunden.

Ich zögerte einen Moment, ob ich wirklich alles so genau wissen wollte, beschloss jedoch vorerst, mir den Bericht zu Ende anzuhören.

«Und dann?»

Marlene ließ sich Zeit mit dem nächsten Schluck Wein.

«Sanft umfassten seine Lippen eine Schlaufe und zogen daran. Der Bändel löste sich, Moses half mit den Zähnen nach, um die Schnürsenkel vollends zu lösen. Er tat dies langsam und doch bestimmt, mit einer Sicherheit, die mich beeindruckte. Er fasste den Absatz mit den Stockzähnen, zog. Die Stiefelette löste sich vom Fuß. Er legte sie auf den Boden, holte die Zunge des Stiefels heraus und atmete ein paarmal tief ein. Dann bohrte er seine Zunge in das Innere des Stiefels.»

Marlene hielt inne und wandte mir ihren Blick zu, den sie, während sie erzählte, ihren Füßen zugewandt hielt, als holte sie von dort die Bilder dieser außergewöhnlichen Vorfälle.

«Hast du von den Vorlieben deines Bekannten gewusst?», fragte sie forschend. «Wolltest du mir neue Welten zeigen?»

«Äh, nein, woher sollte ich auch, ich hatte nie das Vergnügen.»

Ich unterdrückte den Drang, das Gesicht bei dieser ekelhaften Vorstellung zu verziehen. «Aber du fragst mich, ob ich dir neue Welten zeigen will? Gewissermaßen schon, ja, neue Welten.» Und, mich vorbeugend und Marlene sanft in die Wange kneifend: «Die wirken immer bereichernd, oder bist du da anderer Meinung?»

Marlenes Gesicht überzog sich mit einer leichten Röte. «Nein, Lee, da bin ich ganz deiner Meinung. Möchtest du den Höhepunkt der Geschichte hören?»

«Den Höhepunkt? Aber sicher», lachte ich und lehnte mich ins Polster zurück.

«Er leckte so lange am Stiefel herum, dass ich dachte, das war's jetzt. Dann hielt er inne, stand auf, und zog sich aus, langsam, mir in die Augen schauend. Ich war verblüfft, wie schön sein Körper für einen Sechzigjährigen war. Er war so, wie soll ich sagen ... ich sehe, du verdrehst die Augen, offenbar interessiert dich das nicht. Er kniete sich vor mir nieder, hob meinen Fuß, den, der noch im Stiefel steckte, und begann, sich mit dem Absatz zu streicheln. Er tat dies ganz zart, führte meinen Fuß hierhin und dorthin, während er mich die ganze Zeit anschaute.»

Hierhin und dorthin, dachte ich, während ich mich weiterhin bemühte, meinen Ekel zu unterdrücken, Onkel Moses, du bist ja ein ganz Ausgekochter.

Ich musste ein Geräusch gemacht haben, denn Marlene schaute mich an und hatte aufgehört zu reden.

«Ist was?», fragte ich.

«Das will ich dich fragen. Du hast gelacht, und mir schien, es tönte etwas böse.»

«Ja, nein, es ist gar nichts, ich wollte dich nicht stören, erzähl bitte weiter.»

«Dann kniete er sich vor mir nieder, ließ meinen Fuß über Gesicht, Nacken und Hals wandern. Sein Schwanz stand steil in die Höhe. Er war eher klein und von hellbrauner Farbe, die Eichel rosa. Ich muss zugeben, dass er mich erregte, Moses' gesamtes Tun mich erregte, auch wenn es eigenartig war. Ich ließ alles geschehen, von Neugier und Lust getrieben.»

«Du hast also angebissen», sagte ich lächelnd, «Moses' kleines hellbraunes Ding mit der süßen rosa Spitze hat's geschafft.»

«Angebissen?» Marlene schaute argwöhnisch. «Wie meinst du das?»

«Na eben, angebissen. Du hast ihn gelutscht.»

Marlene lachte, erleichtert, wie mir schien. «Ach so, nein, ich habe ihn nicht gelutscht.»

«Was dann?»

Marlene trank einen Schluck und schenkte uns beiden nach.

«Er wandte sich um, immer noch auf den Knien, so dass er mir den Rücken zudrehte, und wies mich an, ihn mit meiner Fußsohle zu massieren. Ich tat, was er mich hieß. Meine Stiefel hinterließen dunkelrote Abdrücke auf seiner Haut, insbesondere da, wo sich der Absatz niederließ. Ich kam in Versuchung, fester zu drücken, um die Reaktion seiner Haut zu erleben, die Flecken, die sich hektisch bildeten und langsam zurückgingen. Insbesondere der Absatz tat es mir an, wie er sich in die zarte Haut bohrte und Dellen bildete, die sich zu vergänglichen Mustern ordneten. Moses ließ es geschehen, er schien es zu genießen, er wand sich in Zuckungen, die mir, soweit ich es von hinten sehen konnte, lustvoll schienen. Plötzlich packte er meinen Fuß, ohne sich umzudrehen, ließ sich auf die Hände nieder, streckte mir seinen Hintern entgegen, und führte den Absatz rund um sein Arschloch, immer wieder, er ließ ihn kreisen mit einer Behendigkeit, die mich angesichts seiner Körperhaltung wiederum erstaunte.»

«Scheint geübt zu sein, dein Moses.»

«Ja.» Marlene schaute versonnen vor sich hin.

«Der Höhepunkt fehlt noch», mahnte ich sanft.

«Stimmt», sagte sie. «Er ließ also meinen Stiefelabsatz um sein Arschloch kreisen, das übrigens ebenfalls rosa war, eingebettet in hellbrauner Haut, leicht runzlig und zart. Bevor ich wusste, wie mir geschah, rammte sich Moses den Absatz ins Loch, er versank in seiner ganzen Länge bis zur Sohle, gleichzeitig schrie er, er schrie, dass ich zusammenzuckte. Beim Zucken musste ich ihm wohl nochmals einen Stoß versetzt haben, und er schrie wieder, und ich stieß ihn, ich stieß ihn immer wieder, bis er sich aufbäumte und abspritzte, ich sah den Samen zwischen seinen Beinen auf den Teppich klatschen. Mein Bein schmerzte. Als ich meinen Absatz zurückzog, klebte Blut an ihm. Moses drehte sich um, hob meine Beine auf seine Schultern, befreite mich von Slip und Stiefeln und rieb den blutigen Absatz an mir, bis ich kam. Dann sank er auf die Seite. Zusammengekrümmt wie ein Embryo blieb er liegen.»

Ich schwieg eine Weile und ließ mir die Bilder in Ruhe durch den Kopf gehen.

«Hast du die Flecken entfernen können?»

«Die Flecken?», fragte Marlene. «Ach so.» Sie lachte. «Du bist lustig.» Sie setzte sich zu mir auf den Schoß und küsste mich. «Die Flecken sind weg. Wollen wir neue machen?»

Sie begann, an meinem Reißverschluss zu nesteln. Was mir recht war. Es half, Onkel Moses zu vertreiben. Er war wieder da. Dass er dabei auf allen vieren herumkroch, mit einem Stiefelabsatz im Arsch, machte die Sache ein wenig erträglicher.

In der Folge spielte sich alles genau so ab, wie ich es in meinen Plänen zurechtgelegt hatte. Marlene traf sich regelmäßig mit Onkel Moses. Wenn sie mir mit hellgrau leuchtenden Augen die neuesten Erfahrungen in Oral-, Anal- und Vaginaltechniken darlegen wollte, wenn sie dazu ansetzte, mir Moses' geheimste Winkel zu verraten, winkte ich ab. Es reichte mir zu wissen, dass der Fisch angebissen hatte. Sobald ich Marlene zu verstehen gab, dass mich eine wahrheitsgetreue Darstellung ihrer Sicht der Dinge wenig interessierte, reagierte sie eingeschnappt, erholte sich aber beim anschließenden Sex sofort wieder. Ich muss zugeben, dass ich mich nicht mehr so sehr überwinden musste, sie zu bedienen, und für mich warf es auch etwas ab.

Es gab ein einziges Thema der Marlene-Moses'schen Interaktion, über das ich wirklich detaillierte Informationen wünschte: Marlenes Tattoos. Genauer gesagt: Onkel Moses' Reaktion auf Marlenes Tattoos. Deshalb ließ ich immer wieder beiläufige Bemerkungen in unser Gespräch einfließen:

«Moses muss von deinem geschmückten Körper beeindruckt gewesen sein.»

Oder: «Gewiss lobt er deine Tapferkeit, mit der du großen Schmerz auf dich nimmst.»

Oder: «Solche Bilder regen seine reichen Fantasien bestimmt zusätzlich an.»

Meine Bemerkungen entlockten jedoch Marlene kaum mehr als ein Brummen. Ich wusste wenig damit anzufangen, verbot mir aber weitere Nachforschungen, um sie nicht argwöhnisch werden zu lassen.

So riss mich Marlene drei Wochen nach ihrem ersten Treffen mit Onkel Moses aus meiner Entspannung, die beim zweiten Bier eingesetzt hatte, als sie sagte:

«Moses will dich kennen lernen.»

Ich verschluckte mich und keuchte nach ausgiebigem Husten: «So, und was verschafft mir die Ehre?»

«Dein Talent beim Tattoostechen.»

«Deine Bilder gefallen ihm?», fragte ich lauernd.

«Mein Körper gefällt ihm», sagte Marlene kühl und zündete sich eine Zigarette an. «Die Technik interessiert ihn. Ich habe ihm von deiner speziellen Stechtechnik erzählt.»

Die Technik. Onkel Moses interessierte sich für meine Stechtechnik. Ich jubelte innerlich. Wir vereinbarten, dass Moses Marlene zu ihrer nächsten Tätowiersitzung begleiten würde.

Bis Donnerstag schlief ich schlecht. Onkel Moses geisterte gar aufsäßig durch meine Träume. Einmal betrat er zusammen mit

Marlene mein Atelier. Als er mich sah, schien er keineswegs überrascht. Er griff in die Innentasche seines Jacketts, langsam, während er mich strahlend anlächelte, und zog eine Fliegenklatsche hervor. Während er mit dem biegsamen Gerät in der Luft herumwedelte, wuchs er zu riesenhafter Größe heran, so dass ich den Kopf in den Nacken legen musste, um weiterhin sein Gesicht sehen zu können, das sich zu mir herunterbeugte, von einem hässlichen Grinsen verzerrt. Er hob den Arm und ließ die Klatsche auf mich niedersausen, sie näherte sich mir in Zeitlupe, wurde immer größer und größer, bis die schwarze Fläche mein ganzes Sichtfeld ausfüllte, dann ertönte dieses Geräusch in meinen Ohren, das mich bis heute verfolgt, zuerst ein Zischen, gefolgt von einem schmatzenden Knall, als würden tausend Kakerlaken mit einem Schlag zerquetscht. Ich sah, wie die Fliegenklappe sich wie ein schwarzer Himmel über mir erhob, und als mir Blut in die Augen rann und Fetzen von Haut und Fleisch mit leisem Plumpsen zu Boden klatschten, realisierte ich, wen Onkel Moses zu Brei geschlagen hatte. Mich. Ich zog es vor, aufzuwachen, und schwor, nie mehr einer Fliege etwas zuleide zu tun.

Am Donnerstag um elf traten Marlene und Onkel Moses in mein Atelier. Das Erste, was ich dachte, als ich ihn sah, war:

«Der Kerl hält sich gut.»

Als müsste ich mich darum kümmern, wie stramm Onkel Moses' Waden waren. Trotzdem erschien mir rätselhaft, wie der Mann es schaffte, seinen in vergangenen Jahren eher dem Fett zugetanen Leib muskulös und schlank zu halten. Seine krausen Haare waren sehr kurz geschnitten und glänzten silbern, was sich neben seiner dunklen Haut vorteilhaft ausnahm. Vater hatte seine Haare zu einem krausen Schopf wuchern lassen, der sich in seinen letzten Lebensjahren zunehmend silbern färbte und der mich immer leicht befremdete. Insbesondere als Kind bereitete es mir Mühe, einen Vater zu haben, der seine Haar nicht wie jedermann kurz und unauffällig tragen konnte. Bei unseren wenigen gemeinsamen Ausflügen nach Limerton, wenn die Leute im Supermarkt meinen Vater verstohlen musterten und ihren Blick schnell wieder abwandten, nervte mich seine Fremdheit, und einmal, wir standen Schlange bei Kasse zwei, konnte ich es mir nicht verkneifen, ihn zu fragen, weshalb er nicht wie alle Männer sein Haar kurz schneiden könne. Und erst noch solches Haar. Seine Reaktion werde ich nie vergessen. Vater brachte sein Gesicht ganz nah zu meinem hinunter. Ich erkannte sofort, dass ich einen Fehler gemacht hatte. «Solches Haar», brüllte mein Vater, der kaum einmal in meinem bisherigen Leben seine Stimme erhob, «wie meinst du das genau, solches Haar? Seit sechzehn Jahren lebe ich in diesem Land, ohne dass je einer meine Haare beanstandet hätte, und mein eigenes Kind redet zu mir von ‹solchem Haar›?»

Er schüttelte mich, dass ich mir die Zunge zwischen meinen klappernden Zähnen einklemmte, und schrie weiter, nun an die wartenden Leute mit ihren Einkaufskörben gewandt, die in die Luft starrten, als würde nichts geschehen:

«Ist etwas mit meinen Haaren? Findet hier jemand, irgendetwas sei mit meinen Haaren nicht Ordnung? Müssten sie blond sein, braun oder rot? Müssten sie gewaschen werden, entlaust, gelockt, gestreckt, toupiert, mit der Brennschere behandelt? Müssten sie abrasiert sein oder gefärbt?»

Betretenes Schweigen. Mein Vater ließ mich los, machte ein paar Schritte auf einen blassen, jungen Mann zu, der erschrocken zurückwich, und zerrte ihn am Arm aus der Warteschlange.

«Sehen Sie diesen jungen Mann an, meine Damen und Herren, ist mit seinen Haaren etwas nicht in Ordnung?»

Sie waren strähnig, glatt und fettig. Alle starrten den Jüngling an, der krebsrot anlief.

«Und diese Frau hier, wie steht es um ihre Haare?»

Jemand kicherte. Mein Vater trat mit einer Frau um die Sechzig hinter einem Gestell hervor, deren blondiertes Haar in die Höhe toupiert und mit einer rosaroten Spange in Form einer Schleife versehen war. Sie lächelte in die Runde, mein Vater lächelte zurück.

«Sie sehen, verehrte Anwesende, es gibt solche Haare und solche. Und solche und solche und solche und solche.»

Sein Zeigefinger deutete wild von einem zum andern, bis er zuletzt auf seine Mähne zeigte. «Und solche. Siehst du, Lee?»

Er fixierte mich und sprach nun wieder ganz ruhig. «So ist das. Entschuldigen Sie bitte die Unterbrechung, meine Damen und Herren, ich wünsche Ihnen einen schönen Nachmittag.»

Auf der Heimfahrt sprachen wir kein Wort. Mein Vater atmete schwer, als hätte ihn sein Ausbruch übermäßig angestrengt, und starrte auf die Straße. Ich war der Meinung, dass eine Entschuldigung seinerseits angebracht wäre, hatte er mich doch vor allen Leuten bloßgestellt. Allerdings wagte ich nicht, diesen Gedanken zu äußern. Tief in mir drinnen ahnte ich, dass dieses Anliegen kaum auf offene Ohren stoßen würde. Ich hütete also meine Zunge, zumal sie immer noch heftig schmerzte.

Ich hatte seit längerer Zeit nicht mehr an diesen Vorfall denken müssen, aber als ich Onkel Moses' sauberen Haarschnitt sah, raste mir die Geschichte durch den Sinn. Meine Gedanken wurden durch einen überraschten Aufschrei meines Onkels unterbrochen.

«Lee! Wie nett, dich zu sehen! Du bist im Lande? Jahre ist es her!»

Und, mit einem irritierten Blick auf meinen weißen Arbeitsmantel: «Arbeitest du auch hier?»

Für den Tausendstel einer Sekunde erwartete ich, dass er nach der Fliegenklatsche greifen würde. Das tat er jedoch nicht.

Onkel Moses kam mit ausgestreckten Händen auf mich zu, auf dem Gesicht ein freundliches Lächeln.

«Onkel Moses! Die Überraschung ist ganz meinerseits!» Ich ergriff seine Rechte. Aus dem Augenwinkel nahm ich Marlene wahr, die uns verblüfft anstarrte.

«Marlene!», rief ich, «welche Fügung! Du bringst mir einen Teil meiner Familie ins Atelier. Guten Tag übrigens.»

Ich schüttelte ihr die Hand und schaute tief in die verwirrten Augen. Auf ihre Lippen stahl sich langsam ein leises Lächeln, und Marlene drohte mir mit dem Zeigefinger, während Onkel Moses meine Hämmer und Kämme betatschte.

«Hast du das Business gewechselt, Lee?», fragte er und klopfte mir auf die Schultern. «Du bist doch sonst eher beim Roulette?»

Er lachte schallend und zwinkerte Marlene zu. Ich nahm ihm Hammer und Kamm aus den Fingern.

«Das Glück lässt mich beim Spiel im Stich, Onkel Moses, das weißt du doch. Was machen deine Geschäfte?»

«Ganz gut, danke der Nachfrage, ganz gut. Darf ich nun deinen begabten Boss kennen lernen?»

«Der Boss bin ich, Onkel Moses. Möchtest du zusehen, wie ich Marlene steche?»

Onkel Moses schaute mich verdutzt an. «Du bist der Boss? Aber Marlene hat mir doch von einem Tinks erzählt, einem kleinen Kerl aus Neuseeland, der sie tätowiert.»

«Aus Chikauwee. Das war vor Lees Zeit», mischte sich Marlene ein, die sich von ihrer Verwunderung erholt hatte, «Tinks wurde krank und hat sein Atelier an Lee weitergegeben. Das habe ich dir doch erzählt, Moses.»

Onkel Moses hob die Schultern. «Meine Süße, du musst mich in diesem Augenblick aufs Heftigste abgelenkt haben, denn davon habe ich nichts mitgekriegt.» Er tätschelte ihr den Hintern. «Also los, ihr beiden, zeigt, was ihr könnt.»

Die folgende Stunde war hart. Onkel Moses musste von meinem Handwerk überzeugt werden. Das wäre an sich kein Problem gewesen, in den vergangenen eineinhalb Jahren, in denen ich den Laden führte, hatte ich mir einiges an Gewandtheit beigebracht. Auch saß immer wieder mal ein potenzieller Kunde an meiner Seite, der sich für meine Technik interessierte und mir bei der Arbeit zusah. Die Anwesenheit von Onkel Moses allerdings gestaltete sich als besondere Herausforderung. Seine Nachbarschaft verursachte mir körperliche Beschwerden. Rasendes Herzklopfen, pochenden Schmerz im Hirn, Schweißrinnsale und gesträubte Nackenhaare, obwohl ich bisher dachte, Letzteres käme nur bei Hunden und in billigen Kriminalromanen vor. Das Schlimmste war mein Darm. Er wand sich und zersetzte vorhandene Kotkegel innert Kürze in eine fließende Brühe, die ich nach einer quälenden Viertelstunde Durchhaltens doch noch mit Getöse loswurde, nachdem ich mich überhastet bei Marlene entschuldigt hatte und gekrümmt zur Toilettentür geeilt war. Ich meinte denn auch, ein feines Lächeln auf Onkel Moses' Gesicht gesehen zu haben, als er bei meiner Rückkehr besorgt fragte: «Alles in Ordnung mit dir, Lee?»

Natürlich. Ich zwang meine Hände mit äußerster Willenskraft, Hammer und Kamm präzise zu führen, nicht zu zittern, nicht zu fest, nicht zu zögerlich und keinesfalls daneben zu schlagen. Trotzdem zuckte Marlene mehrmals zusammen, verkniff es sich aber, mich zu tadeln. Einzig ihrem genervten Blick entnahm ich, dass sie sich auf die Zähne biss. Onkel Moses war die Ruhe selbst. Er saß neben mir und pfiff, was meine Qual noch verstärkte. Seine Fragen ließen darauf schließen, dass er mir sehr genau auf die Finger schaute. Er kommentierte meine Antworten, begleitete das Anrühren einer neuen Farbe mit begeisterten Ausrufen und schien überhaupt sehr angetan von einer Technik des Tätowierens, die vor fünfhundert Jahren auf den Inseln rund um Chikauwee praktiziert wurde und die mit seiner Lebenswelt ungefähr so viel zu tun hatte wie ein Nashorn mit einem Pudel. Jedenfalls überstand ich die Stunde. Ich verabschiedete die beiden, nachdem mir Marlene zugezwinkert und ich Moses versprochen hatte, einmal mit ihnen zusammen bei Donies essen zu gehen. Dann rauchte ich drei Zigaretten. Anschließend beschloss ich, für heute meinen durchschwitzten Arbeitsmantel an den Nagel zu hängen, sagte die beiden Termine von vierzehn und fünfzehn Uhr dreißig ab, indem ich massive Gliederschmerzen heraufbeschwor, und verbrachte die nächsten acht Stunden im Caesars Palace. Das Glück war mit mir. Ich erhöhte meinen Kontostand von achtundfünfzig auf dreihunderteinundzwanzig Pfund. Anschließend trank ich zwei Bier, schlief zufrieden ein und träumte weder von Fliegenklatschen noch von Gefängnismauern, die in den Himmel wuchsen.

Unser gemeinsames Essen im Donies kam nie zustande. Dafür stand Onkel Moses zwei Wochen später in meinem Atelier. Nach einer überschwänglichen Begrüßung begann er herumzudrucksen, was mich doch einigermaßen erstaunte. Das war eine neue Facette von Onkel Moses. Ich genoss sie. Als er dann sein Anliegen formulierte, verblüffte er mich gleich nochmals. Keine ausgefallenen Wünsche an die Behandlung, keine extra-harten Touren, nein, Onkel Moses orderte ein simples Tattoo. «Beim Hüftknochen», sagte er und tippte mit einer Bestimmtheit auf seinen edlen Ledergürtel, die wieder eher dem Moses glich, den ich kannte. Mir sollte es recht sein. Ein einfaches Tattoo stach ich Onkel Moses mit Vergnügen, und falls es sich als notwendig erweisen würde, wäre ich schnell mit ein paar Ideen für eine weitergehende Behandlung zur Stelle.

Ich holte die Musterbücher. Onkel Moses blätterte eine Weile, indem er jedes Mal, bevor er eine Seite berührte, seinen Zeigefinger ausgiebig an die Zunge patschte, die er zu diesem Zweck weit aus dem Mund fahren ließ. Ich bemühte mich, nicht hinzusehen, und setzte die Reinigung meiner Arbeitsinstrumente fort. Onkel Moses entschied sich für einen wunderschönen Dreimaster mit geblähten Segeln, der auf schäumenden Wellenkronen dahinsauste. «Ein alter Traum von mir», sagte Onkel Moses, «Kapitän zu werden und wilde Wasser zu durchpflügen.»

Die schönste Stunde meines Lebens setzte ein. Sorgfältig mischte ich Zinnober und Ocker, während Onkel Moses hinter dem Vorhang verschwand und mit nacktem Oberkörper und geöffneter Hose zurückkehrte. Er legte sich auf den Rücken. Schloss die Augen. Ich skizzierte den Dreimaster. Onkel Moses lag still. Dann setzte ich zum ersten Schlag an. Onkel Moses zuckte leicht zusammen, bevor ein leicht angespanntes Lächeln auf seinem Gesicht erschien. Es verschwand nicht mehr bis zum Ende der Sitzung. Seine Augen blieben geschlossen, und als ich mit einem fröhlichen, «So, Onkel Moses, genug der Stecherei für heute, wir sehen uns in einer Woche wieder», die papierne Abdeckung von seinen Hüften nahm, die seine Cashmerehose vor Farbspritzern schützen sollte, regte sich hinter dem feinen Tuch eine veritable Erektion. Onkel Moses öffnete die Augen, setzte sich langsam auf und sagte: «Das war gut, Lee. Das nächste Mal darfst du ruhig ein wenig fester zuschlagen.»

Das tat ich, wenigstens so, wie es eine immer noch präzise Platzierung von Farbe zuließ. Die nächsten paar Sitzungen vergnügte sich Onkel Moses prächtig. Er konnte es jeweils kaum erwarten, unter den Hammer zu kommen. Nach dem zweiten Mal änderte er den Termin auf den späten Nachmittag und beglückte anschließend Marlene, deren Gedankengänge sich mehr und mehr dem Moses'schen Experimentierdrang zuwandten. Sehr zum Schaden der Alten und Kranken, für die sie mit ihren Mäusen kaum noch positive Forschungsergebnisse erzielte. Dies gestand sie mir bei einem Bier im Ohio. Unser gemeinsamer Austausch war selten geworden und beschränkte sich auf einen gelegentlichen Barbesuch, was mir sehr gelegen kam. Marlene war, wie sie beim Bier ausführte, etwas irritiert ob der Tatsache, dass Onkel Moses mein Onkel war, und die Vorstellung, sich mit beiden zu treffen, sei nicht im Geringsten antörnend, zudem zürne sie mir ein wenig, dass ich sie dermaßen an der Nase herumgeführt habe.

Ein gewaltiger Irrtum sei es, legte ich ihr dar, mir zu zürnen, schließlich hätte ich sie mit diesem speziellen Menschen, mit dem sie seit Monaten angeregt verkehrte, zusammengebracht. Hatte er ihr nicht Welten eröffnet? Angenommen, wir beide wären Moses zufällig begegnet, und er wäre ihr als mein Onkel Moses vorgestellt worden. Hätte das in irgendeiner Weise dazu gedient, sie anzutörnen?

«Nein», sagte Marlene, «ich hätte gesagt: ‹Guten Tag, Herr Gustavo, ich habe gar nicht gewusst, dass Lee einen Onkel hat.› Und für mich hätte ich gedacht: ‹Ein durchaus attraktiver älterer Herr mit gewissem Seltenheitswert, der Onkel.› Aber ich hätte ihn ziehen lassen.»

«Da hast du's», sagte ich. «Wenn jemand sich beklagen kann, dann bin ich es. Du willst mich kaum noch sehen, und selbst dann bloß auf ein Bier.»

Marlene schaute betroffen und verhielt sich die nächsten zwei Stunden so liebenswürdig und aufmerksam, dass ich mich fragte, ob ich mit meinem Vorwurf nicht doch ein wenig übertrieben hatte. Ich ließ in der Folge durchblicken, dass ich keineswegs so einsam sei, wie ich vorgeben würde.

«Von ferne winkt mir sogar neues Glück», sagte ich und bemühte mich, ein wenig verträumt ins Weite zu blicken.

«Du Schelm», lachte Marlene und kniff mich in die Wange, «hab ich's doch gewusst, dass du nicht lange alleine bleibst. Wie heißt sie denn?»

Natürlich war ich einsam. Ich hatte nur noch Onkel Moses. Aber der reichte mir vollkommen. Vor allem sein Tattoo trug beträchtlich zu meinem inneren Glücksgefühl bei. Der Dreimaster wuchs zusehends. Bereits blähte er stolz seine zinnoberroten Segel. Die schaumgekrönten Wellen klatschten an seinen Bug, der pfeilschnell das leuchtend türkisblaue Wasser durchpflügte. Im Ausguck war ein winziger Matrose zu erkennen, der mit seinem Fernrohr den Horizont nach feindlichen Schiffen absuchte. Besondere Wonne bereitete mir jedoch, Onkel Moses mit gezielten Schlägen die richtige Dosis Farben unter die Haut zu jagen. Sitzung für Sitzung bereitete ich die Palette noch vor seiner Ankunft vor, mischte Pigmente und Lösungsmittel zu Tinkturen, die kräftiger als jede bisherige Farbmischung leuchteten, so, dass ihre Strahlkraft mir beim bloßen Anblick Freudentränen in die Augen trieb.

Das Ergebnis überzeugte. Der Dreimaster überbot in seiner Farbigkeit alles, was ich bisher zustande gebracht hatte. Und das war doch eine nicht unbeträchtliche Menge an wundersamen Objekten, seien es Herzen, chinesische Schwüre, rosige Engel oder blasse Frauen. Ob Onkel Moses realisierte, welch spezielles Werk ihm da eingetrieben wurde, wagte ich zu bezweifeln. Er war mit seinem Schwanz beschäftigt, der da, eingeklemmt in festzurrende Hosen, seine Segel nicht setzen konnte, und die quälende Lust, die ihm das zu bereiten schien, irritierte mich ein wenig bei der Arbeit, war aber angesichts des wachsenden Motivs leicht zu ertragen.

Nachteilig wirkte sich unsere jeweilige Besessenheit (Onkel Moses und sein Schwanz, ich und der Dreimaster) einzig auf unseren Dialog aus. Der fand nämlich nicht statt. Im Normalfall hätte mich das nicht im Geringsten gestört, im Gegenteil. Aber Onkel Moses war kein Normalfall. Immerhin hatte er meinem Vater den Tod und meiner Mutter das Irrenhaus gebracht. Da stellten sich einige Fragen. Ich hatte mir vorgenommen, die Behandlung von Onkel Moses auch gleich zum Anlass zu nehmen, ein wenig Klärung in die Beziehung zwischen ihm und meiner Mutter zu bringen. Dazu musste ich mich aufraffen, das Schweigen zu brechen.

«Onkel Moses», sagte ich in der vierten Sitzung, zehn Minuten nach Beginn, «wie geht es Tante Klara?»

Keine Antwort. Ich warf einen schnellen Blick auf Onkel Moses' Gesicht. Sein Mund hatte sich zu einem Grinsen verzogen, das mir keineswegs gefiel.

«Lee», sagte Onkel Moses und stieß ein heiseres Lachen aus, «du willst mir doch nicht im Ernst verkaufen, dass du dich für das Wohlergehen deiner Tante Klara interessierst?»

«Doch, natürlich, immerhin ist sie meine Tante, obwohl sie ...»

«Obwohl sie hinterlistig und einzig auf ihren Vorteil bedacht ist?»

Ich blickte wieder zu seinem Gesicht, um zu sehen, welchen Ausdruck es trug. Es sah durchaus ernsthaft aus. Trotzdem zog ich es vor, zu schweigen. Onkel Moses schien mir keineswegs eine Person, mit der man sich verbünden sollte, auch nicht für einen winzigen Augenblick. Nach ein paar Minuten beschloss ich, die Sache wie ein Mann anzugehen.

«Onkel Moses», sagte ich, «wie war sie denn so, meine Mutter?»

In meinem Gesichtsfeld hob sich Onkel Moses' Kopf abrupt von der Liege. Ich wandte ihm meinen Blick zu. Für den Bruchteil einer Sekunde glaubte ich, Unsicherheit in ihm aufflackern zu sehen, dann verzog sich sein Gesicht zu einem dreckigen Grinsen, das in mir das Blut heiß aufwallen ließ.

«Deine Mutter, Lee? Sie war göttlich. Eine wunderbare Frau, bienenfleißig, eine strenge, aber gerechte Mutter, eine Köchin, die noch aus einem Stück Scheiße eine Köstlichkeit hervorzuzaubern verstand. Und sie war ihrem Mann, deinem Vater, eine ergebene Ehefrau, die sich bis zum Letzten aufopferte.»

Ich wartete auf die Fortsetzung. Onkel Moses hatte jedoch seinen Kopf wieder auf die Liege sinken lassen und starrte an die Decke. Seine Worte wollten so gar nicht zu seinem Grinsen passen, mit dem er sie eingeleitet hatte, und ich verbat mir, ihnen zu glauben. Anderseits sickerten sie wie der köstliche Black and White Jahrgang 1988, den ich mir nach einer glücklos durchzechten Nacht gegönnt hatte, in mich ein und wärmten meine geplagte Seele. Hi Dad, dachte ich und seufzte tief, du hast überreagiert. Onkel Moses bluffte. Mum hat sich nicht bumsen lassen. Sie ist eine Heilige.

Ich verbrachte die nächsten Minuten mit der Neuordnung der Tatsachen, was meine Gedanken so sehr in Anspruch nahm, dass ich die Anwesenheit von Onkel Moses vergaß. Er musste bereits eine Weile gesprochen haben, denn als ich seine Stimme vernahm, schien er bereits am Ende seiner Aussage zu sein.

«… kostete mich eine Menge, die Nutte.»

Ich legte meine neue Sicht der Dinge augenblicklich nieder und fragte: «Onkel Moses, kannst du bitte deinen letzten Satz wiederholen?»

«Aber gerne, Lee», sagte Onkel Moses und starrte weiterhin an die Decke. «Ich sagte: geschäftstüchtig war sie, deine Mutter, sie ließ sich das Beinebreitmachen teuer bezahlen. Sie kostete mich eine Menge, die Nutte.» Er schwieg.

«Was stierst du denn so blöde? Mach weiter, Lee, Zeit ist Geld, auch bei dir!» Er lachte.

Da war er also, Onkel Moses. Mein Onkel Moses in Höchstform. So musste es gewesen sein. Genau so musste es für meinen Vater gewesen sein. Ich zeigte dieselben Symptome, die er im Brief beschrieben hatte. Blödes Starren, Schwindel im Kopf, die Kehle zugeschnürt, Rauschen in den Ohren, Herzschlag im Hals, Schweiß überall. Ich atmete tief durch. Immer noch Schwindel im Kopf, Rauschen in den Ohren, Herzschlag im Hals, Schweiß überall. Ich packte den größten Kamm, setzte ihn dem verdutzten Moses hart an die Kehle und sagte:

«Nimm das zurück.»

Moses schüttelte die Hand, als wäre ich eine lästige Fliege, die es zu vertreiben gilt.

«Nimm das Ding sofort von meinem Hals!», presste er hervor. Ich tat es.

Onkel Moses setzte sich auf und rieb sich die Kehle, während er mich kopfschüttelnd anlächelte. «Ein junger Heißsporn, immer auf die Ehre der Mutter bedacht. Das adelt dich. Aber deine Alte», seine Augen kniffen sich böse zusammen, «die hatte ihren Spaß, auch wenn sie mich nur ranließ, nachdem ich ihr den Scheck ausgestellt hatte. Geil war sie. Geil wie eine brünstige Katze.» Er leckte gedankenvoll seine Lippen.

«Und geil auf Geld, offensichtlich», vernahm ich meine Stimme, fremd und weit entfernt durch das Rauschen in meinen Ohren.

«Auf Geld?» Onkel Moses zog die Augenbrauen hoch. «Ich wette auf meinen linken Hoden», er tippte mir mit dem Zeigefinger auf die Brust, was mich angeekelt einen Schritt zurücktreten ließ, «dass du von Tuten und Blasen keine Ahnung hast! Mit deinem Vater wäre sie am Arsch gewesen, wenn sie tatächlich auf Geld geil gewesen wäre. Nein, das war sie nicht. Von meinem ganzen Geld hat sie keinen Cent für sich behalten, so wie ich das beobachten konnte. Alles ging zur Schuldentilgung deines Vaters an die Bank.»

«Schuldentilgung?» Meine Stimme klang kläglich, zu meinem Ärger.

«Der gute alte Milton ließ sein gutes Näschen für gewinnbringenden Handel zu Hause. In England ging's mit ihm bergab. Ein Fehlschlag nach dem anderen, und trotzdem konnte er es nicht lassen. Man konnte sicher sein: Sobald Milton seine Ware auf den

Markt warf, sanken die Preise gegen null. Kaufte er hingegen trotzig einen Stock Rindfleisch an, um ihn teuer zu verkaufen, verdarb das Fleisch selbst im Gefrierlager, bis die Preise wieder stiegen. War er gezwungen, es zu verkaufen, bevor ihn die Lagerkosten an den Rand brachten, wettete ich darauf, dass die Preise am Tag danach sprunghaft in die Höhe stiegen. Und so geschah es. Ich gewann meine Wette immer.»

«Meine Mutter bezahlte seine Schulden», sagte ich, und meine Stimme klang immer noch so, als sei ich ein Weichei, «mit dem Geld, das sie verdiente, indem sie für dich die Beine breit machte.»

«War ihre Idee. Ich versuchte es erst auf die kostenlose Tour, aber ohne Scheck ließ sie mich nicht ran. Die geile Kuh.» Onkel Moses schüttelte verärgert den Kopf.

«Hat mein Vater davon gewusst?», fragte ich.

«Wovon?», fragte Onkel Moses lauernd.

«Dass du seine Frau fickst und sie dafür bezahlst.»

Onkel Moses fand sein Lachen wieder. «Wo denkst du hin. Ich versaue mir doch nicht den Spaß. Lange wusste er gar nichts. Als er mich dann einmal dermaßen provozierte, der dreiste Kerl, habe ich es ihm gesagt.»

«Was?»

«Dass seine Frau eine kleine geile Schlampe ist, die meinen Schwanz liebt. Oh, nun mach doch nicht so ein Gesicht, Lee, als seist du prüde oder sonstwie den Gesetzen treu ergeben. Ausgerechnet du!»

«Und dass du dafür bezahlst?»

Onkel Moses lachte zynisch. «Das behielt ich als süßes kleines Geheimnis für mich.»

«Und meine Mutter, hat sie es Vater erzählt?»

Er zog in gespieltem Erstaunen die Augenbrauen hoch. «Also das sind eure süßen kleinen Familiengeheimnisse. Hat sie dir denn nicht die Wahrheit gesagt?»

Das erstickte Kichern von Onkel Moses drang noch an meine Ohren. Ich brachte kein weiteres Wort hervor. In meinem Kopf drehte sich alles, während ich stand und starrte. Onkel Moses amüsierte sich bestens. Er kicherte wieder vor sich hin.

«Weißt du, was mir an der Geschichte gefällt?»

Das wusste ich nicht. Ich wollte es auch nicht wissen. Ich wollte weinen und nach Hause gehen.

Onkel Moses lachte. «Mir gefällt, dass dieser Kerl sich umbringt. Lässt seine Frau, die sich für ihn aufopfert», erneutes Lachen, «und seine beiden wackeren Kinder alleine zurück. Das beweist mir endgültig, welch elender Wurm mein Bruder war. Bedauernswert.»

Er schaute mich einen Moment lang mit einem traurigen Hundeblick an, dann klopfte er sich lachend auf die Schenkel.

«Verlassen, von allen guten Geistern verlassen, der Milton. Vielleicht wäre alles ganz anders gekommen, wenn ihn sein mächtiger Beschützer nicht im Stich gelassen hätte. Aber dieses verdammte Schwein, das mir meinen Hoden raubte und beinahe die Visage zerstörte», er deutete wild auf sein Gemächt, auf Augenbrauen und Oberlippe, «schaffte den Überflug nicht. Vielleicht hielten ihn die Fürze der Engländer ab, die stinken nämlich zum Himmel, und er ist kurz vor dem Ziel wieder zurück nach Brasilien geflogen, wo die Luft einiges mehr verspricht, dort riecht sie vorzüglich nach Schweiß und dünnen Bikinischnüren, die sich zwischen Arschbacken reiben.»

Onkel Moses kriegte sich kaum wieder ein. Ich hingegen hielt mein Karussell im Kopf an, verlangsamte meinen Puls, vertagte das Denken auf Feierabend und sagte laut: «Onkel Moses, Zeit ist Geld. Wollen wir noch ein paar schöne Farben unter deine Haut treiben, bis deine Stunde um ist?»

Onkel Moses unterbrach sich keuchend. «Du hast recht, Lee, mach weiter. Obwohl ich mich», er lachte wieder, «kaum noch unter deinen Hammer legen dürfte, so wie du mir vorhin das Messer an den Hals gehalten hast. Hab ich recht, Lee?»

«Das war nur ein harmloser Kamm, Onkel Moses. Ich werde dich schon nicht umbringen», sagte ich und setzte mich hin. Ich schlug etwas Ocker in die Stelle, wo der Schiffsbug lag, dahin, wo er mir noch ein wenig blass schien, und blickte lächelnd zu Onkel Moses' Kopf hinüber. Onkel Moses hatte sich wieder hingestreckt und die Augen geschlossen, und neben mir begann sich das Papier, das seine Hose aus feinem Cord schützte, zu bewegen.

Nach Feierabend ging ich direkt ins Ohio. Es war noch ruhig, ein älterer Herr lehnte an der Bar, ein junges Paar diskutierte angeregt an einem der Tischchen. Ich stellte mich an meinen Lieblingsort am Ende der Bartheke und betrank mich systematisch. Nach dem sechsten Bier hatte ich es geschafft, die Gedanken in meinem Kopf etwas zu ordnen.

1. Meine Mutter fickt den Bruder ihres Mannes.
2. Sie verdient dabei Geld.
3. Der Mann weiß von nichts.
4. Meine Mutter verdient für ihren Mann.
5. Der Mann weiß von nichts.
6. Der Bruder sagt dem Mann, dass er dessen Frau fickt.
7. Der Mann ist gekränkt und bringt sich um.
8. Meine Mutter geht ins Irrenhaus.

So eine verdammte Scheiße. Meine aufopfernde Mutter. Mein narzisstischer Vater. Ich spülte sie mit zwei Tequilas hinunter. Danach sah ich die Dinge etwas anders.

1. Mein Vater macht Schulden.
2. Seine Ehefrau macht Geld und bezahlt die Schulden.
3. Mein Vater macht sich was vor.

Hier blieb ich stecken. Mein Vater, ein schwacher Mensch. Immer schon. Ist auch kein Wunder bei dieser Kindheit. Einem solchen Bruder. Einer Schlampe von einer Mutter. Einem tyrannischen Vater. Die ganze Brut. Schlangenbrut. Weg muss sie. Fort. Mit zwei Tequilas vertrieben. Danach sah ich wieder klarer.

1. Iris liebt Milton. Milton liebt Iris.
2. Moses liebt Iris. Iris liebt Moses nicht.
3. Moses liebt Milton nicht. Milton liebt Moses nicht.
4. Milton bringt sich um.
5. Iris sagt Irres.

Scheißgeschichte. Endete immer auf Tod und Wahn. Ich konnte es drehen und wenden, wie ich wollte. War nicht zu ändern. Ich trank noch einen Tequila. Wie ich nach Hause kam, fiel mir nie mehr ein. Aber es gelang mir zumindest, mich auf andere Gedanken zu bringen. Sie umkreisten nun die Frage, wie der pochende Hammer in meinem Kopf am wirkungsvollsten zu bekämpfen war.

Zu Beginn von Onkel Moses' Behandlung spielte ich mit dem Gedanken, ihm ein weitergehendes Angebot zu unterbreiten. Ich dachte an weiche Borsten und heftige Worte, ähnlich angewendet wie beim Priester, allerdings mit härteren Mitteln. Ich malte mir aus, wie ich meine Hämmer auf ihm tanzen lassen würde, wie die Kämme ihm heftig zusetzten, während Onkel Moses auf allen vieren vor mir kniete. Zu gerne hätte ich das erleben wollen. Außerdem war die Vorstellung, dabei auch noch gutes Geld zu verdienen, verlockend. Aber mein Herz sagte mir, dass nichts überstrapaziert sein wollte. Jede zusätzliche Sitzung mit diesem Menschen würde eine arge Belastung, insbesondere nach dem letzten Austausch. Ich pflichtete meinem Herzen bei und versprach, es nach Beenden des Dreimasters gut sein und Onkel Moses ziehen zu lassen.

So geschah es. Nach weiteren neun Sitzungen vollendete ich den Dreimaster. Onkel Moses drehte und wendete sich begeistert vor seinem Spiegelbild hin und her, zupfte am Schorf herum, salutierte seinem Gegenüber und rief:

«Toll hast du das gemacht, Lee, gratuliere. Ich habe immer gewusst, dass an mir ein Kapitän verloren gegangen ist. Macht mich interessant, findest du nicht? Zudem lässt das bisschen Farbe meine schlanke Taille vorzüglich zur Geltung kommen. Achtung, schöne Frauen Englands, ich koommee!»

Er tanzte ein paar Schritte, und ich dachte: «Tanz, du Affe, solange du noch kannst», und tauchte meine Kämme tief in Desinfektionsmittel.

Er verabschiedete sich mit gewohntem Überschwang und klopfte mir gönnerhaft auf die Schultern. Seine letzten Worte waren:

«Du bist trotz allem erstaunlich gut geraten, Lee. Einzig die Preise setzt du verdammt hoch an, überleg dir das gut, ob sich eine solche Preispolitik mit der Zeit auszahlt. Die Leute beginnen in diesen harten Zeiten zu sparen, lass dir das von einem guten Geschäftsmann sagen. Einem, der begabter ist im Profitieren als dein Vater.»

«Danke, Onkel Moses», sagte ich und hielt ihm die Türe auf, «nur ein hoher Preis ist gut genug für dich. Bei Kunden, die weniger Tüchtigkeit als du vorweisen, setze ich den Tarif tiefer.»

Onkel Moses stutzte kurz, wandte sich im Gehen um und rief winkend:

«Ganz der Vater, Lee, immer das letzte Wort!»

Ich sah ihm nach und wünschte ihm die Hölle.

Das Klappern von Geschirr lässt mich aufschrecken. Der widerliche Duft von bitterem Filterkaffee steigt mir in die Nase.

«Guten Morgen, Lee, gut geschlafen?»

Ein Tablett knallt sich mir vors Gesicht. Unsanft gerät mein Oberkörper von der liegenden in eine sitzende Position, von unsichtbaren Händen gehoben. Bis ich realisiere, wie mir geschieht, kriege ich bereits etwas in den Rücken gestopft und einen kratzenden Papierfetzen um den Hals gebunden.

«Ihr erstes Frühstück, genießen Sie es», ruft mir die beißende Stimme zu, die mich Schwester Annas sanftes Organ vermissen lässt. Die Frau, die zur Stimme gehört, entgeht mir. Noch bevor meine geblendeten Augen etwas anderes als helle und dunkle Schemen wahrnehmen können, sagt mir ein Türeknallen, dass sie verschwunden ist. Ich versuche, das Tablett vor mir zu fokussieren. Eine Scheibe Toast. Margarine im Zellophan. Honig im Töpfchen. Zwei kleine Krüge, der eine Verursacher dieses penetranten Kaffeedufts. Zwei Tränen kullern mir die Wangen hinunter, auf jeder Seite eine. Ich bin mir nicht sicher, ob es die Helligkeit ist, die meine offenbar immer noch sehr empfindlichen Augen zur Wasserproduktion reizt. Oder die Freude, unversehrt (abgesehen von Kahlrasur und juckendem Verband am Schädel) vor einem Frühstück zu sitzen. Auch wenn die Üppigkeit etwas zu wünschen übrig lässt. Ich esse den Toast und tippe die Krümel mit der Zunge vom Teller. Dabei denke ich an Marlene, die mich tadelte, wenn ich Teller und Schüsseln ausleckte. Später ließ sie ihre gute Erziehung fallen, um kräftig mitzutun. Dann lecke ich das Honigschälchen aus, und als es leer ist, hebe ich das Schälchen zum Fenster, in die Richtung, wo ich hinter Bilbury und weiteren Industrien Catchsan vermute, die Firma, für die Marlene eine gesündere Welt für Kranke erfindet.

Prost, Marlene, auf dein Wohl. Eine Sitzung wird wohl noch ausfallen, dann bin ich wieder wohlauf. Du wirst staunen, wenn du hörst, was mir geschehen ist. So gefährlich kann Fußball sein.

Ich mache ein paar Redeübungen. Mehr als ein Krächzen bringe ich allerdings nicht heraus. Geduld, sage ich mir. Alles eine

Frage der Zeit und der Geduld. Ich steuere den Kopfteil meines Bettes in die Horizontale und warte.

Nach Onkel Moses' letzter Behandlung reinigte ich sorgfältig alle Werkzeuge und entsorgte die Schälchen, in denen ich die Farben für seinen Dreimaster angerührt hatte. Nichts sollte mich an ihn erinnern. Dann besuchte ich Mutter im Irrenhaus. Ihre Kolleginnen lösten gemeinsam Kreuzworträtsel, um das Bett der jungen Frau versammelt. Mutter benahm sich wie immer. Den fetten Tulpenstrauß pfefferte sie achtlos auf die Fensterbank, mich begrüßte sie als Hund. Ihr Feind war auch da, und ihr Kollege, der sie einigermaßen zu verstehen schien, fand sich am unteren Bettende ein. Auch Oberarzt Doktor Hork beschied mir nichts Neues. Fortschreitende Dislexochynie bei gleichzeitiger Manipression. Unheilbar, lebenslänglich. Therapie in Form von runden weißen, kleinen runden rosa, ovalen großen hellblauen, blaugrünen länglichen, orangen runden großen Tabletten. Als ich das Irrenhaus verließ, pfiff ich. Den Tulpenstrauß hatte ich wieder mitgenommen. Vater würde seine Freude daran haben. Am Kiosk vor dem Friedhof kaufte ich eine Petflasche Wasser, trank sie halb leer, trennte ihren oberen Teil weg und arrangierte die Blumen im unteren. Die junge Verkäuferin lächelte mir anerkennend zu.

Auf dem Grab meines Vaters sprossen ein paar hellgrüne Gräser. Ich stellte die Blumen dazu.

«Hi Dad», sagte ich und streichelte den Grabstein. Mehr wusste ich nicht zu sagen. Ich stand eine Weile herum und beobachtete allerlei Vögel, die eifrig mit winzigen Zweigen im Schnabel hin und her flogen. Dann sagte ich:

«Bye Dad», streichelte den Grabstein nochmals und machte mich auf den Heimweg. Beim Chinesen kaufte ich eine extragroße Portion Greencurry und zwei Dosen Bud. Als ich mich St. Martin näherte, sah ich bereits von weitem Marty, der auf der Schutthalde herumstakste. Ich stellte meine Einkäufe in den Wohnwagen und ging zum Schutthaufen, der kürzlich neu alimentiert worden war. Ich sah auf einen Blick, dass nichts Brauchbares darunter war.

«Guten Abend, Marty», rief ich und winkte, «kommst du auf ein Bier zu mir rüber?»

Marty blickte verblüfft auf und warf den Kleiderständer, den er soeben geprüft hatte, auf den Haufen zurück. Dann glitt ein Lächeln über sein Gesicht.

«Was feiern wir denn?» Er forschte in meinem Gesicht. «Hast du etwa deinen Laden vekauft?», fragte er plötzlich mit misstrauischem Blick.

Ich lachte. «Nein, keine Angst, Marty, den verkaufe ich nicht so schnell. Mein Laden ist eine Goldgrube. Da kannst du mit deinem Gerümpel hier zusammenpacken.»

Marty brummte erleichtert vor sich hin und reichte mir ein geöffnetes Bier. Wir fachsimpelten über Linsbury und gerieten uns beinahe in die Haare, als die Rede auf Gombana kam. Ich vertrat den sofortigen Rausschmiss, Marty gab ihm noch eine Chance.

«Was verstehst du schon von Fußball», lachte Marty heiser und stieß mit mir an, «zugegeben, du hast eine Begabung fürs Aufmotzen und Betrügen. Deinen goldenen Firlefanz haben sie dir abgenommen. Tätowieren kannst du, wie's scheint, auch. Aber von Fußball verstehst du nichts.»

Ich ließ ihn in diesem Glauben. Beim Greencurry erzählte er mir von seinem früheren Leben als Chauffeur in einem Mädchenpensionat, und als es kalt wurde, machte ich ein Feuer, während Marty seine Mundharmonika hervorholte und traurige Lieder von Meerjungfrauen spielte, die ihre geliebten Matrosen fraßen.

Ich muss wieder eingenickt sein, denn als die Tür heftig ins Schloss fällt, schrecke ich auf.

«Entschuldigen Sie bitte die Störung», sagt eine tiefe männliche Stimme, während mir am Kopf herumgerupft wird.

«Wie geht's uns denn heute?»

Ich öffne die Augen einen Spalt breit und sehe ein Schild vor mir, auf dem schwarz auf silber «Dr. A. Pitchet» steht. Das Schild steckt an einem weißen Kittel, unter dem ein blau-weiß karierter Hemdkragen hervorschaut. Doktor Pitchet rupft weiterhin an meinem Kopf herum und spricht halblaut unverständliche Worte zur Seite. Ich öffne meine Augen ganz. An der Seite von Doktor Pitchet steht eine alte Frau mit einem Wagen, der mit einem grünen Tuch bedeckt ist. Die alte Frau hält eine Zange in jeder Hand. Mit der einen nimmt sie blutgetränkte Fetzen von Doktor Pitchets Zange, mit der anderen reicht sie ihm weiße Gazestücke. Etwas Warmes fließt mir übers rechte Auge. Es kitzelt. Die alte Frau, die eine Krankenpflegerin sein muss, reibt mir mit etwas Kratzigem am Auge herum. Ich rieche den Gummi ihres Handschuhs und würge. Doktor Pitchet zuckt zurück, die alte Frau hält mir ein Metallbecken ans Kinn.

«Tief durchatmen, tief durchatmen, so ist's gut», höre ich die Stimme von Doktor Pitchet. Ich atme tief durch und schaue ihm in die Augen. Sie sind dunkelbraun und blicken konzentriert auf die Sauerei, die auf meiner Stirn ausgebrochen ist. Hätte er weniger gerupft. Ich finde, dass Doktor Pitchet mit seinen runden Backen verdammt jung aussieht für sein wichtiges Amt. Ist es nicht so, dass Ärzte Erfahrung mitbringen müssen, bevor sie an ahnungslosen Patienten herumfummeln?

Meine Frage äußert sich in nicht viel mehr als einem Krächzen. Doktor Pitchet lächelt mich erfreut an, wobei er eine Reihe makelloser weißer Zähne zeigt, die mich meine Zweifel fallen lassen. Die Zähne verleihen dem Doktor eine Aura von Perfektion. Wer solch akkurate weiße Reihen im Mund hat, kann kein unsorgfältiger Mensch sein.

«Sie sprechen?», ruft er.

Sprechen ist gut. Ein etwas gar enthusiastischer Ausdruck dafür. Aber Ärzte sind nun mal mit dieser Berufskrankheit geschlagen, die sie zu notorischen Optimisten macht.

Doktor Pitchet wirft einen Seitenblick auf meinen Schreibblock, der auf dem Schränkchen neben dem Bett liegt.

«Sie machen gute Fortschritte, bravo. Morgen werden Sie uns Ihre Träume erzählen, übermorgen Arien singen. Stimmt's oder hab ich recht, Schwester Hilda?» Er stupst die alte Frau übermütig mit dem Ellenbogen.

Schwester Hilda blickt mich griesgrämig an und sagt: «Sicher, Herr Doktor Pitchet.»

Und die Sauerei auf meinem Kopf? Spricht davon denn niemand? Nein. Doktor Pitchet tupft eine Weile mit Feuerwatte auf meinem Schädel herum, dass mir die Tränen aus den Augen rinnen, lässt sich von Schwester Hilda ein Pflaster reichen, schüttelt mir derb die Hand und verschwindet mit wehenden Mantelstößen. Ich zucke zusammen, als die Tür ins Schloss fällt, worauf mich Schwester Hilda, die mir die Infusionsnadel aus dem Arm zieht, böse anschaut.

Marty und ich hatten uns nach einigem Hin und Her darauf geeinigt, dass Gombana noch eine Chance erhalten sollte, und zwar beim nächsten Spiel, Talton gegen Linsbury im Hillsbrand Stadion. Wir wollten zusammen hingehen.

«Kein Geld für solche Spässe», murrte Marty, und als ich darauf bestand, ihn einzuladen, wehrte er sich anfänglich höflich, aber nur kurze Zeit.

Am nächsten Tag holte ich auf dem Nachhauseweg zwei Tickets, Sektor A, fünfte Reihe, Platz Nummer zweihundertsechsundfünfzig und zweihundertsiebenundfünfzig.

«Du wirst aufs Dach kriegen, Lee», sagte Marty und rieb sich die Hände, als ich ihm sein Ticket brachte. Er sollte Recht behalten, wenn auch nicht in dem Sinn, der ihm vorschwebte.

Am Sonntagmorgen klopfte mich Marty aus dem Schlaf. Er stand schlotternd vor meinem Wohnwagen und streckte mir sein Ticket entgegen.

«Bin scheißkrank, Lee», er konnte kaum reden, derart klapperten seine Zähne, «sauf jetzt auf dem Rückweg ins Holy noch einen und leg mich ins Bett. Findest sicher noch einen jüngeren Kumpel als mich. Und freu dich auf deine Niederlage. Gombana wird sie heute alle halten.»

Marty zwinkerte mir zu und schlurfte davon.

Nichts hielt Gombana. Ich saß alleine mit zweiunddreißigtausendfünfhunderteinundzwanzig Personen im Hillsbrand-Stadion, schrie mir die Kehle wund und regte mich furchtbar auf. Ein ums andere Mal sagte ich Mani, er solle endlich den verdammten Ball nach linksaußen abdrücken. Torrington stand die ganze Zeit über frei und wurde nie angespielt. Über die Mitte zu spielen war sinnlos, wenn Lucio dermaßen gut von Derby in Schach gehalten wurde. Die begriffen gar nichts. Fußball spielt sich nicht nur in den Beinen ab. Ein wenig Denkvermögen ist unverzichtbar. Und Gombana. Gombana versagte bereits beim zweiten Angriff. Lucio verlor den Ball, Talton ging zum Gegenangriff über, Mani strauchelte kläglich beim Versuch, den Ball zu stoppen. Kito kam zum Schuss, Gombana hielt ungenau, der Ball sprang zurück, kaum zu fassen, Kito kam zum Nachschuss und traf ins linke Lattenkreuz.

«Siehst du, Marty», schrie ich in das Jubelgebrüll der Talton-Fans hinein, «ich lag goldrichtig. Gombana gehört verkauft oder zumindest auf die Ersatzbank!»

Ein kleiner Triumph. Die weiteren Fehlversuche Gombanas blieben mir erspart. Ein paar Minuten nach dem ersten Tor fiel der Stein vom Himmel. Und traf meinen Schädel, rechte obere

Stirn, dort, wo die Haare beginnen und der Knochen ein wenig vorsteht.

Hätte ich mich weiter nach vorne gelehnt, wäre er haarscharf an mir vorbei zu Boden gegangen. Wäre ich auf den leeren Platz neben mir, Martys Platz, gesessen, hätte der Stein den leeren Stuhl getroffen. Hätte Marty an meinem Platz gesessen, hätte er Marty den Schädel gespalten. Wäre der Stein nur ein wenig von seiner Flugbahn abgelenkt worden, hätte er meinem fetten Nachbarn das Bier aus der Hand geschlagen. Wäre er stark von der Flugbahn abgekommen, hätte er Mani getroffen. Oder Gombana. Oder er hätte den Ball in der Luft zerplatzen lassen, so dass sich die umstehenden Spieler die Plastikfetzen hätten aus den Augen reiben müssen. Oder er wäre im Abseits auf den Rasen aufgeschlagen, still und leise, während sich zweiunddreißigtausendfünfhunderteinundzwanzig Augenpaare auf das Taltonsche Goal richteten, vor dem sich Lucio und Derby einen Zweikampf lieferten. Nur ein kleines Mädchen, das den Blick über gelb-weißes Fahnenschwenken und grün-orange Gesichter schweifen ließ, hätte ihn gesehen, wie er schwarz und blitzschnell durch die Lüfte raste.

«Papa», hätte das Mädchen gesagt und den Vater am Ärmel gezupft, während dieser unwirsch abwinkte und weiterhin zum Taltonschen Tor starrte, «Papa, da flog ein Stein vom Himmel.» «Unsinn», hätte der Papa gesagt, nachdem er hingehört hätte, «es fliegen keine Steine vom Himmel.»

Tun sie doch. Jedenfalls einer tat es. Ich sah ihn nicht kommen. Der Aufprall war so stark, dass mein Kopf weggekickt wurde wie ein Apfel vom Fußtritt eines kräftigen Vierzehnjährigen. Mein Hals folgte und riss Schultern, Brust und Hüfte mit. Das Hirn musste sofort ausgesetzt haben, denn die Arme schlenkerten, unfähig, sich nach vorne zu reißen und die Hände auszustrecken. Der Fall war ungebremst. Ich kam zwischen die beiden Bankreihen zu liegen, mein Kopf auf den rechten Fuß des Nachbarn gebettet.

«Lee Gustavo?»

Die Stimme schneidet mir heftig ins Gehirn, obwohl sie nicht unangenehm klingt, eher tief und warm. Eine Spur von Überheblichkeit vielleicht, Zynismus gar, tönt mit. Irgendwie ein vertrauter Klang. Ich reiße die Augen auf und finde mich einem angegrauten Herrn mittleren Alters gegenüber. Er trägt Oberlippenbart und Lederjacke und streckt mir seine große Hand entgegen. Ich taste nach der Fernsteuerung des Kopfteils, um mich in eine angenehmere Lage zu bringen, und reiche dem Herrn meine Rechte.

«Inspektor Ralf Myer, hier ist mein Kollege Marc Reynolds. Bitte entschuldigen Sie die Störung, ich weiß, Sie brauchen viel Ruhe, aber wir möchten Ihnen nur kurz ein paar Fragen stellen. Schwester Hilda», er wendet sich mit einem Lächeln Richtung Tür, und ich bemerke erst jetzt, dass Schwester Hilda sich dort hinten herumdrückt, «hat uns freundlicherweise ein paar Minuten zugestanden.»

Er sieht sie weiterhin mit einem freundlichen Lächeln an und nickt leicht, worauf Schwester Hilda verlegen in ihrer Schürzentasche herumfummelt und rückwärts zur Türe geht, sich blitzschnell umdreht und verschwindet.

Inspektor Myer schaut mir tief in die Augen. Ich habe unterdessen die Steuerung gefunden und hebe das Kopfteil. Sitzend fühle ich mich gleich besser.

Ich deute einladend auf den Stuhl, der bei der Fensterbank steht.

«Vielen Dank, aber ich stehe gerne», sagt Inspektor Myer und lässt seine Augen nachdenklich auf mir ruhen.

«Wie geht es Ihnen?» Die Augen sind leuchtend blau und könnten allenfalls von Frauen als attraktiv eingestuft werden, in meiner Situation hingegen scheint mir das Blau impertinent stechend zu sein.

Ich nicke und versuche zu lächeln.

«Eine böse Geschichte», sagt Inspektor Myer und lächelt, «erzählen Sie uns doch ein wenig darüber. Wir tappen im Dunkeln.»

Erzählen? Was soll ich erzählen? Ich beginne zu schwitzen, spüre, wie sich innert Sekunden salzige Tropfen auf meiner Oberlippe bilden, die ich nicht wegzuwischen wage, um nicht zusätzlich auf sie aufmerksam zu machen. Inspektor Myer beobachtet mich. Ich hebe die Schultern und deute auf den Block, den Schwester Hilda außerhalb meiner Reichweite auf dem Fensterbrett deponiert hat.

«Stimmt, entschuldigen Sie bitte», Myer reicht mir Block und Stift, «ich vergaß, dass Ihre Stimme noch ein wenig geschont werden muss. Also, Marc», er winkt seinen Kollegen herbei, den ich noch gar nicht beachtet habe, einen jungen Mann mit Pickeln und kurzgeschorenen Haaren, der eine abgewetzte Ledermappe bei sich trägt. Marc nickt mir zu, nimmt sich den Stuhl von der Fensterbank zu meinem Bett, setzt sich und zieht ein Plastikmäppchen mit einem Stapel Papier aus der Mappe. Er blättert umständlich und lange. Als ich wieder zu Inspektor Myer schaue, sehe ich, wie er den Umschlag mit Vaters Brief auf meinem Nachttisch betrachtet. Mein Herz setzt kurz aus und schlägt weiter.

«Sie besuchten am Sonntag, 26. März 2006, im Hillsbrand-Stadion das Spiel Talton gegen Linsbury. Wann trafen Sie im Stadion ein?»

Die Stimme des jungen Polizisten wirkt trotz seines jugendlichen Aussehens reif und trägt dieselbe natürliche Autorität wie diejenige seines Vorgesetzten. Ich versuche, das Zittern in meiner Hand zu unterdrücken und schreibe auf meinen Block: «Zwischen fünfzehn Uhr fünfundvierzig und fünfzehn Uhr fünfzig.»

«Sie kamen alleine zum Spiel?»

Ich nicke.

«Sie nahmen Ihren Sitz im Sektor A, fünfte Reihe, Platz Nummer zweihundertsechsundfünfzig ein. Sitz Nummer zweihundertsiebendfünfzig rechts von Ihnen blieb während des ganzen Spiels leer. Ist das richtig?»

Ich schreibe auf den Block: «Sitz Nummer zweihundertsiebenundfünfzig war für Marty. Ich hatte ihn eingeladen. Am Tag des Spiels aber wurde Marty krank.»

«Wer ist Marty?», fragt Inspektor Myer, der mir beim Schreiben zuschaut und sich als Schnellleser entpuppt. Immerhin steht die Schrift für ihn auf dem Kopf.

«Marty ist ein Freund», schreibe ich. Myer nickt.

Der junge Polizist Marc mit den Pickeln macht eine leicht unwirsche Handbewegung. Ich bin unsicher, ob es mich betrifft oder seinen Vorgesetzten, der in seine Befragung eingegriffen hat. Jedenfalls fragt mich Marc in schärferem Ton als zuvor:

«Haben Sie bis zur sechsunddreißigsten Minute des Spiels irgendetwas Besonderes festgestellt oder beobachtet?»

«Ja. Gombana muss entlassen werden.»

Inspektor Myer lacht. Marc liest, als ich ihm den Block hinhalte, und fragt leicht ungehalten:

«Ich meine außerhalb des Spiels. Haben Sie etwas gesehen, das ungewöhnlich war, Sie irritierte?»

Ich denke nach und schüttle den Kopf. Nein.

«Haben Sie Feinde?», fragt Marc und beginnt nun, wie sein Vorgesetzter, mich durchdringend anzustarren.

Ich blicke erstaunt. Schüttle den Kopf. Nein, keine Feinde.

«Haben Sie das Objekt kommen sehen?»

Kopfschütteln meinerseits. Ich habe nichts gesehen.

«Versuchen Sie sich trotzdem zu erinnern: Woher kam das Objekt geflogen?»

«Von oben», schreibe ich.

«Können Sie sich an den Aufprall erinnern?»

Ich verneine, zögere kurz.

«Allenfalls doch? Versuchen Sie es», ermuntert mich Marc, nun wieder freundlich.

Nein.

«Der Zuschauer A. S. sagte aus, dass Sie plötzlich kopfüber nach vorne fielen, dann seitlich abrutschten und auf die Füße Ihres linken Nachbarn zu liegen kamen. Können Sie sich daran erinnern?»

Nein.

«Der Zuschauer A. S. rief sofort die Ambulanz. Seine schnelle Reaktion rettete Ihnen wahrscheinlich das Leben.»

Marc schaut mich ein wenig vorwurfsvoll an, so, als hätte ich Herrn A. S. mit Bedacht Umstände beschert. Zudem irrt sich dieser junge Karrierist. Meinem harten Schädel und einem Wunder habe ich mein Leben zu verdanken, und nicht einem Herrn A. S., der sein Handy besonders schnell zückte.

Ich greife zu meinem Block und schreibe: «Und das Objekt?»

Inspektor Myer lacht ein wenig bitter. «Wir sind ihm auf der Spur. Größe rund sieben mal fünf mal sechs Zentimeter, Farbe schwarz, Oberfläche rau und matt, Material noch unerkannt. Keine Fingerabdrücke. Wobei das nichts heißen muss.»

«Was bedeutet: Material unerkannt?»

Der Kerl ist verdammt gut im Lesen von Buchstaben, die auf dem Kopf stehen. Das kommt davon, wenn man dauernd in anderer Leute Leben herumstochert. Inspektor Myer holt bereits Luft für die Antwort, während ich noch kritzle.

«Das bedeutet, dass das Material mit keinem der uns bekannten Gesteinsarten vergleichbar ist. Eine vollkommen unbekannte Substanz. Jedenfalls in unseren Breitengraden.»

«Wir fanden das Objekt unter der vorderen Sitzreihe, nachdem wir den Unfallort geräumt hatten», mischt sich Marc ein und redet weiter, obwohl Inspektor Myer ihn scharf anschaut.

«Blut- und Haarrückstände ließen sofort darauf zurückschließen, dass das Objekt die Tatwaffe oder», Marc räuspert sich, «die Unfallursache ist.»

Myer schnaubt. «Marc vermutet einen bösen Buben, der Sie beiseite räumen will.»

Der Inspektor nimmt mich wieder ins Visier. «Gibt es das in Ihrem Leben?» Ein belustigtes Lächeln umspielt seine Lippen. Ich reiße die Augen auf und schüttle entschieden den Kopf.

«Pech gehabt, Marc. Ein unbescholtenes Leben.» Myer schaut nun wieder ernst. «Laut Aussage von Doktor Pitchet traf das Objekt Ihren Kopf mit einer Geschwindigkeit, die darauf schließen lässt, dass es aus großer Höhe gefallen sein muss. Eine Höhe, die die Dimensionen des Hillsbrand-Stadions überragt. Theoretisch ist ein Überleben unmöglich.»

«Ein Meteorit?», schreibe ich.

Inspektor Myer nickt. «Gute Kombinationsgabe. Ihr Hirn funktioniert tadellos, wie ich feststellen kann. Das ist in der Tat eine mögliche Erklärung. Wir haben eine Probe des Objekts ans Stallion geschickt, eines der erfahrensten Institute, was die Erforschung von Meteoriten betrifft. In den nächsten zehn Tagen sollten wir Bescheid erhalten.»

«Darf ich das Ding sehen?», schreibe ich.

Diesmal lässt Inspektor Myer seinem Untergebenen den Vortritt. Marc liest, nickt und beginnt, in seiner Mappe zu kramen. Er zieht einen durchsichtigen Plastikbeutel hervor, in dem sich ein schwarzer Stein befindet. Er legt mir den Beutel auf die Bettdecke.

«Berühren erlaubt, aber nur durch den Plastik. Lassen Sie den Beutel bitte verschlossen.»

Natürlich. Ich nehme das Ding in die Hand und bin verblüfft ob seines Gewichts. Ein Stein in der Größe einer Kinderfaust lässt nicht eine derartige Schwere vermuten, wie sie sich nun in meine

Hand senkt. Ich taste die rubbelige Oberfläche ab, die sich auch durch den dicken Plastik hindurch rau anfühlt. Sie ist von dumpfem Schwarz und offenbar von Blut und Haaren befreit, jedenfalls kann ich nichts von mir erkennen, das mit diesem Gestein zu tun hätte. Ich drehe es ein paarmal in meinen Händen und gebe es Marc zurück.

«Nun wollen wir Sie nicht weiter stören», sagt Inspektor Myer, «sobald wir den Bericht vom Stallion-Institut erhalten haben, lassen wir Sie wissen, was Ihnen dies hier», er tippt sich gegen die Stirn, «beschert hat. Ich wünsche Ihnen einen kurzweiligen Aufenthalt und gute Besserung.»

Er schüttelt meine Hand und sagt mit einem Seitenblick auf den Briefumschlag auf meinem Nachttischchen: «Mit Lektüre scheinen Sie bereits versorgt zu sein.»

Ich verabschiede mich höflich von den beiden Polizisten. Als die Tür hinter ihnen ins Schloss fällt, beginnen meine Hände derart zu zittern, dass ich sie unter meinen Hintern schieben muss, um sie ein wenig zu beschweren. Dazu atme ich tief ein und aus und stelle mir vor, die Luft sei Zigarettenrauch. Als es meinem Herzen wieder besser geht, lache ich. Ich lache und lache, ein seltsames tonloses Lachen, bis mich ein stechender Schmerz im Kopf daran erinnert, dass jegliche Art heftiger Gefühle für Rekonvaleszente schädlich ist.

«Sie wissen nichts», schreibe ich in einem Anfall von Übermut auf den Block. Und wiederhole: «Sie wissen nichts.» Diese Erkenntnis ist so erfreulich, dass ich gleich nochmals schwungvoll ansetze und groß feststelle: «Gar nichts wissen sie.» Und weil ich es nicht herausschreien kann, in dieser exaltierten Mischung von Freude und Schreck, die mir nach dieser großen Erleichterung in den Knochen sitzt, schreibe ich es, ich schreibe es kreuz und quer über die ganze Seite, groß und fett, immer wieder: «NICHTS WISSEN SIE, GAR NICHTS.» Als das Blatt schwarz und schwer geworden ist, vollgesogen von der Flüssigkeit des Filzschreibers, trenne ich es vom Block und reiße es in tausend Stücke, fein säuberlich.

Sie wissen nichts. Wie sollten sie auch. Sie wissen nicht, was mich fast erschlagen hat, und sie wissen nicht, was Onkel Moses töten wird. Mit derselben Ratlosigkeit, getarnt mit Selbstüberschätzung, werden sie sich über Moses' totes Herz beugen und sich fragen, was ihn so plötzlich aus seinem blühenden Leben dahingerafft hat. Sie werden ihn aufschlitzen und seine Därme ausspülen, sie werden die Reste des halb verdauten Rib Eye analysieren und seinen Magen umstülpen, sie werden sein Herz sezieren und nichts darin finden, was der Rede wert wäre. Und schon gar keinen Verdacht daraus schöpfen. Sie werden den Kopf schütteln über den Dreimaster, der neben seinem schlaffen Glied dahinzieht, und sie werden keine Reste finden von der wunderbaren Substanz, welche die Segel zum Leuchten bringt und das Blut tränkt mit dem Stoff, der die Nieren zersetzt und die Leber, über Monate, so, dass keiner es merkt, auch nicht, wenn es zu spät ist.

Ich schelte mein schreckhaftes Herz, das beim ersten Polizisten, der auftaucht, in die Hosen macht, und danke meinen stählernen Nerven, die die Fassung bewahrt haben. Dann klingle ich nach Schwester Hilda. Sie soll mich sofort aus diesem verdammten Bett holen. Ich muss eine Zigarette rauchen. Während ich warte, kreisen meine Gedanken um das schwarze Ding, dessen verblüffendes Gewicht ich immer noch in meiner Hand spüre. Natürlich ist es ein Meteorit. Die können sich ihre teure Studie vom Stallion-Institut sparen. Ich weiß auch, woher er stammt. Aus der Wüste aus Eisen, heißglühend und rot, durchzogen von Furchen mit klingenscharfen Kanten, entstanden aus berstender Materie, unvorstellbar lange vor unserer Zeit. Aus dieser Wüste aus Eisen rollt ein kleiner Brocken Metall, etwa so groß wie die Faust eines siebenjährigen Kindes, den Hang hinunter, er muss sich gelöst haben und strebt jetzt, immer wieder aufschlagend, in kleinen Sprüngen der Ebene zu, dort wird er liegen bleiben, doch nein, er beschleunigt sein Tempo, rollt über die Ebene hinaus, fällt, gegen alle Gesetze der Schwerkraft, nicht in die Tiefe, sondern saust geradeaus weiter, er fliegt in den Himmel hinaus, wenn man sie so nennen kann, diese dunkle Leere.

Und ich weiß auch, wohin der kleine Brocken steuerte. Er wollte weg aus dieser stillen Einöde, in der es keine Ohren gab, die etwas hörten, keine Augen, die ein Bild aufnahmen, keine Haut, die sich an den Steinen wund scheuerte, und kein Fell, das von der Hitze versengt wurde. Er war es leid, alleine in roten heißen Metallwüsten herumzuliegen. Es fehlten ihm Gesellschaft, gemäßigte Temperaturen und ein weicher Rasen. Und das bekam er im Hillsbrand-Stadion. Am Sonntag, 26. März 2006, Rückspiel Talton gegen Linsbury, zweiunddreißigtausendfünfhundertzweiundzwanzig Zuschauer, erste Halbzeit, sechsunddreißigste Minute. Dann schlug der kleine Brocken auf. Jeder anderen hätte er den Kopf gespalten, sagt Doktor Pitchet. Mir nicht.

Bitte umblättern …

Daniel de Roulet
EIN SONNTAG IN DEN BERGEN
Ein Bericht
Aus dem Französischen von Maria Hoffmann-Dartevelle

Mit dieser Erzählung, in der Daniel de Roulet gestand, 1975 Springers Chalet in Gstaad angezündet zu haben, hat der Westschweizer Autor heftige Reaktionen ausgelöst.

«Das schmale Bändchen liefert, in schöner, klarer schnörkelloser Prosa, vor allem eine poetische Selbstvergewisserung, eine Rückschau in eigener Sache, die zwischen Gegenwart und Vergangenheit pendelt. Es ist auch eine späte Entschuldigung, allerdings ohne Kniefall.» *Spiegel online*

«Ein so poetischer wie illusionsloser Abgesang auf die wilden Jahre. Seine Elegie handelt von der Vergeblichkeit von Hoffnung, getragen vom wehmütig-fernen Klang des Glücks, weil die Utopie machbar schien.» *Der Tagesspiegel*

«Ein kleines Buch, spannend, ironisch und von einer dichten Subtilität. Man liest es seiner Enthüllungen wegen. Man wird die Fragen diskutieren, die es aufwirft in Bezug auf die Vergangenheit der so genannten 68er. Man schätzt aber auch das Vergnügen einer virtuosen Erzählung.» *L'Hébdo*

«Grandios. Schlicht, genau und schön.» *Femina*

«Heute liefert Daniel de Roulet nicht nur eine leidenschaftliche Erzählung, sondern auch eine Reflexion über die Irrungen eines romantischen politischen Engagements.» *La Liberté*

Isolde Schaad
VOM EINEN.
Literatur und Geschlecht
Elf Porträts aus der Gefahrenzone

«Vom Einen.» enthält literarische Porträts aus dem Zeitalter des starken Geschlechts. Sie erzählen davon, wie bedeutende Intellektuelle mit ihrem Geschlechterverständnis umgehen. Vom kleinen Unterschied grossen Denkens und Schreibens ist ebenso die Rede wie von der Gürtellinie der Berühmtheit und wie sich Berühmtsein in einem Leben als Frau oder als Mann niederschlägt.

«Unter der Hand mutieren die Porträts zu beinahe Liebeserklärungen – an Schreibende, die ihr geistige Nahrung gestiftet haben, die herausgefordert und dadurch ‹Denkströme› und Erregung ausgelöst haben. Das Eine, an das angeblich alle denken, ist am Ende vor allem das Denken.» *drehpunkt*

«Literatur und Geschlecht, Isolde Schaad geht aufs Ganze. Sie habe ‹den Impetus der Aufklärung nie auf den Müll geworfen›, wurde Isolde Schaad im August bei der Übergabe des Georg-Fischer-Preises attestiert. Dass daraus nicht ein stures Verharren in veralteten Paradigmen, sondern ein eigenwillig-unbestechlicher Blick auf aktuelle Tendenzen resultiert, zeigt in durchwegs vergnüglicher Weise das vorliegende Buch.» *Die Weltwoche*

«Isolde Schaad ist eine blitzgescheite, scharfsinnig analysierende und pointiert formulierende Bobachterin.» *SonntagsZeitung*

«Sie verfügt ja seit je über ein beträchtliches polemisches Talent, das sich mit stilistischer Eleganz verbindet.» *Neue Zürcher Zeitung*